CW01669576

Diplômé en sciences politiques, agrégé d'histoire, docteur en histoire moderne et maître de conférences (HDR) à l'université de Nîmes, Éric Teyssier est très impliqué dans le domaine de l'« histoire vivante ». Auteur de nombreux articles et ouvrages de référence, *Napoléon est revenu !* (Lemme Edit, 2018) est son premier roman.

NAPOLÉON EST REVENU !

ÉRIC TEYSSIER

NAPOLÉON EST REVENU !

Lemme Edit

FSC
www.fsc.org
MIXTE
Papier issu de sources responsables
FSC® C003309

Pocket, une marque d'Univers Poche,
est un éditeur qui s'engage pour la préservation
de l'environnement et qui utilise du papier fabriqué
à partir de bois provenant de forêts gérées
de manière responsable.

Le Code de la propriété intellectuelle n'autorisant, aux termes de l'article L. 122-5, 2° et 3° a, d'une part, que les « copies ou reproductions strictement réservées à l'usage privé du copiste et non destinées à une utilisation collective » et, d'autre part, que les analyses et les courtes citations dans un but d'exemple et d'illustration, « toute représentation ou reproduction intégrale ou partielle faite sans le consentement de l'auteur ou de ses ayants droit ou ayants cause est illicite » (art. L. 122-4).
Cette représentation ou reproduction, par quelque procédé que ce soit, constituerait donc une contrefaçon, sanctionnée par les articles L. 335-2 et suivants du Code de la propriété intellectuelle.

© Lemme Edit, 2018

978-2-266-30996-7
Dépôt légal : octobre 2020

À Georgette, ma grand-mère bonapartiste.
À Jacqueline, mon épouse et première lectrice.
À ma fille Pauline.

Prologue

Il est presque 15 heures lorsque retentit la cloche du portail. Il n'y a pas grand-monde pour venir sonner à la porte d'Adrien et il n'aime pas être dérangé.

Par le judas électronique, il distingue un bonhomme vêtu d'un manteau gris. Il doit avoir une petite cinquantaine et paraît s'impatienter devant le portail clos. Adrien se dit que c'est encore un Témoin de Jéhovah ou un prêcheur de bonne parole dans le genre. Pas celui de la maison en tout cas… Adrien s'apprête à faire le mort et à retourner devant son ordinateur quand l'homme se met à tambouriner sur la porte métallique. Malgré le visage un peu déformé par la caméra, cette tête-là lui dit quelque chose. En tout cas, son regard furieux n'a rien de celui d'un prêchi-prêcha. Le visiteur cogne sur le portail à grands coups de poing avec de plus en plus de rage. Intrigué et énervé, Adrien décroche exceptionnellement son interphone.

Il n'aurait peut-être pas dû…

— Mais arrêtez à la fin… qu'est-ce que vous voulez ?

L'homme sursaute en entendant la voix d'Adrien. Il semble surpris, regarde autour de lui et se met à hurler devant l'entrée.

— *Ouvrez-moi !* Je dois parler au professeur Adrien Beaussier.

La voix est claire, le ton sec avec un léger accent corse. Adrien répond à l'énergumène par l'interphone avant qu'il n'ameute le quartier.

— *Eh !* Ça ne va pas la tête ? Arrêtez de crier comme ça. Et d'abord, qui êtes-vous ?

— Je suis Napoléon. Ci-devant Empereur des Français.

1

Un drôle de paroissien

6 février 2015, 15 heures

Vêtu d'un uniforme vert sombre à revers rouge, l'homme va et vient nerveusement dans le salon. Il parle, il parle… un vrai moulin à paroles. Il dit ne rien comprendre à ce qui se passe. Il devrait avoir auprès de lui Marchand, Bertrand, Montholon, le mamelouk Ali… mais personne n'est là. Pourquoi est-il seul ? Où sont-ils ? Où est-il ?

Bien calé dans son canapé, Adrien l'observe en rigolant doucement. Adrien est professeur d'histoire, mais sa passion c'est la reconstitution historique. Il aime ce milieu car il y côtoie une foule de gens passionnés et bien dans leur tête. Il partage avec eux une même passion pour l'Histoire vivante. Mais dans ce milieu il y a aussi quelques psychopathes qui font passer les autres pour des clowns. Si bien qu'Adrien n'est pas trop surpris de se retrouver avec un Napoléon dans son salon. Même s'il fait plutôt dans la reconstitution romaine, il connaît bien le milieu des napoléoniens, un espace riche en phénomènes. Pour la plupart, ces reconstituteurs conservent assez d'autodérision et d'humour pour tenir leur rôle intelligemment, mais ils sont quelques-uns à travailler du bicorne.

Celui qui arpente le salon d'Adrien est particulièrement intéressant. Question ressemblance, il décroche la timbale en argent frappée du poinçon à l'aigle impériale. Ses cheveux sont d'un brun foncé, rares sur le devant mais abondants dans le cou. Le front est large, les yeux bleu-gris et le nez proéminent. Son visage est plein, les dents blanches, le menton rond et le cou très court. Quant à la silhouette, elle est un peu corpulente mais bien proportionnée. Adrien remarque aussi ses mains courtes aux doigts effilés et aux ongles bien faits. Pour le costume, il n'y a rien à redire. Le fameux manteau de l'Empereur est refait à merveille. En entrant, le gars l'a jeté dans les bras d'Adrien, comme s'il était le valet de la maison. Il peut ainsi apprécier la qualité du travail de reconstitution. Le reste de l'uniforme est tout aussi bluffant. Un habit vert de colonel des chasseurs à cheval de la Garde impériale avec les décorations sur la poitrine. Dans cette tenue, il paraît sorti d'un tableau de David qu'Adrien connaît par cœur et qu'il adore. Comme dans ce portrait génial, l'homme a cet air fatigué de l'Empereur représenté à 4 heures du matin après une nuit de travail. Depuis l'enfance, Adrien est fan de Napoléon. Il a lu des rayons entiers d'ouvrages sur lui. À cinquante ans, il est revenu de tout, de tout sauf de Napoléon.

Son surprenant visiteur s'arrête enfin et se plante au milieu du salon. Il relève le côté droit de son habit et plonge sa main dans la poche de sa culotte blanche. Il en retire une jolie petite boîte en or ornée sur le couvercle d'un médaillon à l'effigie du roi de Rome. Il y puise deux minuscules pincées de tabac qu'il dépose délicatement sur son poignet gauche avant de les aspirer bruyamment. L'inhalation le fait aussitôt éternuer. Il se mouche et remet la tabatière en place.

— Mais enfin… où suis-je ? Qu'est-ce que je fais ici ?

— C'est plutôt moi qui devrais vous le demander… Qui êtes-vous à la fin ?

— Je suis Napoléon, Empereur des Français, Roi d'Italie, protecteur de…

— … de la Confédération du Rhin, médiateur de la Confédération helvétique, etc. Oui, je sais, merci. Mais d'où venez-vous ? Pourquoi êtes-vous venu chez moi ?

L'homme lève les yeux au ciel comme s'il était accablé par la question.

— Vous êtes bien l'historien Adrien Beaussier ?

— Oui, pour vous servir.

— Lorsque je me suis réveillé, j'étais dans le maquis tout près d'ici. Les odeurs de thym et de ciste m'ont rappelé mon enfance en Corse. J'ai marché jusqu'à ce curieux chemin recouvert d'un mortier gris. En cherchant mon tabac dans mon louviers[1], j'ai trouvé ce curieux billet.

L'homme tend à Adrien un bout de papier à peine plus gros qu'une carte de visite. Le papier porte une simple adresse manuscrite.

Adrien Beaussier. Historien à Nîmes
213, chemin des Garrigues

1. La redingote de Napoléon est taillée dans un drap gris provenant des manufactures de cette ville normande.

Adrien tourne et retourne ce document et va même jusqu'à le renifler. Il en a épluché des tonnes aux archives, du temps de ses recherches sur la Révolution. De toute évidence, le papier est de fabrication ancienne et celui qui a écrit son adresse est un pro de la paléographie. Il a su imiter à merveille l'écriture à la plume telle qu'on la pratiquait au début du XIXe siècle. Sans son nom et son adresse dessus, il jurerait qu'il s'agit d'un document authentique.

— C'est vous qui l'avez écrit ?

— Je vous dis que je viens de le trouver dans ma poche. J'étais à deux cents mètres d'ici. J'ai vu le nom de la rue et je me suis avancé jusqu'au portail. Votre nom y était inscrit. J'ai sonné et voilà…

Adrien commence presque à s'inquiéter devant ce personnage. Il a l'air tellement sincère. C'est un fou ou un acteur hors pair. Pour l'instant Adrien penche plutôt pour la première option. Pourtant il n'a pas l'air délirant, juste un peu perdu mais maître de lui. Sa voix surtout est impressionnante. Adrien se demande ce qu'il fait dans la vie quand il n'est pas Napoléon. Ce gars est peut-être un ancien militaire. Il y en a quelques-uns dans la reconstitution historique.

— Bon, admettons… mais vous ne m'avez pas dit d'où vous venez…

L'homme se remet à marcher nerveusement de long en large.

— La dernière chose dont je me souvienne… je suis… dans mon lit, sur cette île anglaise… Sainte-Hélène…

Normalement, Adrien n'est pas du genre très patient. Mais là, ce type lui pose un problème. Il a exprimé tout cela avec une telle sincérité et un tel désarroi dans le regard. Mais qui dans son entourage pourrait lui monter un bateau pareil ? Dans quel but ? L'espace d'un instant, l'idée lui traverse la tête. Et s'il avait Napoléon devant lui ? L'hypothèse le fait sourire…

Adrien se lève et se rapproche de « Napoléon ». L'homme est un peu plus petit que lui mais son regard en impose plus que sa taille. L'homme doit être très près du mètre soixante-huit de l'original. Adrien a du mal à soutenir ces yeux qui le fixent jusqu'au plus profond de son âme. Les deux hommes semblent aussi intrigués l'un que l'autre. Pour ne pas donner l'impression de céder le premier, Adrien relance la conversation.

— Alors comme ça… vous venez de Sainte-Hélène… ?

— Si fait… j'étais très faible depuis des mois. Je n'avais plus la notion ni des jours ni des heures. Mes pensées erraient entre mon fils et mon armée. À présent, ce qui m'étonne le plus, c'est de me sentir à nouveau en pleine forme…

L'homme paraît tout à coup désarmé. Il tourne lentement son regard vers Adrien. Puis, à voix basse :

— Monsieur… serais-je mort ? Est-ce cela la mort ? Suis-je au paradis ? En enfer ? Au purgatoire peut-être… Et vous, qui êtes-vous ?

Cette fois la conversation commence à devenir surréaliste. Un bref instant, Adrien se demande si ce n'est pas lui qui serait mort. Une fois de l'autre côté, son personnage historique préféré serait venu l'accueillir. À cette idée il recule d'un pas et se retourne pour jeter un coup d'œil vers son bureau. Il redoute de se voir raide devant l'ordinateur. Mais non, il n'y a que son chat noir qui dort tranquillement sur son fauteuil. D'une voix calme, l'homme répète à nouveau :

— Monsieur, je vous le demande… en vérité, suis-je mort ?

— Non, vous n'êtes pas mort et vous n'êtes pas Napoléon, qui lui est bien mort à Sainte-Hélène. Je vous le confirme. Mais j'ai assez perdu de temps avec un fou furieux parce que…

Adrien ne peut pas finir sa phrase. Le bonhomme le saisit aussitôt au col et se met à hurler avec un puissant accent corse :

— *Sangu di u porcu neru*[1] *!* On ne m'a jamais parlé ainsi depuis l'école de Brienne… Le dernier ci-devant à l'avoir fait en a pleuré des larmes de sang. Je suis Napoléon Bonaparte. Fils de Charles et Laetitia *Buonaparte*. Même si vous parlez d'une manière singulière, vous parlez français, je suis donc rentré en France. Si je suis en France c'est pour accomplir quelque chose et si j'ai votre nom dans ma poche c'est que vous connaissez forcément le sens caché de tout cela. Alors révélez-moi tout ce que vous savez ! Qui êtes-vous ? Combien de mois se sont-ils écoulés depuis mon départ de Sainte-Hélène ? Les Bourbons sont-ils toujours sur le trône ? Mon fils règne-t-il ? Je veux tout savoir… tout ! Tout de suite !

Tout en criant, il serre le col de la chemise d'Adrien en le secouant de toutes ses forces. Adrien parvient avec peine à se libérer et tente de calmer son visiteur.

— Bon, écoutez… on va jouer à un jeu. Je réponds à vos questions et vous répondez aux miennes… On ne s'énerve pas et on essaie d'avancer. D'accord ?

1. « Par le sang du cochon noir ! » Juron corse.

D'un mouvement sec, l'homme replace ses mains dans le dos. Il bombe le torse et toise Adrien d'un regard mauvais.

— Soit, mais vous répondez d'abord à mes questions. Avant tout, j'ai soif. Servez-moi un verre de vin. Avez-vous du chambertin ?

Adrien est soufflé par la question… Le ton naturel de l'exigence en impose. Le plus beau c'est qu'Adrien a justement quelques bouteilles du vin préféré de Napoléon sous la main. Un cadeau de son beau-père qui connaît ses goûts… des bouteilles réservées pour les grandes occasions…

— Un gevrey-chambertin de dix ans, ça vous conviendrait ?

D'un geste vif de la main, l'homme lui signifie que ça ira… Puis il tourne le dos et observe le paysage par la baie vitrée. Dans la cuisine, Adrien ouvre le précieux flacon. Il prend deux verres à pied et revient au salon. Les mains dans le dos, les jambes un peu écartées, l'homme contemple toujours la pinède environnante. Adrien pose la bouteille et les verres sur la table basse. Il les remplit à demi et en propose un à son invité. Celui-ci se retourne d'un coup… L'image est saisissante. Adrien a vraiment l'impression d'avoir Napoléon en face de lui.

— Auriez-vous de la glace ?

— De la… ?

Mettre des glaçons dans du chambertin… Napoléon mettait de la glace dans son vin… Là, Adrien se dit qu'il pousse le bouchon de la reconstitution un peu loin. Quand il revient au salon avec ses glaçons, l'homme tient la bouteille dans sa main. D'un geste brusque il la met sous le nez d'Adrien.

— *2005 ???* Mais en quelle année vivez-vous ?

— En 2015, arrêtez de faire semblant. Vous le savez bien.

L'homme observe la bouteille de nouveau et semble sidéré par l'étiquette.

— 2015 ! Tout juste deux cents ans après… cela veut forcément dire quelque chose. Mais qui êtes-vous, monsieur ?

Adrien soupire, ferme les yeux et se demande si ce n'est pas un cauchemar. Quand il ouvre les yeux, « son » Napoléon contemple toujours l'étiquette, et il lui tend son verre.

— De la glace !

C'est bien un cauchemar. Adrien doit mettre des glaçons dans du chambertin. Sans un merci, l'homme repose la bouteille. Il se replace face à la pinède et porte le verre à ses lèvres.

— On doit tout se dire, alors je commence. Je m'appelle Adrien Beaussier. J'ai 51 ans.

— Le même âge que moi…

— Je suis historien et j'ai d'abord écrit un livre sur la vente des biens nationaux…

— Les biens nationaux ? Vous êtes royaliste ? Pourquoi s'intéresser à cela ? J'ai garanti la vente des biens de l'Église. J'en ai fait le serment lors de mon sacre, sinon il aurait fallu marcher sur cent mille cadavres. Voulez-vous rallumer la Révolution ?

— Je veux bien répondre à vos questions, mais si vous en posez dix de plus à chaque fois…

— Soit ! Continuez.

— Je suis professeur d'histoire. À l'université…

— L'Université… mon œuvre…

— Hmmoui… pour ce qu'elle est devenue. Maintenant j'écris des livres d'histoire romaine et…

— Vous faites bien. C'est là un vrai sujet d'histoire. Quels livres avez-vous publiés ?

— Un livre sur Spartacus.

— Spartacus, ce révolté ? Alors vous êtes jacobin. Quoi d'autre ?

— Un autre sur Pompée qui…

— Vous auriez dû prendre César… l'Histoire n'aime pas les vaincus.

— Vous pouvez parler…

L'homme se retourne tout à coup et le fusille du regard.

— Qui prétend que je suis vaincu ? Tant que l'on est vivant, on n'est pas vaincu !

Adrien s'aperçoit qu'il vient implicitement de lui parler comme s'il était Napoléon. Comme s'il commençait involontairement à croire à cette histoire de fou. Il s'étonne de sa propre remarque, mais il est sèchement rappelé à l'ordre :

— Poursuivez ! Au sein de quelle université avez-vous votre chaire ?

— À Nîmes.

— Il n'y a pas d'université à Nîmes.

— Il y en a une, mais depuis peu de temps.

— Pourquoi votre nom figure-t-il sur ce maudit papier ?

— Je l'ignore complètement.

— Les Bourbons sont-ils toujours sur le trône ?

— Non, ils ont été chassés en 1830.

L'homme ne dit rien, mais il sourit pour la première fois en savourant une dernière gorgée. Un charme étonnant se dégage de ce sourire. Puis, brusquement, son regard s'assombrit.

— Mon fils a-t-il régné ensuite ?

— Non, le roi de Rome est mort en Autriche à 21 ans. Il n'a jamais régné.

— A-t-il eu un héritier ?

— Non, aucun enfant.

À ces mots, l'homme ferme les yeux un instant. Il tend son verre.

— Resservez-moi s'il vous plaît. Votre vin est excellent. Je n'avais qu'un Bordeaux bien fade à Sainte-Hélène…

Adrien ne sait plus trop où il en est. Le regard de l'inconnu est un peu perdu. Il se mord le coin de la lèvre inférieure, puis :

— Comment mon fils est-il mort ?

Adrien remplit le verre. Après une hésitation, il répond finalement :

— La tuberculose. Alors qu'on lui avait caché sa naissance depuis son enfance, le roi de Rome venait de découvrir qui était son père…

À ces mots l'homme entre dans une rage folle. Il jette violemment son verre plein qui se pulvérise sur le sol. Les éclats volent dans tout le salon, répandant du vin jusque sur les murs.

— *Aaaarh* maudits Autrichiens ! Des chiens ! Des lâches ! Je les ai vaincus plus de dix fois, Arcole, Rivoli, Marengo, puis à Elchingen, Ulm, Austerlitz, Wagram, Dresde… À un contre dix je les ai encore écrasés à Montereau et ils m'ont volé mon fils. Ils ont tué mon unique héritier pour se venger… J'aurais mieux fait de rester avec Joséphine ou d'épouser la fille d'un notaire plutôt que la nièce de Marie-Antoinette et de Louis XVI[1]. Ils ne m'ont jamais pardonné mes origines. J'aurais dû demeurer l'empereur du peuple. J'ai voulu marier les idées de mon siècle avec les préjugés du temps des Goths et j'ai échoué. Pauvre sot ! Et elle ? Sa mère n'a-t-elle rien pu faire ? N'était-elle pas là pour protéger notre enfant ?

Devant ce brusque accès de fureur, Adrien reste stupéfait. N'importe quel connaisseur de l'histoire de Napoléon, aurait pu lâcher tout ça en improvisant. Mais le ton… le regard… la sincérité de cet accès de rage… quel brio ! Adrien est presque gêné. Il n'ose pas dire que Marie-Louise était dans les bras de son amant borgne quand son fils est mort…

— Elle… elle n'était pas là… elle était en Italie. Elle n'a rien pu faire…

D'un geste impatient, l'homme signifie qu'il ne veut pas en entendre davantage et il se remet à marcher dans le salon.

---

1. Marie-Louise est la fille de l'empereur d'Autriche, seconde épouse de Napoléon et mère du roi de Rome.

2

Duellistes

— *Basta cosi*[1], Beaussier ! Rompons là… c'est à l'avenir que je dois penser à présent. Vous aviez des questions à me poser ? Posez-les ! Je me mets à votre place, vous, simple citoyen. L'Empereur des Français surgit et comme toujours c'est un fracas considérable. J'ai souvent eu l'occasion de pénétrer dans les plus humbles chaumières. À chaque fois j'ai suscité la sidération. Je sais ce que vous ressentez.

Puis, pointant Adrien du doigt.

— Mais *vous*, en plus, vous voyez un homme mort depuis deux cents ans. Un revenant qui apparaît tout à coup comme la statue du Commandeur…

Ses mains dans le dos, la tête baissée, il marche et parle vite. Le ton reste ferme, les idées claires.

— Vous êtes Français donc cartésien. Je le suis aussi au plus profond de mon être. Je n'ai pas emmené cent cinquante savants pour la campagne d'Égypte et je n'ai pas été élu à l'Institut de France dans la section des sciences mécaniques pour croire aux fantômes…

1. « Ça suffit comme ça. »

et pourtant. Pourtant nous sommes, vous et moi, face à ce paradoxe. Vous êtes un homme de lettres, je suis un homme de sciences. Ensemble nous devons percer ce mystère. Je crois au Grand Horloger de l'Univers et je tiens pour vrai que les religions ne sont là que pour régir la morale des peuples… Au fait, êtes-vous catholique, Beaussier ? Je n'ai vu aucun crucifix dans votre maison… Libre penseur ? Protestant ? Il est vrai que nous sommes à Nîmes…

— Eh bien… disons que je suis catholique d'origine, mais difficilement chrétien et naturellement païen…

— Ha ! Ha ! Vilain mécréant ! Religion ou pas, tout a une logique dans l'univers, y compris ce qui peut paraître dépourvu de cohérence. La foudre de Jupiter a bien été domptée par le paratonnerre de Benjamin Franklin. Le savant Volta, que j'ai décoré de mes propres mains, a ensuite domestiqué l'électricité avec sa pile. Toutes ces choses inimaginables du temps de mon enfance trouvent une explication. J'imagine ce qui a été découvert en deux cents ans… Des progrès ont bien été faits par les sciences depuis mon… départ ?

— Oui… oui… quelques-uns…

— Il me faudra un rapport à ce sujet. Pour l'heure procédons par ordre, comme avant la bataille. Le premier mouvement consiste à vous convaincre que je suis bien celui que je prétends être. Je me fais fort d'y parvenir. Après cela vous me direz quel est votre monde. Dieu merci je suis retombé en France et non pas chez les Hurons. Ensuite il me faudra déceler le sens caché de ce mystère. Enfin, lorsque j'aurai compris le pourquoi des choses, je me donnerai les moyens du comment et je réussirai aujourd'hui là où j'ai échoué hier.

Adrien écoute avec stupéfaction. Il se dit que cet homme est une vraie pile électrique. Il n'arrête pas d'aller et venir comme un lapin Duracell. Ses phrases roulent comme des tambours.

— Pour vous convaincre de mon identité posez-moi toutes les questions possibles. Je me sens aussi fringant qu'à Arcole. Toute ma mémoire est là, vive, intacte, immense. Mon esprit est aussi clair que sur *L'Orient*. Je me revois sur le pont de cet immense vaisseau de cent vingt canons. Je n'avais pas trente ans. Tel Alexandre ou César je voguais vers l'Égypte. Chaque soir je travaillais avec mes collègues de l'Institut. Comme eux vous pouvez tenter de me piéger. Allez même puiser dans les livres qui ont été écrits sur moi. Il y a bien eu des livres écrits sur moi ?

— Depuis votre… disparition… il y a eu un livre publié sur vous… par jour.

— Ah ça ! Cela fait donc… soixante-dix mille huit cent dix ouvrages ! Par Dieu… je dois faire concurrence à la Bible. Autant d'ouvrages sur moi et combien de sottises sans doute… Ramenez-moi un verre et commençons. Plus vite vous serez convaincu, plus vite je pourrai me consacrer à l'essentiel…

Adrien a un peu le tournis. L'énergie et l'autorité qui se dégagent de cet homme sont stupéfiantes. Un nouveau verre à la main, il cherche encore à remettre de l'ordre dans ses idées. Quand il revient au salon, son invité est affalé dans le canapé. Avec un naturel absolu, il tend l'une de ses bottes.

— Beaussier, enlevez moi mes bottes. Je ne sais pas comment je suis revenu de Sainte-Hélène mais j'ai fort mal aux pieds.

— Mais, mais… je ne suis pas votre… valet…

— Il se trouve que mon fidèle Marchand ne m'a pas suivi… sonnez le vôtre…

— Mais… je n'en ai pas…

— Alors enlevez-moi mes bottes… dépêchez-vous !

Après une courte hésitation, Adrien hausse les épaules. Il pose le verre de vin et tire sur la botte. Une fois déchaussé, l'homme se lève et se place face à Adrien.

— Allez-y, je vous écoute.

— Bon… quel est le nom du premier préfet de l'Ardèche que vous avez nommé en 1800 ?

La réponse jaillit sans un seul instant d'hésitation.

— Charles Ambroise Caffarelli du Falga. C'est l'abbé de la famille… un prêtre jureur puis un défroqué, comme Talleyrand. L'aîné des Caffarelli était un brave général avec une jambe de bois. La sienne a été emportée par un boulet sur le Rhin. Il est mort dans mes bras à Saint-Jean-d'Acre. Saint-Jean-d'Acre… Là où mon destin a basculé. Mais cet abbé n'a rien à voir avec ça. Un bon agronome, certes, mais il n'a pas été à la hauteur avec les Ardéchois, des gens trop rudes pour lui. Pourtant, j'avais promis à son frère de veiller sur sa famille. Je l'ai nommé ailleurs… où donc l'ai-je nommé ? Ah ! Le Calvados et ensuite l'Aube, mais en 1814 ce coquin s'est enfui devant les armées coalisées en abandonnant sa préfecture de Troyes. Lorsque je suis revenu en vainqueur dans la ville quelques jours après, je l'ai cassé sur le champ.

Adrien reste stupéfait car il ne connaissait pas le quart de ces détails. Il quitte un instant son visiteur et court à son bureau pour vérifier sur le Net. Tout y est, les départements, Troyes, Saint-Jean-d'Acre… Adrien prend alors le *Napoléon* de Jean Tulard dans sa bibliothèque. Armé de cette somme, il retourne au salon.

— Bon, disons que c'est un coup de chance. Vous devez savoir que j'ai travaillé sur l'Ardèche et vous vous êtes documenté. Vous êtes fort, mais je vous aurai…

Tandis qu'Adrien feuillette son livre, l'inconnu s'amuse de l'embarras de son « examinateur ».

— Alors monsieur le professeur, votre élève attend…

Adrien tombe finalement sur la chronologie placée à la fin du livre. Elle est si détaillée que lui-même est loin de connaître toutes les dates.

— Bon, voyons… par exemple, que se passe-t-il le 11 frimaire an XIII ?

— Mais c'est le jour de la victoire d'Austerlitz, le 2 décembre 1805. Il est vrai que le calendrier révolutionnaire est encore en usage à cette date. Je l'ai aboli juste après la bataille.

— Bien, bien… Le 2 avril 1810 ?

— Mon mariage avec l'archiduchesse Marie-Louise… Cette…

— Oui, c'est ça… Le 4 juin 1813.

— L'armistice de Pleiswitz, j'aurais mieux fait de ne…

— C'est exact… Le 8 novembre 1813 ?

— Le 8 novembre ? Je rentre en France après la malheureuse campagne de Saxe…

— Non, que se passe-t-il en Italie à ce moment-là ?…

— Ah oui ! Murat ! Ce coq vaniteux… mon incapable beau-frère passe à l'ennemi. Il se rallie aux Autrichiens pour sauver son trône de Naples. Il ne l'a pas emporté…

— … au paradis, oui, effectivement. Il a été fusillé deux ans plus tard par les Napolitains. Parfait, poursuivons. Le 6 nivôse an VIII ?

— L'instauration du Conseil d'État… l'une de mes plus belles institutions. Existe-t-il toujours ?

— Oui, oui, il existe toujours. Que faites-vous au mois de messidor an II ?

— Messidor an II… je suis à Nice puis en Italie. Robespierre le Jeune m'a envoyé en mission à Gênes. Le mois suivant, lui et son frère étaient exécutés à Paris. Cela m'a coûté quelques jours de résidence surveillée à Nice.

— Que se passe-t-il le 31 mai 1809 ?

— Triste date, la mort du duc de Montebello, le maréchal Lannes, mon meilleur ami. Le seul…

— 11 brumaire an XI ?

— 11 brumaire an XI… Voyons… Ah oui ! Mais vous le faites exprès ? C'est la mort d'un autre beau-frère, le général Leclerc, à Saint-Domingue. Cette expédition a été une véritable erreur, tout comme le fait de rétablir l'esclavage dans certaines de nos îles à sucre. Ma sœur Pauline en a eu un terrible chagrin. De la mort de Leclerc… pas du rétablissement de l'esclavage. Mais elle n'a pas tardé à se consoler dans les bras de ce général Humbert. Je l'ai cassé et le bougre s'est fait pirate… ma sœur préférée a toujours été un tourment pour moi, mais je l'adorais…

L'homme pousse un profond soupir et Adrien murmure :

— Ma fille s'appelle aussi Pauline…

— Votre fille s'appelle Pauline ? Il faudra me la présenter…

— Oui, on verra… Reprenons… 23 octobre 1812 ?

— Je suis en Russie. Je bats en retraite avec l'armée et c'est à ce moment qu'il y a eu cette stupide conspiration de ce fou de général Mallet. Et personne n'a pensé…

— … au roi de Rome pour remplacer son père. Poursuivons… Le 14 messidor an VI ?

— Je fais mon entrée à Alexandrie et je commence la campagne d'Égypte…

— La capitulation de Dupont à Bailén, quelle date ?

— Le 22 juillet 1808… *ahhh !* Dupont… ce lâche. Mais cette affaire d'Espagne… quel nœud fatal. Comme un vautour qui aurait planté ses serres sur les flancs de mon Empire. Une affaire mal embarquée et fort injuste. Mais on ne m'a guère laissé le choix. L'Espagne a offert une école aux soldats anglais et compliqué mes affaires en Europe…

— Bon, bon… Le 23 germinal an IV ?

— Ma première victoire de la campagne d'Italie, à Montenotte… et pourtant je ne pensais qu'à…

— … Joséphine…

— Oui, c'est vrai… comment savez-vous cela ?

— Je vous connais un peu…

Cette réflexion qu'il vient de prononcer étonne à nouveau Adrien. « Je vous connais… » Qui, « vous » ? Sinon Napoléon lui-même…

Avec d'autres ouvrages, Adrien continue encore longtemps. La rapidité des réponses devient de plus en plus diabolique. Que celles-ci soient liées à l'histoire personnelle ou aux faits politiques… tout est exact avec un flot de détails. Le plus étrange demeure cette capacité de passer en un instant du calendrier révolutionnaire au calendrier grégorien sans jamais se tromper. Adrien tente de le piéger en alternant les deux très rapidement mais rien n'y fait. Même le plus féru des historiens de la Révolution ne pourrait fonctionner mentalement aussi vite sur ces deux computs. Seul quelqu'un ayant vécu pendant treize ans avec ces deux modes de calcul si différents pourrait s'y retrouver aussi rapidement. Adrien poursuit avec un autre de ses livres fétiches, *La Grande Armée* de Georges Blond. L'ouvrage regorge de cartes et de détails sur l'histoire militaire. Mais là encore, les régiments, les bataillons, le nombre d'hommes, de canons, de chevaux, tout est classé dans sa tête d'une manière merveilleuse. À la fin Adrien pose les yeux sur cet homme qui arbore un large sourire. Le sourire d'Austerlitz.

— Alors professeur ? Êtes-vous convaincu à présent ? Êtes-vous bien persuadé que je suis celui que je prétends être ? Continuons… cet exercice me plaît.

Adrien est sonné. L'autorité, le charisme de cet homme… tout cela dépasse l'entendement. C'est à ce moment-là que la porte d'entrée s'ouvre…

3

Un incroyable invité

— Chéri, tu es là ? Oh… pardon. Bonjour monsieur…

Le sourire avenant de Jacqueline se fige en une fraction de seconde lorsqu'elle découvre le verre brisé sur le tapis. Le vin rouge a giclé jusque sur le beau canapé blanc. Elle jette d'abord un regard furieux vers Adrien puis elle scanne de haut en bas le bonhomme déguisé qui trône en mi-bas dans son salon. La fille d'Adrien arrive à son tour.

— Salut pa' ! Regarde mon nouveau Smartphone. Il est trop classe… Eh ?… Qu'est ce qui s'est passé ?

— Je ne sais pas, dit Jacqueline. Tchernobyl bis ?

— Oui, grave, il y en a partout… tiens, je fais une photo…

Tandis que sa fille commence à *shooter* les traces de la fureur impériale, Jacqueline interroge Adrien du regard. Napoléon s'avance alors vers elle et dépose un baiser sur sa main.

— Croyez bien, Madame Beaussier, que je comprends votre interrogation. Mon intrusion est un peu cavalière, d'autant que vous me prenez au débotté.

Néanmoins, soyez certaine que je suis aussi étonné que vous de me retrouver ici. Je devine que cette demoiselle est votre fille. Vous ressemblez beaucoup à ma sœur Pauline, mademoiselle. Vous êtes tout aussi belle et vous allez sans doute faire chavirer bien des cœurs…

Pauline sourit au compliment et le salue d'un « Bonjour » très naturel tout en lui tendant la main.

— Moi aussi je m'appelle Pauline…

L'homme saisit délicatement la main tendue et s'incline légèrement vers elle. Il paraît visiblement attendri par cette jeune fille coquette, vive et brune comme l'était Pauline Bonaparte. Pauline Beaussier s'amuse de ce personnage qu'elle trouve sympathique. Habituée depuis l'enfance aux différents costumes endossés par son historien de père et par ses amis reconstituteurs, elle ne fait pas grand cas de son accoutrement bizarre. Par contre, elle apprécie ses manières. C'est la première fois qu'on lui fait un baisemain. De son côté, Jacqueline goûte nettement moins la présence de cet inconnu chez elle.

— Adrien, peux-tu nous présenter ce monsieur. Vous préparez un spectacle sur Napoléon ?

— Monsieur Beaussier manque en effet à tous ses devoirs. Beaussier, voulez-vous bien dire qui je suis à votre charmante épouse… Beaussier !

Tout s'entrechoque dans la tête d'Adrien. Toutes ces dates, toutes ces précisions. Et puis surtout ces yeux, cet aplomb, l'aura qui se dégage de lui. Enfin, l'envie, l'envie terrible d'y croire pour un historien un peu hors-piste tel que lui. Avoir Napoléon chez lui. C'est insensé, mais si c'était vrai ? Tout ce qu'il pourrait apprendre, comprendre. Il doute, mais son envie d'y croire est trop forte. Il croise encore le regard de l'homme qui l'encourage d'un léger hochement de tête. Comme un somnambule qui se réveille, Adrien déclare d'une voix qu'il voudrait plus assurée :

— Jacqueline, je… j'ai l'honneur de te présenter Sa Majesté Napoléon Ier, Empereur des Français…

— Et moi je ne suis pas Joséphine, réplique Jacqueline, d'un air agacé. Bon, arrête de t'amuser cinq minutes. Vous êtes de vrais gosses avec vos déguisements.

Manifestement peu convaincue par la dimension historique de l'événement, Jacqueline tourne les talons et s'en va, furieuse.

— Vous avez une très belle femme, Beaussier… et quel caractère…

La fille d'Adrien est restée avec les deux hommes. Elle observe ce nouveau venu avec curiosité.

— Vous ressemblez trop à Napoléon. C'est pour un documentaire ?

— Jeune demoiselle, ce qu'affirme monsieur votre père est l'exacte vérité. Aussi incroyable que cela puisse paraître, je suis Napoléon Ier. Je suis… disons que je suis revenu d'un long voyage et, pour une raison que j'ignore encore, mes pas m'ont conduit jusqu'à votre demeure. Le fait que vous vous prénommiez Pauline et que vous ressembliez à ce point à ma sœur préférée me conforte dans l'idée qu'il y a là un sens caché que je finirai par déceler.

— Pour le prénom, c'est papa qui l'a choisi. Il dit que c'était la sœur la plus sympa de Napoléon… c'est vrai ?

— Sympa ? Cela veut-il dire sympathique ? Elle avait votre beauté et votre vivacité. Elle plaisait beaucoup aux hommes. J'espère que vous êtes plus sage qu'elle…

Le charme de la jeune fille de vingt ans opère immédiatement sur Napoléon.

— En tout cas vous êtes à fond dans le rôle. On y croit. Je peux faire un selfie avec vous ? Vous lui ressemblez trop, c'est dingue.

— Un… sel… fie… Dingue ? Beaussier, qu'est-ce que cela ?

— Ben, un selfie, quoi… répond Pauline. On fait une photo ensemble et je l'envoie sur mon Facebook… Je suis sûre que je vais avoir *full* de *likes*…

— Fesses ? Bouc ? Foule de laïcs ? Mais je n'entends rien à tout cela… Beaussier ?

— C'est de l'anglais…

— De l'anglais ? Les Anglais ont-ils remporté d'autres victoires après Waterloo ?

— Plutôt les Américains, mais je vous expliquerai.

— Sire.

— Pardon ?

— « Je vous expliquerai tout cela… SIRE. » À présent que vous m'avez reconnu, il convient que vous m'appeliez « Sire » ou « Votre Majesté », comme tous ceux qui me reconnaîtront.

Encore cet aplomb, encore ce regard. Et si c'était un hypnotiseur fort en histoire ? Un prestidigitateur du cerveau qui lui ferait prendre des vessies pour des chapeaux de Napoléon ? Mais Adrien chasse ce doute et avec une certaine excitation il s'entend dire :

— Oui… *Sire*, je vous expliquerai tout ce qui a évolué depuis votre… votre départ… *Majesté*…

— Parfait. À présent Mademoiselle Pauline, en quoi consiste ce… sel… enfin cette chose.

Sans gêne, Pauline se plaque contre Napoléon et braque le Smartphone vers eux.

— Serrez-vous contre moi et regardez vers le portable.

L'Empereur regarde avec perplexité ce petit miroir que Pauline tend à bout de bras au-dessus de leurs visages. Adrien remarque que sa fille réalise la première photo de Napoléon Ier. Puis, toute joyeuse, elle laisse son père et son nouvel ami dans le salon pour aller dans sa chambre.

— Cette enfant est un véritable bain de jouvence, Beaussier. Elle m'évoque en tout point ma *paganeta*, ma petite païenne de sœur. Cependant, quelle drôle de façon de parler, et cet accoutrement… ce pantalon surtout, c'est assez déroutant pour un homme de mon temps. J'ai pourtant interdit un tel travestissement pour les femmes. Mais je dois sans doute m'armer contre d'autres surprises de votre siècle. Vous avez d'autres enfants ? Des fils ?

— Non, Sire, mais j'ai…

Avant qu'il ne puisse terminer, la voix de Jacqueline se fait entendre :

— Adrien… tu peux venir s'il te plaît…

— Si… si Votre Majesté m'y autorise…

— Faites, faites. Réglez vos problèmes domestiques. Auriez-vous une gazette ? Après deux siècles d'absence, il faut que je m'informe un peu des dernières nouvelles.

— Vous avez quelques journaux près de la cheminée. Je vous laisse un instant.

— Allez, Beaussier… allez. Je vais m'installer là.

Napoléon s'assoit tranquillement sur une petite chaise près de l'âtre et sort ses lunettes de son gilet tandis qu'Adrien rejoint sa femme.

— C'est qui ce type ? Tu l'invites sans prévenir et vous mettez du vin partout ! J'espère qu'on ne va pas se le coltiner à manger en plus…

— Écoute… peux-tu me faire confiance pour quelque chose de très… très important ?

Le ton inhabituel de cette question inquiète un peu Jacqueline.

— Mais oui. Tu as un problème de santé ? Allez, parle…

— C'est au sujet de… de mon invité surprise…

— C'est lui qui te met dans cet état ? Mais d'où sort-il ?

— C'est compliqué… Il ne me connaissait pas il y a deux heures…

— Et tu l'as fait entrer ? Toi qui ne veux jamais être dérangé quand tu écris…

— Oui, mais non… en fait tout le monde le connaît… moi un peu plus que les autres…

— C'est n'importe quoi. Dis-moi s'il mange ici. Il ne reste pas aussi à dormir ?

— Oui… il reste ce soir… pour manger… On en profitera pour faire connaissance… et… et il restera aussi à dormir…

Suit un long silence.

— On va faire dormir un inconnu ici ? Si ça se trouve il va nous égorger.

— Mais non, voyons. C'est un homme extraordinaire. Mais il faut vraiment que tu me fasses confiance. Comme jamais. C'est vraiment important. Énorme… invraisemblable…

— Arrête à la fin… c'est QUI ce type ? Il ressemble à Napoléon et alors ? C'est un sosie qui te met dans cet état-là ? L'autre jour j'ai eu le sosie de Johnny Halliday qui est venu au cabinet pour se faire soigner les pieds et je n'en ai pas fait tout un plat.

— Ce n'est pas ça, c'est plus compliqué. Écoute, on l'invite ce soir et… tu verras.

Jacqueline est désarmée par le regard d'Adrien. Elle ne l'a jamais vu comme ça. En soupirant, elle finit par lâcher :

— Bon, d'accord… mais juste cette nuit.

— Je t'adore. Tu verras…

— En attendant, nettoie le salon, c'est dégoûtant.

Soulagé, Adrien embrasse sa femme. Le plus rapidement possible, il nettoie le vin renversé et le verre cassé. Toujours en mi-bas et en culotte, Napoléon est captivé par la lecture des journaux qu'il a trouvés. Tout à coup il ordonne :

— Beaussier ! Il me faut des cartes, vite. Des cartes de France, d'Europe, du monde… je n'entends rien à votre époque. Tout a changé. Il me faut des repères. Apportez aussi de l'encre et du papier. Dépêchez-vous. Et puis allumez des chandelles, il commence à faire sombre.

Adrien appuie sur le bouton de la lumière et le salon s'illumine aussitôt. Fier de son effet, il attend la réaction de Napoléon devant ce prodige de l'époque moderne. Mais trop absorbé par sa lecture, l'Empereur ne réagit même pas à ce miracle technologique.

— Nous sommes donc de nouveau en république. L'exemple de 1793 n'a pas suffi à refroidir les Français. C'est même votre cinquième. Cinq ! Et cela ne vous a pas alertés sur l'instabilité foncière de ce régime ? J'ai même lu qu'un tribun enragé en veut une sixième. Pourtant, d'après ce que je lis, vous semblez revenus au régime faisandé du Directoire. Un régime corrompu que j'ai balayé sans même tirer un coup de fusil. Le président a-t-il des pouvoirs comme celui des États-Unis ou est-ce un doge de la République de Venise, sans autorité réelle ?

— Il a de réels pouvoirs... Sire. À condition de posséder une certaine autorité personnelle pour assumer la fonction...

— Il me paraît en être tout à fait dépourvu. Regardez cette illustration qui représente votre président avec cet accoutrement et ce sourire ridicule. En toque et en manteau de fourrure, on dirait un boyard[1]. Il ne manque que la barbe. Comment la censure a-t-elle pu laisser passer une telle image du chef de l'État ? Le propriétaire de cette feuille doit être en prison...

— Sire... il n'y a plus de censure de la presse et l'on ne met plus les directeurs de journaux en prison pour une image ridicule du président... ils y seraient tous.

— Plus de censure ? Mais comment est-il possible de gouverner un peuple si on lui raconte tout et n'importe quoi ? Le ridicule tue les hommes en place plus que leurs sottises. Préparez-moi une note définissant les clubs politiques, les noms des chefs, leurs objectifs. Soyez mon Fouché. Mon ministre de la Police faisait des fiches sur chaque individu intéressant. Il me faut des fiches sur tout. Beaussier, ne restez pas planté là. Des cartes, de l'encre, du papier... vite !

— Sire, venez vous installer dans mon bureau. Vous y consulterez à loisir tous mes livres.

---

1. Les boyards étaient les aristocrates de l'ancienne Russie.

— Très bien Beaussier. Avez-vous des chaussons ainsi qu'une robe de chambre ?

Devenu majordome, Adrien récupère une robe de chambre et des pantoufles qu'il ne met jamais. Il les rapporte à Napoléon, qui lui tourne le dos afin que son nouveau valet de pied le débarrasse de son habit. Du mieux qu'il peut, Adrien déshabille et rhabille son invité. L'espace d'un instant il s'imagine dans le rôle de Carson en train de servir Lord Grantham dans la série *Downton Abbey*. Cela l'amuse beaucoup et il pousse même le vice jusqu'à aller chercher une brosse pour épousseter l'uniforme de colonel des chasseurs à cheval. Derrière le col, il aperçoit une étiquette ancienne. « Maison Chevalier à Paris. Fournisseur officiel de Sa Majesté l'Empereur ». Avec un soin méticuleux, il range l'habit vert muni d'épaulettes en fils d'or. La tenue est rehaussée de deux décorations et d'une plaque accrochée sur le côté gauche. L'ordre de la Légion d'honneur brille aux côtés de la Couronne de fer du royaume d'Italie. Adrien s'y connaît assez pour être certain de l'authenticité de ces pièces magnifiques. L'ensemble vaudrait une fortune dans une vente aux enchères, des dizaines de milliers d'euros, peut-être davantage. Mais le propriétaire de ces objets l'intéresse davantage. Même en pantoufles, l'homme a autant de prestance que s'il assistait au défilé de la Garde impériale sous l'arc du Carrousel.

— Si Sa Majesté veut bien me suivre…

Adrien conduit Napoléon dans son antre. C'est là qu'il passe le plus clair de ses journées depuis qu'il a demandé un an de disponibilité pour se consacrer à l'écriture. Les bibliothèques chargées d'ouvrages couvrent les murs. La pièce, assez spacieuse, est bien chauffée par un poêle à bois. Une grande fenêtre donne sur la garrigue environnante. Sur le bureau trône le grand écran de l'ordinateur. Un fauteuil, une table basse, une chaise et un vieux récamier complètent l'ameublement. Les mains dans le dos, Napoléon parcourt des yeux les titres des ouvrages.

— Ce sont de bien pauvres reliures, Beaussier. Les éditeurs de votre époque n'utilisent-ils plus le cuir ? Il faut me fournir des ouvrages faisant la synthèse de l'histoire du monde depuis deux siècles… Mais vous êtes historien, résumez cela à grands traits. Faites-moi un rapport concis.

Napoléon ouvre un atlas historique posé sur la table basse et se met à le feuilleter.

— Commençons, Beaussier, en 1821, lorsque je me suis… disons… assoupi. Le frère de Louis XVI règne en France par la grâce de mes ennemis. Que s'est-il passé ensuite ?

— Il est mort trois ans après… vous. Ça fait vraiment bizarre de dire ça devant vous… Vous êtes sûr que tout cela est réel ? Vraiment… vous ne vous moquez pas de moi ?

Napoléon balaie cette brusque bouffée de doute d'un revers de main.

— Beaussier, croyez bien que cette sensation est encore plus étrange pour moi. À la différence de vous, je suis passé de l'autre côté, où semble-t-il on n'a pas voulu de moi.

— Vous avez un souvenir de ce passage ?

— Malheureusement, aucun, sinon je vous ferais part de cette expérience. Mais ne nous arrêtons pas aux aspects métaphysiques. Continuez votre exposé et les choses s'éclairciront peut-être d'elles-mêmes. Allez, je vous écoute, ne perdons pas de temps.

Comme toujours, le ton sec et précis ne souffre aucune réplique. Si ce n'est pas Napoléon, du moins en a-t-il l'autorité. Adrien baisse à nouveau les armes. Il n'a pas le début d'une explication, alors il obtempère.

— Bien… Louis XVIII est mort sans enfant. C'est son frère qui lui succède…

— Le comte d'Artois ! Le plus fieffé imbécile que la Terre ait porté. Laissez-moi deviner, il a voulu rétablir l'Ancien Régime et les privilèges d'autrefois. Il aurait même rendu les biens nationaux à l'Église que cela ne m'étonnerait pas. En faisant cela il a rallumé cette Révolution que j'ai arrêtée aux principes qui l'ont commencée.

— Oui, Sire, c'est à peu près comme cela que les choses se sont passées.

— Quelle est la date de cette nouvelle Révolution ? Combien d'années a-t-elle duré ?

— Au mois de juillet 1830, et tout s'est terminé au bout de trois jours.

— Trois jours ! Voilà qui est bref. Mais mon fils… le peuple l'a-t-il rappelé ?

— Il n'a que dix-neuf ans et il vit à Vienne… comme un archiduc d'Autriche.

— Si ce n'est lui, qui a pris le pouvoir ?

— Louis-Philippe, le fils du duc d'Orléans, Philippe Égalité. Ce dernier avait…

— … voté la mort de son cousin Louis XVI et son fils devient roi à son tour. On aura tout vu.

— Non… vous n'avez encore rien vu, Sire. Talleyrand et La Fayette ont parfaitement manœuvré pour le mettre sur le trône avec l'appui de la bourgeoisie.

— La Fayette, un cerveau creux… et Talleyrand, la pire des girouettes. Ces deux-là ont bien œuvré à ma propre chute en 1815. Talleyrand, ce diable boiteux… cet… Enfin, passons…

— Vous voulez dire : « Cette merde dans un bas de soie » …

— Que dites-vous, Beaussier ?

L'air offusqué, l'Empereur fronce le sourcil. Adrien se sent tout à coup un peu gêné.

— C'est le mot célèbre que l'on vous attribue. Vous l'avez eu dans un moment de colère lorsque vous avez renvoyé Talleyrand.

— Est-ce que vous m'imaginez un instant tenir un tel langage ? Ce serait indigne ! Qu'a-t-il fait de mémorable votre Louis-Philippe ?

— Il a introduit le régime parlementaire.

— Bah ! Bah ! Un gouvernement représentatif, manie anglaise que tout cela. Il faut, pour gouverner la France, des mains de fer et des gants de velours. Comme les grenouilles de la fable qui ne peuvent se contenter d'une poutre comme roi, Louis-Philippe a dû être balayé bien vite.

— Sire, il a régné dix-huit ans…

— Diable ! Plus que moi… quels sont les faits marquants ? Des conquêtes ?

— Il a conquis l'Algérie.

— L'Algérie ? Ce pays n'existe pas… Est-ce le port d'Alger chez les Barbaresques ?

— En effet, Charles X met fin à la piraterie des Barbaresques en s'emparant de la ville d'Alger. Ensuite, Louis-Philippe poursuit la conquête de la côte et de l'intérieur. Avec la colonisation, les Français ont appelé ce pays l'Algérie.

— La France n'a nul besoin de colonies. C'est pour cela que j'ai laissé l'Égypte et vendu la Louisiane aux Américains pour une bouchée de pain. Quoi d'autre ?

— La France comble son retard vis-à-vis de l'Angleterre dans le domaine de l'industrie et des machines à vapeur.

— Des machines… cela a dû provoquer du chômage ? L'Angleterre a connu des révoltes à cause de cela.

— Il y a eu des crises et il y en a encore. Mais c'est le progrès. Il y a aussi la création des premiers chemins de fer.

— Quoi donc ?

— Des rails en fer sur lesquels roulent des machines propulsées par la vapeur…

— Oui… Fulton a déjà expérimenté cela avec des bateaux sur la Seine. J'aurais dû croire à son invention. À quelle vitesse roulent ces machines ?

— Au début cinquante ou soixante kilomètres à l'heure.

— Fantastique… Quoi d'autre ?

— Louis-Philippe a aussi ramené vos… vos cendres sous la coupole des Invalides.

— Bel endroit, il a donc exaucé mon souhait de reposer au milieu de ce peuple français que j'ai tant aimé. Quelle a été la réaction de l'opinion ?

— Vos vieux soldats sont venus de partout pour vous rendre un dernier hommage devant une foule immense. Ils ont bivouaqué près de votre catafalque malgré la neige et la glace. Certains ne se sont pas réveillés mais votre légende a débuté à partir de là.

À l'évocation de ses vieux grognards, les yeux de Napoléon s'embrument.

— Mes braves soldats… Je ne les ai pas ménagés et ils me sont restés fidèles. Plus que mes maréchaux, mes ministres et mes frères, ces parvenus qui me devaient tout…

Après un long silence, il lâche dans un soupir :

— Je dois redevenir l'Empereur du peuple.

Puis il se redresse et reprend le cours de sa conversation.

— Louis-Philippe est-il mort sur le trône ?

— Non, une révolution… en 1848. Il est balayé en quelques jours…

— Et ensuite ?

— La République.

— Ha… encore la Terreur ?

— Non, non… une république, avec un président élu au suffrage universel.

— Le suffrage universel ? Je l'ai instauré avec le Consulat. Il n'est pas mauvais de s'en référer au peuple pour les choses importantes… en guidant son choix bien sûr. Qui a été élu ?

— Votre neveu. Louis-Napoléon Bonaparte, le fils cadet de Louis…

— *Mon frère Louis ?!* J'ai dû retirer le royaume de Hollande à ce grand benêt après le lui avoir confié. Son fils vaut bien mieux. Un enfant adorable dont je suis le parrain. Avec sa mère, la reine Hortense, nous l'appelons « Monsieur Oui-Oui », car il répond toujours oui à toutes les questions. Je me souviens très bien de ce petit garçon. Je l'ai vu lorsque je me suis arrêté à la Malmaison, sur la route de mon dernier exil. Un enfant de sept ans, fort sage et réfléchi… A-t-il rétabli l'Empire ?

— Oui, par un coup d'État. Sous le nom de Napoléon III, il a régné pendant 22 ans.

— Lui aussi aura fait mieux que moi. Qu'a-t-il fait de grand ?

— Il modernise le pays et achève le réseau ferré. Il fait de Paris une ville très moderne. Il enracine l'usage du suffrage universel et promulgue des lois pour protéger les ouvriers. La France est prospère sous son règne et il aide à la réalisation de l'unité italienne.

— Eh bien en tout cela le neveu a mis ses pas dans les miens. Je me suis toujours soucié du bien-être de mes peuples. Après Waterloo, les ouvriers des faubourgs ont voulu prendre les armes pour moi. Mais j'ai refusé de les armer. A-t-il hérité de mes talents de capitaine ?

— Non, pas du tout, mais il a l'intelligence de le reconnaître. Sa fin est moins glorieuse. Il ne peut empêcher l'unité de l'Allemagne autour de la Prusse. En 1870, son armée est vaincue en un mois et il est fait prisonnier à Sedan, le 2 septembre…

À ces mots le visage de Napoléon se fige. Son poing se ferme et se met à trembler.

— Un Bonaparte capturé ?! Un Empereur se laisse vaincre et saisir par ces Prussiens que j'ai battus cent fois ! Mais quelle honte ! Ne pouvait-il pas se faire tuer à la tête de ses troupes ?

— Il souffrait terriblement de la maladie de la pierre. Il pouvait à peine monter à cheval…

D'un coup de pied rageur, Napoléon renverse la table basse et se met à rugir comme un forcené.

— Eh bien qu'il reste au palais des Tuileries ! Quand on est Empereur des Français, on peut se faire tuer à la guerre mais on ne doit pas se rendre. Je me suis enfui en laissant ma voiture à Waterloo. J'avais même prévu du poison lors de la retraite de Russie. Plutôt mourir comme un Romain que d'être capturé par les cosaques. Et après ? Les Prussiens l'ont-ils promené dans une cage de fer ? Allez, Beaussier ! Soyez sans pitié. Révélez-moi tout ! Mais parlez à la fin ! Est-ce pour entendre cela que je suis revenu du séjour des morts ?

Attirée par les cris furieux de Napoléon, Jacqueline surgit dans le bureau d'Adrien.

— Non mais ça va pas de hurler comme ça ? Dites, Nap-Nap, il faut vous calmer. Si c'est pour mettre le bazar dans ma maison vous pouvez retourner à Sainte-Hélène.

— « Nap-Nap » ? Mais… mais…

Napoléon est sidéré. Personne n'a jamais osé l'appeler ainsi. Abasourdi par trop d'émotions, il se laisse tomber de tout son poids sur le récamier. Le meuble ancien ne résiste pas au choc. Deux des quatre pieds se brisent net et l'Empereur est à nouveau renversé.

— *Aahh !!! Non !* Le récamier de maman… Adrien, fiche-le-moi dehors. *Tout de suiiiite !*

Adrien ne sait plus quoi faire. Il hésite entre calmer sa femme et relever son Empereur détrôné. Préférant le destin de l'Empire à la paix du ménage, il se précipite sur Napoléon.

— Sire ! Vous ne vous êtes pas fait mal ?

Vexé, Napoléon se redresse d'un bond et repousse Adrien avec rage.

— Il suffit ! Je suis tombé de cheval plus d'une fois et je me suis toujours relevé. Quant à vous, madame, je vous prie d'accepter mes excuses. On ne crie pas comme un sauvage chez des gens qui ont la bonté de recevoir un proscrit abandonné de tous. Un homme digne de ce nom ne doit pas se laisser emporter par la colère. Quant à ce meuble, je vais réparer les dégâts causés.

En disant cela, Napoléon retire la ceinture de son pantalon. Stupéfaits par ce geste, Adrien et Jacqueline le sont encore plus lorsqu'il l'ouvre pour y puiser dix pièces d'or.

— Madame, voilà deux cents francs. Cela pourvoira au remplacement du meuble tout en couvrant mes premiers frais de pension.

Jacqueline est trop surprise pour relever le mot de « pension ». Elle contemple les pièces d'or que Napoléon a déposées dans le creux de sa main. Elles sont toutes frappées du profil de l'Empereur. La ressemblance avec son hôte est stupéfiante.

— Adrien, regarde… Ce sont des vraies ?

Adrien s'avance et examine les pièces à son tour.

— Oui, tout ce qu'il y a de plus vraies.

— Ça vaut combien ?

— Quelque chose comme trois mille euros.

— Trois mille quoi ?… demande Napoléon, étonné.

— Des euros. C'est la nouvelle monnaie, il n'y a plus de francs depuis 2002.

— Plus de francs ! Mais…

— Je vous expliquerai Sire, n'ayez crainte… merci en tout cas pour votre générosité, il ne fallait pas… Jacqueline, je t'en prie… remercie… l'Empereur…

Jacqueline, toujours perplexe, insiste encore :

— Oui, merci… Mais vous êtes sûr que ce sont des vraies ?

— Jacqueline, arrête à la fin. Oui, ce sont de vrais napoléons. Tout comme… notre invité. Napoléon Ier, l'Empereur des Français. Notre Empereur…

Jacqueline regarde les deux hommes d'un air navré.

— L'Empereur Napoléon… C'est ça, oui…

Après avoir jeté un dernier coup d'œil sur les pièces dorées, elle referme le poing.

— Bon, eh bien je remercie Napoléon. Je vois que vous préparez un film ou quelque chose de la sorte. Je vous laisse travailler, mais quand je vous appelle on passe à table. Et d'ici là, plus de cris et plus de meubles déglingués. Compris ?

— Oui, chérie.

— On mange à 20 heures.

Adrien relève la table et place le récamier branlant sur des piles de livres tandis que l'Empereur remet sa ceinture. Il tire ensuite sa tabatière de sa poche et se met à priser.

— Beaussier… apportez-moi de votre chambertin.

Après avoir servi un autre verre, Adrien retrouve son hôte. Napoléon est debout, face à la fenêtre. Puis il se retourne et regarde Adrien d'un air sévère.

— Vous lâchez trop la bride à votre femme. Mes lois donnent des armes aux maris…

— Oui, mais le Code civil a changé sur ce point…

— Reprenons ! Mon désastreux neveu, Monsieur Oui-Oui, a-t-il eu un fils ?

— Oui, Sire. Il n'a pas régné. Parti en exil à Londres, il est mort très jeune.

— De quoi ? La tuberculose ? Comme le roi de Rome ?

— Non, Sire…

— Comment alors ?

— Promettez-moi de ne pas vous emporter… prenez place, doucement, sur le récamier. Je pense qu'il tiendra le coup. Il vaut mieux vous asseoir. Napoléon s'assoit en douceur sans lâcher Adrien des yeux.

— Vous m'inquiétez à la fin. Alors ? Comment est-il mort ?

— Vous me promettez de…

— Mais oui, Beaussier. À présent j'ai décidé de prendre mon parti de tout. Si mes arrière-neveux n'ont pas régné c'est qu'ils n'en étaient pas capables, voilà tout. Alors comment est mort ce Napoléon IV ? A-t-il encore couvert de honte le nom des Bonaparte ?

— Non, pas du tout. Il est mort les armes à la main.

— À la bonne heure… Mais quel est le problème dans ce cas ?

— L'uniforme.

— Quoi, l'uniforme ?

— Rouge…

— *Rouge ???* Mort… sous l'uniforme… an… anglais. Ah ça… mais cela n'a pas de sens…

— Hélas, Sire.

— Mais contre qui ? Attendez ! Ne dites rien. J'ai compris. Il tente de reconquérir son trône. Il veut rééditer mon exploit et les choses tournent mal. Mais aussi, quelle idée ! Débarquer sous l'uniforme anglais, comme ces stupides émigrés à Quiberon[1]. Bien sûr, on lui a tiré dessus. Voilà bien le petit-fils de mon idiot de frère. Quelle honte, tué par des balles françaises…

— Non, Sire… ni françaises, ni des balles…

— Mais alors ? Quoi ?

---

1. Une armée de nobles français émigrés débarque en 1795 sur la presqu'île de Quiberon. Transportés, armés et équipés par les Anglais, ils ont la mauvaise idée de revêtir les uniformes rouges d'une nation en guerre contre la France. Vaincus par l'armée républicaine de Hoche, de nombreux prisonniers sont fusillés pour trahison.

— Des Zoulous et des… sagaies, c'était en Afrique du Sud.

— Des Zoulous ? Des sagaies ? Mais que diable est-il allé faire là-bas ? Comme les Anglais ont dû rire ! En finir ainsi avec ma race ! Perfidie ! Réussir à éteindre les Bonaparte sous leur propre uniforme. C'est digne de Machiavel…

— Il n'a alors que vingt-trois ans et la volonté de montrer sa bravoure avant de prétendre récupérer son trône. La famille impériale étant bannie de France, il a pris les armes sous l'uniforme de l'Angleterre, qui l'a recueilli. Il est mort en se battant comme un lion.

— Laisse-t-il un fils ?

— Non, Sire…

— Alors c'est peut-être pour ça…

— Quoi donc ?

— Que je suis revenu…

— Pardon ?

— Les destinées de la France, sous vos Républiques, ont dû aller à vau-l'eau. La Providence veut réparer tout cela et j'en suis l'instrument…

— Sire… c'est un peu tiré par les cheveux, si je puis me permettre.

— Vous avez une meilleure explication ?

— Je ne vois aucune explication…

— Alors gardons cela en tête en attendant mieux. Mais j'ai la conviction d'être revenu pour reprendre le cours de l'Histoire. Je dois achever mon œuvre en reprenant les rênes du pouvoir. Sans le savoir vraiment, je m'y attendais après Waterloo.

À ces mots, Adrien ne peut s'empêcher de sourire.

— Cela vous amuse ?

— Sire, avouez que l'idée est cocasse. Ainsi donc vous vous y attendiez ?

— C'est ce que je viens de saisir. Avant mon exil, j'ai eu la préscience de préparer les moyens financiers dont j'aurai besoin lors de mon retour.

— Sire, pour remonter sur le trône…même cousue d'or, votre ceinture ne suffira pas…

— Qui vous parle de ma ceinture. J'ai caché un trésor avant de partir pour Sainte-Hélène.

— Sire !… Un trésor ?!

— Oui… un trésor… en fait, une infime partie de ma cassette personnelle. Mais il y a tout même, en un certain endroit, quelques milliers de napoléons et surtout un joli sac de diamants qui m'attend. Déjà, à la veille de la campagne de Russie, j'ai éprouvé cet étrange besoin de me préparer à quelques revers éventuels. À force d'entendre maman Laetitia dire et répéter « Ça ne va pas durer », j'ai pris mes précautions. Dès 1812, j'ai confié un million six cent mille francs en or et une cassette pleine de diamants à mon fidèle Lavalette.

— Lavalette ?

— Oui, mon directeur des Postes. Vous ne le connaissiez pas ? Le plus honnête des hommes.

— Non, Sire… j'avoue mon ignorance.

— Les hommes fidèles demeurent moins célèbres que les traîtres.

— Et qu'a-t-il fait de ce trésor ?

— Il en fut bien embarrassé. En 1814, il fait fabriquer cinquante-quatre tomes d'une *Histoire ancienne et moderne*. Les livres sont creux et il y cache mon or. Bonne cachette, mais quand trois cents Prussiens occupent son château, Lavalette les place sous le parquet de la bibliothèque. Pendant des semaines ils ont foulé mon or aux pieds sans le savoir.

— Heureusement qu'ils n'ont pas mis le feu au château. Et qu'est devenu ce magot ?

— Après le départ des Prussiens, Lavalette en donne la moitié à mon beau-fils Eugène de Beauharnais et le reste à mon banquier Laffitte. À mon retour de l'île d'Elbe, j'ai pu le récupérer, mais pas pour longtemps…

— Waterloo… morne plaine…

— Oui, c'est cela… belle formule…

— Elle n'est pas de moi.

— Waterloo, morne plaine… Mais j'ai compris tout l'intérêt des bas de laine bien dissimulés. Dès mon retour à Paris, je prends mes précautions avec Laffitte. Il s'engage à me procurer un navire pour l'Amérique et je lui fais donner cinq millions pour qu'il les fasse passer aux États-Unis. Je conserve aussi avec moi assez d'or et de diamants pour m'installer dignement. De plus, la reine Hortense, la fille de ma chère Joséphine, a cousu un collier de gros diamants dans une ceinture. Elle m'a forcé à l'emporter lorsque j'ai quitté la Malmaison pour partir en exil.

— Mais les Anglais ne vous ont pas laissé partir en Amérique…

— Les Anglais et tous les traîtres qui en France m'ont vendu à mes ennemis pour mieux se soumettre aux Bourbons. Fouché et Talleyrand, pour ne citer qu'eux… Je me retrouve piégé sur l'île d'Aix près de La Rochelle. Impossible de fuir. Il faut se rendre à l'évidence et je me livre à mes pires ennemis. Naïf, je nourris encore quelques espérances quant à l'esprit chevaleresque des Anglais. J'ai tort. Une fois monté à bord du *Northumberland*, les habits rouges m'annoncent froidement leur intention de me déporter au bout du monde. Ensuite, ils osent nous fouiller et porter la main sur nos bagages. Comme des brigands calabrais, ils nous volent quatre mille napoléons, au mépris du droit des gens.

— C'était là tout ce que vous aviez pu emporter ? Et les diamants ?

Napoléon tapote sa ceinture avec un sourire plein de malice.

— Je ne suis pas si sot, Beaussier. Non… J'avais prévu cela. Nous en avions dissimulé bien davantage dans nos ceintures. Comme vous avez pu le voir, c'est une bonne cachette. Mais en montant à bord de ce vaisseau anglais, j'envisage déjà un nouveau retour. Aussi ai-je préservé la plus grosse part de mon avoir. Je l'ai caché sur l'île d'Aix, la nuit qui a précédé mon départ…

— Un trésor ? Vous pensez que cet or est toujours à sa place deux cents ans après ? Vous n'étiez pas seul. Les personnes qui vous ont aidé ont pu le récupérer à leur retour de Sainte-Hélène.

En prenant son temps, Napoléon sort sa tabatière et dépose deux petites pincées de tabac sur son poignet. Comme un chat qui surveille sa proie, il observe Adrien du coin de l'œil. Ce dernier ne quitte pas des yeux la main de l'Empereur. Il est sur des charbons ardents mais il n'ose pas interrompre le petit cérémonial. Après avoir aspiré sa prise et s'être longuement mouché, Napoléon poursuit enfin son récit.

— Il n'y a pas de risque sur ce point. J'ai pris soin de l'enterrer avec un seul homme. Un homme de confiance… Cipriani.

En prononçant ce nom, l'accent corse de Napoléon refait surface. Il ressent même un plaisir particulier à prononcer ce nom familier.

— Cipriani... un homme d'honneur, élevé dans la maison des *Buonaparte*. C'est mon frère Lucien qui lui a appris à lire. Un Corse attaché à ma personne comme bien peu l'ont été. Si ce brave Lavalette est un fidèle, eh bien en voici un autre ! Cipriani est l'homme de mes missions secrètes. À Naples, il sert mon frère Joseph puis mon beau-frère Murat. En 1814, il abandonne femme et enfants pour me rejoindre à l'île d'Elbe. Il est mon espion en Italie, en France et jusqu'au congrès de Vienne, où il découvre que les Anglais veulent déjà me déporter à Sainte-Hélène. C'est ce qui m'a décidé à quitter l'île d'Elbe. Sur l'île d'Aix, Cipriani est le seul en qui je peux avoir confiance pour cette tâche. Lui seul connaît l'emplacement de ce trésor que j'ai caché en obéissant à je ne sais quelle inspiration. Un peu comme celle qui m'a fait prendre des mesures semblables avant mon départ en Russie. Sans doute la préscience de mon retour en France. Ensuite, Cipriani me suit à Sainte-Hélène sous la fonction discrète de maître d'hôtel. Les Anglais l'ont accepté sans ciller parmi les rares fidèles autorisés à m'accompagner sur ce rocher maudit. Quoi qu'il en soit, Cipriani n'a pas pu parler du trésor...

— ... puisqu'il est mort à Sainte-Hélène avant... avant vous...

— Je sais... c'est une formulation un peu curieuse. J'ai moi-même du mal à m'y habituer. En tout cas, une chose est assurée, le nerf de la guerre m'attend toujours là-bas...

— Sur l'île d'Aix… mais Sire, où Cipriani a-t-il caché votre trésor ?

Les yeux d'Adrien brillent comme ceux d'un enfant. Il imagine déjà des pièces d'or et des diamants qui scintillent. Napoléon sourit. Il sait qu'il le suivra jusqu'au bout de l'aventure. En deux cents ans, les ressorts qui font avancer les hommes n'ont pas changé.

— Nous irons, Beaussier, nous irons bientôt… et je vous dirai où se trouve mon or. Mais pour l'heure continuez à m'éclairer sur ce qui a conduit la France là où elle se trouve à présent.

— Oui, Sire, installez-vous là. Je vous demande juste un instant.

Avant de poursuivre son récit, Adrien ne peut s'empêcher d'aller jeter un coup d'œil rapide sur son ordinateur. Si le fort Boyard est connu grâce à un jeu télévisé, l'île voisine d'Aix est beaucoup moins célèbre. Adrien sait qu'une bataille navale y a été perdue par les Français et que Napoléon y a passé ses derniers jours en France. L'île lui rappelle aussi un vieux film, *Les aventuriers*, avec Delon et Ventura. Justement une histoire de trésor qui se passe en partie sur ce bout de terre peuplé d'une poignée d'habitants. Après quelques recherches tout y est, le trésor de Lavalette, les millions de Laffitte, tout est vrai. Le cœur d'Adrien se met à battre. Il va chercher un trésor avec Napoléon… Comme les mesquineries de la fac lui paraissent loin à présent. Il ne lui sera plus possible de faire machine arrière après cette aventure. Il sera fidèle à l'Empereur jusqu'au bout, advienne que pourra.

Mais la voix impatiente de Napoléon le rappelle déjà à la réalité :

— Poursuivez, Beaussier ! Il nous faut arriver à l'époque actuelle. Comment s'est terminée cette guerre déplorable contre la Prusse ?…

À présent Napoléon doit larguer les amarres. Plus rien ne le rattache personnellement à son existence. Adrien a hâte de connaître les réactions de l'Empereur sur le XXe siècle. Comme tout historien normalement constitué, il a toujours rêvé de remonter le temps et voilà que c'est le passé qui vient jusqu'à lui. Lui qui a toujours regretté de ne pas avoir suffisamment interrogé son grand-père qui a fait « 14-18 », il peut interviewer Napoléon en personne…

— Puis-je m'asseoir, Sire ?

— Oui, prenez cette chaise. Alors comment s'est terminée la guerre ?

— Après la capitulation de Sedan, la République est proclamée et… personne ne pense au prince impérial…

— Toujours la même histoire. Je ne suis pas fait pour fonder une dynastie.

— Bref, la IIIe République s'installe et elle tente de résister à l'invasion.

— La levée en masse ? Comme en 1793 ?

— Oui, c'est ce qui est recherché, mais l'Histoire ne se répète pas. Les Prussiens sont plus nombreux, mieux équipés et mieux commandés. Au bout de cinq mois, il faut négocier la paix.

— À quel prix ?

— Cinq milliards de francs or, plus la perte de l'Alsace et de la Lorraine.

— C'est un peu ce que je leur ai fait subir après 1806. Mais cinq milliards… ils ont eu la main lourde, sans compter le vol de deux de nos provinces. Voilà le rêve de Blücher qui s'accomplit. Ce sabreur a toujours rêvé de dépecer la France. Les Prussiens ont bien pris leur revanche sur les défaites que je leur ai infligées. Quoi d'autre ?

— Dans la galerie des Glaces de Versailles, en 1871, les vainqueurs proclament l'unité allemande autour d'un IIe Reich[1], avec le roi de Prusse comme kaiser.

— Encore une revanche sur ce que je leur avais infligé. C'est moi qui ai détruit le vieux Saint Empire romain germanique après Austerlitz. J'ai ensuite ébauché une véritable unité allemande avec la Confédération du Rhin en imposant, comme en Italie, les principes de 1789 et mon Code civil. C'était alors une Europe liée à la France.

— Plutôt soumise à votre Empire…

— Et alors ? Vous préférez une Europe prussienne qui nous déteste ? Décidément, tout ce que j'ai bâti a été piétiné. Poursuivez… Quel régime se met en place après ça ? Une république corrompue à la façon du Directoire ou terroriste à la manière de Robespierre ?

— Il y a eu une guerre civile. La Commune de Paris imagine une révolution sociale. À Bordeaux, le gouvernement provisoire prône plutôt une république bourgeoise. On se bat pendant une semaine dans Paris, sous les yeux amusés des Prussiens, qui occupent encore une partie du pays. Les Communards sont vaincus…

— Tant mieux… Ensuite… que fait cette République née dans un désastre ?

---

1. Le Ier Reich correspond au Saint Empire romain germanique (962-1806). Le IIe Reich se termine avec la défaite de l'empire allemand en 1918. Le IIIe Reich est le plus tristement célèbre des trois.

— Beaucoup de choses. Jules Ferry institue l'école gratuite et obligatoire…

— Je l'aurais fait si les Anglais m'avaient laissé en paix. Quoi d'autre ?

— Ferry se lance dans une vaste politique coloniale. On l'appelle le Tonkinois à cause de ça… En vingt ans, la République conquiert l'Indochine et un tiers de l'Afrique.

— *Pfff*… Nous n'avons pas besoin de colonies… Ce Ferry ferait mieux de préparer la revanche pour ramener la France sur le Rhin, sur nos frontières naturelles.

— La revanche… la IIIe République l'enseigne dans les écoles, comme un culte.

— À propos de culte, le Concordat que j'ai signé avec le pape est-il encore en vigueur ?

— Non. En 1905, la République décrète la séparation de l'Église et de l'État. La laïcité est un grand principe républicain, même s'il fait débat aujourd'hui…

— Moi, j'ai réglé la question. La religion est utile pour le contrôle des peuples, à condition que les cultes soient dans la main d'un État fort. On a encore détruit mon œuvre. La France conserve-t-elle son rang malgré la défaite de mon neveu ?

— Au début du XXe siècle la France est toujours une grande puissance mais ce n'est plus la première. Il faut dire que les Français sont les premiers à faire moins d'enfants. Dès le XIXe siècle, sa population stagne à quarante millions d'habitants…

— Moins d'enfants ? Pourquoi cela ?

— Il y a de nombreuses raisons et autant d'hypothèses. Le niveau de vie qui augmente, la baisse de la mortalité infantile, la prospérité de la petite bourgeoisie, la moindre influence de l'Église… On limite les naissances pour éviter de partager les héritages, comme l'impose le Code civil. Les Français utilisent alors ces « funestes secrets », comme disent les curés, pour éviter de faire des enfants. Les milliers de paysans que vous avez fait voyager dans toute l'Europe les ont appris au contact des filles à soldats. Cela aussi a contribué à changer les mentalités…

— Je n'imaginais pas laisser un tel héritage. L'Angleterre est-elle la première puissance ?

— En 1914, elle a la première industrie au monde, la première flotte et le plus grand empire colonial, mais l'empire allemand la talonne sur tous les plans.

— Un siècle après ma défaite à Waterloo, les deux vainqueurs prennent la place de la France. Quelle tristesse…

— Mais la France reste prospère. C'est même la Belle Époque. Paris demeure la capitale des arts. Un pays riche qui prête de l'argent au monde entier. Un pays qui invente de nouvelles techniques. Tenez, regardez ce lustre au-dessus de nos têtes. Vous ne remarquez rien ?

— S'agit-il d'une forme élaborée des thermolampes de l'ingénieur Lebon[1] ?

— Euh… non, Sire, c'est électrique…

— Électrique, bien sûr ! J'ai encouragé les travaux de l'italien Volta. Sa pile relevait du génie et je savais qu'il en sortirait de grandes choses. Le temps a fait son œuvre voilà tout.

1. Ces réverbères constituent les premières tentatives d'éclairage au gaz sous l'Empire.

Adrien, qui croyait étonner Napoléon, est pris à son propre piège et cela fait sourire l'Empereur.

— Vous oubliez que mon esprit est porté sur les sciences, Monsieur l'historien. Poursuivez !

Adrien se promet quand même d'épater Napoléon par d'autres innovations.

— Ensuite, une guerre terrible éclate en 1914 : la Grande Guerre.

— Ah ! La France est-elle prête ?

— Oui, et elle peut compter sur des alliances solides.

— C'est ce qui m'a manqué. Sommes-nous alliés avec les Russes, comme après Tilsit ?

— Oui, la Russie, mais aussi l'Angleterre, tandis que l'Allemagne est alliée à l'Autriche.

— Cette guerre a donc été menée par les Français, les Anglais et les Russes contre les Prussiens et les Autrichiens... Voilà notre revanche de Waterloo. Juste cent ans après ma défaite. Et il y a juste cent ans. Encore une curieuse coïncidence...

— Le camp de la France est aussi renforcé par la Belgique, l'Italie et les États-Unis...

— Les États-Unis ? *Pfff !* Cela n'a pas dû compter pour une guerre en Europe.

— Détrompez-vous, Sire. Les États-Unis deviennent une grande puissance économique à cette époque.

— Comment se déroule cette guerre ?

— Au début les uniformes et les principes s'inspirent encore de votre époque, mais les canons et les fusils tirent plus loin, plus vite et font plus de dégâts. On utilise des gaz toxiques et des lance-flammes. On se bat partout, même dans les airs et sous la mer...

— La guerre dans les airs, c'est la Révolution qui l'invente avec les ballons d'observation. J'y renonce rapidement car trop lents à mettre en œuvre. Le sous-marin ? Cet américain, Fulton, me le propose et je refuse, les Anglais aussi d'ailleurs, car trop déloyal. En fait, les armements ne font aucun progrès sous mon règne et j'en suis fier. La guerre tue bien assez avec des baïonnettes, des boulets et des balles. Je n'ai jamais cherché à raffiner cela. Les gouvernants de l'Europe n'ont pas eu cette sagesse. Quelles sont les pertes de la France dans cette guerre ?

— Un million quatre cent mille morts en quatre ans.

— Un million quatre cent mille morts ? En quatre ans seulement… C'est bien plus que les pertes de la France durant vingt-trois ans de guerre sous la Révolution et sous mon règne. Votre siècle est bien barbare, Beaussier… et tout cela pour quel résultat ?

— En 1918 la France sort ruinée de la guerre. Le nord du pays est détruit. On ne compte plus les veuves, les orphelins et les mutilés, mais la France récupère l'Alsace et la Lorraine. Trois empires disparaissent, l'Allemagne, l'Autriche et la Russie.

— Me voilà bien vengé… Reste encore l'Angleterre… que deviennent les vaincus ?

— Des régimes totalitaires se mettent…

— Des régimes… totalitaires… ?

— Despotiques. Tyranniques, si vous préférez…

Pauline entre alors dans le bureau de son père avec son Smartphone à la main. Elle regarde Napoléon en robe de chambre d'un air un peu dépité.

— Excusez-moi mais… vous ne pourriez pas remettre votre déguisement ?

Adrien n'aime pas ce mot et il le lui fait comprendre du regard.

— Oui… bon. Oh, ça va, hein… je sais… votre costume quoi. Je voudrais faire une autre photo de vous. Je vous ai mis sur mon mur Facebook et ça marche *trooop* bien. J'ai déjà cent soixante-dix-huit *likes* et le selfie a été partagé vingt-deux fois. Du coup, ça m'a donné une idée de projet pour la MBS.

— Qu'est-ce donc encore que cela, mademoiselle ? Pourriez-vous vous exprimer en français ? Je n'entends que cette langue, avec l'italien et le dialecte corse.

— « MBS » … *Montpellier Business School*. Mon école de commerce, si vous préférez. Bref… vous pouvez vous rhabiller comme tout à l'heure pour le dîner ? S'il vous plaît…

— Mais, Pauline, arrête d'embêter… d'embêter… enfin, de l'embêter quoi.

— Laissez donc. Si cela peut lui être agréable. Elle me rappelle décidément beaucoup ma sœur. Elle sait ce qu'elle veut et rien ne saurait lui résister. Et puis, je ne comptais pas paraître au souper en robe de chambre. Je serai donc en uniforme pour vous, mademoiselle.

— Super ! On pourra dîner dans la salle à manger ? Ce serait mieux pour mon projet.

— Oui. Bien sûr, la salle à manger, mais tu t'occupes de mettre la table pour une fois.

— Ok pa'… Je m'en occupe. Merci, m'sieur, vous êtes *troop* sympa…

Et elle disparaît comme elle est apparue.

— C'est véritablement le portrait de ma sœur Pauline à son âge. Cette grâce, cette jeunesse… À Sainte-Hélène mes derniers souvenirs sont peuplés de gens aigris qui se déchirent dans une caricature de cour.

J'ai vécu le martyre. Mais ce long purgatoire m'a sans doute permis de me dépouiller de ma peau de tyran. Quelle est l'opinion à mon égard aujourd'hui ?

— Elle est partagée. Beaucoup de Français en ont une bonne image. Certains sont mêmes fans…

— Fans ?

— Pardon. Disons enthousiastes, admiratifs… Voire, pour certains, en adoration.

— Les braves gens. Ils attendent mon retour, comme en 1815. Il y a juste deux cents ans… Vous rendez-vous compte ? Cela ne peut être un hasard.

— Certes, aujourd'hui il y a beaucoup de nostalgiques de la grandeur de la France. Mais si votre retour est prévisible en 1815, avouez qu'il est plus… improbable en 2015.

— Tout de même… Les faits sont là et je suis ici devant vous. Quelle serait la raison de tout cela sinon un second retour de l'Aigle ?

— Je ne sais pas, Sire. Mais comme en 1815, vous n'avez pas que des amis. Beaucoup de Français ne se rappellent que de vos guerres et de votre ambition…

Napoléon élève alors la voix :

— *Mon ambition ?* J'ai hérité des guerres provoquées par la Révolution. Quand l'Assemblée législative déclare la guerre à l'Autriche j'ai vingt-deux ans et je suis lieutenant d'artillerie. De quoi suis-je coupable ? J'ai souvent voulu faire la paix. L'Angleterre a toujours refusé mes offres en suscitant de nouvelles coalitions. Est-ce ma faute si je les ai brisées à chaque fois ?

— Sauf à la fin, hélas… Il n'en demeure pas moins que les Allemands, les Hollandais ou les Espagnols n'ont pas oublié l'occupation de leur pays par vos troupes.

— Ahh… l'Espagne. J'ai voulu la libérer de l'Inquisition. J'aurais bien dû la laisser croupir dans son fanatisme religieux. L'Allemagne ? Elle n'existait pas plus que votre Algérie, avant moi. Mais revenons au temps des tyrans. Ont-ils été pacifiques après cette « Grande Guerre » ?

— Non, c'est le moins que l'on puisse dire…

— Ont-ils aboli le servage en Europe et les privilèges de la naissance ? Ont-ils institué des lois égales pour tous ? Ont-ils creusé des canaux ou lancé des ponts ? Ont-ils laissé des institutions ou le Code civil après eux ?

— Ils ont laissé des ruines et des millions de cadavres…

— Des millions de morts ? Encore ?

— Oui… soixante millions de morts, des hommes mais aussi des femmes et des enfants…

— Mais c'est plus de la moitié de la population de l'Europe ! …

— On a aussi beaucoup tué en Asie…

— Et votre siècle barbare entend faire mon procès ? Est-ce à cela que servent vos « progrès » ?

Il hoche la tête d'un air dédaigneux puis il se lève et commence à marcher en silence dans le bureau avec un air préoccupé. Aussitôt, Adrien se lève et attend.

— Vous parliez de femmes et d'enfants tués par millions ? Mais pourquoi ? Dans quel but ?

— Beaucoup de gens sont morts sous les bombes. Des villes entières ont été rasées en faisant des centaines de milliers de victimes civiles… et puis il y a eu l'Holocauste.

— L'Holocauste ? Le sacrifice par le feu d'un animal… quel rapport avec la guerre ?

— C'est ainsi que l'on appelle le massacre de millions de Juifs sur le seul prétexte de leur religion. La plupart ont été ensuite brûlés dans des fours. D'où ce nom…

— Massacrer des Juifs ? Par millions ? Mais pourquoi ? Leur reproche-t-on encore la mort du Christ ? Quelle sottise !

— Non, cela n'a rien à voir. Après la Première Guerre mondiale, un homme nommé Hitler arrive au pouvoir en Allemagne. Pour lui, la défaite de 1918 est due aux Juifs…

— Toujours cette même histoire de bouc émissaire. On les accusait déjà d'avoir répandu la peste au Moyen Âge. Votre siècle ne serait-il pas un retour en arrière malgré votre électricité et vos machines volantes ? Et les Allemands ont suivi cet Hitler comme les enfants ont suivi le joueur de flûte de Hamelin[1].

— Oui, en quelque sorte. Il a instauré une dictature et il a persécuté les Juifs.

— Les Juifs… je leur ai donné le statut de citoyen pour la première fois en Europe. Lors de la campagne d'Italie, j'ai supprimé les bonnets jaunes et les brassards à étoile de David imposés aux Juifs du ghetto d'Ancône. Je les ai fait remplacer par la cocarde tricolore de mes soldats. Les despotes de votre siècle ont certes bien peu de rapport avec moi… Et ensuite ?

— Hitler a conquis l'Europe…

— Pas la France tout de même ? …

1. Légende médiévale allemande dans laquelle les enfants de la ville de Hamelin auraient tous été entraînés par la musique d'un mystérieux joueur de flûte.

— Même la France, et en six semaines. Il a ensuite continué ses persécutions dans tous les pays occupés, pourchassant et massacrant les Juifs et les opposants. Pour aller plus vite Hitler et les nazis se sont mis à les gazer par millions…

— *Par millions ?!* Quelle horreur ! Sous la Terreur, en 1793, le député Barrère, à la tribune de la Convention Nationale, a lui aussi exigé le massacre de tous les Vendéens sans distinction d'âge ou de sexe. Les victimes se sont comptées par dizaines de mille. J'ai alors refusé de servir en Vendée. La guerre doit rester une affaire de militaires.

— Il y a eu d'autres victimes. Ainsi à la fin de la guerre une seule bombe peut-elle anéantir une ville entière. Les Américains le font à deux reprises au Japon.

De nouveau Napoléon reste silencieux. Il fait encore quelques pas et finit par se rasseoir.

— Deux bombes suffisent à détruire deux villes… comme Dieu a détruit Sodome et Gomorrhe sous une pluie de feu et de soufre. L'homme peut ainsi provoquer l'Apocalypse… Serions-nous arrivés à la fin des temps ? En serais-je messager ?

— Sire… je n'avais pas vu les choses sous cet angle, souffle Adrien un peu inquiet.

— Comment la France s'en est-elle sortie ?

— Affaiblie et traumatisée par sa terrible défaite, l'Occupation divise profondément les Français. Pour faire simple, certains suivent le général de Gaulle qui continue la lutte, d'autres le maréchal Pétain qui, après avoir cessé le combat, prône la collaboration avec l'occupant.

— Cela s'appelle de la trahison. J'ai bien connu cela en 1814 avec mes propres maréchaux.

Une musique se fait entendre. Puis des voix, puis une autre musique, puis des rires.

— Que se passe-t-il, Beaussier ? Vous recevez ?

— En quelque sorte : c'est la télévision, et elle s'invite souvent Sire. Voulez-vous découvrir cette invention étonnante ?

— Pourquoi pas. J'ai besoin de faire une pause. La télévision, dites-vous ? Télé… cela signifie « loin » en grec. Télé, vision, « voir de loin ». Est-ce un télescope ? Rien d'étonnant à cela.

— Non, Sire, ce sont des images que l'on peut voir à distance et qui…

— Oui… alors cela doit ressembler à nos lanternes magiques. Nous faisions souvent des projections aux Tuileries. Elles amusaient fort l'Impératrice. Vos savants sont sans doute parvenus à transmettre ces images. Le télégraphe Chappe permet bien de transmettre des messages par signaux optiques. Vous avez amélioré ce qui existe grâce à l'électricité, voilà tout.

Encore une fois, Adrien a échoué à surprendre l'Empereur.

— Allez me chercher mon habit, je vous prie. Je ne vais pas me présenter devant ces dames en robe de chambre. Le croirez-vous, mais je commence à avoir faim. La résurrection ouvrirait-elle l'appétit ? Si l'on y songe, je suis le troisième après Lazare et Jésus à vivre cette aventure…

— En effet, Sire. Mais Jésus a mis trois jours. Votre absence a été un peu plus longue.

— Bah, lui au moins savait la raison des choses. Moi je tâtonne… Mais j'ai trouvé mon saint Jean-Baptiste. Vous serez mon prophète, celui qui m'aura reconnu le premier.

En riant, Napoléon lui pince l'oreille d'un mouvement un peu rude, comme il le faisait à ses soldats. Ce geste familier a le don d'émouvoir Adrien. Il sourit et passe sa main sur sa gorge.

— Oui, Sire. Je veux bien être votre Jean-Baptiste… mais si je peux éviter de retrouver ma tête sur un plateau d'argent…

— Ah ! Monsieur le drôle. J'ai lu dans vos gazettes qu'entre autres sottises votre époque a remisé la guillotine. Vous n'avez donc rien à redouter.

Une fois rhabillé, Napoléon suit Adrien au salon où Pauline zappe d'une chaine à l'autre. Elle passe d'un présentateur vulgaire à un documentaire animalier, de *Desperate Housewives* à la météo pour finir sur les *Simpson*. Napoléon contemple tout cela d'un air dubitatif.

— Je ne vois rien d'intéressant dans cette invention…

— Oui… enfin non. Il n'y a pas que ça. Pauline, mets les infos s'il te plaît ! Asseyez-vous, Sire. Je vous en prie. Je vais vous montrer des choses plus captivantes.

Sur une chaîne d'information continue, un footballeur explique dans un français approximatif qu'il est content de son match. Sur une chaîne concurrente, il est question des démêlés judiciaires d'une starlette à forte poitrine. Dans une dernière tentative, Adrien tombe sur un *zapping* télé qui enchaîne à toute allure et sans transition le rachat du Club Med par les Chinois, les débris d'un avion retrouvés en mer et la tournée d'une chanteuse à barbe…

— Beaussier, cela n'a aucun intérêt. De plus, votre « télévision » me trouble la vue et me donne mal à la tête. Arrêtez à présent, c'est préférable.

4

Le souper

— *À table tout le monde !*

La voix de Jacqueline retentit. Elle sort de la cuisine avec un plat de petits pois fumant.

— Je ne sais pas pour Napoléon, mais Louis XIV adorait les petits pois.

— Ce sera parfait, madame Beaussier.

— Adrien, sors le poulet du four et apporte le vin. Pauline, amène l'eau et le pain.

Tout le monde s'installe dans la salle à manger. Adrien laisse sa place en bout de table pour s'installer à la droite de Napoléon. Il se lève pour servir du vin et des glaçons à son hôte sous le regard étonné de Jacqueline.

— Désolée pour ce repas très simple, mais comme Adrien ne m'a pas prévenu de votre visite, nous ferons à la fortune du pot.

— C'est fort bien. Croyez bien, madame, que je ne pensais pas me retrouver parmi vous.

— Eh bien, servez-vous, monsieur ! Monsieur comment finalement ? Je ne vais quand même pas vous appeler Napoléon ou Sire…

— C'est pourtant mon nom, je n'en ai pas d'autre. Quant au « Sire », vous y viendrez…

— Je crois que ce n'est pas gagné, sourit Jacqueline.

Pauline vient s'asseoir à côté de l'Empereur.

— Tu n'as qu'à l'appeler « Monsieur N. », comme dans le film[1].

— Mais, qu'est-ce donc… un film ? Beaussier…

— Eh bien Sire, disons qu'il s'agit d'une sorte de pièce de théâtre présentée avec des moyens techniques proches de ceux de la télévision…

— Ah, très bien… Une lanterne magique en mouvement donc. Quel est le sujet de cette pièce, *Monsieur N.* ? Y est-il question de moi ?

— Oui, répond Pauline. C'est l'histoire de Napoléon à Sainte-Hélène, qui réussit à s'échapper en se faisant passer pour quelqu'un d'autre. Dites, monsieur, puisque vous avez votre costume, je peux vous prendre en photo ?

— En photo ? Beaussier ?…

— Un tableau que l'on fait instantanément… Pauline, on est à table.

— Mais, justement, j'ai besoin qu'il soit à table. C'est pour un projet Création d'Entreprise, un truc de communication qu'ils nous ont donné à l'école.

— Mais faites donc, Mademoiselle Pauline. Je ne suis pas certain de vous suivre, mais je suis ravi de vous être agréable.

— Super, vous êtes *top*. Attendez, je vais chercher quelque chose à la cuisine vite fait.

---

1. Film d'Antoine de Caunes sorti en 2003. L'histoire traite de l'exil et de la mort de Napoléon à Sainte-Hélène.

Jacqueline commence à s'amuser de la situation. Au fond, ce visiteur n'est pas trop embêtant. Il est totalement dans son rôle et elle trouve qu'Adrien joue bien la partition de celui qui doit tout expliquer. Pauline revient avec un petit plateau en argent sur lequel est posé un bloc de foie gras. Elle le place devant Napoléon avant d'expliquer son projet à la vitesse d'une mitrailleuse qui s'emballe.

— Bon, voilà. On doit développer une campagne de pub pour un produit quelconque sous une marque imaginaire. J'ai pensé créer le Foie gras de l'Empereur. Pour bien caractériser le produit, on dira qu'il s'agit d'un foie gras « à la fine Napoléon ». Pour souligner le côté luxe quoi, vous voyez ? Après, pour le slogan, j'ai pensé à « J'ai foie dans la France »... ou un truc comme ça. En plus, pour bien montrer que c'est un produit *Made in France*, on met un grand bandeau tricolore en travers juste derrière Napoléon. Vous en pensez quoi ? C'est cool, non ?

Napoléon n'a manifestement pas tout saisi, mais il sourit devant la fraîcheur et l'enthousiasme de cette jolie jeune fille. Adrien reste bouche bée et ne sait plus quoi dire, tandis que Jacqueline lève les yeux au ciel. Les réactions mitigées de son auditoire ne découragent pas l'étudiante.

— S'il vous plaît Monsieur N., vous pouvez vous lever ? Mettez votre main dans votre gilet, comme Napoléon. C'est ça, oui... tenez le plateau dans l'autre main. Un peu plus haut... oui, cool. Bon maintenant, un peu de trois quarts et regardez-moi bien. Voiilàà. Attention, un, deux, trois, je *shoote* !

Le Smartphone se met à mitrailler l'Empereur sous toutes les coutures.

— Bon, c'est super. Vous voyez, ce n'était pas long. J'envoie tout ça à un pote graphiste. Moi, mon truc, c'est la conception. On peut manger le foie gras maintenant.

Napoléon se rassoit, très amusé par ce petit épisode auquel il n'a rien compris. Durant le repas, l'Empereur évoque les réceptions à la Malmaison ou aux Tuileries avec une foule d'anecdotes. Adrien et Jacqueline boivent ses paroles tandis que Pauline envoie des textos, ce qui finit par intriguer Napoléon. À ses questions, Pauline répond par des mots simples, comme une ado avec un grand-père un peu dépassé. Tout y passe, Facebook, Google ou Twitter. Agacé, Adrien tente bien de ramener la conversation vers l'Histoire, mais il se fait rabrouer.

— Nous verrons cela plus tard, Beaussier. Laissez-moi, c'est fascinant.

Adrien finit par renoncer en se disant que sa fille est plus qualifiée que lui pour expliquer ces technologies. Si certains détails lui échappent encore, Napoléon est emballé.

— Vous rendez-vous compte, Beaussier ? Avoir des fiches sur chaque individu. Des fiches que les intéressés remplissent eux-mêmes. Ils les tiennent à jour et les mettent spontanément à la disposition de la police. C'est merveilleux ! Fouché aurait adoré cela, et moi… j'aurais pu me dispenser de ses services. Comme il doit être facile de contrôler l'opinion et les factieux…

— Tu vois, pa', lui au moins il s'intéresse. Monsieur N., vous vous rendez compte… mon père ne veut même pas se créer un profil Facebook.

— Mais justement, je n'ai pas envie d'être espionné.

— Beaussier ? Auriez-vous des choses à cacher à la police ?

— Vous au moins vous faites l'effort de comprendre. Je vous crée un compte ?

— Ma foi, pourquoi pas ? Que mettrez-vous dans ce compte ?

— Ben, on l'appellera « Napoléon est revenu ! ». Ce serait une super idée, non ? En plus je le mets en lien avec ma campagne de pub sur le foie gras. Ils vont adorer à mon école.

— Pauline ! Arrête de l'embêter et puis tu monopolises l'attention. Ça ne se fait pas.

— Oh ! ça va… pour une fois que ce n'est pas toi avec ton Histoire.

— Laissez, Beaussier. Je dois écouter la jeunesse. Que dois-je faire, Mademoiselle Pauline ?

— Rien, je parlerai de votre actu et je mettrai des photos de vous. C'est quoi votre statut ?

— Pardon ?

— Vous êtes marié ? en couple ?

— Disons séparé de corps ou plutôt non. Veuf…

— Votre date de naissance ?

— 15 août 1769, à Ajaccio, département du Liamone.

— Trop drôle… Profession ? Je mets « empereur » bien sûr.

— « Empereur des Français »… et « roi d'Italie »…

— Si vous voulez. Le reste j'en fais mon affaire.

Pauline se replonge aussitôt dans son Smartphone, qu'elle manipule à toute vitesse. Jacqueline est persuadée que son mari travaille à un nouveau concept d'émission : le regard décalé d'un personnage historique sur notre époque. Adrien ne cherche pas à la détromper et la conversation revient sur la vie de cour sous l'Empire en France et en Europe. Le souper se termine par un cake maison au chocolat. L'Empereur s'en régale et le juge supérieur aux pâtisseries de son époque. Pauline retourne dans sa chambre à peine le dessert terminé. Après avoir proposé un café, Jacqueline va se coucher à son tour.

— Cher Monsieur N., j'ai passé un très bon moment. Je vous laisse car j'ai une grosse journée de travail demain. Chéri, tu montreras sa chambre à notre ami. Elle est prête.

— Je vous souhaite une bonne nuit, madame Beaussier. Pour ma part je n'ai pas passé une aussi agréable soirée depuis… une éternité…

Après un baisemain de l'Empereur, Jacqueline laisse les deux hommes en tête-à-tête.

— Sire, voulez-vous que nous reprenions notre discussion ?

— Non, Beaussier. Je dois assimiler tout cela. Je dormirai dans votre bureau, sur le récamier. Apportez-moi une bonne couverture et ramenez du bois pour la cheminée, ce sera parfait. Préparez aussi une sélection de livres traitant du monde actuel. Je travaillerai la plume à la main et je vous poserai de nombreuses questions demain.

— Oui, Sire. Je vais chercher ces ouvrages.

— Réveillez-moi demain à 7 heures. *Ah*, Beaussier… si cela existe toujours, apportez-moi aussi un chandelier et des bougies. Je n'aime pas votre lumière électrique.

Adrien fouille dans ses réserves pour satisfaire l'impériale soif de connaissances. Il revient avec des essais politiques récents et une pile de manuels scolaires. Puis il habille son Empereur pour la nuit en lui passant une veste de pyjama et un peignoir. Il allume les bougies et prend congé de son hôte, qui s'abîme déjà dans ses lectures.

5

Deux hommes dans la ville

7 février 2015, 7 heures

Le lendemain matin, Adrien se lève tôt pour aller chez le boulanger. De là il passe chez le marchand de journaux pour acheter quelques quotidiens nationaux. Une fois chez lui, il prépare du café. Comme il a eu du mal à s'endormir, il a relu un vieux bouquin sur la vie quotidienne de Napoléon à Sainte-Hélène. Il sait à présent que son hôte prend du thé à la fleur d'oranger et du pain au petit déjeuner. Il ressort du placard une théière en porcelaine et une tasse assortie héritées d'une grand-mère. Personne n'a utilisé ce service depuis des lustres, mais il ne se voyait pas en train de servir le café de l'Empereur dans un mug. Il dispose le tout sur un plateau où il place un napperon brodé sorti du fond d'un tiroir. Un sucrier et une cuillère en argent viennent compléter le tout. S'il pouvait, il mettrait des gants blancs. Avec son plateau, Adrien se dirige vers son bureau. Avant de frapper à la porte, il est soudain pris d'un moment d'angoisse. Et s'il n'était plus là ? S'il avait disparu comme il est arrivé ? Ou s'il découvrait une supercherie, genre caméra cachée ? Ce serait peut-être mieux… Ou pire… Il ne sait plus trop. Il finit par toquer à la porte et, soulagé, il entend la voix claire de Napoléon.

— Oui, Beaussier ! Vous pouvez entrer.

Adrien pousse la porte et pénètre dans son bureau transformé en état-major de campagne. Toujours en robe de chambre, Napoléon est allongé à plat ventre sur le sol. Autour de lui, le plancher est couvert de livres et d'atlas ouverts. Sur la petite table, plusieurs feuillets ont été noircis de notes illisibles écrites au crayon à papier. Toutes les bougies du chandelier se sont consumées ou achèvent de le faire. Adrien s'attache un instant à ce détail. Il lui rappelle à nouveau le fameux portrait de David. Le peintre y a glissé ces mêmes chandelles agonisantes afin de signifier que l'Empereur a passé la nuit à travailler. Mais Napoléon a meilleure mine que sur le tableau.

— Bonjour Sire. Avez-vous bien dormi ?

— Pas un instant. Je sors d'un long sommeil et j'ai tant de choses à découvrir.

— Vous avez pu lire les livres que je vous ai apportés hier ?

— Il m'en reste encore, mais je me sens un peu moins perdu dans votre monde grâce à ces ouvrages. Le papier est curieux mais les illustrations sont étonnantes. Les savants sont donc parvenus à fixer les images que les peintres de jadis obtenaient au moyen de la *camera obscura*[1]. C'est ce que Mlle Pauline appelle des photos. Le principe en est connu depuis

1. La *camera obscura* ou chambre noire consiste à projeter une lumière sur une surface plane à l'abri d'une toile noire. Cet instrument d'optique permet d'obtenir une vision des objets très proche de la vision humaine. Utilisée par les peintres pour l'ébauche de leurs tableaux, elle préfigure la technique de la photographie.

fort longtemps, mais vous l'avez amélioré. Ces images valent plus que de longs discours. J'ai compris beaucoup de choses et très rapidement grâce à cela. Les étudiants de mes lycées et de mes universités doivent profiter d'un apprentissage beaucoup plus rapide et aisé. Et puis, quel avantage pour le pouvoir en place s'il use intelligemment de ces moyens !

Tout en l'écoutant, Adrien dépose le plateau sur la table et remplit une tasse de thé.

— Je vous ai préparé du thé à la fleur d'oranger et du pain. Souhaitez-vous autre chose ?

— Non, cela fera l'affaire. À l'avenir préparez-moi plutôt du café fort. Du moka si possible.

— Oui, Sire, répond Adrien en se disant qu'il ne faut pas toujours croire les livres d'histoire.

— Je suis revenu sur les conflits de ce dernier siècle. Sur l'art de la guerre. Je juge les généraux des deux Guerres mondiales au-dessous du médiocre. Cet Hitler surtout, non content d'être un fou criminel, c'est un cerveau creux. Il fait la même erreur que moi en s'attaquant à la Russie. Le même jour en plus, étonnant non ? L'Histoire ne lui a pas servi d'exemple.

— Non, en effet…

— Pour couronner le tout, voilà le fanatisme religieux le plus obscurantiste qui se répand en Orient et jusque sur notre sol. Le fanatisme… j'ai connu cela en Espagne. Des moines bornés excitant des peuples ignorants à une guerre sainte. À partir de là, plus de raison, plus de Lumières, mais toutes les atrocités que l'homme peut faire subir à l'homme, s'il n'est pas tenu par quelques principes d'humanité et surtout par un État fort.

En disant cela, Napoléon dresse son poing serré tandis que son regard devient sombre.

— Vous ne semblez plus disposer ni de l'une ni de l'autre. Peu ou pas d'humanité, plus de force dans l'État. La guerre doit rester affaire de militaires et la paix celle des princes. À force de bavardages démocratiques vos généraux et vos politiques ne valent plus rien. Voulez-vous que je vous dise ? Malgré l'apparence de vos progrès, vous connaissez un nouveau Moyen Âge. Tout ce que j'ai lu cette nuit me le confirme à l'évidence. Les Lumières héritées de mon siècle vacillent comme… comme cette bougie-là, qui est bien prête de s'éteindre tout à fait.

Adrien se tient debout tandis que Napoléon engloutit ses tartines beurrées et son thé.

— J'ai aussi remarqué une chose étonnante, Beaussier…

— Laquelle, Sire ?

— Dans les manuels d'histoire que vous m'avez apportés, aucun ne parle de moi ni de mon œuvre. Je suis totalement occulté… Pourquoi cet ostracisme ?

— Sire, les programmes ne veulent plus enseigner l'Histoire de France, mais une sorte d'Histoire du monde où nous sommes souvent en position d'accusés. La chronologie et les grands hommes sont systématiquement reniés. Vous dérangez manifestement les ministres de l'Éducation. Mais les Français, eux, ne vous ont pas oublié…

— Je préfère cela à son contraire. Vous pouvez débarrasser. Apportez-moi de quoi me raser. Préparez-moi ensuite un bain très chaud, si du moins vous avez une baignoire.

— Euh… oui Sire… Mais vous ne voulez pas aller à la salle de bains pour vous raser ?

— Mais non, nous ferons cela ici. Apportez de l'eau, du savon et une lame. Vous n'aurez qu'à me tenir un miroir. Je me rase toujours moi-même. Nous pourrons ainsi continuer à bavarder.

Adrien va chercher dans sa salle de bains son nécessaire de rasage. Il possède bien un blaireau et du savon à barbe « à l'ancienne », mais il ne va pas jusqu'à se raser avec un coupe-choux. Il prend donc un rasoir jetable, remplit un bol d'eau chaude et revient au bureau avec une serviette et un miroir. Voyant cet objet en plastique, Napoléon est surpris.

— Qu'apportez-vous là, Beaussier ?

— Un rasoir, Sire, il rase très bien, il y a même trois lames…

— Je préfère me raser moi-même d'ordinaire, mais pas avec ça… Vous allez me raser, sans me trancher la gorge. Inutile de revenir de Sainte-Hélène pour mourir sous la lame d'un maladroit.

Du rang de majordome particulier, Adrien se trouve ravalé à la fonction de barbier. Il installe Napoléon sur la chaise et passe la serviette autour de son cou. Avec le blaireau, il applique généreusement le savon à raser sur les joues de l'Empereur. Puis il entreprend, avec appréhension, l'exercice du rasage. Napoléon sent la gêne de son barbier d'occasion, qu'il ne lâche pas des yeux. Voyant sa main trembler il marmonne :

— *Eh briganti ! Mi voi tagliare une orrechia*[1] ?

Après quelques minutes l'Empereur est rasé de frais et aucune goutte de sang n'a été versée. Mais Napoléon n'est pas satisfait pour autant.

1. « Eh brigand ! Tu veux me couper une oreille ? »

— Mhhh… oui, mais je préfère les lames de mon temps. Vous irez en acheter avec du camphre et de l'eau de Cologne. Il en existe bien encore ?

— L'eau de Cologne ? Oui, Sire, pour le reste je rechercherai…

— Il me faudra aussi du tabac à priser. Je n'en ai presque plus.

— Ce sera peut-être plus délicat. On ne prise plus beaucoup de nos jours. Vous êtes même la première personne que je vois priser.

— Plus personne ne prise ? s'exclame Napoléon. Mais le tabac est un merveilleux remède contre les maux de tête et les refroidissements. Auriez-vous oublié ses bienfaits ?

— Euh… non Sire. Rassurez-vous, on en consomme encore beaucoup aujourd'hui.

— Bien. À présent, remplissez ma baignoire et trouvez-moi si possible quelques journaux. Ne pourriez-vous pas m'obtenir une feuille gouvernementale ? *Le Moniteur* ou *Le Journal des débats* par exemple. Peu importe s'ils datent de quelques jours. Je ne suis plus à ça près.

— Sire, *Le Moniteur* n'existe plus, mais j'ai ce qui en tient lieu aujourd'hui.

Fier de devancer les désirs de l'Empereur, Adrien lui apporte un quotidien du soir sur un plateau. Napoléon regarde le titre en caractères gothiques et semble ravi.

— Ah, voilà quelque chose qui ressemble à un journal de mon époque.

— Je vais vous faire couler votre bain, Sire.

Une fois la baignoire pleine d'eau très chaude, Adrien revient chercher l'Empereur, qui est toujours plongé dans ses lectures.

— Venez avec moi afin de m'aider. Vous me frotterez le dos.

Adrien, un peu gêné par la situation, s'enferme dans la salle de bains avec Napoléon. Sans manifester la moindre pudeur, l'Empereur se laisse déshabiller. Une fois nu comme un ver, il entre doucement dans le bain fumant. De plus en plus mal à l'aise, Adrien n'ose pas regarder l'impériale anatomie. Il détourne les yeux tout en se disant qu'il rate un scoop historique. Allongé dans l'eau, Napoléon se détend les yeux fermés. Puis, soudain :

— Beaussier, frictionnez-moi énergiquement je vous prie.

Adrien exécute avec maladresse une tâche qu'il n'a jamais accomplie. Il savait depuis longtemps que l'Histoire pouvait mener à tout mais pas à ce point.

— Beaussier, vous brossez-vous ainsi ?

— Non… Sire.

— Vous avez tort, c'est un procédé préventif contre bien des maladies… mais frottez plus fort, comme sur un âne.

— Euh… oui Sire…

Alors qu'Adrien obtempère, la poignée de la porte s'agite frénétiquement.

— *Hé ho ?... Qui est là ???* demande Pauline.

— C'est moi, répond Adrien. Va dans l'autre W.C. s'il te plaît.

Très détendu, Napoléon s'écrie d'une voix forte et sur un ton de plaisanterie :

— *Désolé de vous envahir, Mademoiselle Pauline !*

De l'autre côté de la porte, Pauline est stupéfaite de découvrir que son père s'est enfermé dans la salle de bains avec Monsieur N. Elle court à la cuisine pour le dire à Jacqueline.

— Dans la salle de bains ? Mais qu'est-ce qu'ils font là-dedans tous les deux ?

— Et ils ont fermé à clef. C'est spécial non ?

— Ça commence à m'agacer cette histoire. Il ne faudrait pas que ça dure trop. Je n'ai pas envie que ton père fasse son *coming out* à cinquante ans.

Debout devant la baignoire, Adrien contemple son impérial baigneur. Celui-ci trempe tranquillement en lisant *Le Monde*.

— Pardonnez-la, Sire. Elle n'est pas encore habituée à votre présence.

— Laissez, Beaussier. J'aime cette agitation. Ces voix de femmes, cette vie, tout cela me rappelle un peu mon enfance et ma jeunesse en Corse. Les disputes avec mes frères et sœurs, et maman Laetitia qui s'efforce de régenter tout cela. Allez ! Il n'est plus temps de traînasser dans l'eau. Je ne suis plus à Sainte-Hélène. Mariner dans mon bain avant d'être frictionné d'eau de Cologne par mon maître d'hôtel, le fidèle Cipriani, c'était là mon seul plaisir.

En disant cela, Napoléon se redresse d'un coup. Il provoque un tsunami dans la salle de bains et se présente dans le plus simple appareil devant Adrien.

— Apportez-moi de quoi me sécher. Je voudrais à présent me rendre en ville. L'heure est venue d'affronter votre siècle. J'y suis prêt, je dois connaître votre monde.

— Mais Sire. Vous n'allez pas y aller comme… vous êtes…

— Je ne vais certes pas y aller nu.

— Mais vous êtes habillé en… Napoléon.

— Et alors, Beaussier ? Où est le problème ?

— Mais, les gens vont croire que vous êtes… déguisé…

— *Mhhh…* effectivement, à vous voir ainsi vêtu, j'ai compris que la mode a également évolué d'une étrange manière. De plus, les Français ne sont peut-être pas encore prêts à me reconnaître. Vous avez raison. « À Rome, fais comme les Romains. » En Égypte, j'ai bien essayé de m'habiller en djellaba pour gagner l'amitié des habitants du Caire. Mes stupides généraux ont éclaté de rire et m'en ont dissuadé. Je n'aurais pas dû les écouter. Pour l'heure, habillez-moi en bourgeois et nous irons chez votre tailleur pour me faire faire quelques tenues au goût du jour.

Adrien récupère un de ses costumes dans son armoire. Il est un peu trop grand et Napoléon déplore la banalité du vêtement. Une fois vêtu, l'Empereur grimpe dans la voiture d'Adrien.

— Sire, ça ne vous étonne pas de monter dans une voiture sans chevaux ?

— Beaussier… tout de même. J'ai lu tout cela dans vos livres. Les chemins de fer, les locomotives au charbon de terre puis le moteur à explosion. J'ai compris tout cela. Ce n'est au fond que de la mécanique et de la physique. Les principes en sont connus à mon époque. Je suis venu au monde quand Cugnot faisait rouler son « chariot à feu » avec une machine à vapeur. L'engin est alors destiné à transporter des pièces d'artillerie. Je suis artilleur, l'auriez-vous oublié monsieur l'historien ? À la veille de mon départ en Égypte on m'a même proposé d'utiliser ces « fardiers ». J'ai refusé car trop lourds, trop lents, impropres à mon système fondé sur la vitesse. Vous avez juste amélioré les inventions de mon temps. Allons en ville à présent.

— Oui, Sire. Bouclez cependant votre ceinture, comme je le fais moi-même.

Adrien opère un démarrage en trombe qui laisse l'Empereur de marbre.

— Ce qui m'étonne, c'est que vos machines automobiles ne fonctionnent pas à l'électricité. Mais je viens de lire que vous êtes en train de rattraper votre retard sur ce point. C'est bien.

Après ça, Adrien ne sait plus quoi dire. Il renonce même à allumer l'autoradio car Napoléon dirait qu'il ne s'agit que d'une télévision sans image… Après quelques minutes de route, la voiture arrive dans le centre de Nîmes.

Les deux hommes gravissent les marches du parking souterrain et se retrouvent à l'air libre. Ils débouchent juste devant l'imposant amphithéâtre romain.

— À mon époque ce superbe monument était encore rempli de masures parasites. C'est moi qui en ai ordonné la démolition. Je vois que mes ordres ont été suivis d'effet. Cet édifice vénérable a beaucoup d'allure. Il est bien mieux conservé que le Colisée de Rome.

Puis Adrien conduit Napoléon vers le centre-ville. L'Empereur observe tout ce qui s'offre à sa vue avec beaucoup d'attention. Aucun détail n'échappe à son œil d'aigle et il admire pleinement les grandes vitrines des magasins.

— Tenez, Beaussier… Cette boutique vend du tabac et des accessoires de barbier. Allez donc m'acheter une lame digne de ce nom et de quoi priser. Je vous attends ici.

La recherche d'Adrien étonne le buraliste. Dans un de ses tiroirs, il parvient à retrouver un coupe-chou qu'il n'espérait plus vendre. Pour le tabac en poudre, il regrette, mais personne n'en demande plus depuis des décennies.

— Sire, j'ai votre lame mais quant au tabac à priser, il n'y en a pas. Il faudra l'acheter sur le Net.

— Lenette ? Est-ce là le nom d'une foire locale ?

— En quelque sorte, il s'agit plutôt de…

— Vous y pourvoirez, Beaussier. Expliquez-moi plutôt à quels ordres appartiennent toutes ces religieuses ? Il y en a en gris, en noir ou en marron et leurs voiles sont portés d'une façon étrange. Il y en a partout. Le pape aurait-il réformé les ordres féminins ? Il aura suscité bien des vocations… mais je n'ai pas vu un seul moine ni la soutane d'un prêtre…

— Sire, ce ne sont pas des bonnes sœurs mais des femmes musulmanes…

— Des mahométanes ? Est-ce la conséquence de la conquête de ce que vous appelez l'Algérie ?

— En quelque sorte. Quant aux prêtres, il y en a beaucoup moins et ils ne portent pratiquement plus la soutane depuis bientôt cinquante ans.

— Voilà de bien étranges choses. Des curés sans soutane… *bah*, je m'étais attaché à la leur faire remettre après la Révolution. La soutane a été donnée aux prêtres afin que chacun puisse savoir qui ils sont. L'Église aurait-elle honte d'elle-même ?

Justement, Napoléon passe devant une église et s'y engouffre aussitôt. Après s'être signé, il se dirige vers une chapelle dédiée à la Vierge. Il souffle à voix basse :

— Glissez ce napoléon dans le tronc et prenez quatre cierges que vous allumerez ici. Le premier sera pour le repos de mon fils. Le second pour celui de mes parents, le troisième pour remercier Dieu de m'avoir ramené à la vie et le dernier pour qu'il m'éclaire sur ses desseins.

— Oui, Sire.

Adrien s'exécute en pensant à la surprise du curé quand il découvrira une pièce d'or dans son tronc. Il prend les cierges et en rajoute un cinquième, qu'il paie au tarif normal. Il l'allume avec les autres pour remercier le ciel de l'avoir choisi pour cette aventure. En silence, il demeure ensuite debout derrière l'Empereur. Dans la demi-pénombre, Napoléon s'est agenouillé devant la statue de Marie et prie avec ferveur. Puis il se signe, se relève et sort de l'église.

— Sire, je ne vous imaginais pas si pieux…

— J'ai eu une impulsion. Dans ce monde qui a tant changé, l'église m'est apparue comme une sorte de havre à l'abri du temps. J'espérais des réponses. Pourquoi suis-je revenu de l'au-delà ? Qui est derrière tout cela ? Hélas, mes prières ne m'ont rien apporté. N'en parlons plus.

Puis, regardant Adrien avec un grand sourire.

— Et vous, mécréant ? Je vous ai bien vu du coin de l'œil. Vous vous êtes signé en entrant et vous avez rajouté un cinquième cierge pour votre compte.

— Votre irruption dans mon existence me perturbe aussi. Faute de mieux… on se tourne vers la religion de son enfance.

— Si fait, Beaussier, vous avez raison. Une société sans religion est un vaisseau sans boussole. La religion reste tandis que les États passent. Regardez l'empire des *czars*[1] et celui d'Autriche. Puissants à mon époque,

1. Orthographe de « tsars » sous l'Empire.

ils ne sont plus aujourd'hui. Les trônes s'écroulent, l'Église demeure.

En marchant dans la rue, Napoléon croise des SDF entourés de chiens. Une fille au crâne rasé est assise sur le trottoir. Son compagnon, dont le nez est orné d'un anneau, s'approche de l'Empereur.

— Bonjour m'sieur. Z'auriez pas une 'tite pièce s'il vous plaît ?

Napoléon le considère d'un air stupéfait.

— Mais quel est cet accoutrement de sauvage ? Revenez-vous des terres australes avec cet anneau ? Vous ne semblez pas en mauvaise santé. Pourquoi n'allez-vous pas travailler plutôt que de mendier aussi misérablement ?

— Eh ! Ooh ! Ça va. J'fais ce que j'veux. Et pi j'ai pas envie de m'épuiser pour un patron. Moi chuis contre le système… j'me bats contre…

— Si les adversaires de ce « système » sont à votre image, il n'a guère de tourments à avoir.

Puis, tournant ostensiblement le dos, l'Empereur reprend sa marche, indifférent au punk-à-chien.

— Eh sale bourgeois, va te faire… Bonjour m'dame, z'auriez pas une 'tite pièce s'il vous plaît…

— Entendez-vous, Beaussier ? Il me traite de « bourgeois », mon déguisement doit être convaincant. Mais pourquoi les gendarmes ne ramassent-ils pas de tels individus ?

— Il y en a trop…

— Il n'y a qu'à les mettre au bagne…

— Il n'y en a plus…

Des passants vont et viennent, indifférents les uns aux autres. Des grands-mères tirent leur caddie à petits pas. Plus loin, un très vieil homme tient le bras de sa femme.

— Je n'ai jamais vu autant de vieillards dans la rue. Sommes-nous près d'un hospice ?

— Non, Sire. L'espérance de vie a plus que doublé depuis votre époque.

— Diable. Voilà un progrès impressionnant. Mais ils ne paraissent pas heureux de vivre pour autant. Est-il bien utile de vivre si longtemps pour avoir aussi triste figure ?

— Si je puis me permettre, Sire, vous êtes bien plus vieux que ces personnes…

Mais l'Empereur ne sourit pas. Le spectacle de la rue le navre de plus en plus. Une voiture passe en faisant hurler une musique techno. À quelques pas de là, Napoléon observe une grande fille blonde, très court vêtue. Elle porte un tee-shirt vert sous un ciré jaune et une écharpe rouge. Cigarette au bec, elle grimpe sur le tabouret d'un pub anglais. Avec un grand sourire, elle commande une bière au garçon. À côté d'elle passe une autre femme vêtue de noir des pieds à la tête. Un voile sombre encadre étroitement son visage d'où émerge un regard absent.

— Beaussier, que pensez-vous de la tenue de ces deux femmes ?

— Les couleurs de l'une m'évoquent le drapeau du Gabon. Celle de l'autre les rues de Téhéran. Vous semblez plus étonné par ce spectacle que par ma voiture.

— Rien ne m'a préparé à cette vision. Les tenues de certaines sont indécentes. Elles montrent leurs jambes et sont plus fardées que les filles du Palais-Royal. Et puis, cette façon de fumer ces petits cigares blancs… c'est d'un vulgaire. Il n'y a plus que les vieilles femmes et les Mauresques pour conserver un peu de pudeur. Encore que certaines portent des tenues faites pour les faubourgs du Caire. S'il faut s'habiller comme les Romains à Rome pourquoi diable vont-elles en France comme elles iraient en Syrie ?

Tout en parlant, Adrien conduit Napoléon jusqu'à sa boutique habituelle. Une fois à l'intérieur, Napoléon regarde les costumes accrochés les uns à côté des autres.

— Votre tailleur a du succès, Beaussier. Regardez le nombre de tenues qu'il a déjà réalisées. Il doit avoir tout un atelier à son service.

— Non, Sire, elles sont faites dans des manufactures, il n'y a plus qu'à les essayer…

Un vendeur assez âgé vient vers eux.

— Bonjour messieurs. Puis-je vous aider ?

— C'est pour mon ami. Il lui faut : un manteau, deux costumes, cinq ou six chemises et des cravates, quelque chose de classique.

Pendant les essayages, le vendeur dévisage Napoléon au point que celui-ci finit par s'en apercevoir. Tandis qu'il est dans sa réserve, l'Empereur glisse à l'oreille d'Adrien :

— Beaussier, avez-vous vu ses regards ? Je crois bien qu'il m'a reconnu…

— Votre visage semble, en effet, lui rappeler quelqu'un, Sire.

— C'est bon signe, une excellente épreuve. Nous verrons s'il ose m'aborder sur ce sujet.

— Ne l'effrayez pas trop, Sire. Souvenez-vous que votre retour… n'est pas attendu…

Le choix promptement expédié, Adrien se rend à la caisse. Tandis que Napoléon se contemple dans un miroir d'un air dubitatif, le vendeur se penche vers Adrien et souffle discrètement :

— On a dû souvent vous le dire, mais votre ami… qu'est-ce qu'il lui ressemble…

À ces mots, Napoléon dresse l'oreille et se rapproche de la caisse.

— Oui, effectivement. On lui dit parfois.

— Ça ne m'étonne pas. En plus, moi, je l'adore, j'aimerais le voir plus souvent.

Napoléon, visiblement ravi, sourit au vendeur pour l'encourager.

— Vraiment, monsieur, vous êtes le portrait craché de Serge Lama.

Napoléon quitte la boutique plus renfrogné que jamais. Tandis qu'Adrien porte les différents paquets, l'Empereur finit par marmonner entre ses dents :

— Et qui est ce Lama ?

— Un chanteur, Sire. Un chanteur qui vous ressemble beaucoup.

— Un chanteur… mais que fais-je dans ce siècle misérable ? Rentrons, Beaussier…

— Sire, il vous faut aussi des chaussures. Voyez, il y a une boutique juste là.

— Et là aussi tout est fait à l'avance, au moins cela permet d'aller plus vite. Allons-y.

Rapidement, Napoléon choisi des chaussures italiennes ornées d'une boucle.

— Au moins, les chaussures n'ont pas beaucoup changé et le cuir en est très souple.

Adrien paie une nouvelle fois avec sa carte bancaire.

— C'est ainsi que vous payez ? Il n'y a plus d'espèces sonnantes et trébuchantes ?

— De moins en moins, Sire. Presque tout se paie par carte de crédit. Il s'agit d'une…

— Oui… une lettre de change électrique. J'ai créé ici un lycée, comme dans toutes les préfectures. Montrez-le-moi avant de rentrer. Je veux voir la jeunesse.

En chemin, Napoléon croise deux légionnaires. Coiffé du képi blanc, un petit asiatique est tiré à quatre épingles. À ses côtés, un grand black, en béret vert et treillis camouflage, est bâti comme une armoire normande. L'Empereur s'arrête un instant pour les scruter du regard, comme s'il passait un régiment en revue.

— Beaussier. Sont-ce là des soldats français ?

— Oui, Sire. On peut même dire que c'est la fine fleur de l'armée. La Légion étrangère a été créée dix ans après votre… départ.

— Il y avait bien des régiments étrangers dans ma jeunesse. Au temps des Bourbons j'ai connu le Royal-Allemand ou le Royal-Irlandais. Les Écossais et les Suisses constituaient même les meilleurs régiments de la Garde royale. J'ai eu moi-même des régiments étrangers, mais nous ne recrutions pas nos soldats aux confins du monde, en Afrique ou chez les Kalmouks.

— Sire… ce sont de très bons soldats.

— Je ne dis pas le contraire, j'ai bien recruté des mamelouks en Égypte. Ils ont fait honneur à ma Garde impériale. Tout est une question de commandement, mais… voyez la couleur laide de leurs uniformes. Et ce bariolage, on dirait qu'ils veulent se dissimuler.

— C'est en effet le but du camouflage, Sire.

— Drôle de façon de faire la guerre.

— Les techniques ont changé, Sire. Les fusils tirent plus loin et plus juste et comme l'a dit un maréchal autrefois : « Le feu tue. »

Tout en parlant, les deux hommes arrivent devant le plus ancien lycée public de la ville. Il est juste midi et une foule de garçons et de filles se répandent sur le boulevard. Une lycéenne remet son voile en franchissant le porche tandis qu'une autre allume une cigarette avant de pianoter sur son Smartphone. Un garçon retrouve sa petite amie et l'embrasse à pleine bouche sous les yeux de Napoléon.

— Beaussier, quel est ce scandale ? Sont-ce là les enfants des notables du département ? Et puis, les filles et les garçons mélangés. Cela ne peut engendrer que la licence. Il n'y a pas d'uniforme, pas d'ordre pour canaliser cette jeunesse. Comment avez-vous pu en arriver là ?

— Mai 68 est passé par là, Sire. Et ces jeunes gens ne sont pas les plus remuants.

— Il faudrait tremper un peu ces jeunes têtes de l'exemple des Grecs et des Romains. Rentrons, j'en ai assez vu pour aujourd'hui.

Une fois de retour, l'Empereur enlève son manteau et sa veste et les jette dans les bras d'Adrien.

— Beaussier, apportez-moi mon uniforme. J'en ai assez de ce déguisement. Au moins ici je peux être moi-même. Faites du feu dans mon bureau. Je vais y travailler seul. Je vous appellerai lorsque j'aurai besoin de vos lumières.

Une fois habillé, Napoléon s'assoit avec précaution sur le récamier et se plonge dans un manuel d'histoire contemporaine. Le feu flambe dans le poêle en fonte et Adrien demande :

— Sire, voulez-vous manger quelque chose ?

— Une simple collation suffira. Du pain, du poulet froid et un verre de vin. J'ai encore beaucoup à apprendre pour comprendre cette France-là.

6

Cette France-là

7 février 2015, 13 heures

Pendant que son grand homme dévore les livres de sa bibliothèque, Adrien allume la télé. Les informations sont déprimantes. Il n'y est question que d'attentats, de la Syrie et de football. Adrien se laisse aller à un début de cafard quand sa fille entre dans le salon.

— On ne mange pas ?

— L'Empereur… enfin… Monsieur N. … travaille au bureau et moi je n'ai pas faim, débrouille-toi.

— Mais je bosse moi. Avec mon pote graphiste on a fait une maquette super pour la pub du foie gras. Tu veux voir ?

Adrien lève un œil maussade. Les humeurs de son grand homme sont contagieuses.

— Oui. Si tu veux…

Pauline est toute contente de présenter son œuvre sur sa tablette. Adrien tique un peu en voyant l'Empereur enrôlé pour une pub pour du foie gras. Mais elle aurait pu imaginer pire, du *figatellu* ou du fromage corse par exemple. Finalement, le travail n'est pas mal. La photo de Napoléon a été détourée et le graphiste a replacé l'Empereur dans le décor du fameux portrait de David.

— C'est ton copain qui a eu l'idée du tableau ?

— Mais non… c'est moi. Tu l'avais en carte postale dans ton bureau quand j'étais petite. Je m'en suis souvenue. Ça claque, hein ? Qu'est-ce que tu en penses ?

Adrien sourit. S'il n'a pas transmis sa passion de l'Histoire à sa fille, elle aura au moins capté deux ou trois choses.

— Oui, c'est bien. C'est très bien même. Tu pourrais y ajouter une aigle impériale dans une couronne de laurier, dans le style d'un tampon de certification. Genre : « Goûté et approuvé par l'Empereur ».

— Oui, super idée. Mais pourquoi « une » aigle. Il faut que ce soit une femelle ?

— Aigle est toujours féminin quand il s'agit d'un emblème.

— Si tu le dis… tu peux m'en trouver un… ou une ?

— Va sur le Net, tape « aigle impériale Napoléon » et tu trouveras tout de suite.

— Ok Papa… je vais chercher, « ta » aigle, mais fais-moi à manger.

Le père et la fille déjeunent tranquillement en tête-à-tête. Comme l'Empereur ne l'appelle toujours pas, Adrien se met à préparer le repas du soir. Après quelques recherches sur les goûts de son hôte, il opte pour une fricassée de dinde sauce Marengo, avec des tomates, du thym, du laurier et des olives, le tout accompagné de lentilles. Tout est prêt lorsque vers 18 heures…

— Beaussier, venez je vous prie.

Adrien retrouve aussitôt l'Empereur sur son récamier avec plusieurs livres à ses côtés.

— Nous nous étions arrêtés au lendemain de la dernière Guerre mondiale. À présent, je vais vous dire ce que j'ai compris et vous, monsieur le professeur, vous me corrigez si je m'égare.

— Oui, Sire. Je vous écoute, je suis tout ouïe.

— Bien… 1945. De Gaulle est au pouvoir. Il règne sur une France aussi délabrée que celle que j'ai trouvée au moment de mon coup d'État de Brumaire. Comme à mon époque, il doit faire face à un régime de partis déchirés par les divisions. Chacun ne pense alors qu'à ses propres intérêts, mais la comparaison s'arrête là. Moi j'ai fait jeter ces beaux parleurs par les fenêtres et ils se sont éparpillés dans les jardins du château de Saint-Cloud. Lui a pris le parti de s'en aller en pensant qu'on allait venir le chercher. Il a dû attendre douze ans. Une sorte de séjour à l'île d'Elbe qui se serait prolongé. Suis-je dans le vrai, Beaussier ?

— C'est un point de vue qui se défend, Sire. Mais…

— Ne m'interrompez pas. Hormis les communistes, sorte de Montagnards[1], je ne situe guère les autres partis. Ils sont peuplés de gens à système, des bavards, amateurs de combinaisons florentines et de petits intérêts médiocres. Cela ressemble furieusement au Directoire. Il fallait un sabre pour renverser tout cela et De Gaulle revient.

— Oui. En effet, il a…

— Son coup d'État a été réalisé comme le mien, sans verser une goutte de sang. Comme moi, il redonne un véritable pouvoir à l'exécutif. J'ai lu cette constitution, de loin la moins mauvaise. Certains l'ont taxé de « bonapartiste ». Les sots ! Comme si c'était une insulte.

---

1. Les Montagnards constituent l'aile gauche de la Convention nationale (1792-1795), où ils prônent la Terreur.

Tout cela parce que De Gaulle et moi nous consultons le peuple de temps à autre par le plébiscite.

— Pas le plébiscite, Sire, par référendum. Ce n'est…

— C'est la même chose, Beaussier ! Il abandonne l'Algérie, j'aurais fait de même. Mais il laisse massacrer ces Barbaresques enrôlés dans notre armée. Les… comment les appelez-vous déjà ?

— Les Harkis, Sire.

— Oui, c'est cela. Ces Harkis me font penser aux Mamelouks. Ils ont aussi combattu à nos côtés en Égypte, mais je ne les ai pas abandonnés à la vengeance des Turcs. Au contraire, je les ai intégrés à ma Garde impériale. Poursuivons… De Gaulle règne dix ans, presque autant que moi. Il dote la France de cette fameuse bombe atomique et le pays redevient ainsi une puissance. Cela lui permet de rompre avec cette tutelle qui nous lie alors aux Américains. Pfff…. la France soumise aux Hurons et aux Iroquois ! Quelle ineptie…

— Sire, c'est un peu rapide. Les Américains ne sont pas des Iroquois…

— Si vous le dites… De Gaulle est aussi prudent par rapport à cette union de l'Europe. Unir les peuples sous les mêmes lois et stimuler le commerce, c'est ce que j'ai fait.

— Oui, mais…

— Une Europe, oui, mais sans l'Angleterre. Elle ne pense toujours qu'à son propre intérêt. Face à Londres, le port d'Anvers est redevenu ce pistolet braqué vers elle[1]. La France, l'Allemagne, sans la Prusse, l'Italie

1. Annexé à la France en 1795, le grand port d'Anvers était une menace pour Londres située juste en face. « Un pistolet braqué sur le cœur de l'Angleterre », selon les mots de Napoléon.

unifiée, la Belgique et la Hollande, voilà l'Europe. Regardez cette carte.

Napoléon présente une carte de l'Europe des six en 1960 dans un atlas historique.

— Sire, c'est la Communauté européenne, dite « des six ».

— Cela ne vous frappe pas ? Cette carte ne vous rappelle rien ? Tenez, regardez…

L'Empereur tourne quelques pages en arrière jusqu'à une carte de l'Empire napoléonien.

— En effet, Sire, les deux cartes sont très proches.

— Elles sont identiques, voulez-vous dire ! Les mêmes pays qui ont vécu sous les lois de mon Code civil. Grâce à moi, ces nations ont pu bâtir une communauté malgré les deux Guerres mondiales où elles se sont affrontées.

— Et alors ?

— Alors, Beaussier ? On ne peut jamais faire l'économie de l'Histoire. Cette Europe des six a pu fonctionner parce que j'ai uni ces pays. Le mal vient d'avoir voulu aller au-delà. Mais finissons-en avec De Gaulle. Mai 68… une pantalonnade. À entendre certains, il s'agit d'une épopée digne de la Révolution française. Pauvres fous ! On voit bien qu'ils n'ont jamais vu les horreurs d'une véritable révolution. Ces nouveaux sans-culottes ne sont qu'un ramassis de muscadins[1]. Ah, Beaussier ! l'Histoire ne donne aux hommes qu'un seul et unique enseignement.

1. Les muscadins constituent la jeunesse dorée issue de la bourgeoisie révolutionnaire. Ils tiennent le haut du pavé sous le Directoire, jusqu'à la prise de pouvoir de Napoléon en 1799.

— Lequel, Sire ? demande Adrien, impatient de recevoir cette vérité révélée.

— Que rien n'est prévisible, même à très brève échéance. Les régimes les plus forts peuvent être balayés comme fétus de paille, telle est la seule loi. De Gaulle et moi-même en avons fait l'amère expérience. Qui aurait prévu 1968 en 1963 ? Waterloo en 1810 ? Qui aurait dit en 1788 que la tête du roi le plus puissant d'Europe allait rouler dans la sciure en 1793 ?

— Néanmoins, De Gaulle a pu se rétablir après Mai 68…

— Je suis revenu moi aussi, j'ai duré cent jours et lui moins d'un an. Le ver était dans le fruit. Tout ensuite est allé à vau-l'eau. L'autorité bafouée ne s'est plus jamais relevée. Remarquez combien l'habitude des changements continuels de gouvernement a détruit toute idée d'ordre et de stabilité. J'ai beaucoup à faire pour réédifier l'ordre social.

— Sire, vous êtes bien sévère.

— Sévère ? Plus lucide que vos politiques ! Voyez cet empire des Soviets. Il s'est lui aussi effondré. Qui pouvait songer que tout irait si vite après la chute d'un simple mur.

— Personne en effet, je m'en souviens. Je…

— Après ça, les États-Unis demeurent seuls, mais « Jupiter aveugle ceux qu'il veut perdre ». Ils ont mis l'Orient à feu et à sang avec cette stupide guerre du Golfe. Voyez le résultat. La situation leur échappe complètement, et cette guerre absurde s'installe aujourd'hui dans nos murs.

— Nous vivons un moment terrible, mais les Français…

— Le peuple a de l'instinct, Beaussier. Il suit souvent le bon berger, mais où est-il aujourd'hui ? Où se trouve l'autorité ? Voyez ce Mitterrand. Il a été de tous les bords. Il me fait penser à cette girouette de Talleyrand. Pour autant, il y a eu bien pire après lui. Les suivants n'ont aucune allure et le dernier est un roi fainéant. Quant à l'Europe, elle est devenue un monstre politique. Les historiens prétendent que j'ai agrandi trop vite mon Empire. Que ne sont-ils aussi sévères pour parler de votre siècle ! L'Europe s'est élargie sans cesse, sans rien digérer.

— Votre réquisitoire est bien sombre, Sire.

— J'ai grandi au siècle des Lumières. Le plus humble de mes soldats pouvait aspirer au bâton de maréchal. « Ayez du talent, je vous avance, du mérite, je vous protège », telle était ma maxime autrefois, mais qu'en reste-il aujourd'hui ? J'ai attentivement observé les Français ce matin. La plupart de vos contemporains sont tristes. Ils semblent attendre quelque chose…

— À quoi pensez-vous ?

— J'ai mon idée, mais vous devez m'aider. Moi qui ai été obéi par des millions d'hommes, je ne puis compter que sur vous.

En disant cela Napoléon pose sa main sur l'épaule d'Adrien et plante son regard dans le sien. Adrien est comme hypnotisé par ces yeux d'un bleu sombre. Il croit y voir des régiments, des drapeaux, toute une foule qui acclame l'Empereur et il entend tout à coup :

— Dites, ça vous dirait de passer à table ? Je voudrais faire d'autres photos de Monsieur N. Son profil Facebook marche *troop* bien. Il y a des tas de commentaires sur la pub et certains demandent où on peut acheter le Foie gras de l'Empereur.

— Mlle Pauline a raison, passons à table, Beaussier. Cela nous changera les idées. La France finit toujours par se relever. Même quand il faut un miracle pour cela.

— Euh… oui Sire… passons à table.

Jacqueline ayant préféré passer la soirée chez des amies, Adrien sert le repas à sa fille et à l'Empereur. Celui-ci est complètement accaparé par Pauline. Elle lui montre la fameuse photo trafiquée et lui explique tout l'intérêt des réseaux sociaux. Il est particulièrement intéressé par la fiche Wikipédia qui lui est consacrée. Il constate avec plaisir qu'elle est bien plus fournie que celles de tous ses adversaires réunis. « Napoléon » donne instantanément plus de quatorze millions de résultats sur Google, trente fois plus que « duc de Wellington ». Cette revanche posthume sur le vainqueur de Waterloo le met en joie. Malgré la bonne ambiance du repas, Adrien reste perturbé par la demande de Napoléon, qui compte sur lui. Les vœux d'un tel homme sont des ordres, mais qu'a-t-il derrière la tête ? Comment tout cela va-t-il se terminer ? En prison ? Chez les fous ? Dans un immense éclat de rire ? De toute façon il n'a plus envie de faire machine arrière. Il l'aidera autant qu'il le pourra, mais Napoléon le sait déjà. Adrien le lit à travers un sourire que l'Empereur lui adresse au détour d'un regard.

Plus tard dans la soirée, Adrien procède au même cérémonial que la veille. Il déshabille l'Empereur et lui passe son nouveau pyjama et sa robe de chambre. Comme la veille, il donne congé à Adrien après lui avoir demandé d'allumer son ordinateur. Grâce aux explications de Pauline, il parvient assez rapidement à se familiariser avec l'usage du clavier et de la souris.

Le lendemain, Adrien prépare le petit déjeuner de Napoléon. Ce dernier a passé la nuit à surfer sur le Net. Il a très peu dormi mais il est enchanté des découvertes qu'il a pu faire. D'ailleurs, il ne jette qu'un simple coup d'œil aux journaux rapportés par Adrien. Vers 13 heures, le déjeuner dominical est pris en famille, puis chacun vaque à ses occupations. Le soir, Adrien accompagne sa fille à la gare de Nîmes où elle prend son train pour Montpellier.

— Pa', c'est qui ce gars en vrai ?

— Tu me crois si je te dis que c'est vraiment Napoléon ?

— Ben, ça paraît un peu spécial, mais si tu en es sûr…

— C'est gentil de faire confiance à ton père pour un truc aussi fou.

— Mais alors il serait mort sans être mort ?

— Oui. En quelque sorte. Ne me demande pas le pourquoi des choses, je n'en sais rien et lui non plus. J'ai essayé de le piéger mais rien ne me permet de dire que c'est un imposteur.

— C'est un mort-vivant… une sorte de zombie, alors ? Ce n'est pas un peu dangereux ? Ça fait flipper ton histoire… Fais gaffe quand même.

— Ne t'inquiète pas, ma chérie. Il ne m'a pas encore mordu. Si tout ça est vrai, ce serait la chance de ma vie. Allez, travaille bien… Tu reviens le week-end prochain ?

— Oui. Il sera toujours là ?

— Sûrement…

— Moi je l'aime bien au fond ton zombie. Allez, bisous, pa'.

Adrien rentre ensuite chez lui en songeant à cet étrange phénomène. Pourquoi l'avoir choisi lui ? Qui a écrit ce papier ? Mais ces interrogations sans réponse sont vite oubliées. Il ne pense plus qu'aux multiples questions qu'il va pouvoir poser à son Empereur.

Chaque matin Adrien frappe à la porte du cabinet de travail à 7 heures précises. Chaque matin Napoléon est déjà levé, ou pas encore endormi. Chaque matin il ouvre les stores et il entend l'Empereur lui demander :

— Beaussier, comment ça va-t-il ? Quelle heure est-il ? Quel temps fait-il ?

— Bien, Sire, merci. Il est 7 heures. Beau temps.

Après son petit déjeuner composé de café et de pain, Napoléon se rase lui-même devant un miroir que lui tient Adrien. Avec son blaireau, il se savonne si brusquement que la mousse gicle sur la glace et jusque sur les rideaux. La barbe terminée, il prend soin de ses belles dents, blanches et régulières. Il se brosse aussi la langue en affirmant que le dentifrice remplace avantageusement sa poudre de corail. Enfin, il se fait lui-même les ongles des mains et admire le résultat. Le tabac à priser est arrivé par la poste. Après avoir rechargé sa boîte en or, l'Empereur s'adonne désormais à son ancienne habitude chaque fois qu'il veut réfléchir sur tel ou tel sujet. Spontanément, il propose alors une prise à Adrien, qui aime à partager ce petit rituel.

Mais les instants de calme sont rares. Chaque jour l'ancien maître du grand empire exige de nouveaux rapports. Tout y passe. L'armée française, les relations internationales, le terrorisme, l'administration… Adrien s'efforce de synthétiser au mieux en s'appuyant sur ses propres connaissances et sur les ressources du Net. Pendant ce temps, Napoléon s'abîme dans la lecture rapide de livres et de journaux. Quand Adrien lui remet un rapport auquel il a consacré plusieurs heures de travail, Napoléon le dévore en quelques minutes. Il pose ensuite une foule de questions et exige aussitôt d'autres dossiers sur d'autres sujets. Chaque fois les questions sont plus précises, plus pertinentes, plus insistantes.

Adrien a du mal à suivre. Vers 10 heures, l'Empereur déjeune sur un petit guéridon installé dans son cabinet. Son ordinaire est des plus simples. Du pain blanc, de la bonne huile d'olive, du vin de Chambertin, du poulet ou du mouton. Le tout est accompagné de riz, de fèves ou de lentilles, ses légumineuses préférées. La pause ne dure jamais plus de dix minutes, mais l'Empereur macère chaque jour pendant une heure dans un bain chaud. Adrien est parvenu à lui trouver une sorte de foulard qu'il se noue sur la tête avant de rentrer dans l'eau brûlante. Une fois dans le bain, il semble somnoler, mais tout s'agite dans son esprit qui n'arrête jamais de fonctionner. Assis à ses côtés, Adrien doit lui lire la presse. Si le sujet retient l'attention de Napoléon, ses questions se terminent immanquablement par la commande d'un nouveau rapport. Dans ses rares moments de détente l'Empereur écoute Paisiello, son compositeur favori. Il découvre aussi Mozart, totalement méconnu en France à son époque. Il n'aime pas tout, mais son *Dom Giovanni* lui plaît beaucoup. Ces airs d'opéra le ramènent parfois à son époque avant de replonger dans les arcanes du XXIe siècle.

Lorsqu'Adrien n'en peut plus, l'Empereur le foudroie du regard et lui lance :

— Qu'avez-vous donc, Beaussier ? Vous dormez déjà debout ? Je suis né et construit pour le travail, je connais les limites de mes jambes, de mes yeux, je n'ai jamais connu celles de mon ouvrage. Je travaille toujours avec la même énergie, de jour comme de nuit. Si vous êtes fatigué, laissez-moi seul et allez retrouver Mme Beaussier. Alors Adrien se remet à la tâche. Quand il finit par s'effondrer, il se réfugie dans la chambre d'ami pour ne pas réveiller sa femme. À ce rythme, Napoléon agace de plus en plus Jacqueline. La présence de cet étranger chez elle devient de plus en plus pesante.

7

Le chant du départ

13 février 2015, 19 heures

Comme presque tous les vendredis, Pauline rentre de Montpellier en fin d'après-midi. Sa fausse campagne de pub remporte un franc succès. L'affiche a fait le tour de l'école et ses professeurs l'ont félicitée. Son visuel a même été mis en ligne sur le site de l'école de commerce. Du coup, le profil Facebook « Napoléon est revenu ! » est de plus en plus visité et les *likes* augmentent chaque jour. Au dîner, Pauline ne parle plus que de ça. Elle a décliné la campagne de com en utilisant les autres photos de Napoléon sans les retoucher. Les commentaires vont bon train. Certains rigolent et prétendent qu'il s'agit de montages mais beaucoup sont bluffés par la ressemblance. Napoléon est ravi de retrouver la joie de vivre de Pauline, qui reprend de nouvelles photos pour sa page. Jacqueline n'ouvre pratiquement pas la bouche. Elle ne supporte plus cet individu qui accapare Adrien. Exaspérée par une conversation exclusivement consacrée à ce squatteur, elle quitte la table en lançant d'un ton sec : « Vous débarrasserez ! »

Adrien s'exécute rapidement tandis que Pauline montre à Napoléon la robe qu'elle a achetée pour le gala Sup. de Co. Puis elle s'en va dans sa chambre après avoir fait la bise à l'Empereur. Adrien peut alors rejoindre son hôte dans son bureau. Napoléon lui demande aussitôt :

— Beaussier, à quelle somme estimez-vous les débours que je vous ai occasionnés ?

— Eh bien, je ne sais pas exactement, Sire. Avec le renouvellement de votre garde-robe, le chambertin et quelques menus frais nous devons en être entre deux mille cinq cents et trois mille euros.

— Je n'entends rien à vos euros. Cela fait combien en francs Germinal ?

— Une douzaine de napoléons, Sire, mais il n'y a pas à vous inquiéter. Votre présence sous mon toit constitue le plus précieux des biens. C'est un immense honneur et un…

— … plaisir pour l'historien, mais pas pour son épouse. Ne faites pas le brave à trois poils. Je vous ai entendu vous disputer avec votre femme l'autre soir…

— Ce n'est rien, Sire, je vous assure.

Napoléon retire alors sa ceinture et en sort vingt napoléons qu'il tend à Adrien. Comme ce dernier tente de refuser, il lui saisit le poignet et place d'autorité les pièces d'or dans le creux de sa main.

— Voilà qui fera patienter Mme Beaussier et couvrira nos prochaines dépenses. Je comprends la France à présent. Il est temps d'agir. Demain nous partons récupérer mon trésor.

— Sire ! Je réserve dès maintenant nos places dans le TGV, s'exclame joyeusement Adrien.

— Plaît-il ?

— Le TGV. Le train à grande vitesse. C'est ce qui fait office de voiture de poste…

— À mon époque, il faut seulement sept ou huit jours pour rallier Rochefort…

— Nous mettrons sept ou huit heures, Sire…

— Parfait, nous partons à l'aube. Occupez-vous de ce voyage et rejoignez Mme Beaussier. Nous prenons congé d'elle pour quelques jours.

— Sire, je m'en occupe immédiatement. Mais…

— Oui ?

— Votre Majesté veut-elle bien m'éclairer sur l'endroit où votre trésor est caché ? Vous êtes certain qu'il s'y trouve toujours ?

— Rassurez-vous sur ce point. Nous n'irons pas en vain sur l'île d'Aix. En 1815, j'ai passé quelques jours dans la maison du gouverneur de la place forte. En attendant des passeports que ce traître de Fouché ne m'a jamais envoyés, je regardais évoluer la croisière anglaise[1] entre Rochefort et La Rochelle. J'étais dans une nasse et mon entourage échafaudait toutes sortes de plans pour me faire passer au travers des mailles du filet. Certains voulaient me cacher dans un tonneau… Vous imaginez si j'avais été saisi ? Capturé par les Anglais et sortant d'une barrique puant le hareng ? Il valait mieux mourir à Sainte-Hélène. Quoi qu'il en soit, alors que mon entourage s'échauffait, j'ai pris soin d'un arbre pendant mon séjour forcé…

— Un arbre ?

— Oui, un arbre. Napoléon jardinier… Étonnant non ? J'ai pris un frêne que j'ai ostensiblement greffé avec un orme. En faisant cela l'arbre est devenu précieux

1. L'escadre de la Royal Navy.

aux yeux des habitants et personne n'a osé y porter la main. C'est au pied de ce frêne, à trois pas vers le sud, que Cipriani a enterré ma cassette sous mes yeux, durant une nuit sans lune… Prenez vos dispositions pour le voyage et allez vous coucher. Demain nous partons à l'aube.

Aussitôt, Adrien réserve les billets et les chambres d'hôtel. Le chant du départ tourne en boucle dans sa tête… « *La victoire en chantant nous ouvre la barrière...* ». Après avoir préparé une valise pour lui et pour Napoléon, Adrien prévoit aussi un sac à dos afin d'emporter une pelle-pioche pliante, une lampe frontale, un pied de biche et une corde. Une fois les billets imprimés et les chambres réservées, il prend congé de l'Empereur. Plongé dans la lecture d'un livre récent consacré aux raisons du déclin de la France, ce dernier n'octroie qu'un vague bonsoir à Adrien. Sur la pointe des pieds, il regagne sa chambre où la lumière est encore allumée. Jacqueline est couchée et lit à la lueur de sa lampe de chevet.

— Tu viens quand même te coucher. Tu devrais dormir avec lui tant que tu y es…

— Amour…

— Arrête ! Il n'y en a plus que pour lui. Mais va… va coucher devant sa porte. Tu bois ses paroles, tu le dévores des yeux, on dirait un toutou. Et « Sire » par ci et « Sire » par là… Il est beau l'historien ! Tu dis souvent que l'Histoire mène à tout. À tout oui… jusqu'à lécher les bottes d'un cinglé ou d'un escroc qui se moque de toi.

— Jacqueline ! C'est l'Empereur !

À ces mots Jacqueline s'énerve encore plus.

— *Mais arrête à la fin !* Tu me rends dingue avec ton histoire. Réveille-toi ! Napoléon est mort et les morts ne reviennent pas. Il va rester combien de temps à vivre à nos crochets ? Je te préviens, il faut qu'il parte ou sinon je vous flanque tous les deux à la porte. Je ne peux plus vous supporter…

— Justement, c'est ce que je voulais te dire. Nous partons demain.

Jacqueline est stupéfaite.

— Quoi ? Tu m'abandonnes ? Mais tu es un salaud…

— Amour, c'est ce que tu viens de me…

— Tu me laisses là et tu pars en amoureux avec un barjot déguisé en Napoléon. Mais je rêve… Ah non, non… Si tu t'en vas avec lui ne compte pas revenir. Tu ne me reverras plus jamais…

— Arrête, chérie ! Ne crie pas, je t'en prie. Calme-toi. D'abord regarde, ce n'est pas un escroc. Il m'a encore donné vingt napoléons. Prends-les, tiens. Ensuite il m'a raconté une histoire extraordinaire de trésor.

Jacqueline se calme un peu en faisant tinter les napoléons dans sa main. Elle regarde Adrien et dit à voix basse :

— Un trésor ? C'est quoi cette histoire ?

Adrien raconte et les yeux de Jacqueline se mettent à briller…

— Des diamants ? De l'or ? Tu penses que c'est possible ?

— Tout à fait plausible en tout cas. J'ai vérifié, Napoléon a bien laissé des trésors derrière lui. Il se peut que l'un d'entre eux n'ait jamais été découvert. L'histoire de Cipriani tient aussi la route. C'était vraiment l'âme damnée de Napoléon. Ils se connaissaient depuis l'enfance.

— Alors… tu vas y aller ?

— Oui, demain. J'ai pris les billets, les chambres d'hôtel, tout…

— Sois prudent. Tu reviendras vite, mon chéri ?

— Mais oui, bien sûr. Dès que possible.

— Et ne te fais pas avoir. Tu as droit à ta part.

— Oui, oui… Tu y crois, maintenant, à mon Napoléon ?

— On verra… ramène-moi d'abord quelques diamants…

8

Sur les rives de l'Océan

14 février 2015, 7 heures

Le lendemain matin, Jacqueline dépose Adrien et Napoléon à la gare de Nîmes. Après avoir embrassé Adrien elle fait un au revoir un peu gêné à Napoléon. Ce dernier remercie son hôtesse pour son hospitalité et s'incline pour un baisemain qui fait sourire les passants. Puis elle regarde les deux hommes s'éloigner. Napoléon marche la tête en avant et les mains derrière le dos. Adrien le suit en portant les bagages. Elle se dit qu'Adrien va passer une drôle de Saint-Valentin.

Une fois le train parti, Napoléon s'habitue vite à la vitesse et au paysage qui défile. Après quelques kilomètres, il n'y fait déjà plus attention et préfère bavarder avec Adrien. Le voyage devient un vrai délice pour l'historien, qui ne cesse de poser mille questions. Le siège de Toulon, l'Égypte, la bataille des Pyramides, celle d'Aboukir, Austerlitz, Talleyrand, le tsar Alexandre, la Pologne, Maria Walewska, les Anglais, la campagne d'Espagne, la campagne de Russie… l'Empereur répond à tout ce qu'il lui demande. Il reconnaît son erreur en Espagne mais argue du fait qu'il a été mal renseigné par Talleyrand sur l'état d'esprit de ce pays singulier.

— Les Bourbons d'Espagne ? Bah, une dynastie discréditée ! Vous, Beaussier, qui auriez-vous nommé roi ?

— Sire, n'ayant encore jamais créé de roi, je ne peux me prononcer aussi subitement.

L'Empereur se met à rire en disant que c'est un choix bien difficile. Pour la Russie il admet qu'il aurait dû mieux tenir compte de l'expérience malheureuse du roi de Suède et des conseils de Caulaincourt[1]. Il s'amuse de certaines questions, s'étonne d'autres, fait semblant de s'offusquer quand il s'agit de femmes, mais se révèle intarissable sur ce sujet comme sur tous les autres. Il parle librement et avec un luxe infini de détails, mais il devient plus sombre lorsqu'il est question de l'exécution du duc d'Enghien. Un voile tombe alors sur la conversation.

— Je n'attachais pas la moindre importance au duc, mais Talleyrand a insisté, ainsi que Murat et Fouché. Murat ne semblait voir de salut pour lui et pour moi que dans son exécution. Le duc d'Enghien a demandé à me voir, il m'a même écrit une lettre, mais je ne l'ai su qu'après son exécution précipitée. Le duc complotait contre moi et donc contre la France. Il travaillait avec les Anglais au retour des Bourbons. Son exécution était nécessaire à la sûreté, à l'intérêt et à l'honneur du peuple français[2]. La saignée entre dans les combinaisons de la

1. Charles XII de Suède a envahi la Russie avant d'être vaincu en 1709. Le général Armand de Caulaincourt est ambassadeur de France à Saint-Pétersbourg jusqu'en 1812. Il conseille la prudence à Napoléon vis-à-vis de la Russie.

2. Fils du prince de Condé, le duc d'Enghien est cousin de Louis XVI. Prince du sang, il peut prétendre à la couronne. Une semaine avant la proclamation de l'Empire, il est enlevé et fusillé après une parodie de procès.

médecine politique et je ferais la même chose si la circonstance se représentait. Cependant…

— Cependant, Sire ?… ose Adrien à voix basse.

— Cependant, il est possible que j'eusse fait grâce, si j'avais pu lui parler. Au fond, je me sens moins coupable que Fouché, qui a organisé tout cela. On m'a reproché d'estimer peu les hommes. Ai-je tort ? Fouché avait envoyé Louis XVI à l'échafaud, dix ans plus tard il faisait exécuter Enghien. Encore dix ans et il se jetait aux pieds de Louis XVIII en me trahissant encore et toujours. Cet homme est le mal incarné. J'aurais dû le faire fusiller, mais je l'ai repris pour ministre en 1815… Ne me parlez plus de cette affaire, Beaussier…

Un ange passe pendant quelques minutes. Il a les traits d'un fantôme aux longs cheveux châtains. Le visage du dernier des Condé. Pour la première fois Adrien sent l'Empereur incertain. Comme cette affaire le gêne manifestement, Adrien relance la conversation en parlant du roi de Rome. L'image de ce bel enfant blond remet du baume au cœur de Napoléon. Il raconte combien il a aimé ce petit garçon, la douleur qu'il a eu d'en être séparé à cause de sa mère Marie-Louise, qui n'a jamais voulu le rejoindre. Adrien est père lui aussi et les deux hommes finissent par parler d'éducation, du rôle des pères, de Jean-Jacques Rousseau. Puis ils évoquent Pascal Paoli[1], les beautés de la Corse, les bons et les mauvais côtés de ses habitants. Au fil des heures, la conversation prend un tour de plus en plus personnel. Napoléon évoque ses succès auprès des

1. Pascal Paoli (1725-1807), le père de l'indépendance corse, est le modèle de Napoléon dans sa jeunesse.

femmes, sa jeunesse et les personnes importantes qu'il a rencontrées.

Adrien ne voit pas passer les sept heures de voyage. Il note tout ce que Napoléon lui confie. Lorsque le train arrive en gare de Rochefort, il en est à son quatrième carnet et il se sent plus proche que jamais de son grand homme.

— Nous avons fait une jolie trotte, Beaussier, et en moins de temps qu'il ne me fallait pour faire une étape entre deux relais de poste. En sortant de la gare, Napoléon fredonne joyeusement :

« *Cadet Roussel ne mourra pas*
Car avant de sauter le pas
On dit qu'il apprend l'orthographe
Pour faire lui-même son épitaphe
Ah ! Ah ! Ah mais vraiment,
Cadet Roussel est bon enfant. »

Après avoir déposé leurs bagages à l'hôtel, Adrien fait visiter à Napoléon *L'Hermione* dans l'ancien arsenal royal. Cette frégate, construite par des passionnés, reproduit un bateau de guerre de l'époque de Louis XVI. Après des années d'efforts, le bâtiment a fière allure dans son bassin, prêt pour sa première traversée de l'Atlantique. Adrien est emballé, mais le spectacle ne fait ni chaud ni froid à Napoléon.

— Bon. C'est une frégate. Voilà tout. Vous m'auriez montré un vaisseau de cent vingt canons… mais là… ce n'est qu'une frégate.

— Mais, Sire, elle a été entièrement construite avec les méthodes d'origine. Tout a été respecté dans le moindre détail.

— La belle affaire. Et combien de temps a-t-il fallu ?

— Dix-huit ans, Sire…

Napoléon sourit.

— Dix-huit ans ?! Ha ! Mais vous vous moquez, Beaussier. Ou alors vos charpentiers sont devenus de bien grands paresseux. Les miens pouvaient construire un tel bâtiment en moins de six mois. Un vaisseau de soixante-quatorze canons peut l'être en huit mois en pressant un peu les choses. Dix-huit ans pour une frégate ?! Ah ! Monsieur le drôle, mais dans quel monde vivez-vous ?

— Sire, ceux qui ont porté ce projet l'ont fait avec leurs propres moyens. Ils ont reçu très peu de soutien des institutions officielles, même si à présent les politiques se pressent devant les caméras pour s'attribuer les mérites de cette aventure.

— Mais pourquoi *L'Hermione* ? Elle n'a pas servi dans ma marine. Qu'a donc fait ce bâtiment pour mériter d'être « ressuscité » … lui aussi ?

— Cette frégate a transporté La Fayette aux États-Unis lors de la guerre d'indépendance.

— La Fayette ? Ce grand coquin qui a déserté face aux Autrichiens…

— Il s'est enfui pour ne pas avoir la tête coupée, Sire…

— Il l'aurait bien mérité, ce fieffé Girondin[1]. Je l'ai fait libérer et cela ne l'a pas empêché de me trahir en 1815. Voilà bien un héros digne d'être célébré… pourquoi tant d'honneur ? Pourquoi ne l'a-t-on pas plutôt appelé *La Muiron* ?

— *La Muiron* ?

1. Les Girondins constituent une tendance politique libérale opposée aux Montagnards de Danton et Robespierre.

— Oui. Une frégate que j'ai saisie dans l'arsenal de Venise. Je lui ai donné le nom de ce brave Muiron. Ce jeune officier m'a sauvé la vie au pont d'Arcole en recevant la mitraille qui m'était destinée. Le sacrifice de cet homme a changé mon destin, et la face du monde. Un peu plus tard, lorsque je suis revenu d'Égypte, c'est avec ce navire que j'ai réussi l'exploit d'éviter la flotte anglaise de Nelson. Ce nom de Muiron m'a porté chance, je ne l'ai jamais oublié. Recréer un tel bâtiment aurait eu quelque allure… mais cette *Hermione*. Pfff… allez, venez Beaussier. Allons-nous-en.

Le soir, Adrien et Napoléon ont du mal à trouver une table dans un restaurant. Saint-Valentin oblige, chaque établissement est décoré de cœurs roses et rouges. Les deux hommes finissent par échouer dans une petite pizzeria. Le patron propose un « Menu des amoureux » qu'Adrien décline rapidement. Une fois servi, le repas est expédié en moins de dix minutes et les deux hommes regagnent leur hôtel. Adrien aide Napoléon à se déshabiller. Il brosse et plie les habits de l'Empereur puis il regagne sa chambre.

Le sommeil d'Adrien est très agité. Des pièces d'or et des diamants peuplent ses rêves et Napoléon est partout. Il le voit en voiture, en TGV, à pied et à cheval. Il est accompagné d'un aigle qui plane dans le ciel au-dessus de lui. Sur une plaine immense, des régiments le suivent drapeaux en tête et tambours battants. Tout à coup des gendarmes surgissent de toutes parts. Ils portent la tenue des pandores d'aujourd'hui, mais ils sont affublés de grosses moustaches et du bicorne des gendarmes de Napoléon. Deux d'entre eux passent les menottes à Adrien au moment où il s'apprête à plonger les mains dans un coffre rempli de pièces d'or.

9

L'île aux trésors

15 février 2015, 7 heures

Au petit matin, Adrien part louer une voiture et vient récupérer Napoléon à l'hôtel. Les deux hommes roulent ensuite jusqu'au petit port de Fouras. Ils laissent leur véhicule au parking de l'embarcadère avant de prendre place sur le bateau qui assure la navette entre l'île et le continent.

Après une courte traversée, les deux hommes débarquent sur l'île d'Aix. En marchant le long du rivage, l'Empereur retrouve le dernier coin de France qu'il a pu parcourir en 1815. Il se sent parfaitement bien et il entraîne Adrien dans la forteresse, face à la rade de Rochefort. De là, ils aperçoivent la masse sombre du fort Boyard. Napoléon explique à Adrien qu'il en a ordonné la construction. Malheureusement, les travaux n'étaient pas terminés lors de la bataille navale qui a eu lieu ici même en 1809. C'était juste là, entre l'île d'Aix et cette forteresse énorme qui paraît flotter sur l'eau. Comme s'il les voyait devant ses yeux, l'Empereur décrit les vaisseaux français à l'ancre. Puis voici les brûlots anglais qui dérivent, poussés par le vent et les courants. Ils glissent de plus en plus vite en direction de l'escadre impériale rassemblée pour aller secourir les Antilles. Les marins français le savent, ces brûlots sont remplis de matières inflammables. Les Anglais les allument au dernier moment avant de s'enfuir sur des chaloupes. Le procédé n'est pas très chevaleresque, mais ces machines infernales sont terriblement efficaces. Comme des moutons affolés devant des loups, les bâtiments français partent dans tous les sens, On jette les canons et les boulets pour s'alléger mais plusieurs unités s'échouent. Ensuite, les frégates de l'amiral anglais n'ont plus qu'à mitrailler à bout portant les Français envasés et désarmés. Face au désastre, le chef de notre escadre s'est réfugié dans l'estuaire de la Charente avec *L'Océan*, son navire amiral. Ce géant armé de cent vingt canons restera muet pendant toute la bataille. Quatre vaisseaux et une frégate sont perdus pour la marine impériale et aucune perte pour la Royal Navy. Moins connue que Trafalgar, la bataille de l'île d'Aix est une cruelle défaite.

Adrien boit ces paroles. Même si Napoléon n'a pas été témoin de cette bataille, il en a lu tous les rapports, mémorisé les moindres détails. Alors qu'Adrien le croyait indifférent aux choses de la mer, il s'étonne des connaissances de l'Empereur en la matière. Il a beaucoup appris après Trafalgar et il a tout fait pour reconstituer une marine puissante. Dans les ports de son empire, depuis Hambourg jusqu'à Naples et surtout à Anvers, il a fait construire des dizaines de vaisseaux.

— Ah, Beaussier… je ne manquais pas de navires, mais les marins de qualité étaient difficiles à trouver et à former alors que l'Angleterre contrôlait jalousement l'empire des mers. Les hommes et le temps m'ont fait défaut pour accomplir mes desseins.

Adrien continue à vivre un rêve éveillé pour un historien. Un témoin du passé lui parle en direct, et quel témoin ! Puis Napoléon continue son récit sur le ton de la confidence, comme si quelqu'un risquait de l'entendre :

— À la suite de ce désastre, le capitaine Lafon, commandant l'un des vaisseaux détruits, a été fusillé sur le pont de *L'Océan*. Je dois bien l'avouer aujourd'hui, je n'en suis pas très fier. Cet officier venait de la marine marchande et commandait *Le Calcutta*. Il n'était pas le plus grand coupable dans cette affaire. L'amiral Allemand, commandant l'escadre, n'a pensé qu'à sauver ses propres bagages, mais ça je ne l'ai su qu'après. Même si ce pauvre Lafon a abandonné son navire un peu vite, la faute ne méritait pas tant de rigueur. Il fallait faire un exemple, le sort s'est abattu sur lui. Allemand méritait tout autant le peloton, mais il était le protégé de Decrès, mon ministre de la Marine. Decrès était un marin courageux, mais un homme jaloux de son autorité. En dissimulant les pièces à décharge, ce coquin a œuvré dans mon dos afin de reporter les responsabilités de son protégé sur un malheureux bouc émissaire.

— Ne pouviez-vous pas le gracier ?

— À cette époque j'étais à Vienne, où je venais de vaincre les Autrichiens pour la quatrième fois. Suivant les ordres du ministre, la sentence a été exécutée sur le champ. Je n'ai su les détails que par la suite. Les affaires de terre m'occupaient trop pour que je puisse penser à la marine autrement que par boutade. Gouverner l'empire des mers n'était pas chose aisée. Gouverner tout court non plus. Les ministres sont toujours au premier rang pour recevoir les honneurs, mais ne sont jamais responsables de rien quand tout va mal.

Mais nous ne sommes pas là pour parler du passé. Nous sommes là pour préparer l'avenir. Beaussier ! Êtes-vous prêt ?

En bombant le torse, Adrien se met au garde-à-vous et répond d'une voix forte :

— Oui, Sire ! Je ne sais pas où tout cela va nous mener, mais je vous suivrai jusqu'au bout.

Comme deux touristes, ils pénètrent à l'intérieur de la cité fortifiée et se rendent à l'hôtel Napoléon. L'Empereur y découvre sa petite chambre, qui donne sur la rue.

— C'est ici que mon épopée a pris fin. C'est d'ici qu'elle doit recommencer…

— Et « l'aigle volera de clocher en clocher… jusqu'aux tours de Notre-Dame »…

La réflexion d'Adrien et son sourire radieux amusent Napoléon. Les deux hommes échangent un regard plein de complicité et d'espérance.

— Quel bonheur cette île ! Rien n'a changé. Il n'y a aucune voiture, juste le bruit du vent et le cri des oiseaux. S'il y avait des chevaux je me retrouverais dans mon siècle. Beaussier…

— Oui, Sire.

— Je vais marcher seul le long de la côte. Profitez-en pour explorer les lieux. Repérez bien l'arbre et ce qu'il y a autour. Nous nous retrouvons ici à 5 heures. Vous me ferez votre rapport et je déterminerai notre plan d'action…

Adrien se remet au garde-à-vous et salue comme un militaire.

— À vos ordres, Majesté.

Alors qu'Adrien part accomplir sa mission, Napoléon quitte à son tour le petit hôtel. Il traverse le village où presque rien n'a changé depuis 1815. Il traverse les douves où dorment des eaux calmes. Le long de la côte il ne croise aucun touriste. Il peut tout à loisir observer en connaisseur les anciennes batteries érigées face au large. Il inspecte les emplacements des canons, imagine les angles de tir et revoit face à lui les vaisseaux anglais. Comme des vagues venues de l'horizon, ses souvenirs d'artilleur remontent à sa mémoire. Il se sent parfaitement bien. Puis, à travers la forêt de pins noirs et de chênes verts, il marche tranquillement jusqu'au fort Liédot. La forteresse dont il a dressé les premiers plans est silencieuse, tapie au milieu des fougères. De là il pousse jusqu'à l'ancienne batterie de Coudepont. Il s'y arrête un long moment pour méditer en contemplant les flots, comme le jeune Bonaparte le faisait dans sa grotte à Ajaccio. Il pense à la vie incomparable que l'Empereur des Français a vécue, mais il imagine aussi en souriant la suite de cette histoire incroyable.

Pendant ce temps, Adrien visite rapidement le petit musée consacré au passage de Napoléon. La gardienne l'accueille d'un œil morose, reprochant presque à cet unique touriste de la sortir de sa torpeur. Les quelques objets exposés et les tableaux qui représentent l'Empereur n'ont plus guère d'intérêt à ses yeux depuis que le modèle original a débarqué chez lui. Par contre, l'extérieur de la maison le passionne davantage. Le frêne que Napoléon a greffé en orme se porte comme un charme. L'arbre imposant est bien là, juste devant la maison de l'ancien gouverneur de la petite île. Si le musée est sous alarme, le jardin est accessible. Napoléon a bien fait de ne pas cacher son or à l'intérieur du bâtiment, les choses auraient été plus compliquées. Adrien fait le tour de l'arbre en estimant sa croissance depuis 1815. En tenant compte de cette donnée, il ne fait pas trois mais deux pas et demi vers le sud. Du pied, il éprouve le sol qui paraît assez meuble. Son regard croise alors celui d'un vieillard appuyé sur le rebord de sa fenêtre à quelques mètres de là. Coiffé d'une casquette de marin, il porte une belle moustache blanche. Le vieil homme sourit à Adrien.

— C'est l'arbre de Napoléon. Vous le saviez ?

— Bonjour monsieur. Oui, je sais. Vous habitez ici ?

— Pour sûr que j'habite là. J'y suis même né. Pendant quarante-six ans j'ai été le gardien du musée. Et maintenant je garde l'arbre de Napoléon.

Très contrarié, Adrien se rapproche de la fenêtre pour tenter d'en savoir plus.

— Comment ça le gardien de l'arbre ? On vous paie pour garder un arbre ?

— Ah non ! J'suis pas payé pour. J'ai juste ma petite retraite pour vivre. J'fais ça gratuit. Ma fenêtre est juste en face et comme je n'arrive plus à dormir la nuit, j'ai toujours un œil dessus.

Adrien est de plus en plus ennuyé par ce vieux pirate qui semble ravi de bouleverser ses projets.

— Et vous ne bougez jamais de chez vous ? Vous n'avez pas de parents à aller voir ?

— Bah… vous savez, moi j'suis bien chez moi. Avec mes vieilles pattes, j' bouge plus. J'ai mes habitudes et pi' j'ai enterré tous les gens de mon époque. J'ai passé quatre-vingts ans, j'suis le doyen de l'île. Les jeunes, i' viennent plus voir un vieux bonhomme comme moi. En plus, j'le sais bien, i' disent tous que je suis un vieux fou… mais j'suis pas fou moi…

Adrien est de plus en plus agacé par le vieil homme. Sans grande conviction, il lui demande :

— Et pourquoi les gens vous traitent de fou ?

Le vieux se penche un peu au-dessus de son rebord de fenêtre. Il fait signe à Adrien de s'approcher encore. Avec un air mystérieux, il souffle à voix basse :

— Parce que je vois Napoléon, pardi… Il vient me voir. Presque chaque nuit…

Cette révélation fait un drôle d'effet à Adrien. Normalement ça l'aurait fait rire. Il aurait longuement fait parler le vieil homme en lui demandant des détails sur ce visiteur. Mais là, il n'a pas le cœur à se moquer. Il n'a pas envie de lui raconter qu'il a, lui aussi, reçu la visite de l'Empereur. Il regarde un long moment le vieillard qui rigole tout seul dans sa moustache. Il ressemble à un vieux marin qui aurait un peu forcé sur le rhum. Il a aussi le regard malin de ceux qui voient ce que le commun des mortels ne perçoit pas. Adrien s'inquiète à l'idée de finir comme ça. Abandonné de tous, il racontera à qui veut l'entendre qu'il s'est baladé en TGV avec Napoléon. On ne le croira pas plus que ce vieux bonhomme, et il terminera tout seul.

Les autres informations qu'il peut obtenir ne sont pas faites pour lui remonter le moral. L'ancêtre de l'île est fidèle au poste, chaque nuit. Il somnole bien de temps en temps, mais seulement d'un œil – en se réveillant au moindre bruit. Il est toujours content de voir Napoléon quand il vient lui rendre visite. Ils échangent quelques mots. Ils bavardent un peu, sur l'île, sur les gens qui vont et qui viennent. Il ne refuse jamais un petit coup de pineau des Charentes ou de cognac et puis il s'en va comme il est arrivé. Adrien se demande si son esprit n'a pas largué les amarres lui aussi… À force de passer sa vie dans le passé, à dialoguer avec des gens morts depuis des siècles, il a peut-être développé la même maladie que ce vieux gardien. Lui qui a consacré sa vie à veiller sur les souvenirs du passage de l'Empereur a fini par s'inventer une relation avec lui. Sur ces réflexions un peu sombres, il salue le grand-père en lui disant de transmettre ses amitiés à Napoléon.

— C'est promis ! s'écrie le gardien avec un grand sourire édenté.

De retour à l'hôtel, Adrien frappe à la porte de l'Empereur à 17 heures précises.

— Entrez, Beaussier ! Alors, cette reconnaissance ? Que me rapportez-vous ?

— Sire. De mauvaises nouvelles…

Après avoir entendu le rapport pessimiste d'Adrien, Napoléon tourne en rond dans sa petite chambre.

— Mais c'est une chance extraordinaire…

— Ah bon ? Et pourquoi, Sire ? S'il nous voit creuser près de l'arbre il va aussitôt appeler les gendarmes.

— S'il vous voit vous… mais pas s'il me voit moi…

— Pardon ?

— Il voit Napoléon presque chaque soir, dites-vous ? Eh bien je viendrai lui rendre visite cette nuit. Voilà tout…

— Vous allez vous habiller en…

— Oui, bien sûr, heureusement que je vous ai demandé de prendre mon uniforme. Cette nuit nous ferons mouvement à 3 heures. À cette heure-là, il y aura peu de risque de rencontrer du monde dans les rues. Quand à votre gardien, j'en fais mon affaire. Préparez de quoi creuser et tout sera rondement mené.

— Oui… oui, Sire. À 3 heures… très bien.

10

Ça se corse

16 février 2015, 3 heures

À 3 heures du matin, deux hommes remontent en silence la rue principale de l'île d'Aix. Napoléon a revêtu son uniforme sous son trois-quarts moderne et il marche d'un pas assuré. Adrien le suit avec son sac de matériel. Son cœur bat de plus en plus vite. Une fois arrivé près de la maison du vieil homme, Napoléon enlève son manteau, le tend à Adrien et dit à voix basse :

— Vous m'attendez là, Beaussier. Rejoignez-moi dès que je vous fais signe.

Vêtu de son uniforme vert de chasseur à cheval, il marche tranquillement vers la fenêtre allumée du vieil homme. Il frappe à la porte, entre sans attendre et referme aussitôt derrière lui. Les minutes qui suivent semblent interminables à Adrien. Napoléon réapparaît enfin à la porte en levant la main en l'air. Adrien accourt et demande :

— Alors, Sire ?

— Il est effectivement un peu dérangé. Il prétend voir Napoléon chaque soir…

— Moi aussi, Sire…

— Il a fallu que je trinque avec lui, il y tenait absolument car il trouvait que j'avais mauvaise mine. Ensuite, je lui ai dit que j'avais égaré ma tabatière quand j'ai greffé cet arbre. Je lui ai annoncé que je venais la rechercher avec mon valet. Cela n'a pas semblé l'étonner. Tenez, voyez-le. Il nous fait signe à la fenêtre. Allons, Beaussier ! Au travail, réglons cela promptement.

Une fois sa lampe frontale allumée, Adrien creuse sans faire trop de bruit. La terre est souple et le travail avance vite. Au bout d'une heure, le trou s'élargit et s'approfondit, mais rien n'apparaît sous la pelle.

— Sire, Cipriani avait-il creusé aussi profond ?

— Non. Je n'en ai pas le souvenir.

— C'est inquiétant. Pourtant, c'est bien l'endroit. Il ne faudrait pas que…

Tout à coup un cri retentit dans la nuit :

— Qui va là ? Ne bougez plus ! C'est un ordre !

La voix qui roule les *r* est forte et autoritaire. Une voix de gendarme. Une puissante torche éclaire les deux hommes, qui se retrouvent comme deux lapins dans les phares d'une voiture. Enfoncé dans son trou jusqu'au haut des cuisses, Adrien frôle la crise cardiaque. Il voudrait s'enfuir à toutes jambes, mais il ne parvient pas à bouger un orteil. Au-dessus de lui, Napoléon fait face. Mettant sa main au-dessus de ses yeux, il se tourne vers le faisceau lumineux et s'écrie tout à coup :

— *Cipriani ? Hè tu ?*

— *Nabulione ? Madona… Iè Nabulione. Sono iu, tu Cipriani. Sempre fidu… Sempre a tu serviziu*[1].

---

1. « Cipriani ? C'est toi ? — Napoléon ? Par la Madone… c'est Napoléon. Oui, c'est moi, ton Cipriani. Toujours fidèle… Toujours à ton service. »

Les deux hommes tombent dans les bras l'un de l'autre. Dans le faisceau de sa lampe frontale, Adrien aperçoit un autre Napoléon. Vêtu de l'uniforme bleu des grenadiers de la Garde, il porte son fameux chapeau sur la tête. Les deux hommes se ressemblent comme deux frères. Ils se mettent aussitôt à parler à toute allure en corse. Adrien comprend un mot sur quatre. Il parvient seulement à saisir qu'il est question de Sainte-Hélène, de mort et de retour. Après s'être extirpé de son trou, Adrien tente d'intervenir dans la conversation.

— Excusez-moi… mais… vous voulez bien m'expliquer ce qui se passe ? J'ai l'impression d'avoir raté un épisode. En plus, chantez vos polyphonies corses un ton en dessous. J'ai failli mourir de trouille et je ne voudrais pas me retrouver chez les gendarmes ou chez les fous. Et parlez français à la fin. On n'est pas sur le cours Napoléon à Ajaccio.

— Napoléon… qui est ce *pinzutacciu*[1] ?

— Il s'appelle Beaussier. Je suis arrivé chez lui quand je suis revenu. Mais toi… toi aussi tu es revenu… raconte-moi. Comment cela s'est-il passé ? As-tu découvert le sens de ce mystère ?

— Ah… Napoléon. Je vais te raconter, mais pas ici. Venez avec moi. J'ai un petit appartement sur l'île. Nous y serons plus tranquilles pour discuter. Je vous y conduis. Mais avant, ordonne à ton homme de reboucher son trou. Qu'il efface toutes les traces de votre passage.

---

1. « Sale pointu ». Façon peu sympathique que les Corses utilisent parfois pour qualifier les Français du continent.

De mauvaise grâce, Adrien s'exécute. Une fois le travail accompli, les lampes sont éteintes et les trois hommes quittent les lieux sans faire de bruit. En passant devant la maison du gardien, ils trouvent le vieux bonhomme sur le pas de sa porte. L'air hagard il balbutie :

— Vous… vous êtes deux Napoléon maintenant ? A… lors c'est vrai ? Je suis un vieux fou ?

— Mais non, grand-père, sourit Cipriani. Tu fais le même rêve chaque nuit. C'est à cause de ton pineau des Charentes… tu en as abusé ce soir et tu en vois deux au lieu d'un. Allez, va te coucher. Désormais, l'Empereur ne viendra plus te déranger.

La tête pleine de questions, le vieillard regarde s'éloigner les trois hommes.

— *U tintu*[1], souffle Cipriani à l'Empereur. Il me fait peine. Napoléon va lui manquer.

Après avoir parcouru quelques dizaines de mètres, Napoléon et Adrien arrivent devant une toute petite maison de pêcheur. Cipriani ouvre la porte et s'efface pour faire entrer l'Empereur. L'appartement est minuscule. Un portrait de Napoléon trône au-dessus du lit. Cipriani retire le manteau de l'Empereur et lui offre le seul fauteuil de la pièce. Ce geste de l'ancien maître d'hôtel de Napoléon suscite l'agacement d'Adrien. Il s'assoit sur une chaise en bois et croise les bras. Cipriani reste debout face à Napoléon et commence un récit qui ne s'adresse qu'à lui.

— Je suis revenu il y a trois ans. Je me suis réveillé sur une plage, près de *Genova*[2], là où je vivais autrefois avec ma famille…

1. « Le pauvre ».
2. Gênes, en Italie.

— As-tu conservé un souvenir de ce passage ? Quelque chose, une image ?

— Rien, Napoléon, absolument rien. Dans mon dernier souvenir, je suis malade comme un chien sur cette île maudite de Sainte-Hélène, rien d'autre. Après mon retour dans ce monde, les débuts ont été difficiles. Je n'ai même pas cherché à raconter mon histoire car je savais qu'on me prendrait pour un *scemescu*[1]. Très vite, le travail de *mosca*[2] que j'ai exercé à ton service m'a été très utile. Grâce à ma capacité à m'introduire dans tous les milieux, j'ai pu m'adapter. J'ai vite gagné un peu d'argent en travaillant sur les docks et ensuite pour un détective privé de *Genova*. J'ai alors suivi des femmes infidèles pour le compte de maris cocus ou bien l'inverse. Rien n'a beaucoup changé sur ce plan. Et puis… *Genova* est un port. J'ai rendu des services à des gens plus ou moins recommandables. Cela m'a permis de gagner plus d'argent et de voyager vers d'autres ports… à Naples, Marseille puis à Anvers. Je n'ai pas de gros besoins, alors j'ai économisé et dès que j'ai pu je suis venu ici. J'ai retrouvé l'arbre, celui de cette fameuse nuit, juste avant notre départ pour Sainte-Hélène. Ensuite j'ai loué ce petit studio sur l'île et j'ai pris mon temps pour tout observer. Ce vieux gardien insomniaque qui passe ses nuits à veiller m'a posé un problème. Alors, pour endormir sa méfiance, j'ai eu l'idée de jouer sur notre ressemblance. Je l'ai même accentuée en travaillant la coiffure et je me suis un peu *macchittatu*[3]. Finalement, avec l'uniforme,

1. Fou.
2. Mouche, dans le sens d'espion.
3. Maquillé.

j'ai composé un Napoléon très acceptable et je me suis présenté une nuit chez le vieil homme. Il est bien brave et il s'ennuie à mourir. Il a passé la moitié de sa vie dans un lieu hanté par le souvenir de l'Empereur… alors il n'a pas été trop étonné de le voir débarquer chez lui. Très vite, nous nous sommes liés d'amitié. Chaque visite constitue un grand moment pour lui. Quant à moi, isolé dans ce monde étrange, je peux lui parler librement de notre époque…

Adrien commence à trouver cette histoire de plus en plus loufoque. Il se demande si ces deux larrons ne se moqueraient pas de lui. Ses doutes le reprennent et il commence à être agacé par cette complicité émaillée de mots corses échangés avec « son » Empereur. Au bout d'un moment, il interrompt sèchement le récit de Cipriani :

— Et le trésor dans tout ça ? Qu'est-il devenu ?

Cipriani dévisage Adrien avec une méfiance teintée de mépris. Puis il regarde Napoléon et demande :

— *Nabulione*… cet homme est-il sûr ?

— Oui. J'en réponds. Tu peux parler en confiance.

— Il y en a d'autres en qui tu plaçais ta confiance et qui t'ont trahi…

— Certes, mais celui-là a eu le grand mérite de me croire malgré ses doutes légitimes. Et puis il a raison. As-tu retrouvé mon or ?

— Une nuit, j'ai dit au vieux gardien que ma montre était tombée près de l'arbre en 1815. Il s'est alors proposé pour m'aider à la retrouver. C'est lui qui a tenu la lampe pendant que je creusais…

— Et tu as… ?

— Et j'ai retrouvé ton coffre, *Nabulione*…

Cipriani se met alors à quatre pattes. Il passe la tête sous son lit et en retire un vieux coffret en fer tout rouillé. Napoléon et Adrien se lèvent et se penchent vers Cipriani lorsqu'il ouvre la cassette. Il en sort des dizaines de rouleaux métalliques. Chaque rouleau contient cinquante napoléons en or. Cipriani retire aussi du coffre une ceinture qu'il ouvre avant d'en renverser le contenu sur sa table. Des dizaines de diamants se mettent à briller. D'un sachet de cuir cramoisi, il extrait aussi un collier constitué d'une trentaine de pierres d'une taille exceptionnelle.

— Tout y est, *Nabulione*. Je n'ai pris que quelques rouleaux afin de pourvoir à mon entretien, mais je n'ai pas touché aux diamants. Voici le décompte de ce que j'ai utilisé.

Cipriani tend son papier à Napoléon, qui le déchire aussitôt sans même le regarder.

— Je n'ai pas besoin de reçu, Cipriani.

Puis, prenant deux rouleaux de pièces d'or dans chaque main, l'Empereur les offre à Adrien et à Cipriani.

— Messieurs, voici deux mille francs pour vous. C'est bien peu au regard de ce que vous avez déjà fait. Mais vous aurez d'autres récompenses.

Adrien est époustouflé. Ses derniers doutes s'envolent lorsque Napoléon ouvre un petit écrin d'où il retire deux énormes diamants. Il les présente à la lumière du plafonnier pour admirer le scintillement de ces pierres exceptionnelles. Les yeux de l'Empereur brillent autant que ces pierres qui semblent éveiller des souvenirs lointains.

— Celui-là me vient de ma mère, et cet autre, de ma sœur Pauline. Elles ont voulu que je les prenne lorsque j'ai quitté l'île d'Elbe. Quant au collier, il appartient à la reine Hortense, la fille de ma chère Joséphine. Elle me l'a donné lors de mon départ de la Malmaison. Alors que mes maréchaux et mes ministres m'abandonnent ou me trahissent, cette femme que je considère comme ma fille m'offre son bien le plus précieux… comme une promesse pour l'avenir…

Puis, s'adressant à Cipriani :

— Mais pourquoi es-tu resté sur l'île ?

— Je m'y trouve bien. Pas de bruit, pas de voiture, de quoi vivre tranquillement comme un honnête rentier. Le matin je vais à la pêche, je fais la sieste l'après-midi et la nuit je visite mon vieil ami. Et puis, il y a ton souvenir un peu partout. Surtout, j'ai pensé que si j'étais revenu, tu reviendrais forcément… et que c'est ici que tu rappliquerais pour récupérer ton or.

— C'est bien pensé, Cipriani. Je suis tellement heureux de te revoir. Je ne suis plus seul à présent.

Adrien se met à toussoter pour rappeler discrètement sa présence. Napoléon s'en aperçoit et s'approche de lui pour lui pincer l'oreille avec force.

— Je ne suis plus le seul à être revenu dans ce siècle… allons, Beaussier ! Ne faites pas la mauvaise tête. Et quittez donc cet air de chien battu. Je vous suis très reconnaissant de m'avoir accordé votre confiance. Pour cela, je vous fais grand maréchal du Palais, à charge pour vous de veiller sur ma personne et de pourvoir au bon fonctionnement de la Maison impériale. Même si elle ne compte pour l'heure que trois membres.

À ce titre de grand maréchal, Adrien est gonflé d'orgueil. Les larmes lui montent aux yeux tandis que Napoléon et Cipriani se mettent à rire de bon cœur. Puis, se tournant vers son vieux complice, l'Empereur déclare sur un ton solennel :

— Cipriani, pour ta fidélité et pour tes services rendus, je te fais ministre de la Police. Une police dont tu es le seul membre. Allez messieurs, serrez-vous la main.

Les deux hommes se saluent très rapidement. Adrien aurait préféré être ministre de l'Empereur plutôt que grand maréchal du Palais. Quant à Cipriani, il se méfie de ce *pinzute* qui vient s'interposer entre lui et son cher *Nabulione*.

— Beaussier, à présent rentrez à l'hôtel pour préparer notre départ. Je reste avec le ministre de la Police. Il doit me faire son rapport sur ses activités depuis son retour. Venez nous chercher demain. Nous embarquerons sur le premier bateau. Ensuite nous partons à Paris. Occupez-vous de tout cela, Monsieur le grand maréchal du Palais.

Cipriani regarde Adrien avec un air narquois. Complètement dépité, Adrien tente de protester :

— Sire, je ne…

Mais il renonce aussitôt devant l'œil noir de l'Empereur. À peine a t-il refermé la porte du petit appartement que les deux hommes reprennent aussitôt leur conversation en corse. Dans le silence de la nuit, Adrien retourne à l'hôtel Napoléon en traînant des pieds.

11

Le rouquin des Tuileries

16 février 2015, 7 heures

Au petit matin, les trois hommes quittent l'île. Cipriani a troqué son uniforme de Napoléon pour une redingote à rotonde et un chapeau à la Bolivar[1] qui le font ressembler à Vidocq. Son bagage est léger, mais il emporte aussi le trésor dans une mallette métallique qu'il ne quitte plus.

Dans le TGV qui les emmène vers la capitale, Cipriani expose à Napoléon la situation politique de la France telle qu'il a pu l'analyser depuis son retour. Napoléon écoute le rapport d'un homme en qui il a toute confiance. À la lumière de son expérience passée, Cipriani considère que le pays est dans l'attente d'un sauveur. Selon lui, la France est exactement comme en 1815. Aujourd'hui comme hier, les politiques en place déçoivent et ont perdu toute légitimité. Un profond sentiment d'injustice traverse une grande partie de l'opinion. Paysans aux abois, ouvriers jetés à la rue, forces de l'ordre désespérées, classes moyennes

1. Le bolivar est un chapeau haut de forme très à la mode sous l'Empire et la Restauration (1815-1830).

broyées par les impôts, militaires mis à rude épreuve sur tous les fronts avec des budgets toujours plus réduits, professeurs à qui l'on demande tout sans leur accorder la moindre autorité, travailleurs pauvres, jeunes sans perspective, la liste est longue et ils sont des millions à attendre… En face d'eux, une minorité de plus en plus fermée de politiques professionnels, de très riches possédants et de hauts fonctionnaires français ou européens défendent mordicus un système dont ils tirent honneurs et avantages.

— Tous ceux qui profitent de la situation répètent sans cesse qu'il n'y a pas d'autre politique possible que la leur. Les Bourbons et les rois de l'Europe disaient la même chose au congrès de Vienne[1]. Je te l'assure, Napoléon, la fracture entre le peuple et les élites est pire qu'en 1815 et bien semblable à celle de 1789. La France est mûre pour être prise par qui voudra la bousculer. Elle attend un homme providentiel… et cet homme c'est toi, Napoléon.

Adrien s'inquiète du silence inhabituel de l'Empereur. À aucun moment il n'interrompt Cipriani. Cette rencontre inattendue ne peut qu'inciter Napoléon à agir. Mais au-delà de l'inquiétude que lui inspire ce nouveau personnage surgi du passé, c'est surtout la jalousie qui ronge Adrien. À chaque fois qu'il tente de modérer ou de relativiser les propos de l'ancien maître d'hôtel, il se fait cruellement rabrouer. Cipriani lui

1. Après la première abdication de Napoléon, les puissances européennes se réunissent à Vienne en Autriche pour décider du nouvel ordre européen. Ce dernier est fondé sur le principe de légitimité des anciennes dynasties. Cipriani a pu s'y glisser en 1815 pour le compte de Napoléon, juste avant son départ de l'île d'Elbe.

lance alors un sourire narquois avant de reprendre son exposé.

Après avoir écouté son homme de confiance, Napoléon demeure silencieux un long moment. Ni Adrien ni Cipriani n'osent interrompre l'impériale méditation. Les deux hommes échangent parfois des regards furtifs dans lesquels perce une profonde inimitié. Indifférent au paysage qui défile, l'Empereur digère le fruit des trois années d'observation d'un serviteur qu'il connaît depuis toujours. Adrien devine que Napoléon confronte mentalement ses informations avec celles qu'il a pu emmagasiner depuis son retour. Toutes les données et toutes les réflexions que son esprit insatiable a réunies sont réévaluées à la lumière des propos de Cipriani. Un observateur étranger pourrait penser que Napoléon est en train de somnoler, mais Adrien sait que tout est en train de bouillir dans sa tête. Au bout d'un long moment, Napoléon sort enfin de sa torpeur. Adrien est saisi d'un frisson lorsqu'il croise un bref instant l'éclat de son regard.

— Cipriani… as-tu le moyen de convertir mon trésor en espèces d'aujourd'hui ?

Le ton de sa voix est ferme, tel qu'il devait être lorsqu'il dominait l'Europe.

— Oui, j'ai déjà changé une partie de l'or afin d'ouvrir plusieurs comptes. J'ai sur moi plusieurs cartes de crédit bien pourvues. Je me suis aussi arrangé avec mes amis génois. Ils m'ont procuré un passeport italien au nom de Cipriano Mosca, qui me permet de me déplacer sans difficulté.

— Bien. Confie l'une de ces cartes au grand maréchal du Palais et garde les autres. Sais-tu où changer les diamants ?

— À Anvers. Je connais la ville pour y avoir un peu travaillé et j'ai déjà présenté quelques pièces à plusieurs diamantaires. Ils se sont montrés très intéressés. J'ai pu faire monter les enchères car elles sont exceptionnelles.

— Combien peut-on espérer en tirer ?

— Plusieurs millions.

— De francs ?

— Non, d'euros.

— Est-ce beaucoup ?

— Plus que ce dont tu disposais à ton retour de l'île d'Elbe…

— Bien, avec l'argent on a les hommes. Voici ce que nous allons faire. Cipriani, à notre arrivée à Paris tu repartiras vers Anvers sans perdre un instant. Tu mettras à l'abri les plus beaux diamants et un peu d'or, mais tu convertiras le reste en espèces directement utilisables. Pendant ce temps, je demeure à Paris avec le grand maréchal du Palais. Comme en 1815, il faut que « l'aigle revienne avec les violettes[1] », mais il me faut encore mûrir quelques idées. Nous y travaillerons ensemble, Beaussier… en attendant le retour de Cipriani avec les moyens nécessaires à mon action.

Le seul fait d'entendre l'Empereur prononcer son nom chasse aussitôt les inquiétudes d'Adrien. Il ne se pose plus la question de savoir où cela va le mener. Il retient seulement que Napoléon a besoin de lui et qu'il sera seul en sa compagnie. Comme un courtisan rappelé de sa disgrâce, il retrouve un sourire radieux

1. Après son départ pour l'île d'Elbe en avril 1814, de nombreux Français espéraient que l'Empereur reviendrait au printemps suivant. En mars 1815, « l'aigle » est bel et bien revenu « avec les violettes ».

qui ne le quitte plus. À la gare Montparnasse, alors que Napoléon respire l'air de Paris sur le quai, Cipriani tend une carte Gold et une carte de visite à Adrien.

— Tenez, vous avez là mon numéro et le code de la carte. Appelez-moi sur le champ en cas de besoin. Téléphonez chaque soir pour me faire votre rapport sur la journée.

— Mais, je ne…

— Ne m'obligez pas à faire confirmer cet ordre par l'Empereur. Je suis son ministre de la Police, ne l'oubliez pas. Je dois donc être informé de tout. Contentez-vous de pourvoir à son bien-être, Monsieur le grand maréchal du Palais, et veillez sur lui en mon absence.

— Bien… bien, je ferai ainsi.

— Encore une chose, essayez, s'il se peut, de refréner ses ardeurs. Je le connais, il est capable de profiter de la moindre occasion pour forcer le destin. De grâce, vous devez le convaincre de m'attendre avant de tenter quoi que ce soit.

— Je m'y efforcerai… Monsieur le ministre…

— Cipriani ! Beaussier ! Que faites-vous donc ? Allons, ne perdons plus de temps. J'ai hâte de retrouver la capitale de l'Empire.

Cipriani prend rapidement congé de Napoléon et monte aussitôt dans un taxi qui l'emmène vers la gare du Nord. En le voyant s'éloigner Adrien se sent soulagé. Dans un restaurant situé au pied de la tour Montparnasse, Adrien et Napoléon se retrouvent face à face pour un déjeuner rapidement expédié.

— Qu'avez-vous prévu pour nous, Monsieur le grand maréchal ?

— J'ai réservé des chambres à l'hôtel de l'Empire. Il est situé à proximité de l'église de la Madeleine.

Il est entièrement meublé en mobilier de votre époque. J'ai pensé que…

— Excellent. Cela me fera du bien car je ne reconnais pas ce quartier de Paris. Cette tour immense me semble écrasante. Ce doit être l'édifice le plus haut du monde ?

— Non, Sire, la tour Montparnasse n'est même pas la tour la plus haute de Paris.

— Fichtre ! Je n'ose imaginer la taille des autres. Sommes-nous loin des Tuileries ?

— Nous sommes un peu éloignés, nous allons appeler un taxi, enfin… une voiture de louage.

— Parfait, j'ai hâte de retrouver un quartier où je puisse sentir le Paris que j'ai connu.

Adrien affrète aussitôt un taxi. Quelques minutes plus tard le véhicule dépose les deux hommes près de l'entrée du musée du Louvre.

— Beaussier, cette pyramide de verre dans la cour de mon musée, c'est une référence à ma campagne d'Égypte ?

— Non, Sire, une idée du président Mitterrand pour l'entrée du musée du Louvre.

— C'est très laid et totalement incongru à cet emplacement. On dirait une serre. Joséphine aurait pu y faire pousser des roses. Pour le reste, je retrouve le musée Napoléon[1]. Les choses n'ont pas beaucoup changé ici, hormis ces hordes de Chinois. Je n'en ai jamais vu autant.

— Sire, c'est le musée le plus visité au monde.

— Et j'y suis bien pour quelque chose. Grâce à mes victoires, je l'ai rempli d'œuvres d'art venues de l'Europe entière et de l'Orient.

---

1. C'est le nom du musée du Louvre sous l'Empire.

— Ces œuvres ont été arrachées un peu brutalement à leurs propriétaires, Sire…

— Et alors ? Ce sont les lois de la guerre, Beaussier. Il en a toujours été ainsi. De toute façon, la République a commencé à collectionner les trophées en Belgique et en Hollande. À son service, je n'ai fait que continuer en Italie et en Égypte…

— Quoi qu'il en soit, les puissances coalisées ont repris ces biens après Waterloo.

— C'est fâcheux… se sont-ils également emparés de nos trésors ? Le tableau de mon sacre par David… ils l'ont…

— Non, Sire. Fort heureusement, ils ne nous ont pas appliqué les « lois de la guerre ». *Le Sacre* est toujours là avec des milliers d'autres œuvres. Voulez-vous aller les voir ?

— Bah, je connais tout cela et je ne me vois pas subir cette interminable attente pour entrer chez moi. Allons plutôt du côté des Tuileries.

Les mains dans le dos, Napoléon traverse aussitôt la rue sans tenir compte des feux rouges. Les voitures doivent piler devant ce touriste inconscient. Son imprudence déclenche une volée de coups de klaxon rageurs, accompagnée d'insultes bien parisiennes. Après avoir fait quelques pas, Napoléon lève les yeux vers l'arc de triomphe du Carrousel. L'Empereur sourit en lisant l'inscription dédiée à la Grande Armée et en observant les statues de marbre de ses soldats…

— Ah, Beaussier… je revois encore ma Garde impériale qui défile ici, drapeaux en tête au son des tambours, des fifres et des trompettes. Mes grenadiers, mes chasseurs à cheval, mes mamelouks passent là, devant moi. Et le peuple… entendez-vous le peuple qui m'acclame ? Entendez-vous ces cris de « Vive l'Empereur ! » ? Malgré la guerre, une guerre voulue et ranimée sans cesse par l'Angleterre, malgré les misères que je n'ai pas pu suffisamment réduire, j'ai rendu le peuple heureux. Je puis vous l'assurer. Il sait alors qu'il a un capitaine sur qui compter. Un maître qui ne pense qu'à la grandeur de la France. Ce monument en témoigne. On ne conduit le peuple qu'en lui montrant un avenir. Un chef est un marchand d'espérance.

Mettant la main au-dessus de ses yeux, Napoléon observe l'arc et fronce les sourcils.

— Mais, dites-moi ? Ce ne sont pas les chevaux de Saint-Marc que je vois là-haut. Je les avais ramenés de Venise en 1797. Les Vénitiens les auraient-ils récupérés ?

— Exactement, Sire. Ceux-là ont été refaits sous Louis XVIII. Les autres ont repris leur place originelle sur la basilique Saint-Marc.

— Place originelle… *Bah, bah*… foutaise ! Les Vénitiens les avaient volés aux Byzantins, qui les avaient eux-mêmes dérobés en Grèce. Malheur aux vaincus ! Tout est là, depuis l'aube des temps. Allez, Beaussier… avançons…

En passant à son tour sous l'arc, Napoléon découvre la grande perspective qui embrasse l'Obélisque, l'arc de l'Étoile et celui de la Défense. Devant ce spectacle, l'Empereur s'immobilise tout à coup.

— Mais… mais j'y songe, où est passé le palais des Tuileries ?

— Sire, ce sont les Communards, en 1871… Lorsque les troupes versaillaises ont investi la ville, les Communards ont incendié le Palais de Justice, l'hôtel de ville de Paris avec ses archives et aussi… le palais des Tuileries…

— Ils ont brûlé *MON* palais des Tuileries ?! Les révolutionnaires n'amènent jamais que des excès en donnant toute licence à la lie de la société. Je me suis efforcé de bâtir tout en pansant les plaies de la Révolution. Les enragés ne savent que détruire en encourageant les barbares vandalistes[1]. Et ma colonne Vendôme ? Et l'église de la Madeleine ? Détruites elles aussi ?

— La Madeleine est toujours là. Quant à la colonne, les Communards l'ont abattue, mais elle a été relevée.

— Tant mieux… La disparition de mon palais me donne une singulière impression. Certes, il était triste comme la grandeur, mais ces Communards sont une vilaine espèce pour l'avoir détruit. Sa masse répondait merveilleusement à la façade du musée Napoléon.

— Le Louvre aussi aurait brûlé sans l'intervention d'un officier courageux[2]. Certains en France se revendiquent pourtant de l'héritage des Communards. Il faut dire que l'on parle rarement de cet épisode sombre de notre histoire.

— L'Histoire est un mensonge sur lequel on s'accorde. Votre époque ne déroge pas à la règle. Passons à travers les jardins… Beaussier, je veux revoir d'autres lieux familiers.

— Vous aimez Paris, Sire ?

---

1. C'est ainsi que l'on appelait les « vandales » sous la Révolution et l'Empire.

2. En 1871, Martian de Bernardy de Sigoyer, à la tête d'un bataillon de l'armée versaillaise, intervient avec ses hommes pour empêcher que le feu ne passe des Tuileries au Louvre. Il est tué dans les combats le lendemain.

— Je hais Paris et sa canaille. Sa bourgeoisie est ingrate, moqueuse et légère. Elle a tenu des propos atroces contre moi. Un temps, j'ai pensé transférer la capitale de l'Empire à Lyon. J'aurais peut-être dû le faire... En 1814, les Parisiens n'ont pas résisté vingt-quatre heures face aux armées coalisées que je m'apprêtais à écraser sous leurs murs. Mais, qu'on le veuille ou non, tout en France vient et retourne à Paris. Je veux m'imprégner à nouveau de l'atmosphère de cette ville.

Tirant toujours son bagage derrière lui, Adrien suit tant bien que mal le pas rapide de l'Empereur. Le soleil brille et Napoléon est ravi de retrouver le jardin de Tuileries.

— Voyez-vous Beaussier, je me tenais précisément à cet endroit lorsque les sans-culottes ont envahi les Tuileries. Imaginez les sections des faubourgs qui tirent leurs canons à la force des bras. À leurs côtés marchent les fédérés, les volontaires nationaux venus de Marseille et de Bretagne. J'entends encore leurs cris, les chants, les coups de feu...

— C'était le 10 août 1792...

— Exactement. Je viens d'être élevé au grade de capitaine d'artillerie et je me tiens à l'écart de la foule. Tout près de cette statue, je contemple cette populace qui me fait horreur. Tirant depuis les fenêtres, les gardes suisses de Louis XVI se battent comme des lions, mais en vain. Le roi s'est déjà enfui pour se réfugier au sein de l'Assemblée législative. Ces coquins de députés... ces bavards, ces avocats arrogants sont pourtant la cause de tous ces désordres. Ils se sont empressés d'expédier la famille royale dans la prison du Temple... Vous connaissez la suite, le roi et la reine n'en sortiront que pour être guillotinés, à deux pas d'ici. Quand on y songe… il eût suffi que Louis XVI se présente à cheval l'épée à la main pour que tout bascule en sa faveur. La Révolution eut été close avant même d'avoir commencé.

— Cependant, vous n'étiez pas hostile aux idées de la Révolution ?…

— Oui, à ses débuts du moins, je suis favorable aux principes de 1789. J'ai trop souffert de la morgue des jeunes aristocrates de l'école de Brienne, pour ne pas rêver d'égalité des droits. À vingt ans, la tête pleine de Rousseau, de Montesquieu et de Paoli, je rêve de voir triompher le règne de la liberté pour la Corse… ma seule patrie à cette époque. Ensuite, j'ai assisté à de bien vilaines choses. Les révolutions enracinent les bruits populaires et les haines. Le premier coup de fusil tiré, rien ne s'explique. Les passions exaltent et, ne pouvant s'entendre, on se tue…

— Certes, mais sans la Révolution vous n'auriez pas eu le destin que vous avez eu, Sire…

— Et après ? Tout est préférable au règne de l'anarchie. Révolution ou pas, ne croyez-vous pas que j'aurais pu faire mon chemin ? Il aurait certes été différent. Mais même en mettant mon épée au service du Grand Turc, ma destinée eut été hors du commun. Bah… assez parlé du passé, pensons à l'avenir et au rôle que j'y dois tenir. Où se trouve votre auberge, Beaussier ?

— Pas très loin d'ici, juste après la place de la Concorde… enfin, l'ancienne place de la Révolution.

— Là où Louis XVI a été exécuté… Je voulais y faire élever une statue de Charlemagne. Là même où la guillotine a fait couler trop de sang. Cela a-t-il été fait ?

— Non, Sire, mais il y a un obélisque égyptien à présent.

— Oui, je vois cet obélisque qui se dresse là-bas. J'en ai vu de semblables pendant la campagne d'Égypte. Est-ce encore une idée de votre Mitterrand pour aller avec sa pyramide de verre ?

— Non, Sire, c'est une idée du roi Louis-Philippe. Il a fait venir d'Égypte ce cadeau du sultan.

— Eh bien… après mes cendres, l'obélisque. Diable, ce roi avait la manie des déménagements. Allons donc par-là, je reverrai aussi avec plaisir l'église de la Madeleine. Je projetais d'y faire ériger un monument à Louis XVI et à la reine en souvenir des victimes de la Terreur.

— Une forme de monument expiatoire ?

— En quelque sorte. J'ai toujours voulu panser les plaies de la Révolution et réconcilier les Français. Il faut se servir des hommes les plus opposés. C'est donner la preuve la plus convaincante que le gouvernement se sent fort et qu'il rejette la logique des partis. Alors seulement, il donne l'impulsion et ne la reçoit pas.

Les deux hommes arrivent à l'extrémité du jardin des Tuileries et Napoléon observe avec intérêt l'obélisque dressé vers le ciel bleu. Assis au coin du portail, un SDF vêtu de haillons se lève et s'approche de lui. L'homme, un grand rouquin, est repoussant de crasse. Sa tignasse ébouriffée lui donne l'air d'un naufragé. Il dévisage Napoléon avec des yeux fous. Le mendiant tend alors une main hésitante vers l'Empereur. Ses lèvres tremblent et il finit par balbutier :

— C'est… c'est vous ? Sire ? Je ne rêve pas ?

D'abord surpris, puis dédaigneux, Napoléon se met à observer l'homme avec attention.

— Par tous les diables… mais… c'est toi ? Que fais-tu dans ces guenilles ?

Pour toute réponse, le mendiant tombe à genoux aux pieds de Napoléon et se met à lui embrasser les mains en pleurant à chaudes larmes.

— *Ah Sire !* Sire… Je ne suis plus seul à présent. Vous êtes revenu… voilà une éternité que j'attends cet instant.

— Eh bien, Monsieur le maréchal, il sera dit que nos retrouvailles seront toujours étonnantes. Mais relevez-vous à présent.

L'homme se redresse, mais c'est pour tomber dans les bras de Napoléon, qui semble presque aussi ému que lui. Adrien reste muet de stupéfaction devant ce spectacle inattendu. Une barbe dégoûtante recouvre le visage du clochard, mais ses traits ne lui sont pas inconnus. Il n'y aurait jamais porté attention, mais à bien y réfléchir, il connaît ce grand gaillard. L'Empereur lui a donné du « maréchal ». C'est donc… mais oui !

— Beaussier, voici le maréchal Ney, le prince de la Moscova, le Brave des Braves. Maréchal, monsieur Beaussier était professeur à l'université. À présent, il est mon nouveau grand maréchal du Palais.

Ney s'approche, encore abasourdi par ces retrouvailles. Il tend une main crasseuse à Adrien en lui demandant s'il est « revenu » lui aussi.

— Non, Ney, Beaussier n'est pas « revenu ». Il est bel et bien de ce siècle et il a eu le mérite de croire à mon histoire.

— Je n'ai pas eu la chance de rencontrer un tel homme, Sire. Personne ne m'a cru.

— Venez à présent. Ne nous donnons pas davantage en spectacle. Nous ne sommes pas à Auxerre devant le front de nos troupes[1]. Mais dis-moi, quand es-tu revenu ?

— Je suis revenu il y a six ans. C'était rue de l'Observatoire, tout près du mur où les soldats de Louis XVIII m'ont passé par les armes en 1815. Dans mon ultime souvenir, je me revois face aux fusils, criant : « Camarades, tirez sur moi et visez juste ! ». Voilà les dernières images, les dernières paroles dont je me souvienne. Quand je suis revenu à moi, j'avais les bottes, les habits et le manteau que je portais ce matin-là, mais tout avait changé. Je ne savais pas où aller… J'ai marché sans but me croyant précipité dans une sorte d'enfer.

Comme le maréchal se remet à pleurer, Napoléon le conduit un peu à l'écart. Avec douceur, il le fait s'asseoir sur un banc et se place à ses côtés. Le grand rouquin se met alors à dérouler le récit de son calvaire :

— Après avoir marché sans but pendant des heures, je finis par être arrêté par des gendarmes. Je leur raconte mon histoire, qui fait rire les pandores. Ces argousins trouvent alors que je parle le français d'une drôle de manière. Comme je n'ai aucun passeport, ils me considèrent comme un immigré clandestin et ils me placent dans une sorte de prison avec des gens venus de tous les coins du monde, une vraie cour des Miracles. Ces pauvres bougres parlent toutes les langues sauf le français. Il y a là des femmes et des enfants terrorisés lorsque les hommes se battent entre

1. Le 14 mars 1815, le maréchal Ney et six mille soldats rencontrent l'Empereur revenu de l'île d'Elbe. Alors qu'il a promis à Louis XVIII de « ramener l'Usurpateur dans une cage de fer », Ney se réconcilie avec Napoléon sous les vivats de la troupe.

eux. Chaque nuit cet enfer résonne de cris et de hurlements. Pendant des jours, je répète inlassablement que je suis le maréchal Michel Ney. Ce nom ne dit rien à personne et ils s'obstinent à me demander quel est mon pays d'origine. Voyant que personne ne veut m'entendre, je sombre dans le plus affreux désespoir et je tente de m'ouvrir les veines avec un tesson de bouteille. Cette vaine tentative me conduit directement dans un autre enfer, celui des « HP ».

— Hache… paix… ? Qu'est-ce que cela ? demande l'Empereur.

— Les hôpitaux psychiatriques, leurs « petites maisons », Sire. Là, il n'y a que des fous. Des gentils, des méchants, des violents dont les hurlements sont encore plus terribles que dans le centre de rétention. Des hommes habillés de blanc ont beau m'administrer toutes sortes de drogues, ma mélancolie ne fait que croître dans ce lieu dantesque. Un jour, un fou s'approche de moi et, les yeux dans les yeux, il affirme être Napoléon. Alors, la fureur s'empare de moi et je suis bien près de l'étrangler. Après m'avoir maîtrisé, les infirmiers m'enferment avec les violents. Ils me font toutes sortes de choses pour m'étourdir et je me réveille dans une cellule. Dès lors, je décide de ne plus évoquer mon passé et de répondre à toutes leurs questions afin de leur donner satisfaction. Lorsque je leur dis que j'ai combattu les Russes pendant des années, ils semblent tout à coup ravis. Je reçois aussitôt des papiers de réfugié politique géorgien, au nom de Mikael Moscowa et ils me laissent repartir. Depuis, incapable de trouver une place dans ce monde, je survis en mendiant dans la rue. Lorsque les nuits sont froides je me dis qu'elles le sont moins que lors de la retraite de Russie, et cela me donne la force d'éviter leurs foyers de miséreux. J'ai élu domicile dans différents recoins, entre les Invalides, les Tuileries et la Madeleine. Je me fais souvent chasser, mais je reviens toujours ici. Je me suis accroché à cette idée folle que quelqu'un de notre époque serait lui aussi rappelé à la vie. Il serait alors attiré par ces lieux dédiés à votre gloire. Je n'osais pas espérer que ce soit l'Empereur lui-même qui viendrait à moi… mais vous êtes là à présent. Vous êtes là devant moi, Sire ! Comme lorsque l'Aigle est revenu de l'île d'Elbe. Je sais maintenant que je ne suis pas fou…

Napoléon le prend dans ses bras malgré la puanteur qui se dégage de ses loques. Sur ordre de l'Empereur, Adrien doit sortir à contrecœur ses propres vêtements de sa valise. Caché derrière une haie d'arbres, Ney enfile rapidement les affaires d'Adrien. Même si son pantalon est trop court, le prince de la Moscova a meilleure allure. Adrien l'asperge d'eau de Cologne et lui donne un peigne pour domestiquer un peu sa tignasse.

Le trio se rend ensuite à l'Hôtel de l'Empire, le bien nommé. Tout le hall est meublé en style retour d'Égypte et un buste en bronze de Napoléon trône au-dessus du comptoir d'accueil. Comme Cipriani est directement reparti à Anvers, sa chambre se trouve disponible pour le maréchal.

Alors que Ney se plonge avec délice dans un bain chaud, Adrien repart aussitôt pour acheter une nouvelle garde-robe au Brave des Braves. Avec la carte laissée par Cipriani, le grand maréchal du Palais fait l'acquisition de chemises, pantalons, vestes, slips, chaussettes, chaussures et manteau dans un style sobre et de bon goût. Chez un caviste renommé il achète aussi deux bouteilles de chambertin et une autre de champagne. Il est presque 20 heures lorsque Adrien regagne l'hôtel, chargé comme un mulet de la Grande Armée. Il retrouve Napoléon et Ney en train de rire aux éclats dans la suite impériale. Les deux hommes ont fait monter une collation et ils terminent un poulet froid. Rasé et coiffé, Ney a retrouvé les traits du maréchal d'Empire. Dans d'autres circonstances, l'apparition de ce héros aurait enchanté Adrien. Mais à présent, il redoute que l'irruption de ce vieux compagnon d'armes ne le marginalise encore plus qu'il ne l'a été par Cipriani.

En voyant arriver Adrien, Ney se lève et commence à se dévêtir.

— Ah, j'espère que vous aurez su faire votre choix avec goût, monsieur Beaussier.

Venant d'un ancien clochard, Adrien trouve que la remarque est un peu dure à avaler. Il déballe néanmoins chemises et pantalons en les étalant sur le lit. Ney les passe en revue d'un air dubitatif. Il finit par dire que tout cela sent un peu le bourgeois, mais « à la guerre comme à la guerre ». Torse nu, il étend les bras et demande à Adrien de lui passer sa chemise. La suffisance du prince de la Moscova agace Adrien, qui prend l'Empereur à témoin :

— Sire, veuillez rappeler au maréchal Ney que je suis grand maréchal du Palais. Si c'est un honneur pour moi de vêtir Votre Majesté, je ne crois point qu'il soit dans mes attributions d'habiller le maréchal.

Napoléon sourit et regarde alternativement les deux hommes.

— Le grand maréchal du Palais défend son pré carré et respecte l'étiquette. Ney, lorsque Cipriani sera revenu, je ferai recruter un valet de pied pour vous. Pour l'heure, vous passerez vous-même les habits que le grand maréchal du Palais aura la bonté de vous présenter.

Une fois rendu ce jugement de Salomon, Napoléon pose sur Adrien un regard qui ne saurait souffrir de contestation. À demi satisfait, Adrien présente donc une chemise et un pantalon que l'ancien SDF enfile sans dire un mot. Une fois habillé, Ney se contemple devant la glace.

— Il n'en demeure pas moins que cela fait bourgeois. La mode de cette époque est bien à l'image de ce siècle, sinistre et sans attrait. Vous ne trouvez pas, Sire ?

— Allons, Ney, l'habit ne fait pas le moine. Voyez, j'ai bien dû m'y faire moi aussi.

— Sire. Vous parliez de l'argent que Cipriani doit ramener d'Anvers. De combien allez-vous disposer ?

— Cipriani a parlé de plusieurs millions d'euros.

— Plusieurs millions ? Fi donc… c'est une somme énorme, s'exclame Ney.

— C'est moins que la somme que j'ai confiée à Laffitte pour partir aux États-Unis…

— Sire, vous n'allez pas nous quitter pour ce pays de Hurons ?

— Rassurez-vous. Telle n'est pas mon intention, même si cela serait plus aisé qu'à l'époque. Cipriani se fait fort de m'assurer des moyens supérieurs à ceux dont je disposais au retour de l'île d'Elbe…

— Mais vous aviez plus de soldats…

— Le maréchal Ney peut en parler fort à son aise, persiffle Adrien. Je crois me souvenir qu'à cette époque il voulait… voyons ? Ah oui : « Ramener l'Usurpateur dans une cage de fer ». N'est-ce pas, Monsieur le maréchal ? Ce sont bien là vos propres paroles ?

— Beaussier ! Espèce de…

— Messieurs ! Voulez-vous cesser vos enfantillages sur le champ !

— Pardonnez-moi, Sire, cela m'a échappé, lâche Adrien en regardant Ney d'un œil noir.

— C'est à moi que vous devriez présenter des excuses. Vous n'êtes que le grand maréchal du Palais, un officier de la Couronne. Vous devez donc le respect à un maréchal prince d'Empire. À l'avenir, veillez à respecter mon rang et les égards auxquels l'étiquette impériale me donne droit.

L'arrogance de Ney, son ton hautain et le mépris de cet homme, qui faisait la manche quelques heures plus tôt, mettent Adrien en rage… Il peine à retenir sa fureur face à cet intrus qui veut se mettre entre lui et l'Empereur. Napoléon détourne le regard afin de se tenir à l'écart de ces querelles, mais Ney laisse tomber la goutte de trop.

— Allons, Monsieur le grand maréchal, allez donc nous chercher des rafraîchissements. Du moins, si ce service entre dans le cadre de vos prestigieuses attributions.

Cette fois la coupe est pleine. Adrien, qui vient de récupérer ses affaires, les jette à la figure de Ney.

— Ça suffit ! Je ne suis pas votre valet. Je sers l'Empereur, pas un clochard.

— Quoi ?! Vous m'en rendrez compte. Misérable petit professeur !

— Le petit prof vous emmerde, maréchal… votre père était tonnelier, souvenez-vous-en. Et vous… vous vous êtes un clochard doublé d'un traître !

— Un traître ? Moi, un traître ?

— Oui, un traître. L'Empereur ? Vous l'avez lâché à Fontainebleau. Vous avez été le premier à le pousser à l'abdication[1]. Tous les autres ont suivi, tous ceux de votre espèce, pressés de jouir de leurs châteaux en léchant les bottes des Bourbons. Ah ça ! Vous pouvez bien vous jeter à ses pieds chaque fois qu'il revient…

— Beaussier ! Ney ! Cessez immédiatement ! C'est un ordre !

— Sire, c'en est trop. Si j'avais une épée, il serait déjà un homme mort. Je suis prince de la Moscova, duc d'Elchin…

— Le prince des mabouls, oui ! Votre place est au cabanon…

— Jean-foutre de péquin[2], me dire ça à moi ! Et devant l'Empereur…

Le visage de Ney est devenu rouge écarlate. Le rouquin rubicond saisit Adrien à la gorge et le serre des deux mains avec force. Adrien commence à étouffer mais il parvient à se dégager en entraînant le maréchal au sol. Napoléon intervient alors pour faire cesser ce combat de chiffonniers à grands coups de bottes dans les côtes.

— Arrêtez ! Relevez-vous tous les deux ! Votre attitude est indigne de moi. Vous n'avez pas changé depuis la campagne d'Espagne, où mes maréchaux passaient leur temps à s'entredéchirer plutôt que de me servir.

Les deux hommes cessent finalement leur lutte et se remettent debout face à l'Empereur. Adrien ne peut s'empêcher de murmurer :

1. En avril 1814, après la prise de Paris par les coalisés.
2. Dans l'argot militaire du premier Empire, un péquin est un civil.

— L’Espagne… l’Espagne, moi je n’y étais pas. Ney par contre…

— *Beaussier !* Il suffit ! Taisez-vous, je vous l’ordonne ! Allez l’un et l’autre dans votre chambre ! Immédiatement ! Considérez-vous comme aux arrêts. Je ne veux plus vous voir jusqu’à demain 8 heures. Vous vous présenterez au rapport ici même.

Comme deux gamins punis, Ney et Beaussier quittent la chambre de l’Empereur la tête basse. Sans dire un mot, mais en se jetant des regards meurtriers, ils regagnent leurs chambres le cœur plein d’amertume.

Une fois la porte fermée, Adrien se retrouve totalement désœuvré. Il se rappelle alors la promesse faite à Cipriani. Ce dernier devait attendre le coup de fil car il décroche aussitôt. Adrien lui annonce la réapparition de Ney et un long silence suit cette nouvelle inattendue. Manifestement, le nouveau ministre de la Police n’est pas enchanté par cette irruption. Au bout d’un moment, il finit par dire avec un fort accent corse :

— Beaussier, conjurez l’Empereur de se méfier de lui. Il l’a déjà trahi. Surtout dissuadez-le de toutes nouvelles initiatives avant mon retour.

— Je suis d’accord avec vous. J’ai même eu un… un différend avec le maréchal, qui nous a conduits à nous empoigner.

— Et qu’a dit l’Empereur ?

— Il était furieux, il nous a séparés et expédiés dans nos quartiers.

— *U tintu*. Cela a dû lui rappeler les disputes entre Montholon et Bertrand à Sainte-Hélène… De grâce, Beaussier, évitez-lui cela. Je sais ce que valent les maréchaux. Ils pensent à se servir avant de servir l’Empereur. Soyez plus sensé que ce sabreur sans cervelle. Surtout, prévenez-moi si d'autres… si d'autres…

— Si d'autres revenants surgissent ? lance Adrien en souriant.

— *Basta cosi !* On ne plaisante pas avec ça. Prévenez-moi si d'autres familiers de l'Empereur réapparaissent à leur tour. Je règle au mieux ses affaires et je reviens aussitôt. J'ai fixé plusieurs rendez-vous avec mes contacts pour demain. Au plus tard, je serai de retour après-demain. Annoncez à l'Empereur qu'il aura les moyens financiers qu'il espère et même au-delà. Appelez-moi sans faute demain soir. Adieu.

12

L'escarmouche des Invalides

17 février 2015, 8 heures

Adrien a passé une très mauvaise nuit. Il est désolé de cette dispute ridicule qui l'éloigne de son Empereur. Ney a apprécié de dormir dans un lit digne de ce nom pour la première fois depuis six ans. Malgré sa colère envers Beaussier, il s'est endormi rapidement. Au réveil, Adrien s'en veut d'avoir insulté Ney. Ney regrette de ne pas avoir tué Beaussier. L'un comme l'autre se promettent de se rattraper à la première occasion.

À huit heures moins cinq, ils arrivent au même moment devant la porte de l'Empereur. Ney ne regarde même pas Adrien, qui n'ose pas le saluer. Ils attendent ainsi pendant cinq longues minutes l'heure fixée par leur maître. Alors que le carillon de l'hôtel commence à égrainer les huit coups, les deux hommes avancent simultanément la main pour frapper à la porte. Le contact des deux poings les fait aussitôt battre en retraite. Ensuite, ni l'un ni l'autre ne savent plus quoi faire. Adrien se met alors à tousser et l'Empereur les tire finalement de l'embarras en ouvrant brusquement la porte.

— Entrez donc, vous deux. Que faites-vous là à attendre ?

En pénétrant dans la chambre, Adrien constate avec un peu de dépit que l'Empereur s'est déjà habillé sans recourir à ses services. Une fois la déception passée, il s'étonne de le voir en uniforme de colonel des chasseurs à cheval de la Garde. Cette vision inattendue émeut Ney, qui s'empresse de dire :

— Sire… c'est merveilleux. Vous êtes revenu. C'est bien vous… je n'ai pas rêvé…

— Oui… oui, s'agace Napoléon. C'est bien moi et vous n'êtes pas fou. À présent, si par un effet de sa bonté le grand maréchal du Palais veut bien nous faire monter nos petits déjeuners, je vous invite à le prendre ici même en ma compagnie.

Sans même relever la petite pique, Adrien court aussitôt à l'accueil. Il revient avec un large plateau chargé de café, de pain et de viennoiseries. Il dispose le tout sur la table de la suite impériale. Tout en prenant son café, Napoléon explique à ses deux compagnons qu'il souhaite se rendre aux Invalides. Ces histoires de retour des morts commencent à l'agacer et il aimerait avoir un début de réponse à tout ce mystère. Il avoue aussi qu'il est curieux de pouvoir contempler son propre tombeau. Comme Napoléon a revêtu son uniforme pour la circonstance, Adrien lui fait observer qu'il n'est peut-être pas prudent de se promener ainsi dans un lieu aussi fréquenté. Malgré la rancune féroce qu'il nourrit envers Adrien, Ney approuve ses réserves. Traumatisé par son séjour en hôpital psy, il ne veut pas courir le risque d'y retourner ou de voir l'Empereur tomber lui-même dans cet enfer. De mauvaise grâce, Napoléon cède aux arguments de ses maréchaux. Il accepte d'endosser un pardessus afin de dissimuler son uniforme, mais il tient néanmoins à sortir dans cette tenue.

Une fois le petit déjeuner expédié, les trois hommes quittent l'hôtel et prennent le chemin des Invalides. Le temps est devenu froid et gris et en traversant le jardin des Tuileries, Napoléon interroge Ney et Adrien :

— Je ne vois aucun baril d'aisance dans ce jardin ! Je ne vais pas faire mes besoins contre un arbre tout de même ?

— Sire, il n'y a plus de « barils d'aisance ». On appelle cela des « toilettes » à présent. Je ne sais pas où elles sont mais il doit bien y en avoir.

Avisant un gardien antillais qui passe à proximité, Napoléon s'écrie tout haut :

— Il n'y a qu'à demander à ce nègre.

Le gardien, qui a entendu, est stupéfait. Il l'est d'autant plus lorsque Napoléon s'approche et le questionne tout naturellement :

— Dites-moi mon brave. Où sont les « toilettes » dans ce jardin ?

Le gardien, sidéré, indique la direction du doigt sans parvenir à prononcer un seul mot.

— Beaussier ! Ney ! Venez, c'est par là.

Passant devant le gardien encore estomaqué, Napoléon s'exclame :

— Il n'est pas très sympathique ce garçon… il m'a fait un signe sans mot dire. Soit il est muet, soit il est idiot.

— Sire, nous allons finir par avoir des ennuis. On ne doit pas dire (à voix très basse :) « un nègre ». C'est raciste.

— Raciste ? Mais que voulez-vous dire Beaussier ? Enfin, peu importe… Voilà les « toilettes », attendez-moi là vous deux.

L'impériale miction dure tant et plus. Alors qu'Adrien s'en inquiète, la situation fait sourire le maréchal. Ney accepte finalement de lui expliquer pourquoi.

— L'Empereur a toujours eu de la peine à se soulager. En campagne, avec les autres maréchaux et tout l'état-major, j'ai souvent dû attendre ainsi pendant qu'il s'efforçait de pisser contre un arbre. Il tournait alors le dos aux régiments qui passaient et qui pouvaient observer ce spectacle singulier. C'est le seul moment où les soldats avaient ordre de ne pas crier « Vive l'Empereur ! ».

L'évocation de cet épisode amuse Adrien. Il s'apprête à présenter ses excuses à Ney lorsque l'Empereur ressort des toilettes en refermant, sans beaucoup de pudeur, sa culotte blanche. Sans dire un mot à ses deux compagnons, il reprend sa marche rapide en direction du dôme des Invalides, qui brille dans le ciel gris. À l'entrée de la cour d'honneur, l'Empereur pose sa main sur un canon de son époque. Avec un sourire, il se penche en fermant un œil et fait mine de viser un ennemi invisible qui ferait face à la bouche de bronze. Une fois dans la cour, Napoléon lève le regard vers la statue placée au premier étage de la galerie. L'Empereur de chair et son reflet d'airain semblent s'observer un instant dans un curieux face à face. Puis les trois hommes contournent l'église Saint-Louis-des-Invalides et portent leurs pas vers le tombeau de Napoléon. Adrien règle les tickets et les trois hommes pénètrent ensemble sous la coupole édifiée par Louis XIV à la gloire des soldats qui ont servi la France. Sous son manteau contemporain, personne ne fait attention à ce visiteur chaussé de bottes de cavalerie. Les gardiens ne s'intéressent qu'aux sacs qui pourraient contenir une arme. Quant aux touristes, ils sont trop occupés à photographier le sarcophage de porphyre rouge censé contenir les restes de l'Empereur des Français.

Adrien regarde ces visiteurs avides de se photographier eux-mêmes devant l'illustre monument. Comme si le tombeau du grand homme en arrière-plan pouvait relever leur insignifiance. Adrien a toujours trouvé insupportable cette manie des selfies. Ces troupeaux pressés semblent faire le tour du monde dans le seul but de se photographier sur fond de quelque chose de célèbre. Ils reprennent ensuite leur marche folle de canards sans tête vers une autre œuvre d'art dont ils ne cherchent jamais à saisir ni le sens ni l'histoire.

En entrant, Napoléon fait un rapide signe de croix en regardant le maître-autel, puis, avec ses compagnons, il descend dans la crypte impériale. Adrien observe du coin de l'œil la réaction de cet homme qui contemple son propre sépulcre. Un tombeau où Napoléon dort d'un sommeil que l'historien aurait qualifié d'éternel il y a encore deux semaines. Il se demande ce qu'il peut bien y avoir à l'intérieur du sarcophage à ce moment précis. La situation est peu banale, mais l'Empereur porte peu d'attention à l'énorme catafalque. Il est davantage ému par la tombe de son fils, placée dans un renfoncement de la crypte. L'ombre fragile du jeune prince aux cheveux blonds semble écrasée par l'imposante statue de marbre de son père. Alors qu'il se recueille sur la tombe de l'Aiglon, Napoléon murmure :

— Je l'ai si peu connu et tant aimé. Il est mort si jeune. J'espère qu'il reviendra lui aussi et que je pourrai le serrer à nouveau contre moi. Beaussier, dites-moi pour quelle raison Napoléon III et son fils ne sont pas là ? Malgré ses erreurs, mon neveu a régné lui aussi.

— Ils sont enterrés en Angleterre, Sire. Le maire de Nice a bien proposé de les faire revenir, mais cela n'a pas passionné les médias et les choses en sont restées là.

— Et qui donc a ramené le roi de Rome auprès de moi ? Enfin, de mon tombeau… est-ce Louis-Philippe ?

— Non, Sire. Il a été ramené ici juste cent ans jour pour jour après le retour de vos… de vos propres cendres. En décembre 1940, Paris était occupé par les Allemands. C'était un triste spectacle. C'est Hitler qui a pris cette décision…

— Hitler ? Ce criminel… mais pour quelle raison ?

— Un geste qu'il jugeait noble envers la France vaincue et à l'attention de ceux qui voulaient collaborer avec lui. Ça ne lui a pas coûté grand-chose.

— Quelle honte. Il ne fallait rien accepter d'un tel homme. Pas même cela.

— Les gens ont dit alors : « Hitler nous vole notre charbon et il nous rend les cendres. »

— Les Français ont toujours eu de l'esprit. Même si c'est souvent un esprit frondeur. Remontons à présent. L'endroit est sinistre. Je ne suis pas sorti de mon tombeau pour visiter mon propre sépulcre.

Une fois hors de la crypte, un couple de Japonais âgés s'approche de Napoléon en montrant leur appareil photo.

— *Please... is it possible to take pictures with you ? You look like so much Napoléon...*

— Beaussier, que disent ces gens ?

— Sire, ils veulent prendre une photo car ils trouvent que vous ressemblez beaucoup à Napoléon…

— Ney ! Beaussier ! Vous voyez ! Même les Chinois me reconnaissent. Et si c'était le moment ? L'heure et le lieu de révéler à la face du monde que l'Empereur est revenu ?

— Non ! Sire ! Je vous en prie, s'écrie Adrien affolé.

— Ney semble lui aussi très inquiet.

— Sire, votre péquin a raison. Je sais ce qu'il en coûte de dire que l'on est mort et ressuscité. Ils vont nous croire fous et je n'ai aucune envie de retourner dans leurs maudits HP.

Complètement sourd à ces conseils de prudence, Napoléon s'écrie tout à coup :

— Rien de grand ne se fait sans audace !

— Sire… *nooon !* …

D'un geste théâtral Napoléon enlève son trois-quarts et le flanque dans les bras d'Adrien, si stupéfait qu'il ne peut que balbutier :

— Et… merde ! …

Ravis d'une telle aubaine, les deux Japonais se mettent à photographier à tout va. Pour une fois, ils trouvent que les Français s'occupent bien des touristes. Leurs compagnons de voyage rappliquent en meute et mitraillent à leur tour. Fier de son effet, Napoléon bombe le torse et déclare d'une voix forte :

— Écoutez-moi vous tous ! Je suis Napoléon ! Je suis revenu du séjour des morts. Me reconnaissez-vous comme votre Empereur ?

Comme des abeilles attirées par un pot de miel au soleil, d'autres touristes accourent de tous les coins du monument. Cette apparition inattendue suscite une véritable émeute. Une Russe, dotée d'une très forte poitrine, se colle à l'Empereur sans aucune retenue et le prince de la Moscova doit la repousser. Tel un cosaque se jetant sur les débris de la Grande Armée, la Moscovite revient aussitôt à la charge en glapissant des injures dans la langue de Tolstoï. Ney la refoule encore plus vivement en faisant involontairement jaillir un énorme téton. Très vite, une jeune Japonaise et une grosse Américaine prennent la place de la furie des steppes. Elles viennent à leur tour jouer les starlettes aux côtés d'un Napoléon stupéfait. Le mari de l'Américaine, un Texan à dents blanches et à chapeau de cow-boy, veut immortaliser l'instant. Bravant l'interdiction, il enclenche le flash de son énorme appareil photo et commence sa séance de *shooting*. En dépit de leur penchant pour la discipline, tous les Japonais présents considèrent ce premier éclair comme une autorisation tacite. Du même mouvement, ils enclenchent leurs propres flashs, qui se mettent à crépiter. Tous ces éclats lumineux saisissent le visage stupéfait de Napoléon. Un brouhaha indescriptible résonne sous la coupole et le spectacle devient rapidement plus baroque que le bâtiment lui-même. D'abord surpris par ce remue-ménage, les gardiens de l'entrée se précipitent pour ramener un peu d'ordre. En criant que les flashs sont interdits, ils tentent d'accéder jusqu'à l'énergumène qui est la cause de tout ce raffut. Adrien est resté figé pendant quelques secondes, mais il se ressaisit et remet d'autorité le trois-quarts sur les épaules de l'Empereur. Ce geste déclenche aussitôt les protestations indignées des touristes qui n'ont pas pu prendre assez de photos et se jugent lésés.

— Sire ! Il faut partir au plus vite. Suivez-moi, je dégage la voie.

— Beaussier a raison, Sire. Allez ! Je couvre votre repli.

Comme un taureau furieux, Adrien bouscule les touristes qui se trouvent sur son chemin et parvient à se frayer un passage jusqu'à la sortie. Napoléon le suit sous la protection de Ney, qui doit encore affronter le mari de la furie russe. En jurant comme un moujik, ce dernier veut laver l'affront fait à sa femme en empoignant le maréchal au col. Mais le prince de la Moscova se dégage aussitôt d'un grand coup de tête qui fait éclater le nez du Cosaque. En quelques enjambées, il rejoint Adrien et Napoléon et les trois hommes s'engouffrent dans le tourniquet de sortie. En se précipitant à l'extérieur, ils croisent un peloton de gendarmes qui entrent à toute vitesse dans l'édifice. Après avoir fait quelques pas rapides, le petit groupe sort tranquillement de l'enceinte des Invalides.

— Nous l'avons échappé belle, Sire. Je me suis cru revenu en Russie lorsque je couvrais la retraite de la Grande Armée.

— En effet Ney, nous avons là aussi frôlé le désastre. Voilà bien une initiative trop audacieuse et insuffisamment réfléchie, on ne m'y reprendra plus.

— En tout cas, le grand maréchal du Palais a promptement réagi. En vous couvrant, il a dissimulé aux gardiens les raisons de cette échauffourée. Je crois qu'aucun d'entre eux n'a pu apercevoir votre uniforme. C'est tant mieux car nous aurions eu affaire aux gendarmes et je n'ai aucune envie de retomber entre leurs pattes. Beaussier, je vous ai mal jugé. C'est au feu que l'on se rend compte de la valeur d'un homme. Je sais à présent que l'Empereur peut compter sur vous. Acceptez l'amitié d'un maréchal de l'Empire.

Le grand rouquin à rouflaquettes lui tend une main aussi large que son sourire. Derrière lui, la coupole des Invalides se dresse majestueuse dans le ciel d'hiver.

À ce spectacle, à ces mots, Adrien est pris d'un frisson. Il serre longuement la main tendue.

— Merci… merci, Monsieur le maréchal. Pardonnez tout ce que j'ai pu exprimer sous le coup de la colère, de l'émotion ou de la fatigue. Vous êtes bien le Brave des Braves et je serai fier d'être votre ami.

— À la bonne heure ! Tant mieux si vous faites la paix. Ce ridicule incident aura au moins servi à ça. Allez ! Rentrons et oubliez ce qui s'est passé. Je ne veux plus en entendre parler. C'est un ordre, lance Napoléon d'un air agacé.

— Oui, Sire ! répondent en chœur Ney et Adrien.

Puis les trois hommes repartent à pied en direction de l'Hôtel de l'Empire. Comme l'Empereur est toujours de mauvaise humeur, plus personne n'ose dire un mot.

13

Malmaison, ma maison

17 février 2015, 10 heures

Après avoir longé la grande esplanade des Invalides, Napoléon s'arrête tout près du pont Alexandre-III pour contempler la Seine.

— Sire, demande Adrien, comment trouvez-vous le Paris d'aujourd'hui ?

— Tel que je l'imaginais si j'avais régné vingt ans de plus dans une Europe en paix. Je vois la Seine débarrassée de ses moulins flottants. Des quais là où il n'y avait que de la boue. Trois fois plus de ponts sans ces maisons qui les encombraient, et partout des trottoirs, des rues larges et propres… j'avais tout cela en tête.

Un vent léger décoiffe l'Empereur qui respire à pleins poumons.

— Et je ne retrouve plus l'air qui flottait à Paris à notre époque. Ne trouvez-vous pas, Ney ?

— Oui, Sire. J'ai mis du temps à m'y habituer.

— L'atmosphère doit vous sembler bien puante à cause de la pollution. Vous devez regretter le bon air de votre époque, Sire.

— Le bon air ? Vous plaisantez, Beaussier ? Les égouts s'écoulaient dans les rues. Paris sentait…

— … la merde, Sire, il faut bien le dire. C'était encore pire en été, lorsque l'eau manquait pour nettoyer les ordures qui s'accumulaient devant chaque porte. Vous en souvenez-vous ?

— Oui, Ney, je me souviens. C'est un des nombreux problèmes que je n'ai pas eu le temps de résoudre. Ce n'est certes plus la même chose à présent et c'est très étonnant. Pour autant cela n'a pas l'odeur des roses… c'est autre chose. À propos de roses, si nous allions à la campagne ? Le charivari incessant de ces voitures me donne le tournis. Ne pourrions-nous pas nous rendre dans l'une de mes résidences ? Allons à Saint-Cloud ou à la Malmaison par exemple. Qu'en pense le grand maréchal du Palais ? Saint-Cloud et la Malmaison existent toujours, n'est-ce pas ? Ces maudits Communards ne les ont pas ravagés au moins ?

— Sire, Saint-Cloud n'existe plus, le château a été incendié pendant la guerre contre les Prussiens. Mais par contre, la Malmaison est toujours là. C'est même un musée et un endroit charmant. Si vous voulez, nous pouvons prendre une voiture. Cela vous fera sortir de Paris et retrouver un peu de calme. Mais de grâce, Sire, ne nous surprenez plus par une nouvelle… initiative…

— Rassurez-vous. J'aspire à un peu de repos en retrouvant le souvenir de ma chère Joséphine. Ah… Joséphine… c'était les Grâces personnifiées. Elle était femme dans toute la force du terme, mobile, vive et le cœur le meilleur. Laissons-nous aller à un peu de douceur mélancolique. Je porterai désormais plus d'attention à vos conseils ainsi qu'à ceux du maréchal Ney.

En disant cela, Napoléon pince l'oreille d'Adrien et tapote la joue de Ney. Ni l'un ni l'autre ne croit un seul instant à la promesse de l'Empereur. Du moins pensent-ils pouvoir terminer cette journée tranquillement.

Une pluie fine et froide s'est mise à tomber sur Paris. Dans le taxi affrété par Adrien, Napoléon regarde les enseignes des Champs-Élysées d'un œil morne. Puis son regard s'illumine lorsque le véhicule arrive en haut de l'avenue.

— Beaussier, c'est bien l'arc de Triomphe dont j'ai ordonné la construction ?

— Oui, Sire, l'arc de l'Étoile.

— C'est magnifique. Jamais Rome n'en a connu de pareil. Il est bien digne de la Grande Armée.

— Voulez-vous le visiter, Sire ?

— Non. Trop de vacarme, trop de voitures… continuons vers la Malmaison. J'ai besoin d'un peu de sérénité.

Une fois la place de l'Étoile dépassée, le taxi continue vers l'arche de la Défense. Adrien fait remarquer les tours de verre et d'acier et cet arc gigantesque qui prolonge la perspective des Champs-Élysées. Mais ce colosse ne trouve pas grâce aux yeux de l'Empereur.

— C'est très laid, lourd et sans aucun ornement. Sommes-nous encore loin ?

— Nous allons bientôt arriver, Sire.

À Rueil-Malmaison le taxi dépose ses passagers devant la grille du château de Joséphine. La pluie a presque cessé et le soleil fait de timides apparitions entre deux averses de bruine. Tout est paisible et le lieu semble presque désert. Une fois les billets achetés, Napoléon remonte l'allée couverte de gravier les mains dans le dos. Beaussier et Ney le suivent à quelques pas.

— Êtes-vous souvent venu dans ce lieu, maréchal ? demande Adrien à voix basse.

— Assez peu à vrai dire. J'y suis surtout venu sous le Consulat. C'était le domaine intime de la famille Bonaparte. En temps de paix, ce qui était rare, je voyais surtout la première Impératrice aux Tuileries, mais elle n'aimait guère ce grand palais. Chaque fois qu'elle le pouvait, elle revenait dans ce manoir où elle s'occupait avec soin d'un parc immense. Et puis il y a eu le divorce après la bataille de Wagram[1]. Je n'ai plus revu l'Impératrice. Tout ici doit lui rappeler Joséphine.

Arrivé devant le kiosque d'entrée qui imite une tente militaire, l'Empereur s'arrête un long moment. Il hume l'air et contemple chaque détail de la façade. Adrien imagine que derrière les fenêtres de l'étage, Napoléon doit apercevoir la fine silhouette de sa femme. Aucun touriste ne vient troubler la méditation nostalgique de l'Empereur. Sans se retourner, il finit par pousser un long soupir.

— Ah ! Beaussier, si vous saviez… Joséphine était belle et bonne. Vous en souvenez-vous, Ney ?

— Oui, Sire, l'Impératrice était une très belle femme.

— Très belle en effet, mieux que jolie, sa physionomie suivait toutes les impressions de son âme sans jamais perdre de la douceur charmante qui en faisait le fond. Ses yeux étaient vifs et doux. Elle avait une grâce particulière lorsqu'elle se déshabillait, mais elle était follement dépensière. Elle ne disait jamais la vérité. Elle répondait toujours « non » aux questions les plus anodines. Elle divisait systématiquement par deux le montant de ses dettes et elle m'avouait l'autre moitié une fois que j'avais effacé la première partie de

1. En 1809, Napoléon, qui ne peut pas avoir d'enfant avec Joséphine, divorce pour épouser Marie-Louise.

l'ardoise. Elle était mobile, légère, coquette et sans doute un peu galante. Dans sa naïve et inconsciente immoralité de Créole[1], il lui arrivait même de parler de ses anciens amants devant moi et sans pudibonderie. J'en ai été gêné plus d'une fois. Mais que voulez-vous, je n'ai jamais aimé aucune femme comme je l'ai aimée. Sa voix avait tant de charme, elle m'ensorcelait. Entrons, voyons ce qui reste de cette demeure qu'elle aimait tant.

Une fois à l'intérieur, Napoléon retrouve les meubles, les tableaux et les objets de son époque. Rien n'a changé et il contemple longuement le billard où Joséphine était très adroite. Il s'arrête ensuite dans le petit vestibule. Les murs de la pièce sont ornés de portraits de notables du Caire, qu'il a fait peindre lors de la campagne d'Égypte.

— L'Orient, Beaussier… tout aurait pu être si différent. J'ai cessé de rêver après mon échec devant Saint-Jean d'Acre. J'aurais dû m'y prendre différemment[2]…

Arrivé dans le salon de musique, il remarque la disparition de la grande galerie, mais il retrouve avec plaisir la harpe de Joséphine et le pianoforte de sa fille.

— La reine Hortense[3] était tout à la fois ma belle-fille, ma fille adoptive, l'épouse de mon frère Louis et

1. Le commentaire est de Napoléon lui-même.

2. Lors de la campagne d'Égypte, Bonaparte entreprend la conquête de la Syrie. Il pense sans doute marcher sur Constantinople pour abattre l'Empire ottoman. L'échec devant Saint-Jean-d'Acre (aujourd'hui en Israël) fait échouer ses plans. Il retourne alors en Égypte puis rentre en France où un autre destin l'attend.

3. Hortense de Beauharnais, épouse de Louis Bonaparte, est reine de Hollande en 1806, lorsque Napoléon octroie cette couronne à son frère avant de la lui enlever quatre ans plus tard.

la mère de mes neveux. Hortense a hérité du charme et de la bonté de sa mère avec sans doute plus d'intelligence. Je la revois encore resplendissante de fraîcheur et de beauté. Mon imbécile de frère n'a pas su la rendre heureuse… Elle était certes légère, comme Joséphine, mais je l'aimais comme ma fille et elle me rendait bien cet attachement.

La voix de l'Empereur est pleine d'émotion. Une nouvelle fois, une larme coule sur sa joue. Adrien ne pensait pas que le conquérant de l'Europe avait la larme aussi facile.

— Hortense avait une voix magnifique, comme sa mère. Elle chantait à merveille en s'accompagnant au pianoforte. Elle avait même composé une chanson qui a connu un beau succès.

L'Empereur se met alors à chanter à tue-tête une marche entraînante en roulant les *r* :

« *Partant pour la Syrie*
Le jeune et beau Dunois
Venait prier Marie
De bénir ses exploits
Faites, Reine immortelle… »

Non seulement l'Empereur chante faux mais il chante fort. Le petit récital attire aussitôt un vieux gardien, qui prie poliment ce curieux visiteur de bien vouloir cesser. Adrien s'excuse platement et entraîne l'Empereur dans une autre pièce.

— Sire, je vous en prie, soyez plus discret par pitié. C'est malheureux à dire mais vous n'êtes plus ici chez vous.

— C’est regrettable en effet. Venez, allons dans l’autre aile. Je veux revoir la salle du Conseil et mon cabinet de travail. Je m’y trouvais si bien…

Dans l’aile opposée, la salle du Conseil est meublée de fauteuils rouge vif. Le plafond tendu de toile imite l’intérieur d’une tente militaire semblable à celles que l’on dressait pour l’Empereur lors de ses campagnes. De part et d’autre de la cheminée, deux grands portraits ornent le mur de la pièce. Madame Mère est à gauche et Joséphine à droite. Napoléon contemple tour à tour les deux femmes les plus importantes de son existence.

— Madame Mère n’a pas toujours été tendre avec Joséphine. Elle ne l’a jamais aimée, pas plus que mes sœurs. Pourtant voyez, en dépit des piques de sa belle-mère, Joséphine a fait placer son portrait à côté du sien. Pour me plaire sans doute et aussi pour dire à mes frères et sœurs qu’elle se plaçait au-dessus de leurs méchancetés. Allons à présent dans la bibliothèque, j’aimais y retrouver mes livres et mes cartes. J’y ai imaginé bien des campagnes et rédigé une quantité de décrets. C’est aussi là que j’ai passé quelques heures avant de partir pour l’île d’Aix et ensuite… mais pourquoi diable la porte est-elle fermée ?

Au bout de la salle du Conseil, les portes ornées de trophées d’armes à l’antique sont rabattues. Une gardienne très aimable explique aux visiteurs qu’une visite guidée est en train de s’achever dans la bibliothèque. Elle s’excuse du désagrément, mais comme le lieu est très exigu, elle doit en fermer l’accès pendant les explications de la guide. D’ailleurs, celle-ci doit bientôt terminer sa visite. À travers les battants entrouverts, Napoléon tend l’oreille pour écouter les commentaires de la conférencière. La voix est charmante avec un léger zézaiement. Sa tonalité est si caressante que l'on s'arrêterait pour le seul le plaisir de l'entendre.

— Après avoir abdiqué pour la seconde fois, c'est ici, sur ce bureau, que l'Empereur Napoléon a rédigé ses adieux à l'armée. Il disait à ses soldats : « Sauvez l'honneur, l'indépendance des Français ; soyez jusqu'à la fin tels que je vous ai connus depuis vingt ans, et vous serez invincibles. » Par cet acte il mettait effectivement fin à onze ans de règne et vingt ans de gloire, mais sa lettre ne fut jamais lue aux soldats. Avant de partir pour l'exil, il a fait ses adieux à sa mère et à sa belle-fille, la reine Hortense. Mais je suis persuadée qu'il a dû avoir une ultime pensée pour les jours heureux passés à la Malmaison avec la femme qu'il a toujours aimée, son épouse Joséphine… Messieurs dames, la visite est terminée, j'espère qu'elle vous a plu.

Alors que l'on entend des applaudissements derrière les portes, Napoléon est interloqué. Il se retourne vers ses deux compagnons et demande.

— Ney ! Vous avez reconnu cette voix ?

— Excusez-moi, Sire, je n'y ai pas prêté attention. Je discutais avec le grand maréchal du Palais…

À cet instant, la gardienne ouvre les deux battants de la porte et une douzaine de visiteurs vêtus élégamment quittent la bibliothèque en discutant et en riant. Une fois le dernier sorti, Napoléon pénètre dans le petit cabinet. Une femme vêtue avec goût lui tourne le dos. Face à la fenêtre, elle contemple les arbres du parc. L'Empereur admire cette silhouette gracieuse et ce corps souple. Il n'ose rien dire, mais elle sent sa présence et se retourne enfin. Lorsque les yeux de sa femme se posent sur Napoléon, il se retrouve aussi ému que jadis dans le salon de Barras[1]. Jeune général maigre et sans armée, il a été subjugué par le charme insolent de cette jolie Créole. Il retrouve ses mêmes cheveux soyeux, qu'elle sait coiffer si joliment. Comme autrefois, elle porte un madras rouge qui lui donne cet air piquant qu'elle arborait au début de leur mariage. Sa peau transparente et soyeuse, ses bras et cette poitrine l'émerveillent comme au premier jour. Elle lui sourit et souffle d'une voix aussi douce que son regard :

— Je t'attendais depuis si longtemps, Bonaparte. Je savais bien que tu finirais par revenir ici…

Il s'avance et l'embrasse comme il l'a embrassée avant de partir conquérir l'Italie.

Alors qu'ils sont entrés à leur tour, Ney et Beaussier sont stupéfaits par ces retrouvailles improbables. Le prince de la Moscova s'incline devant l'Impératrice comme autrefois à la cour. Joséphine est ravie de constater qu'en plus de l'Empereur, d'autres contemporains ont suivi le même chemin mystérieux. Cette découverte la fait rire et elle se demande quel sera le prochain qui étoffera cette cour minuscule.

Napoléon lui présente ensuite Adrien et Joséphine lui demande s'il a fait le même « voyage ». Adrien se sent alors comme un intrus et n'est pas loin de s'excuser d'être de ce siècle. Il ressent une certaine gêne à se retrouver au milieu de ces « revenus ». Un groupe qui semble de plus en plus à son aise au fur et à mesure qu'il se renforce. Pendant que l'Empereur résume les

---

1. Joséphine est l'épouse en premières noces du marquis de Beauharnais. Emprisonné avec sa femme, il est guillotiné en 1794. Après quatre mois de prison, Joséphine est sauvée par la chute de Robespierre. Libérée, mais sans un sou, elle devient rapidement la maîtresse de Barras, l'un des révolutionnaires les plus en vue de l'époque.

épisodes vécus depuis quelques jours, Adrien ne quitte pas Joséphine des yeux. Son regard est effectivement plein de charme et de douceur. C'est une femme extrêmement séduisante qui ne paraît pas avoir beaucoup plus de quarante ans. De fait, elle semble plus jeune que l'Empereur[1]. Comme beaucoup d'hommes avant lui, Adrien oublie ses inquiétudes devant ce sourire si gracieux. Une fois les présentations terminées et alors que de nouveaux touristes entrent dans la bibliothèque, Joséphine propose d'aller s'asseoir dans le parc dans un endroit plus tranquille.

La belle Créole prend joyeusement l'Empereur par le bras et l'entraîne avec grâce vers l'extérieur. Le sourire de Napoléon est radieux. Ney et Beaussier suivent à quelques pas ce couple légendaire miraculeusement recomposé. Près d'un immense cèdre, qu'ils ont planté eux-mêmes deux cents ans plus tôt, le couple impérial s'assoit sur un banc de pierre. Face à ce tableau inattendu, Adrien ne sait pas trop quelle attitude adopter et il s'efforce de calquer ses gestes sur ceux du maréchal. L'espace d'un instant, il s'imagine en grand uniforme aux côtés de Ney, qui serait lui aussi en grande tenue. Il aimerait avoir une épée à la ceinture et un grand bicorne emplumé à la main. Devant un Napoléon aux anges, Joséphine se met à raconter son retour avec son délicieux zézaiement. Adrien, comme Napoléon, est très sensible aux voix féminines et celle de l'Impératrice possède décidément un timbre très particulier.

Joséphine est revenue sept ans plus tôt, dans une rue de Rueil-Malmaison. Complètement perdue, elle a

---

1. Joséphine a six ans de plus que Napoléon.

marché un long moment sans but. Elle ne savait pas où elle était, mais elle a reconnu l'église, qui n'avait pas changé depuis son époque. Elle est entrée pour y trouver refuge et prier mais elle a reçu un choc violent en contemplant son propre tombeau. Croyant vivre un horrible cauchemar elle s'est mise à crier et à pleurer en courant à travers la ville. Les policiers, qui pensaient avoir à faire à une démente, l'ont conduite au poste. Là, un commissaire a été très courtois avec elle. Comprenant qu'elle avait besoin d'un protecteur, Joséphine a su elle aussi se rendre aimable. Elle n'a rien confié sur sa véritable identité, préférant jouer l'amnésique. Le policier lui a trouvé du charme et l'a beaucoup aidée à ce moment-là. Comme il était marié, il a mis à sa disposition un petit studio indigne d'elle. Mais elle a pu y reprendre pied peu à peu. Ensuite, son protecteur lui a procuré des papiers au nom de Rose Tacher[1]. Pour lui tenir compagnie, il lui a aussi offert un carlin qu'elle a baptisé Fortuné, comme le petit chien qu'elle avait pendant la Révolution. Pendant plusieurs semaines elle est restée cloîtrée avec Fortuné pour seule compagnie. Elle ne voyait personne hormis son commissaire, qui lui apportait de quoi subsister lors de ses visites régulières. Puis elle en a eu assez de dépendre en toutes choses de cet homme prévenant, mais qui avait tendance à vouloir l'enfermer et à en faire sa propriété. Comme au temps de la Terreur, elle avait tout perdu, mais l'envie de vivre a été la plus forte. Elle a quitté cette nouvelle prison et ses premiers

1. Rose Tacher de la Pagerie était le nom de jeune fille de Joséphine. C'est Bonaparte qui lui a donné ce nouveau prénom. « Rose » avait été prononcé par trop d'hommes avant lui.

pas l'ont conduite ici même, à la Malmaison. Elle voulait revenir dans les lieux où elle avait passé les années les plus heureuses de son existence. Le conservateur du château l'a vite remarquée et il est tombé sous son charme. Ce vieux garçon très érudit restait bouche bée devant les connaissances qu'elle possédait sur l'histoire du palais, sur son parc et sur… elle-même. Il l'a hébergée chez lui puis l'a rapidement engagée comme guide. Ses conférences et ses visites ont été très bien accueillies auprès de la bonne société des environs. À ces mots Joséphine se met à rire de toutes ses dents. Napoléon en est stupéfait.

— Mais… Joséphine… tes dents ? Toi qui n'osais jamais sourire parce qu'elles étaient gâtées…

— *Chut*, Bonaparte ! Je t'interdis d'évoquer ce vilain souvenir. Elles ont toutes été refaites. Ce miracle a été réalisé par un jeune dentiste absolument charmant. Il adorait mes visites et il n'a jamais voulu que je le paie.

Ney et Adrien échangent un sourire entendu tandis que Napoléon perd le sien.

— Joséphine, ne me dis pas qu'avec lui aussi tu…

— Mais que vas-tu imaginer ? Je ne te permets pas. Tenez, messieurs les maréchaux, voyez-vous ce bassin ? Autrefois j'y élevais des cygnes magnifiques. Un matin, alors que j'étais encore en chemise de nuit, j'ai entendu des coups de fusil. Vous ne le croirez pas, mais c'est ce méchant homme-là qui tirait sur mes cygnes depuis sa fenêtre située juste ici. Son mamelouk était à ses côtés et lui rechargeait son arme. Il a fallu que j'accoure à demi nue pour faire cesser cette horreur… et lui qui riait, qui riait…

À l'évocation de ce souvenir, Napoléon se met lui aussi à rire, oubliant aussitôt le jeune dentiste. Ravie de sa diversion, l'Impératrice veille à garder la main.

— J'ai une nouvelle maison à présent. Elle est bien à moi. Une petite demeure qui a été édifiée sur un lambeau de mon ancien parc. Figurez-vous que sur plus de sept cents hectares que j'avais patiemment réunis, il n'en reste plus que six autour de la Malmaison. Tout le reste a été loti et c'est sur l'une des pièces de ce manteau d'Arlequin que je vis modestement aujourd'hui. Venez, je vous y emmène, c'est à deux pas d'ici.

En disant cela, Joséphine prend à nouveau le bras de Napoléon, qui la contemple avec des yeux remplis d'amour. Suivi par Ney et Adrien, le couple impérial remonte la grande allée de l'entrée. Sur le parking des visiteurs, Joséphine sort un trousseau de clefs de son sac Vuitton. Elle actionne une télécommande qui déclenche l'ouverture d'une Mini Cooper rouge flambant neuve.

— Messieurs, je vous prie de passer à l'arrière. Sire mon époux, prenez place à mes côtés. C'est moi qui vais conduire l'Empereur, dit-elle fièrement.

Les trois hommes s'étonnent pour des raisons différentes. Adrien remarque que l'Impératrice s'est parfaitement adaptée à ce siècle. Ney, qui a surtout connu l'arrière des fourgons de police, se demande comment il va rentrer ses grandes jambes dans un espace aussi réduit. Quant à Napoléon, il est stupéfait de voir sa femme au volant de sa propre voiture.

— Mais, *amore mio*, tu n'as personne pour te conduire ? Je ne t'aurais jamais imaginée en postillon à notre époque.

— Eh bien ! c'est que les temps ont changé, Bonaparte. Et c'est très bien ainsi, surtout pour les femmes. Il y a certains articles de ton Code civil qui ont été heureusement modifiés. Tu en seras furieux, mais moi je trouve cela parfait. Allez, montez et *fouette cocher* !…

Elle se met alors à rire comme un oiseau des îles. Ney et Adrien se tassent à l'arrière et Napoléon monte à l'avant avec un air renfrogné. Joséphine fait un démarrage en trombe et roule à toute allure jusqu'à son domicile.

14

« Au destin »

17 février 2015, 11 heures

En quelques minutes, l'équipage arrive devant un immense portail blanc. Sur le pilier de droite, une plaque de marbre indique en lettres d'or : « Au destin » La conductrice actionne la télécommande et les portes de fer forgé s'ouvrent sur un parc magnifique. L'allée aboutit à un grand bassin circulaire orné d'une nymphe en marbre blanc. Près du bassin, une volée de marches conduit à la terrasse d'une vaste demeure. D'architecture classique, l'ensemble n'est pas sans rappeler le château de la Malmaison. Au-dessus de grandes baies vitrées surmontées de frontons triangulaires, de petites fenêtres laissent deviner un étage couvert par un grand toit-terrasse. L'Impératrice ouvre automatiquement un vaste garage et se gare aux côtés d'une superbe Jaguar vert Empire et d'un 4 × 4 Range Rover noir. En descendant, Joséphine se met à rire de nouveau en s'adressant à son mari :

— Je remarque seulement à l'instant que je n'ai que des voitures anglaises. Elles sont tellement plus élégantes. J'espère que cela ne te fâchera pas, Bonaparte.

Légère comme un oiseau, elle embrasse à nouveau Napoléon, tandis que Ney et Adrien s'extirpent comme ils peuvent de la minuscule automobile *so british*.

— Venez, entrez dans ma chaumière. Ce n'est plus la Malmaison des beaux jours mais c'est bien plus confortable.

— Majesté, si je puis me permettre, pourquoi cette inscription sur le pilier de l'entrée ? Est-ce vous qui l'avez fait apposer ?

— Parfaitement, Monsieur le grand maréchal du Palais, c'est moi qui en ai eu l'idée. Le général Bonaparte avait fait graver « Au destin » sur ma bague de fiançailles. Vous admettrez que mon aventure restitue tout leur sens à ces mots. Je n'étais plus de ce monde lors du retour de mon mari en 1815[1], mais avant de partir, j'étais persuadée au fond de mon cœur qu'il reviendrait à nouveau. Je n'ai jamais perdu espoir et j'avais raison car vous êtes là, mon doux cœur…

Et de l'embrasser encore, tandis que Ney et Beaussier détournent pudiquement le regard. Joséphine conduit ensuite les trois hommes à l'intérieur de la maison. À peine arrivée, un chien court vers elle en aboyant. Bas sur pattes, le poil roux et la tête noire, il se jette aussitôt sur Napoléon, qui doit le repousser d'un coup de botte. L'animal se met aussitôt à gémir et part se réfugier derrière Joséphine où il se remet à aboyer.

— Mais… Joséphine, cette queue en tire-bouchon, ce poil roux, ce nez de belette et cette méchanceté, c'est Fortuné… il est revenu lui aussi ?

---

1. Joséphine est morte le 29 mai 1814. Napoléon est arrivé un mois plus tôt sur l'île d'Elbe pour son premier exil.

En prenant le petit chien dans ses bras, Joséphine rit encore comme une enfant joyeuse.

— Mais non, Bonaparte. Ce n'est pas le Fortuné d'autrefois. J'avais appelé Fortuné celui offert par mon commissaire de police. Malheureusement il est mort. Comme le premier Fortuné, il a eu la mauvaise idée de chercher noise à un doberman, qui l'a croqué. J'ai été si triste. Celui-ci s'appelle Fox. On me l'a donné voici deux mois. N'est-il pas adorable ?

Tandis que l'animal se remet à grogner en regardant Napoléon, ce dernier fronce les sourcils.

— Fox… oui… je me souviens bien de cet autre carlin que tu as reçu en cadeau en Italie. Méfiez-vous de lui, messieurs. C'est un Anglais…

Une fois le petit chien calmé, Joséphine présente sa demeure à ses invités. Ils découvrent alors un très vaste salon donnant sur le parc planté de grands arbres. Les baies vitrées inondent la pièce de lumière. Des meubles de cuir et d'acier aux lignes épurées constituent un intérieur très design. Au fond, une grande cheminée en verre et en bois précieux est insérée dans un mur blanc. Au-dessus de l'insert, un grand portrait représente l'Empereur en pied. Parfaite reproduction du fameux portrait de David, le tableau est le seul objet ancien dans un décor futuriste. Sa présence dans cette pièce est presque cocasse, mais nul ne peut l'ignorer. Le principal intéressé jette machinalement son manteau dans les bras d'Adrien. Joséphine se rapproche de lui afin de poser ses doigts fins sur cet uniforme qui lui rappelle le général de l'armée d'Italie. Ce jeune officier prometteur qu'elle a épousé.

— Tu es bien installée. C'est assez grand. Très lumineux et même si les meubles sont hideux tout cela a dû coûter fort cher. Aurais-tu laissé un trésor à la Malmaison, petite cachottière ?

— Un trésor ? Mais Napoléon, tu sais bien que je suis un véritable panier percé.

— Si fait, à la fin de l'Empire tu avais une rente de trois millions de francs. Je t'exhortais à en économiser au moins un pour tes petits-enfants, mais tu ne savais faire que des dettes.

— Tu me l'as assez reproché.

— Oui, mais je les ai effacées à chaque fois.

— C'est toi mon trésor, Bonaparte…

Et de rire encore en l'embrassant tendrement sur le bout des lèvres.

— Non, Napoléon, tu t'en doutes bien, je ne suis pas femme à constituer un bas de laine et je ne regrette rien de mes dépenses. J'ai fait du bien autour de moi, protégé des artistes, planté des arbres et collectionné des plantes rares venues du monde entier. J'ai aussi élevé des animaux merveilleux…

— Y compris des vaches bernoises avec un couple de fermiers suisses pour les entretenir. Sans compter cinq cents moutons mérinos espagnols et beaucoup d'autres frivolités. Tu m'as ruiné en voyages, meubles, bijoux, parures, toilettes…

— Des toilettes que je donnais ensuite à mes servantes. L'Impératrice n'allait pas s'habiller comme la femme d'un sous-clerc de notaire. Et puis, en lançant de nouvelles modes, cela faisait fonctionner tes manufactures, dont tu étais si fier. N'est-ce pas vrai ?

— Si fait, si fait… mais alors, comment as-tu pu acheter tout cela ?

— Eh bien, je dois te le dire. Je me suis remariée…

À ces mots, Napoléon blêmit tout à coup.

— Un autre homme dans ta vie ?! Tu as eu l'audace de te remarier alors que…

— Tu l'as bien fait, toi aussi. Dois-je te rappeler que tu m'as abandonnée ? Tu m'as rejetée comme une paria, moi qui t'avais tout donné ! Et tout cela pour cette petite dinde d'Autriche…

— Je t'interdis de parler ainsi ! Cela n'a rien à voir. C'était de la politique. Il me fallait un héritier… mais toi, rien ne t'autorisait à te remarier. Tu disais m'attendre. Ah, je te retrouve bien telle que tu as toujours été, légère et inconstante ! Et où est-il à présent, ce faquin ? Que fait-il ? Est-il boutiquier pour afficher un si mauvais goût ?

— Rassure-toi. Il est mort voici trois ans. Je suis veuve à présent…

— Mort ? Parfait… il a bien fait. Faute de quoi j'aurais exigé le divorce. Et que faisait-il ? Avait-il un métier honorable ?

— Il était chirurgien. Chirurgien esthétique…

— Un médecin ! Mais qu'est-ce encore que cela, chirurgien esthétique ? …

— C'est l'une des nombreuses merveilles de ce siècle. Michel était un véritable magicien, qui pouvait rajeunir les femmes de mon âge. Ne trouves-tu pas que je fais beaucoup plus jeune que lorsque tu m'as quittée ?

— Certes, je pensais même qu'il pouvait y avoir là quelques diableries…

— Ne soyez pas si sot mon ami. Il n'y a rien de diabolique là-dedans. Ce n'est que la science mise au profit de la beauté des femmes. N'est-ce pas merveilleux ? Et Michel était très réputé…

— Comment l'as-tu connu ?

— Oh… c'était un ami de mon dentiste. Il venait lui aussi à mes conférences. Il est tombé fou amoureux de moi et m'a demandée en mariage. Il était rassurant et il avait aussi une très belle fortune, plusieurs cliniques, des biens… Un de ses amis l'avait parfaitement conseillé sur des placements financiers à Genève. C'était un confrère spécialisé dans les implants capillaires…

En prononçant ces mots, Joséphine caresse d'une main aussi délicate que perfide le front dégarni de l'Empereur.

— Ce confrère était tellement avisé en matière d'argent qu'il est même devenu ministre des finances. Le pauvre, il a dû laisser sa place. Une ténébreuse affaire d'argent caché en Suisse à laquelle je n'ai rien compris. Tout cela est d'un compliqué… Quoi qu'il en soit, Michel a mis sa fortune à mes pieds. Il m'a offert en cadeau de fiançailles cette jolie maison avec ses dix hectares qui appartenaient autrefois au parc de la Malmaison. Ce manoir a été construit à l'emplacement de mes anciennes serres. Tu t'en souviens, c'étaient les plus grandes d'Europe. La propriété était à vendre et Michel était si heureux de me faire plaisir. Je n'ai pas pu dire non… tu me comprends, Napoléon ? Dis-moi que tu me comprends… et ne me fais pas ces gros yeux, mon Dieu tu me fais peur.

— Il n'empêche… un chirurgien…

— Napoléon, je ne suis pas revenue pour tomber dans la médiocrité. Je ne supporte pas ça, tu le sais bien. Les généraux de maintenant n'ont plus la fortune qu'ils avaient à notre époque. J'étais seule, abandonnée, j'ai passé des moments horribles, vraiment terribles. Pires que sous la Terreur lorsque j'ai tremblé pendant des mois dans les geôles de Robespierre.

Quand j'attendais chaque jour que mon nom soit cité parmi les condamnés à mort…

En disant cela Joséphine fond en larmes et vient se blottir dans les bras de Napoléon. Puis elle essuie délicatement ses beaux yeux et retrouve son sourire bienveillant.

— Michel était très bel homme malgré ses soixante-huit ans. Il m'a bien sûr fait bénéficier de tout son art pour me faire telle que j'étais quand tu m'as connue. Peut-être même plus belle encore. Crois-moi, c'est pour toi, méchant, que j'ai fait ça. Un an après notre mariage, l'hélicoptère de Michel s'est bêtement écrasé au-dessus du parc.

— Il n'avait pas d'enfant ?

— Non, j'ai ainsi hérité de toute sa fortune. À présent, si je fais encore des visites à la Malmaison, c'est pour le compte de l'association des Amis du Château. Des personnes très aisées qui financent des travaux de restauration. Grâce à cela et aux excellentes relations que j'ai su entretenir avec le conservateur, je peux aller et venir librement dans mon ancienne demeure située à deux pas de la nouvelle. Mais je t'assure, Bonaparte, je n'ai jamais aimé que toi et je n'ai jamais plus connu d'autres hommes après Michel…

À cet instant, Fox se met à aboyer. Il court vers un jeune homme en collant bleu qui entre dans le salon avec un sac de sport à la main. Tout excité, Fox fait la fête à cet athlète bronzé aux longs cheveux blonds flottant sur les épaules. Avec un fort accent anglais, il s'écrit :

— *Hello guys !* Alors, Rosy ? Tu n'es pas encore en tenue pour notre séance ?

Sans plus se préoccuper de la présence des trois invités, l'homme s'approche de Joséphine avec l'intention manifeste de l'embrasser. Celle-ci l'évite au tout dernier moment en faisant un petit saut de carpe sur le côté. Le projet de baiser du jeune homme tombe dans le vide tandis que Napoléon roule des yeux terribles.

— Mais Rosy chérie, qu'est-ce qu'il t'arrive ? Ce sont ces messieurs qui te rendent si timide, *my sweet love* ?

Voyant que la figure de l'Empereur commence à tourner au cramoisi, Joséphine s'empresse de faire les présentations :

— Je… je te présente mon… mon ancien époux ainsi que deux de ses collaborateurs…

En tendant la main vers Napoléon le jeune homme décroche un large sourire aux dents très blanches. Les bras dans le dos, l'Empereur demande sur un ton cassant :

— Et vous, monsieur ? Qui êtes-vous ?

— Je suis le coach sportif de Rosy. Elle m'avait caché qu'elle était mariée avant Michel. Mais je m'en doutais un peu. Une si belle femme a dû attirer beaucoup d'hommes, n'est-ce pas ? Moi je suis anglais, comme vous pouvez le deviner… *My name is Nelson. You know ?* Comme l'amiral qui a battu votre Napoléon. Vous, votre déguisement de Bony *is perfect*. Vous préparez le carnaval ?

L'Anglais éclate d'un grand rire, coupé net par Napoléon, qui se met à hurler :

— *Ney ! Flanquez-moi cet habit rouge dehors. Sur le champ !*

— À vos ordres, Sire. Avec plaisir.

Avec ses grandes mains de sabreur, Ney empoigne Nelson par l'arrière du col. Complètement abasourdi par cette agression inattendue, le coach se met à glapir dans la langue de Shakespeare, mais sans esquisser la moindre résistance.

— *But* Rosy… *what's happening ? It's crazy... don't touch me !* Rosy, dis-lui de me lâcher. *Hey !* vous me faites mal…

À grandes enjambées, le prince de la Moscova traverse le salon, son colis à bout de bras. Indifférent aux aboiements frénétiques de Fox, Ney reconduit l'Anglais à l'extérieur. Arrivé sur la terrasse, il lui assène un solide coup de pied aux fesses qui le propulse au bas des marches.

— Tiens Nelson, ça c'est pour Waterloo ! Tu transmettras de ma part à Wellington si tu le vois. Et ne remets plus les pieds ici ou tu y goûteras à nouveau. M'entends-tu ?

Nelson n'insiste pas. Il récupère son sac de sport, saute sur son scooter électrique et file sans se retourner vers la grille du parc.

Dans le salon, Napoléon laisse éclater sa colère face à Joséphine, qui s'est remise à pleurer à chaudes larmes.

— Comment as-tu osé ? Toi avec ce muscadin ? Un Anglais qui plus est. Avec tout le mal que ces animaux m'ont fait ! As-tu un seul instant pensé à moi ? Ou bien te rappelait-il les charmes de ton Hippolyte Charles[1] ? Ce sous-lieutenant parfumé avec qui tu m'as trompé avec tant d'application. Et ce freluquet t'a lui aussi offert un carlin nommé Fox !

— Bonaparte, je te jure que ce n'est pas du tout ça.

---

1. Sous-lieutenant de hussard en 1796, Hippolyte Charles est l'amant de Joséphine pendant les campagnes que Bonaparte mène en Italie et en Égypte. Il est beau, bon amant et surtout il la fait rire.

Dans un geste théâtral, elle se jette à genoux devant l'Empereur. Son maquillage ruisselle sur ses joues et elle s'essuie le visage sur la culotte blanche de Napoléon.

— Mais pourquoi es-tu toujours si méchant avec moi ? Sommes-nous revenus sur terre pour que tu me fasses endurer les tourments de l'enfer ? Je te jure, Napoléon, qu'il ne s'est rien passé avec Nel... avec lui. C'est juste un coach sportif qui m'aide à entretenir ma silhouette. Et dire que je faisais cela pour te plaire dans l'espoir fou de te revoir. Je suis bien récompensée de mes efforts. Va, tu es le plus cruel des tyrans...

Napoléon n'a jamais pu supporter les larmes de Joséphine. Il finit par la relever et la serre contre lui.

— Allez, ma douce amie... Pardonnez-moi, je me suis laissé emporter. Vous me connaissez, je me fâche parfois mais ce n'est jamais très long car je n'ai pas un mauvais fond. Vous avouerez que les apparences sont trompeuses... Mais promettez-moi que ce blanc-bec ne remettra plus jamais les pieds ici.

— Oh ! Bonaparte. Je l'ai déjà oublié. Cette maison est la maison de l'Empereur si tu le désires. Dis-moi que vous allez rester ici. Dis-le-moi...

— Oui, ma bonne amie. Je ne sais toujours pas le sens de tout cela, mais nos retrouvailles font partie des destinées du ciel. Je ne veux pas les contrarier. Nous resterons donc ici.

À ces mots, Joséphine embrasse fougueusement Napoléon, tandis que Ney et Adrien détournent à nouveau le regard. Après une longue étreinte, l'Impératrice réhabilitée gazouille de sa voix la plus langoureuse :

— Messieurs, je vous en prie. Ne restez pas ainsi, prenez vos aises. J'ai donné congé à mes gens mais vous trouverez tout ce dont vous aurez besoin dans les cuisines qui sont par ici. Si vous voulez vous détendre, les chambres d'amis sont dans ce couloir. Choisissez celle qui vous conviendra. Il y en a huit, elles ont toutes les commodités. Pour ma part, si Sa Majesté le veut bien, je vais lui faire visiter mes propres appartements, à l'étage. Nous y resterons un peu. Nous avons tant de choses à nous dire… N'est-ce pas, Napoléon ?

— Oui, *mio dolce cuore*[1]. Je vous suis.

Amoureusement enlacés, les deux amants empruntent l'escalier de marbre et montent ensemble jusqu'à l'étage. Après avoir mangé un morceau sur le pouce, Ney et Adrien passent le reste de l'après-midi à discuter dans le salon. Le premier raconte ses campagnes par le menu au second, qui n'arrête pas de lui poser question sur question en prenant des notes sur son carnet. Après quelques verres d'un très bon armagnac hors d'âge, les deux hommes en bras de chemise sont de très bonne humeur. Vers 20 heures, l'Empereur entre dans le salon.

— Eh bien messieurs, on se laisse aller dès que j'ai le dos tourné.

Comme deux jeunes soldats pris en faute, Ney et Beaussier se lèvent aussitôt. Ils tentent de rectifier leur tenue avant de se mettre au garde-à-vous.

— Sire, excusez-nous, nous n'avions pas…

— Ne vous alarmez point. Nous avons bien droit à quelque repos. Cette journée était consacrée à nous détendre. Je n'imaginais pas que ce serait autant…

L'Empereur semble plus en forme que jamais. Lui aussi à l'air plus jeune, et sans avoir eu recours au

1. « Mon doux cœur ».

bistouri. Il pince très fort Adrien à la joue, signe d'une évidente satisfaction.

— N'est-elle pas la plus délicieuse des femmes, Beaussier ? Pour se rajeunir, elle a triché sur son âge lors de notre mariage. J'ai menti moi aussi, mais pour me vieillir. Voilà que je la retrouve et à présent elle fait véritablement plus jeune que moi. Votre époque aura au moins réussi à faire rajeunir les jolies femmes. Mais plus que belle, ma Joséphine est vraiment bonne…

— Elle est… bonne ? Sire, que voulez-vous dire ?

— Une femme belle plaît aux yeux, une femme bonne plaît au cœur. L'une est un bijou, l'autre est un trésor. Oui, elle est bonne…

— Vous avez raison, Sire. Mais suivant les personnes que nous rencontrerons, évitez de dire que l'Impératrice est « bonne ». Le sens de ce mot a un peu évolué aujourd'hui. Surtout auprès des jeunes gens…

— Tiens donc ? Soit. J'y veillerai. En tout cas l'Impératrice est telle que je l'ai connue lorsqu'elle me traitait de chat botté. J'étais plus maigre que maintenant et je ressemblais à un chat de gouttière dans mon uniforme rapiécé. Elle a toujours été ma bonne étoile. Aussi, nous avons convenu de nous remarier dès que possible. C'est la politique qui nous a séparés, rien d'autre. Seule la nécessité d'avoir cet enfant qu'elle ne pouvait plus me donner a pu me détourner de cette femme merveilleuse. Entre autre miracle de la science actuelle, il paraît qu'une femme de son âge peut parfaitement être enceinte. Elle prétend que des médecins sont en mesure de faire cela en Italie ou en Allemagne. Est-ce vrai, Beaussier ? Il lui arrive d'arranger quelque peu la vérité lorsque cela ne nuit pas à ses intérêts…

— C'est en effet possible, Sire. Certaines femmes l'ont déjà fait. Cependant…

— Bien ! Nous verrons cela. Il se trouve que mon besoin d'héritier n'est plus aussi pressant depuis que je n'ai plus d'Empire. Mais ce n'est pas une raison pour nous assoupir comme Hannibal dans les délices de Capoue. Nous reprendrons le travail dès demain. Pour l'heure, accordons-nous encore quelques heures de plaisir. Beaussier !

— Oui, Sire.

— L'Impératrice a faim, et moi aussi. Comme ses gens ne rentrent que demain matin, voyez si vous ne pouvez pas nous préparer une collation comme vous le faisiez si bien chez vous.

— Oui, Sire. Je m'en occupe.

— Nous allons prendre nos quartiers ici dès à présent. J'ai décidé d'y installer la cour ainsi que mon état-major. De ce jour mes ordres seront datés du palais des Violettes.

— Les « Violettes », Sire ? Comme en 1815…

— Oui, le signe de ralliement de ceux qui espéraient mon retour il y a deux cents ans. Nous allons devoir recruter dès que Cipriani rentrera avec mon argent. Faites aussi dire à Mme Beaussier et à Mlle Pauline qu'elles sont attendues à la cour où elles ont désormais leur place.

— Mais… Sire, ma femme travaille. Elle a son cabinet de podologie, et ma fille a ses études. Elles ne…

— Balivernes ! Elles ont mieux à faire ici. Mme Beaussier sera la première dame de compagnie de l'Impératrice et Mlle Pauline sa demoiselle d'honneur. Elles auront les émoluments correspondants à leurs fonctions, sans compter les diverses gratifications d'usage. J'en ai décidé ainsi et tout est entendu avec l'Impératrice. Elle a hâte de les connaître et tient à les entretenir sur sa propre cassette. Allez, Beaussier, faites leur dire. Elles doivent être ici au plus tôt. À présent je vais retrouver Sa Majesté. Vous nous porterez notre collation dans ses appartements. Ensuite, avec le maréchal Ney, vous aurez quartier libre. J'aurai besoin de vous deux demain à 7 heures et vous recevrez mes ordres. Messieurs, le bonsoir…

Napoléon tourne alors les talons et remonte à l'étage gai comme un pinson en chantant :

« *Partant pour la Syrie*
Le jeune et beau Dunois… »

Adrien se met aussitôt à concocter la collation demandée tandis que Ney se ressert un armagnac et allume un énorme cigare. Aux cuisines, Adrien trouve du foie gras et du caviar dans le frigo. Il fait griller des toasts et décongèle quelques amuse-gueules concoctés par un célèbre traiteur parisien. Avec quelques fruits et du jambon de Parme, il dispose le tout sur un grand plateau d'argent. Il rajoute une bouteille de champagne millésimé dans un seau à glace et place une rose dans un soliflore en cristal. L'ensemble constitue un en-cas sinon impérial, au moins royal. Après avoir toqué à la porte de la chambre de Joséphine, il ouvre et entre avec son plateau. Il découvre alors le couple dans un immense lit, digne d'un milliardaire américain. Le rose bonbon domine dans la chambre et des miroirs sont installés un peu partout, probable vestige des goûts du défunt Michel. Sans fausse pudeur, Napoléon, torse nu, remercie Adrien et lui demande de déposer le plateau sur la table basse. Avant de s'éclipser, le grand maréchal du Palais peut apercevoir les épaules de l'Impératrice, qui est décidément une très belle femme.

Adrien redescend ensuite au salon. Avant de rejoindre le maréchal Ney, il passe comme promis un coup de fil à Cipriani, qui est toujours à Anvers. Ce dernier attendait son appel avec impatience. Les transactions se sont très bien passées. Grâce à ses contacts il a pu tirer plus d'argent que prévu de ces diamants exceptionnels. Le temps de placer ces sommes très importantes sur des comptes au Luxembourg, il pourra rejoindre Paris dès le lendemain soir. L'épisode des Invalides met Cipriani en colère, et il s'inquiète encore plus de l'apparition de Joséphine. Mais l'évocation de sa résidence et de sa fortune le rassure un peu.

— Au moins elle ne puisera pas tout de suite dans les réserves de Napoléon. Son or doit servir à autre chose qu'à des colifichets. À Sainte-Hélène, j'ai dû vendre son argenterie au poids afin de pourvoir à l'entretien de l'Empereur. Je n'ai aucune envie qu'il revive cette humiliation. Surtout, retenez-le s'il lui prend l'envie de tenter une nouvelle folie.

— Il ne semble pas en avoir l'intention après ses retrouvailles avec l'Impératrice. De plus, il a très mal vécu l'échec de sa malheureuse initiative des Invalides. Durant cette échauffourée j'ai pu remarquer la fidélité du prince de la Moscova envers l'Empereur. Contrairement aux réserves que vous aviez envers lui…

— Ne vous y fiez pas, Beaussier. Ney est un sabreur courageux mais il n'a guère de cervelle. Quant à Napoléon il n'est pas homme à se complaire dans l'oisiveté. Vous n'avez rien d'autre à me dire ?

— Non… enfin, si. L'Empereur veut que ses actes soient datés du palais des Violettes.

— *Bene !* Il est donc bien décidé à revenir sur le devant de la scène. Il ne pouvait pas en être autrement. Faites au mieux d'ici mon retour. Transmettez-lui mon rapport je vous prie et appelez-moi au moindre incident. Bonsoir.

Aussitôt après avoir raccroché, Adrien appelle sa femme. Il lui fait le récit des épisodes survenus depuis l'île d'Aix. Jacqueline ne sait plus trop si elle doit rire de tout cela, s'en réjouir ou s'en inquiéter. La proposition de l'Empereur est surprenante, mais elle ne tarde pas à l'accepter, histoire de garder un œil sur cette étrange affaire. Il lui faudra quelques jours pour s'organiser avec un remplaçant à son cabinet, mais elle promet de venir aux Violettes dès que possible. Le dernier coup de fil d'Adrien est pour sa fille. La proposition de Napoléon provoque immédiatement son enthousiasme, même si elle ne détermine pas très précisément les contours de la fonction de première demoiselle d'honneur de l'Impératrice. Elle comprend surtout qu'elle devra être habillée « très mode » pour ce job. À Montpellier, sa fausse pub continue à faire le buzz. Elle compte faire passer son départ de l'école sous le couvert d'un stage en entreprise destiné à peaufiner son projet.

— T'inquiète pas, pa', ça va passer *crème*. Je me débrouille et je te rejoins avec Jacqueline.

Une fois ses coups de fil passés, Adrien rejoint le maréchal Ney et s'affale dans un fauteuil. Le prince de la Moscova lui sert un grand verre d'armagnac *extra old* et porte un toast :

— À la santé de l'Empereur, Beaussier !

— Vive l'Empereur ! maréchal…

— Je ne vous ai pas encore raconté comment j'ai gagné mon titre de duc d'Elchingen…

La discussion dure encore des heures, puis les deux amis vont se coucher en chantant à tue-tête des chansons à boire de la Grande Armée :

« *Amis, il nous faut faire une pause,*
J'aperçois l'ombre d'un bouchon
Buvons à l'aimable Fanchon,
Faisons pour elle quelque chose.
Ah ! Que son entretien est doux,
Qu'elle a de mérite et de gloire,
Elle aime à rire elle aime à boire,
Elle aime à chanter comme nous... »

15

Le crime et le vice

17 février 2015, peu avant minuit

Alors que Les Violettes raisonnent de chants joyeux, à Paris, tout près du quai d'Orsay, un homme grand et sec sonne à la porte d'un hôtel particulier. Un vieil homme habillé avec élégance ouvre et le visiteur s'engouffre à l'intérieur. En claudiquant légèrement, le propriétaire de la demeure précède son hôte jusqu'à un petit salon aménagé avec goût dans le style Louis XVI. Les deux hommes s'assoient face à face et s'observent un instant. Le visage de l'invité nocturne est blême, presque exsangue. Ses paupières lourdes ourlées de rouge laissent filtrer un regard terne qui scrute chaque détail. Aucun mot ne sort de ses lèvres minces. Seul le *tic-tac* d'une horloge en bronze doré vient meubler le silence. Le maître des lieux observe un moment son visiteur sans se départir d'un sourire légèrement narquois, ses yeux mi-clos brillent d'une redoutable intelligence. Puis, lassé par le mutisme de son vis-à-vis, il finit par demander d'un air badin :

— Eh bien mon ami… pourquoi ce rendez-vous si tardif ?

— Ce que nous attendions est bel et bien arrivé. Il est revenu…

— Tiens donc… et comment le savez-vous ?

— J'ai d'abord repéré Joséphine. Ce n'était pas bien difficile étant donné son train de vie. Je l'ai fait surveiller car les deux finiraient bien par s'attirer l'un l'autre.

— Ah ? Ainsi, vous surveillez l'ex-Impératrice… Et par qui ?

— Je peux bien vous le dire à présent. Par son « coach », comme ils disent…

— Bien, très bien. Vous n'avez pas perdu vos bonnes habitudes, Monsieur le ministre… Dieu merci.

— Vous parlez en connaissance de cause lorsque vous invoquez Dieu… Monseigneur l'évêque…

— Pas de mauvais esprit mon cher, il me semble que vous avez été prêtre autrefois.

— Séminariste certes, puis professeur pour être exact, mais là n'est pas le sujet.

— Quoi qu'il en soit, je crois savoir que ce jeune professeur de gymnastique a très bien fait son travail puisqu'il a séduit l'Impératrice. Ce n'est d'ailleurs pas la chose au monde la plus difficile à réaliser quand on est joliment fait… et il l'est, le bougre.

— Mais… comment le savez-vous ?

— Mon métier nécessite, comme le vôtre, d'avoir ses informateurs.

— Alors, vous savez que notre « ami » s'est aperçu du manège et qu'il a congédié le coach dès son arrivée.

— Je sais cela aussi. Notre homme a une tendance fâcheuse à congédier les personnes les plus utiles et à conserver parfois les plus nuisibles…

Le visiteur fait mine de ne pas prêter attention à une pique qui lui est destinée. Il se mure à nouveau dans le silence et attend la suite. L'horloge vient d'égrainer les douze coups de minuit quand le maître des lieux poursuit avec une certaine gourmandise :

— Ainsi votre mouche s'est envolée. C'est fâcheux… juste au moment où elle allait vous rapporter un miel des plus savoureux. Fâcheux vraiment… vous pensiez pouvoir agir seul, mais vous avez perdu vos yeux et vos oreilles.

À ces mots, un éclat de haine anime brièvement le regard terne du visiteur. Puis, d'un ton très calme, comme une évidence, il souffle :

— Vous êtes toujours un diable d'homme.

— Venant de vous, je tiens cela pour un compliment. Le voilà donc à nouveau de retour… deux cents ans après. Et vous tenez à me rencontrer toutes affaires cessantes. Sans doute voulez-vous que je vous aide à savoir quels sont ses projets… Est-ce bien cela ?

— En quelque sorte. Monseigneur, on ne peut rien vous cacher…

— Certes, encore une fois, il vient compliquer nos affaires, à vous comme à moi. J'avoue que c'est regrettable… mais de là à vous prêter assistance…

— Malgré ce qui nous oppose notre collaboration n'a pas si mal fonctionné autrefois.

— Si fait, Monsieur le ministre… on en a même tiré une pièce de théâtre fort plaisante. Je gage que vous êtes allé la voir vous aussi. Comment l'avez-vous trouvée ?

— Assez intéressante, en effet, même si elle vous sert mieux que moi. Mais je ne suis pas là pour parler théâtre. Quand donc abandonnerez-vous cette manie de vous gausser de tout ? Vous n'êtes plus à la cour de Louis XVI…

— Ah… l'Ancien Régime… qui ne l'a pas connu n'a pas connu la douceur de vivre. Je n'ai jamais prononcé cette jolie phrase mais elle est bien trouvée. J'en use donc puisqu'on m'en prête la paternité.

— Il y a d'autres paternités que l'on vous prête, Monseigneur…

Le sourire narquois du propriétaire des lieux se fige aussitôt. Il fixe son visiteur et répond du bout des lèvres :

— Que voulez-vous dire ?

— Une personne qui vous est chère se trouve actuellement en lieu sûr. Il ne tient qu'à vous de la retrouver.

— Vous auriez entre vos mains…

— Il se peut… que je détienne cette « carte », et d'autres encore…

— Vous êtes le digne fils de votre père… Vous faites commerce de tout, rien ne vous arrête.

— Pardonnez-moi, Monseigneur, mais il n'est guère facile de se refaire, surtout à nos âges. Quant à renouer avec notre vieille association, je pense que nous y avons, vous et moi, tout intérêt. Malgré ce qui nous distingue, nous pouvons être efficaces pour le bien de ce cher et vieux pays et pour celui de l'Europe. Les gens pour qui je travaille comptent sur moi pour veiller à sa stabilité.

— Les personnes de qualité qui me font la grâce d'écouter mes conseils le souhaitent également, Monsieur le duc. Elles attachent autant de prix à la bonne marche de leurs affaires que ceux qui vous emploient. J'attendais également ce retour, d'où ma vigilance.

Je crois que nous avons eu la même idée au sujet de l'Impératrice.

— Même s'il m'en coûte, je sais que vous pouvez m'être utile. Surtout si vous avez encore un homme dans la place. Aussi, je vous saurais gré de me faire part des intentions de notre « ami »…

— Rassurez-vous sur ce point. Si vous avez perdu votre mouche, je conserve précieusement la mienne et elle est plus discrète que la vôtre.

— Qui est-ce ?

— Peu importe. Mais dites-moi… quel bénéfice puis-je espérer de cette collaboration ?

— Je puis vous donner des assurances sur cette personne qui vous est très chère et que vous pourriez retrouver bientôt. Cela n'a pas de prix… Je vous serais donc reconnaissant de prendre ma demande en considération.

— Admettons… mais quels sont vos projets au sujet de cet « ami » commun qui nous occupe ?

— Pour l'heure, tout ce qui compte est d'avoir un œil sur notre homme. Il me faut connaître ses intentions. Je ne ferai rien, s'il se contente de vivre paisiblement auprès de sa Créole. Mais connaissant l'homme, je doute fort qu'il se tienne tranquille très longtemps.

— Et s'il se révèle trop… remuant ?

— Je verrai bien à ce moment-là…

— Mhhh, je crains fort que le mitrailleur de Lyon n'ait rien perdu de ses douces méthodes. De toute façon notre alliance ne pourra être que provisoire.

— Comme autrefois nos intérêts sont liés du fait des circonstances. Pour l'heure je compte sur vous comme vous pouvez compter sur moi.

— Alors, nous allons bientôt nous revoir, Monsieur le duc d'Otrante. Je vous ferai donner des nouvelles. Je n'en attends pas moins de vous.

— Monseigneur, je suis votre serviteur. Je suis ravi de travailler à nouveau avec le prince de Bénévent. Permettez que je prenne congé.

Le vieil homme boiteux se lève alors en s'appuyant sur sa canne. À pas lents, il raccompagne son visiteur jusqu'au perron.

— À vous revoir, Fouché. Portez-vous bien.

— Vous de même, Talleyrand, mais, comme toujours, vous nous enterrerez tous…

Les mains derrière le dos, l'homme disparaît dans la nuit froide.

16

Plan de campagne

18 février 2015, 7 heures

Malgré un réveil difficile et un solide mal de crâne, Adrien prépare le petit déjeuner de l'Empereur. Il est encore dans la cuisine lorsque Napoléon apparaît tout à coup dans une superbe robe de chambre en soie rose.

— Oh ! Sire… vous êtes déjà levé. J'allais vous apporter votre plateau.

— Ne vous tourmentez pas, Beaussier, l'Impératrice dort encore, je boirai mon moka ici. À présent, nous nous sommes assez prélassés. Où se trouve Ney ? N'est-il pas encore levé ?

Ney apparaît aussitôt en boutonnant sa chemise.

— Sire. Je suis là…

— Bien. Nous avons du travail. Beaussier, avez-vous des nouvelles de Cipriani ?

Tout en servant le café de l'Empereur sur la table de marbre de la cuisine, Adrien fait son rapport à Napoléon.

— Parfait, je vais donc avoir les moyens de mes ambitions. Beaussier !

— Oui, Sire ?

— Commandez sur l'heure un habit de maréchal de l'Empire pour Ney, un autre de grand maréchal du

Palais pour vous. Faites faire aussi un habit de ministre pour Cipriani.

Adrien est ravi à l'idée de revêtir un habit de maréchal, fût-il du Palais. Ses rêves de gosse se réalisent. En fait non. Il n'aurait jamais osé rêver cela quand il était gosse.

— Entendu, Sire. Je fais prendre les mesures et je commande le tout à un costumier de Bretagne. Je le connais, il est spécialisé dans la reconstitution historique du Premier Empire. Il réalisera ces tenues avec beaucoup de soin.

— Il me faut impérativement cela sous huit jours.

— Huit jours ?!… Sire… Ce ne sera pas possible, il est débordé, avec le bicentenaire de… de…

— Quel bicentenaire ?

— Pardonnez-moi, Sire. Le bicentenaire de Waterloo lui vaut des commandes de costumes venant de l'Europe entière. Et je ne peux pas lui dire que c'est pour l'Empereur…

— Peu importe ! Doublez, triplez son prix, payez en or s'il le faut. Qu'il embauche des petites mains sans ouvrage, il n'en manque pas. Sinon adressez-vous à d'autres. Trouvez des tailleurs et obtenez ces costumes sous huitaine, avant même, si possible. Ce n'est pas tout. Faites-moi faire un uniforme de colonel des grenadiers de la Garde. Celui de Cipriani n'est qu'une pâle imitation, un travestissement bon pour le théâtre. Veillez à ce que le mien soit réglementaire. Connaissez-vous aussi de bons cavaliers ? Des hommes dont nous puissions être sûrs ?

— Oui, Sire. Je travaille souvent avec une équipe pour des reconstitutions ou des spectacles historiques. Je réponds de leur sérieux.

— Bien. Qu'ils viennent au plus tôt. Leurs conditions seront les nôtres. Je veux disposer d'une vingtaine de chevaux et douze cavaliers. Il me faut ces hommes aux Violettes sous quarante-huit heures. Il faudra aussi les loger. Faites bâtir leurs quartiers dans le parc. Vous y adjoindrez une cuisine et un réfectoire afin qu'ils ne dérangent pas le service du palais. L'Impératrice possède des écuries dans son domaine, qu'on les agrandisse. Pourvoyez à tout cela.

— Sire. Je vais faire tout mon possible, mais je pense que…

— Soyez en sûr ! Douze uniformes complets de chasseurs à cheval de la Garde doivent être confectionnés, dix hommes du rang, un cornette[1] et un lieutenant. N'oubliez pas leurs armes, sabres, pistolets et mousquetons. Pensez aussi aux selles et faites réaliser un fanion sur le modèle de ceux de la Garde impériale.

— Tout cela sous huitaine, Sire ?

— Absolument ! C'est impératif. Peu importe le prix à payer mais je veux qu'ils soient tous conformes au règlement. Commandez aussi deux douzaines de décorations de chevaliers et d'officiers de la Légion d'honneur et deux ou trois plaques de grand-aigle. Vous, Ney, lorsque ces hommes seront là, vous veillerez à les dresser par des exercices constants. Je veux qu'ils aient une belle allure et qu'ils puissent constituer un piquet[2] digne de l'Empereur en campagne.

— À vos ordres, Sire. Vous pouvez compter sur moi. J'en ferai des lions.

---

1. Un cornette est un porte-étendard dans la cavalerie.
2. Un piquet est un groupe de cavaliers destiné à la garde rapprochée de l'Empereur.

— Tant pis s'ils n'ont pas encore leurs uniformes au début. Qu'ils aient au moins leurs sabres. Pouvez-vous disposer des armes sous quarante-huit heures, Beaussier ?

— Oui, Sire, je pense que c'est possible.

— Quand devrons-nous faire mouvement, Sire ? demande le maréchal Ney.

— Nous devrons être prêts dans dix jours. Nous avons encore moins de temps que pour la campagne de Belgique en 1815. Mais cette fois personne ne nous attend et nous frapperons comme la foudre.

À l'évocation de cette campagne qui s'est achevée en trois jours à Waterloo, Ney et Adrien échangent un regard un peu inquiet mais ils ne soufflent mot.

— Pour le service du palais, il vous faut aussi recruter du personnel de confiance. Une équipe très légère au début. Quatre valets de pied et deux ou trois secrétaires particuliers suffiront pour commencer.

— Bien Sire…

Après avoir bu son café, l'Empereur remonte dans sa chambre rejoindre Joséphine en chantonnant un vieil air de la Grande Armée.

« *On va leur percer le flanc, rantanplan tirelire plan.*
On va leur percer le flanc, rantanplan tirelire plan.
Que nous allons rire, rantanplan tirelire… »

Aussitôt, Adrien se met à l'ouvrage. Il passe des dizaines de coups de fil et discute pendant des heures au téléphone. Comme il le craignait, ce maudit bicentenaire mobilise tous les costumiers de France et de Navarre. Malgré tout, il s'acharne à remplir sa tâche tandis que le maréchal Ney s'est endormi sur le canapé du salon. Obéissant aux ordres de l'Empereur, Cipriani a ouvert un crédit illimité à Adrien. Grâce aux contacts qu'il entretient depuis longtemps dans le milieu de la reconstitution, le grand maréchal du Palais parvient finalement à satisfaire à toutes les exigences impériales. Pour cela il a fallu négocier, batailler, multiplier les fournisseurs, racheter des tenues d'occasion, trouver des astuces, doubler, parfois tripler des tarifs déjà prohibitifs. Mais Napoléon a raison, chaque homme a son prix. Le coût total dépasse la centaine de milliers d'euros, mais l'Empereur aura tout ce qu'il souhaite. Il a également fallu recruter. Dans ce domaine les choses ont été plus faciles. Tous les cavaliers demandés seront là dès le surlendemain en une seule équipe soudée. Aureck, le patron du groupe, a accueilli la proposition avec son flegme et son efficacité habituels. Il faut dire qu'Adrien ne lui a pas avoué qu'il travaille pour le vrai Napoléon. Officiellement, il s'est mis au service d'un passionné de l'Empire. Un homme très riche qui veut constituer un petit groupe privé, professionnel et bien payé. Ravi de cette nouvelle opportunité équestre, Aureck s'est engagé à fournir les hommes et les chevaux contre le paiement de deux mois d'avance pour lui et son équipe. Il est 17 heures lorsque Adrien passe son dernier appel. Il se sent aussi excité qu'un enfant à la veille de Noël à l'idée de recevoir son bel uniforme. Très satisfait du résultat de ses démarches, il rend compte à l'Empereur, qui est toujours dans la chambre de Joséphine. Tandis qu'Adrien lui fait son rapport, Napoléon l'écoute en allant et venant les mains dans le dos. Comme si tout allait de soi, il congédie son grand maréchal du Palais d'un geste de la main en le gratifiant d'un simple :

— Très bien, Beaussier. Laissez-moi et ne me dérangez plus jusqu'au retour de Cipriani.

À présent, tous les employés de Joséphine ont repris leurs fonctions et personne ne s'étonne de la présence des invités de la maîtresse des lieux. Après avoir encore réglé quelques menus détails, Adrien rejoint Ney au salon, où ils reprennent leur discussion de la veille.

Le soir venu, Cipriani est de retour. Son manteau noir et son bolivar enfoncé sur la tête lui donnent des airs de conspirateur. Il demande aussitôt à voir l'Empereur. Ce dernier le reçoit dans la bibliothèque aménagée au rez-de-chaussée. Avec autant d'efficacité qu'Adrien, Joséphine a passé toute une série de coups de fil. Dans la journée, elle a réussi l'exploit de faire meubler cette pièce avec un grand bureau, un secrétaire, des sièges, des fauteuils, des tapis et des lampes de style Empire ou Retour d'Égypte. Elle a également choisi les tapisseries qui doivent être posées dès le lendemain tandis que les rideaux, ornés de couronnes de laurier et d'abeilles impériales[1], seront installés sous deux jours. Ce cadre intime rappelle beaucoup le cabinet de travail de la Malmaison. C'est là que Napoléon peut recevoir son ministre de la Police qui, pour l'heure, possède aussi le portefeuille des Finances. Après qu'Adrien a introduit Cipriani, Napoléon demande au grand maréchal du Palais de les laisser seuls, ce qui a le don de vexer ce dernier.

Après une longue discussion, Cipriani demande à Beaussier et à Ney de venir les rejoindre. Aux regards qu'ils échangent, Adrien comprend que Cipriani et le prince de la Moscova ne s'aiment pas d'un grand

1. L'abeille est avec l'aigle l'autre symbole officiel de l'Empire.

amour. Une fois dans la pièce, les trois hommes retrouvent Napoléon, qui leur tourne le dos sans leur prêter la moindre attention. Debout, il s'appuie des deux mains sur le rebord de son bureau en acajou. Le torse penché, il contemple une grande carte de France. Au bout de quelques minutes, il se relève, place ses mains derrière son dos et leur fait face.

— Messieurs, je dispose à présent du nerf de la guerre. Monsieur le ministre de la Police a bien travaillé. Mes finances immédiatement disponibles s'élèvent à près de cinq millions d'euros. Cette somme sera utilisée pour permettre mon retour sur le devant de la scène. Avant toute chose, il me faut paraître dans un lieu adapté. Je connais bien cet endroit… ce sera ici…

Ney et Adrien s'approchent du bureau et se penchent pour observer le point de la carte que l'Empereur désigne de l'index. Dans un bel ensemble, ils s'exclament :

— Le golfe Juan !

— Golfe-Jouan[1]… exactement. Beaussier, vous m'en avez donné l'idée avec vos histoires de reconstitution. Je me suis renseigné lorsque j'étais chez vous. En m'initiant à Internet Mlle Pauline m'a été très précieuse. Quel jour sommes-nous, Beaussier ?

— Le 18 février, Sire…

— De quelle année ?

— Sire… vous le savez bien à présent. 2015.

— Où étais-je voici deux cents ans ?

— Eh bien, à l'île d'Elbe.

— Et… ?

— Et… et quoi donc, Sire ?

1. En 1815, c'est ainsi que l'on appelle ce minuscule village de pêcheurs.

Napoléon tape du pied avec impatience.

— Beaussier ! Je vous ai connu plus vif. Qu'étais-je en train de faire à l'île d'Elbe il y a exactement deux cents ans ? Je vous écoute !

— Vous prépariez votre retour. Le vol de l'Aigle…

— Précisément ! Vous avez tout dit. Voilà ce que veut la Providence. Voilà pourquoi elle m'a renvoyé ici et maintenant. Voilà pourquoi elle a guidé mes pas vers vous, un historien versé dans la reconstitution du passé. Vous étiez le plus à même de m'accueillir et de m'aider. Je vous l'ai dit, vous êtes mon saint Jean-Baptiste, le prophète qui le premier m'aura reconnu. Voilà également pourquoi les personnes qui pouvaient m'être les plus utiles sont revenues avant moi. Ces bons apôtres doivent m'aider dans ma quête. Tout y est. Cipriani, l'homme de l'ombre, Ney, le Brave des Braves, un homme d'action précieux dans les combats, et jusqu'à ma chère Joséphine, mon adorable et immorale Créole qui m'a toujours porté bonheur.

— Sire, les circonstances sont bien différentes. Il n'est pas sûr que les Français soient prêts à vous reconnaître…

— Ils me reconnaîtront ! Il me suffira de paraître et, comme en 1815, ils crieront « Vive l'Empereur ! » ou « Vive Napoléon ! ». S'ils le veulent ils crieront « Vive Bonaparte ! », comme lors de mon retour d'Égypte en 1799. Ils crieront ce que bon leur semblera pourvu qu'ils crient. J'en suis persuadé, tout concorde, jusqu'à la date. Les années en 15 ont toujours été des tournants dans l'Histoire de France. Voyez, ce n'est pas à vous que je vais l'apprendre : 1915, la Grande Guerre…

— Sire, c'est 1914…

— Taisez-vous ! 1815, mon retour…

— Et Waterloo…

— *Arrh !* Mais taisez-vous à la fin ! En 1715, la mort de Louis XIV marque la fin du Grand Siècle et le début de celui des Lumières. 1515, la victoire de Marignan fait entrer la Renaissance en France et le royaume de François Ier est au zénith. 1415, Azincourt, la défaite contre les Anglais conduit la nation aux tréfonds de son histoire. Tout est dans les chiffres, Beaussier. 2015 doit être une grande année. J'ai percé le grand mystère de mon retour.

En énumérant ces dates, Napoléon s'est mis à marcher dans tous les sens. De plus en plus exalté, il ressemble à un savant fou qui vient de découvrir l'invention du siècle après des années de recherches. Adrien ne sait plus quoi dire. Il faut avouer que depuis l'arrivée de ce drôle de paroissien il ne s'est plus trop posé de questions métaphysiques. Il a occulté ce mystère afin de se consacrer entièrement à « son » Napoléon. Mais l'Empereur a continué à creuser et il est arrivé à des conclusions. Elles valent ce qu'elles valent, mais elles lui donnent satisfaction.

— Qu'avez-vous à redire à cela, Monsieur l'historien ?

— Sire, les dates sont exactes… pour le reste… Encore une fois… cela me semble un peu tiré par les cheveux. Pourquoi vous justement ? Pourquoi pas un autre homme qui aurait émergé tout seul. Un homme venant de nulle part et qui se hisserait, comme vous, à la force du poignet ?

— Parce que la situation dans laquelle se trouve la France exige MON retour. Au surplus, avez-vous une autre explication, Monsieur le drôle ?

— Sire…

— Alors ?

— Sire, non, mais…

— Il n'y a plus de « mais » qui compte. Il faut à présent agir promptement. Dans dix jours, à Golfe-Jouan, une célébration de mon retour de l'île d'Elbe sera organisée. Il y aura là de nombreux passionnés vêtus en grenadiers de la Garde. Il y aura aussi toute une foule de braves gens acquis à ma cause. Le lieu est idéal. Je paraîtrai à cheval avec le maréchal Ney à mes côtés. Vous serez aussi en uniforme de grand maréchal du Palais et Cipriani près de vous en costume de ministre.

Cipriani toussote avant d'interrompre l'Empereur.

— Si Votre Majesté m'y autorise, je demeurerai en civil pour mieux me fondre dans la foule. J'y serai plus utile que dans la lumière car je préfère rester un homme de l'ombre.

— Soit. Nous serons aussi escortés par le piquet de chasseurs à cheval de la Garde que Ney aura dressé.

— J'ai peu de temps pour cela, Sire.

— Ce sont de bons cavaliers d'après les dires de Beaussier et nous n'allons pas à la guerre. Ils doivent seulement me faire honneur.

— Mais Sire, qu'allez-vous dire ? Allez-vous annoncer que Napoléon est revenu ?

— Beaussier, je redirai ce que j'ai proclamé en 1815 car les situations sont similaires. Ensuite, les Français présents feront ce que dictera leur instinct. Je gage que la plupart me reconnaîtront spontanément et me suivront sans qu'il soit nécessaire de tirer un seul coup de fusil…

— Et alors, « l'aigle volera de clocher en clocher jusqu'aux tours de Notre-Dame ». Oui, Sire ! Et cette fois je serai là dès le début. C'est merveilleux… s'écrie Ney soudain exalté.

Adrien croise le regard de Cipriani, qui ne paraît pas aussi enthousiaste. Le grand maréchal du Palais demande alors :

— Et ensuite, que ferons-nous, Sire ?

— Nous manœuvrerons suivant les circonstances, comme sur un champ de bataille. Nous verrons l'ampleur des ralliements. Lors de mon retour de l'île d'Elbe, tous les Français ne m'ont pas acclamé, mais je me suis adapté. Il faudra aller vers ceux qui nous feront le meilleur accueil, puis nous marcherons sur Paris.

— Sur Paris ?

— Il n'y a pas d'autres choix…

— Soit… dit Adrien. Admettons. Et ensuite ? Quel sera votre programme ?

— Justement. Nous allons y travailler ensemble, Beaussier. J'ai déjà bien des idées en tête mais il faut affiner cela. Les adapter au goût du jour. C'est pour cela aussi qu'il me faut Mlle Pauline auprès de nous. Pressez-la de nous rejoindre.

— Pauline ?

— Oui. Je dois m'adresser aussi et surtout à la jeunesse. Mon projet est fondé sur l'ordre et la modernité. Sur les principes de 1789 et sur les masses de granit du Consulat[1]. C'est exactement ce dont les Français ont besoin aujourd'hui. Pour cela, je dois être entouré de jeunes gens à l'esprit vif et votre fille me paraît parfaite sur ce point. Il vous faudra aussi trouver quelques

1. Il s'agit des grandes réformes mises en place par Napoléon, comme les préfets, la Banque de France, les lycées, l'Université, le franc Germinal, etc.

jeunes gens brillants. Vous devez avoir cela parmi vos anciens étudiants.

— J'ai effectivement pensé à en recruter quelques-uns comme secrétaires. Mais que ferons-nous une fois à Paris ?

— Je balaie ces gouvernements sans colonne vertébrale et je prends en main les destinées de la France expirante. Je compte bien assécher ce « margouillis national[1] » dans lequel les politiques de tous bords nagent avec délice. Le vice est à la mode quand il vient d'en haut. La dépravation des mœurs est plus extrême encore que sous le Directoire. La génération nouvelle vit dans un grand désordre. Un désordre dont les conséquences sont incalculables.

— Sire, vous me faites peur. Songez à l'épisode des Invalides. Il n'a pas…

— Beaussier ! Je vous ai ordonné de ne plus jamais en parler. Cette fois, j'aurais mieux préparé mon affaire. Soyez-en persuadé.

— Que Votre Majesté me pardonne, mais ce n'est pas prudent.

— Monsieur le grand maréchal du Palais, sachez qu'il n'y a pas un homme plus pusillanime que moi lorsque je fais un plan. Je me grossis tous les dangers, je suis dans une agitation tout à fait pénible. Cela ne m'empêche pas de paraître fort serein devant les personnes qui m'entourent. Pourtant, je suis comme une femme en couches lorsque je bâtis mes projets. Mais tous ces tourments sont oubliés dès que ma décision est prise. Je me tiens alors à ce que j'ai échafaudé.

1. L'expression date du Directoire, elle évoque le marigot politique de l'époque.

À présent, que chacun s'emploie à accomplir mes ordres. Ney et Beaussier, vous pouvez disposer. Cipriani, reste avec moi, nous avons à parler.

Les deux hommes s'inclinent et sortent. Non sans aigreur, ils laissent Cipriani seul avec l'Empereur.

17

Les abeilles impériales

19 février 2015, 7 heures

Dès le lendemain, le « palais » déborde d'activité. Joséphine possède déjà un personnel important. La maison « Au destin » compte à demeure la gouvernante anglaise, Miss Leigh, qui fait également fonction de diététicienne. Elle travaille en relation directe avec un couple de cuisiniers vietnamiens, M. et Mme Tran. Joséphine apprécie également beaucoup les bons soins de Maria. Cette belle Italienne occupe les fonctions importantes de coiffeuse-esthéticienne-masseuse-manucure-pédicure. Le Lan, le jardinier breton et Nabil, le palefrenier tunisien, complètent cette équipe. Au fil des jours, de nouvelles abeilles viennent rejoindre la ruche impériale.

Trois jeunes secrétaires sont promptement recrutés par Adrien parmi d'anciens étudiants en histoire qui n'ont pas été convaincus par le métier d'enseignant. À l'appel de leur ancien prof de fac, qui leur propose un salaire très confortable, ils n'ont pas hésité à se rendre disponibles. Maintenant, c'est à eux que le grand maréchal du Palais confie le soin de rédiger les rapports que l'Empereur continue à exiger. Adrien les parcourt rapidement avant de les transmettre. Très vite intégrés au sein de la « cour », ces jeunes hommes de moins de trente ans s'en tirent plutôt bien. Passionnés d'Histoire, ils sont vite fascinés par ce personnage étrange que ses proches considèrent comme la réincarnation de Napoléon. Sans faire de difficultés, ils acceptent l'usage qui exige de l'appeler « Sire » ou « Votre Majesté ». Par roulement, l'un des secrétaires passe la nuit aux Violettes car Napoléon peut fort bien le réveiller à 3 heures du matin pour exiger un nouveau rapport ou dicter jusqu'à l'aube. Napoléon aime aussi bavarder avec eux. Il souhaite connaître la vie, la vision du monde et les aspirations de ces jeunes gens. Parmi eux, l'Empereur s'attache notamment au jeune Julien dont il apprécie la rapidité d'esprit et la maîtrise des outils numériques. Pour marquer sa préférence, Napoléon ne l'appelle plus que « Méneval », du nom de son ancien secrétaire particulier.

À la suite d'une annonce parue dans *Le Figaro*, quatre valets de pieds sont également recrutés avec soin. Deux pour le service personnel de l'Empereur, un pour le maréchal Ney et un pour Adrien. Cipriani a, quant à lui, refusé d'être habillé et déshabillé par quelqu'un d'autre. Le grand maréchal du Palais a pris soin d'exiger de solides références, mais le ministre de la Police a l'œil à tout. Cipriani prend ses fonctions très au sérieux. Il interroge lui-même chaque nouveau venu et il vérifie soigneusement son C.V. C'est ainsi que l'un des valets retenu par Adrien est chassé pour cause de références insuffisantes. Cette décision provoque un incident et c'est Napoléon qui doit trancher en faveur de son ministre de la Police.

Après avoir revêtu leur livrée vert Empire, les valets se mettent rapidement à l'ouvrage. Parmi eux, Napoléon apprécie particulièrement un jeune homme très efficace. Il le surnomme « Constant » en souvenir de son dernier valet de chambre personnel. Le palefrenier de Joséphine a droit lui aussi à l'attention de l'Empereur. Comme Nabil s'avère bon cavalier, Napoléon décide d'en faire son mamelouk personnel. En attendant les uniformes de chasseurs et de maréchaux qu'il a commandés à des tailleurs spécialisés, Adrien parvient à lui trouver une tenue « à l'orientale » chez un costumier.

Lorsqu'il endosse son habit pour la première fois, Nabil se met à pousser des cris de joie en faisant des selfies. En jouant maladroitement avec son sabre courbe, il manque d'éborgner le maréchal Ney, ce qui fait beaucoup rire Napoléon. Une fois habillé, le nouveau mamelouk est sur le champ rebaptisé « Ali » par l'Empereur. Nabil-Ali est ravi de cette promotion, mais il s'inquiète de ne pas être Égyptien. Ses scrupules sont apaisés lorsque Adrien lui révèle que le mamelouk Ali présent à Sainte-Hélène était originaire de Versailles et qu'il s'appelait en réalité Saint-Denis.

— Saint-Denis ? C'est trop bon. Moi aussi je suis né à Saint-Denis…

À partir de ce jour, Ali devient le garde du corps personnel de l'Empereur et dort chaque nuit en travers de la porte de la chambre impériale. Cette rapide promotion suscite la méfiance de Cipriani, qui entreprend aussitôt de faire une enquête sur le jeune homme.

Soulagé dans ses multiples tâches, Adrien est malgré tout un peu contrarié de ne plus être aux petits soins pour son Empereur. Aussi veille-t-il à ce que le cérémonial déjà initié chez lui se poursuive aux Violettes.

Chaque jour, Napoléon se laisse vêtir et dévêtir de la tête aux pieds par l'un de ses valets. Ne mettant la main à rien, il se laisse faire comme un enfant. Adrien surveille toujours ce moment d'un œil vigilant et il met à profit la cérémonie du coucher pour fixer le programme du lendemain.

Rapidement, la petite équipe fonctionne assez rondement sous le regard attentif du grand maréchal du Palais. Malgré la présence efficace des valets de chambre, Adrien ne peut s'empêcher de se lever tôt pour assister au réveil du maître des lieux. Précédant le premier valet qui porte le plateau, c'est lui qui frappe à la porte et entre le premier dans la chambre impériale. Chaque matin l'Empereur lui demande :

— Quelle heure est-il ? Quel temps fait-il ?

Et Adrien a le plaisir de répondre :

— Sire, 7 heures. Beau temps *(ou pluie...)*.

Le maréchal Ney, qui commençait à s'ennuyer, voit arriver avec plaisir les douze cavaliers engagés par Adrien. Les jeunes hommes conduits par Aureck sont accompagnés de deux palefreniers affectés aux vingt chevaux qu'ils amènent avec eux. Ils rejoignent les deux juments de Joséphine dans les écuries qu'une équipe d'ouvriers achèvent d'agrandir. Au fond du parc, le grand maréchal du Palais a fait installer un petit village constitué d'une dizaine de mobil-homes. Tout y est prévu pour loger la « Garde impériale » et le personnel du palais. Tandis qu'Ali installe les nouveaux arrivants dans leurs quartiers, Adrien prend Aureck à part pour lui préciser la nature du travail attendu tout en demeurant assez vague sur le « patron ».

— Il s'agit de monter un groupe de cavaliers de la Garde impériale pour participer à des reconstitutions.

Pour le maniement d'armes et les ordres, vous serez briefés par le maréchal Ney. Je vais vous le présenter.

— Ok. Avec la somme proposée on pourrait aussi bien te faire la danse du ventre. Il a l'air plein aux as le boss, et c'est sympa ici.

— Oui. Il a de gros moyens. C'est un passionné, et tu verras, il ressemble vraiment beaucoup à Napoléon. Il y a aussi une chose importante, il faut l'appeler « Sire » ou « Majesté ». Il y tient.

— Pas de problème, chef. Et toi on t'appelle comment ? Général comme d'habitude ?

— Non. Appelez-moi « Monsieur le grand maréchal » et « Monsieur le maréchal » pour Ney. Nous recevrons bientôt nos uniformes.

— Maréchal… mazette, tu as pris du galon…

— Déconne pas, Aureck. C'est du sérieux. Ça peut nous mener loin, tu ne peux pas imaginer…

— Ok, ne t'inquiète pas. On va assurer.

Comme les sabres viennent d'être livrés, Ney commence sans attendre l'exercice à cheval. L'action manquait au Brave des Braves et entre cavaliers le courant passe très bien avec le futur piquet de l'Empereur. Dans le vaste parc de Joséphine, les commandements se succèdent et les chevaux défilent en ligne, puis par deux, puis par quatre. Le caractère martial de Ney surprend un peu les jeunes gens, qui n'ont jamais fait de service militaire, mais ils se soumettent aux ordres sans broncher. Ces exercices rappellent au maréchal le temps où il était un simple hussard de dix-neuf ans. C'était avant la Révolution. Devenu sous-officier, c'est lui qui faisait faire l'exercice aux jeunes recrues. Lorsqu'il s'agit d'aborder les exercices au sabre, Ney est très agréablement surpris.

La plupart de ces hommes sont des cascadeurs formés au spectacle historique. Aussi n'hésitent-ils pas à montrer l'étendue de leurs talents. Les citrouilles plantées sur des piquets sont allègrement sabrées et les cavaliers prennent plaisir à compliquer les exercices. Les uns se mettent droits sur le cheval, sautent au galop d'une monture à l'autre ou ramassent à toute allure un sabre tombé à terre. Même si ses chasseurs ont tendance à lui rappeler les cosaques de l'armée russe, le prince de la Moscova éprouve un plaisir évident à commander cette douzaine de sabres.

Le surlendemain, Jacqueline et Pauline arrivent à leur tour au palais des Violettes. Adrien est heureux de retrouver sa femme, qui s'inquiète un peu de l'ampleur prise par cette histoire. Elle constate aussi qu'Adrien est plus que jamais convaincu de la réalité du retour de Napoléon. Quant à elle, elle ne sait plus trop quoi penser. Son mari paraît très à son aise dans ses nouvelles fonctions, trop peut-être. Face aux autres « revenus » elle a un peu l'impression de pénétrer au sein d'une secte et elle demeure sur ses gardes. Napoléon quant à lui est ravi de retrouver Pauline. Dès son arrivée, il l'invite à le rejoindre dans son bureau dont la décoration vient d'être achevée. Après avoir été présentée à Méneval, elle raconte à l'Empereur que la fausse pub du foie gras fait de plus en plus de buzz. Les gens commencent à demander qui est cet acteur qui ressemble autant à Napoléon. Elle a même eu une proposition d'un agent américain pour le faire jouer dans une série. Il faut absolument qu'elle fasse d'autres photos. L'Empereur sourit et glisse habilement que ces clichés pourront alimenter le profil Facebook de Napoléon, mais aussi les comptes Twitter et Instagram qu'elle a créés et qui sont de plus en plus suivis. Pauline est épatée, mais il ne précise pas que c'est le jeune Méneval qui le tient informé de tout cela.

L'intégration de Pauline et de Jacqueline à la « cour » se passe parfaitement. Si Fox grogne toujours au passage de l'Empereur, le carlin se prend immédiatement d'affection pour Pauline. La douceur et la légèreté de Joséphine rassurent très vite Jacqueline. Avec sa grâce naturelle, l'Impératrice retrouve la vie qu'elle menait autrefois à la Malmaison. Très rapidement, Pauline passe le plus clair de ses journées à faire les boutiques de mode de Paris avec elle. Joséphine apprécie le goût très sûr de sa demoiselle d'honneur et cette dernière adore sa carte Gold *no limit*. Pauline profite également des talents de Maria, la coiffeuse italienne aux doigts de fée. Très vite, Jacqueline devient l'amie de l'Impératrice. Elle s'entend aussi très bien avec sa gouvernante, Miss Leigh. Les trois femmes partagent la même passion pour les animaux et les romans anglais. Nelson manque un peu à Joséphine, mais elle n'en laisse rien paraître. D'ailleurs, l'Empereur a retrouvé toute la vigueur du jeune conquérant de l'Italie et elle s'en montre très satisfaite. Pour le reste, la jolie Créole sait se mettre au diapason. D'une nature foncièrement généreuse, elle est capable de parler pour ne rien dire avec n'importe qui tout en le faisant avec grâce. Elle semble pourtant sincère lorsqu'elle affirme à Jacqueline qu'elle n'a plus rien à désirer. Elle a retrouvé Bonaparte tel qu'elle l'a quitté et tel qu'il aurait toujours dû être pour elle.

Au contact de Joséphine, Napoléon redevient Bonaparte. Avec rudesse et un peu de maladresse, il lui pince la joue et lui donne des tapes sur les épaules pendant que Maria est en train de la coiffer ou de l'habiller. Joséphine a beau réagir en criant :

— Finis donc ! Mais finis donc, Bonaparte !

Ces cris ne servent qu'à encourager l'Empereur à poursuivre son manège. Alors qu'Adrien s'étonne des brusques revirements du maître, Napoléon répète immanquablement :

— Il y a en moi deux hommes. L'homme de tête et l'homme du cœur. Je me fais plus méchant que je ne suis. C'est le sérieux qui manque le plus aux Français, mais je suis bonhomme au fond de moi.

Dans ces moments de détente, il s'arrête un instant afin de priser. Il propose alors de son tabac à ses interlocuteurs, qui n'osent pas refuser. La mode est ainsi lancée et tous les hommes de la cour des Violettes s'appliquent à faire de même entre eux. Napoléon devient alors « bonhomme », suivant sa propre expression. Il est aimable avec le personnel de maison et glisse volontiers un mot à chacun. Il discute souvent avec le jardinier. Ensemble, ils évoquent la passion de Joséphine pour les plantations exotiques du parc, les arbres, la terre et les saisons. Mais les instants de loisir sont rares au Palais.

La salle de billard a été transformée en atelier. Deux costumières et deux brodeuses ont été recrutées à plein temps pour réaliser une partie des costumes exigés par l'Empereur. Prolongeant les habitudes initiées chez Adrien, Napoléon a repris le travail et il épuise ses secrétaires. Les jeunes hommes doivent fournir rapport sur rapport sur les forces politiques, les syndicats, l'économie, les immigrés mais aussi les émigrés. Tous ces jeunes gens entreprenants qui partent à l'étranger constituent un phénomène étonnant pour Napoléon. Il veut en connaître les raisons.

Les dîners sont le plus souvent expédiés et l'Empereur demande régulièrement à Ney si l'entraînement de ses chasseurs se déroule bien. Il continue également à l'interroger sur les années de misère qu'il a passées à Paris. Même si l'évocation de ces souvenirs douloureux ne plaît guère au maréchal, Napoléon le presse de questions très précises sur l'envers du décor de la société française. Cipriani n'est presque jamais là pour les repas. Lorsqu'il rentre, souvent au milieu de la nuit, le ministre de la Police s'enferme avec son maître pour lui délivrer de mystérieux rapports. Même s'il se trouve alors avec Adrien ou avec son premier secrétaire Méneval, ces derniers sont généralement invités à aller se coucher.

Dès que le déjeuner est terminé, l'Empereur repart dans son cabinet. Il y passe parfois des heures en compagnie de Pauline, du mamelouk Ali et d'un ou deux secrétaires. Il les interroge sans cesse sur le monde actuel et sur leur parcours afin de s'imprégner des modes de pensée de la jeunesse. Le soir, après le dîner, Napoléon aime poser un problème politique ou social particulier. Il donne les réponses et les remèdes qu'il pourrait apporter tandis qu'Adrien, sa fille et les secrétaires doivent combattre ses propositions de façon très critique. Napoléon avait initié ce jeu de l'esprit très stimulant lorsqu'il discutait avec les membres de l'Institut sur le pont de *L'Orient*. Voguant vers l'Égypte, il aimait déjà proposer des sujets de réflexion très variés. Comme à cette époque, la conversation est toujours animée entre ces jeunes gens aux origines très différentes. Napoléon écoute, synthétise et retient tout.

Il est étonné par l'effet produit par la fausse pub de Pauline. S'il trouve l'idée un peu curieuse, il en profite pour faire l'éloge des réseaux sociaux et de l'éducation des filles.

— Saviez-vous, Beaussier, qu'à Paris, quarante couvents de bonnes sœurs ont été fermés par la Révolution. Je les ai fait rouvrir pour l'éducation des petites filles. J'ai toujours reconnu la nécessité de pourvoir à l'enseignement des femmes. J'ai demandé à mon ministre Portalis de faire des propositions à ce sujet, mais du fait de la guerre je n'ai pas eu le temps de mettre tout cela en place. J'ai au moins pu instituer quelques maisons réservées aux jeunes filles orphelines ou pauvres des membres de l'ordre de la Légion d'honneur[1]. La vivacité d'esprit de Mlle Pauline montre à l'évidence que j'ai eu raison d'aller dans cette voie.

— Pourtant Sire, votre Code civil considère les femmes comme de perpétuelles mineures incapables de faire quoi que ce soit sans l'accord du père ou du mari…

— Telle était la morale de mon époque et l'influence des juristes misogynes qui m'entouraient comme Cambacérès[2]. Il n'aimait certes pas les femmes, le bougre.

Chaque jour, Napoléon élabore ses plans pour l'avenir. De toute évidence l'Empereur prépare méticuleusement son retour au grand jour en prévoyant un

1. L'école de Saint-Denis et le collège de Saint-Germain existent toujours.

2. Jean-Jacques-Régis de Cambacérès (1753-1824) est issu d'une famille noble. Avocat puis député sous la Convention, il devient deuxième consul aux côtés de Bonaparte en 1799. Il prend une part prépondérante à la rédaction du Code civil.

coup d'éclat. Cette perspective excite et inquiète Adrien tout à la fois. Comme prévu et contre une somme très importante, les uniformes commandés chez plusieurs tailleurs arrivent aux palais des Violettes dès le 25 février. Pour aller plus vite, il a fallu acheter quelques costumes d'occasion qui ont parfois été améliorés par les couturières et les brodeuses spécialisées qui travaillent sur place. Adrien a suivi cela de près et il est fier du résultat. En recevant leurs tenues, les hommes sont excités comme des enfants, ce qui amuse beaucoup les dames de la cour et le personnel féminin du palais impérial.

Avec sa tenue bleu sombre brodée de feuilles de chêne d'or, Ney redevient pleinement le maréchal qu'il était. Le clochard des Tuileries est oublié tandis que le vainqueur d'Elchingen est de retour. Adrien revêt lui aussi son uniforme rouge de grand maréchal du Palais. Comme un gosse qui vient de recevoir la panoplie de Zorro, il contemple avec fierté son épée et les fines broderies d'argent de son habit. Ney apprend à Adrien comment saluer un maréchal de l'Empire. Adrien l'imite consciencieusement avec son grand bicorne orné de plumetis blanc. Aureck et ses cavaliers reçoivent eux aussi leurs uniformes de chasseurs à cheval de la Garde. Ils endossent fièrement les vestes vertes à brandebourgs orangés. Ils jettent sur leurs épaules les pelisses écarlates bordées de fourrure noire. Ils enfilent leurs culottes grises à bandes rouges et coiffent de grands colbacks en peau d'ours[1]. Une

1. Le colback est une coiffure de cavalerie d'origine turque. Cette grande toque en fourrure est dotée d'une flamme en tissu, d'un plumet, de cordons et de jugulaires de laiton.

fois équipés, le résultat fait une très belle impression. Spontanément, les jeunes cavaliers sautent en selle et virevoltent sabre au clair autour du bassin de l'entrée. Sur la terrasse du Palais, toutes les dames de la maison sont ravies de ce spectacle et applaudissent. Quel que soit leur rang ou leur fonction, elles échangent leurs commentaires en riant. Joséphine n'est d'ailleurs pas insensible au charme du lieutenant Aureck, mais ce dernier est surtout épaté par sa tenue d'officier et il le dit à Adrien :

— Ben, mon vieux, c'est plus classe que d'être habillé en Gaulois…

— Lieutenant, surveillez votre langage, je vous rappelle que je suis grand maréchal du Palais. Ne l'oubliez pas, surtout lorsque nous sommes en tenue.

— Oh, pardon. J'oubliais le règlement. À vos ordres, mon maréchal.

— Non, Aureck… pas « mon maréchal ». Je te l'ai déjà dit, ce n'est pas un grade, c'est une dignité. Tu dois me dire, « Monsieur le grand maréchal du Palais », « Monsieur le maréchal » à Ney et « Sire » ou « Votre Majesté » à l'Empereur…

Justement, Napoléon a lui aussi revêtu son nouvel uniforme bleu de colonel des grenadiers de la Garde. Lorsqu'il paraît sur le perron du palais des Violettes, tous les regards se tournent vers lui. En l'apercevant dans cette tenue, Adrien a l'impression que l'Empereur vient de sortir du portrait de David. Même si l'habit sans fioritures est de loin le plus simple, l'assistance semble frappée de stupeur et ne dit plus un mot. Puis un murmure parcourt la petite assemblée lorsque l'Empereur coiffe son célèbre chapeau, parachevant ainsi la silhouette légendaire. Malgré sa décontraction naturelle, Aureck n'est pas le moins fasciné.

— Et ben, Monsieur le grand maréchal du Palais… il n'y a pas à dire, il en jette notre Empereur. On dirait lui…

Spontanément, Aureck est le premier à tirer son sabre et à crier :

— Vive l'Empereur ! Vive l'Empereur !

Aussitôt les cavaliers se rapprochent et se mettent à crier ensemble en agitant leur sabre. Adrien, Ney, les dames et le personnel civil ne sont pas en reste et acclament en chœur. Napoléon est satisfait de la réaction de sa petite armée et du « peuple » des Violettes. Il bombe le torse et se met à haranguer l'assemblée comme Bonaparte au pied des pyramides d'Égypte :

— *Soldats !* Je suis content d'être parmi vous. Nous ne sommes encore qu'une poignée mais demain, des centaines, des milliers de Français nous rejoindront. Vous conserverez le privilège d'avoir été les premiers de cette phalange immortelle. Les premiers à servir votre Empereur. Je ne l'oublierai pas. Demain, nous foulerons le sable des plages de Golfe-Jouan. Nous renouerons alors le fil rompu de l'Histoire. Suivez-moi ! Et vous me trouverez toujours sur le chemin de l'honneur et de la gloire.

Même si la plupart des membres de l'assistance ne comprend pas toute la portée de ce qui vient d'être dit, tous acclament frénétiquement les paroles de l'Empereur. D'un geste il demande le silence :

— J'ai d'ailleurs quelques récompenses à distribuer. Constant !

Le premier valet s'approche en tenant dans ses mains un coussin écarlate. D'une voix forte, Napoléon appelle :

— Maréchal Ney, venez à moi !

Après avoir remis son sabre au fourreau, Ney rejoint l'Empereur en quelques enjambées rapides. Napoléon saisit alors un bâton couvert de velours bleu de France et parsemé d'aigles dorées.

— Ney, un tribunal inféodé à l'occupant vous a jadis retiré votre dignité de maréchal de l'Empire. Ce jour, je tiens à vous la restituer officiellement devant vos soldats. Je vous rétablis également dans vos fonctions de commandant en chef de mon armée. Prenez ce bâton, symbole de votre rang et continuez à en être digne.

Ney se jette dans les bras de l'Empereur. Il brandit ensuite son bâton sous les vivats de la petite assemblée et de son « armée ». D'une voix forte, il jure fidélité à l'Empereur et aux constitutions de l'Empire. Puis Napoléon fait signe à Adrien d'approcher. Après avoir retiré son grand bicorne empanaché, il gravit à son tour les quelques marches du perron. Arrivé devant l'Empereur, Adrien est fier comme un coq dans son bel uniforme écarlate. Sur le coussin présenté par Constant, Napoléon prend une plaque d'argent ornée d'une aigle impériale rehaussée de brillants.

— Monsieur le grand maréchal du Palais, en récompense des services rendus à votre Empereur, je vous fais grand-aigle de l'ordre de la Légion d'honneur et vous accorde le titre de baron de l'Empire.

Alors qu'Adrien est au bord des larmes, l'Empereur lui pince l'oreille et le maréchal Ney lui accorde une accolade amicale. Jacqueline est elle aussi toute retournée. Elle est assez sensible à l'idée de porter le titre de baronne, même si elle trouve que comtesse sonnerait mieux.

Quant à Pauline, elle est très occupée à faire des photos qu'elle met immédiatement sur le profil Facebook et sur les comptes Twitter et Instagram de Napoléon. Très rapidement, des centaines d'amis *likent* les images.

— Constant, où se trouve le ministre de la Police ? Il devait être là…

— Sire. Il est parti très tôt. Il m'a demandé de vous dire qu'il doit mener à bien une enquête importante.

— Bah… Il sera honoré à une autre occasion. Le banquet est-il prêt ?

— Oui, Sire. Tout est prêt dans le salon pour les officiers et les dames de la cour.

— Parfait. Rentrons à présent.

Un sourire radieux aux lèvres, Joséphine s'approche alors de son ex-époux et prend la parole à son tour :

— Napoléon ! Attends un instant s'il te plaît. En souvenir de cette journée, et pour bien te montrer que les choses ont changé, je veux moi aussi te faire un cadeau. Tu m'en as fait des centaines autrefois, mais je tiens à présent à t'en faire un moi aussi. Accepte donc ce présent de celle qui t'a toujours aimé. Ali !

Aussitôt le jeune mamelouk s'approche du perron en tenant par le licol un superbe pur-sang arabe à la robe noisette. Le magnifique cheval piaffe d'impatience et tire sur sa bride. La selle en velours cramoisi porte l'initiale impériale en lettre d'or et le *N* couronné est aussi marqué au fer sur l'arrière-train du bel animal.

— Vizir ?! s'écrie l'Empereur. Il est revenu lui aussi ?

— Pas plus que Fox, mon ami, répond Joséphine en souriant. J'ai remué ciel et terre pour trouver un cheval qui ressemble trait pour trait à ton pur-sang préféré et le voici. Il ne peut y avoir d'Empereur sans une monture digne de lui.

Napoléon est touché par cette attention de l'Impératrice.

— L'homme de guerre n'a pas l'habitude de recevoir de cadeaux d'une femme. Mais l'époux te remercie du fond du cœur.

Et il dépose un baiser sur sa main sous les applaudissements.

— Ali, prends soin du présent de l'Impératrice. Je monterai Vizir après le repas.

Le déjeuner est plus long qu'à l'accoutumée, puisqu'il dure presque une demi-heure. Même si chacun est de très bonne humeur, l'Empereur demeure soucieux.

— Cipriani ! Mais où donc est passé cet animal ? Beaussier, le savez-vous ?

— Je l'ignore, Sire. Depuis trois jours je n'ai presque pas eu de discussion avec lui. Il paraît très mystérieux, voire soupçonneux envers tous les habitants du Palais et il est plus souvent à l'extérieur qu'aux Violettes.

— Et vous, Ney ?

— Sire, je n'en sais pas plus que le grand maréchal du Palais. Mais je sais qu'il a… une connaissance en ville. Une grande fille blonde… Constant les a vus à Rueil. Peut-être ne nous juge-t-il pas dignes de nous la présenter. Il ne vous en a pas parlé ? Lui qui ne veut avoir affaire qu'à vous…

— Je le reçois effectivement souvent seul à seul dans mon cabinet. Dois-je vous rappeler qu'il est mon ministre de la Police et qu'il m'est très précieux ? Je sais aussi que mes entretiens privés suscitent les ordinaires jalousies de cour…

— Mais Sire…

— Ne protestez pas, Ney. Même si une cour ne comptait que deux courtisans, ils se détesteraient.

J'ai connu cela à Sainte-Hélène. Mon entourage y était encore moins nombreux qu'ici, mais les dernières années ont été empoisonnées par les querelles stériles, les haines et les jalousies. Pour l'heure, je demande seulement à être servi et Cipriani me sert bien.

— Oui, Sire, mais je…

— Nous verrons cela, il finira bien par rentrer. À présent à cheval !

Napoléon se lève aussitôt de table, instantanément suivi par Ali, Adrien, Ney et Aureck. En traversant le parc d'un pas rapide, il tire nerveusement sur les manches de son habit et tapote sa botte de sa cravache. Le petit groupe arrive aux écuries où les chasseurs à cheval finissent de déjeuner. Les hommes se lèvent tous et se mettent à crier « Vive l'Empereur ! ».

— Lieutenant Aureck ! Vous et vos hommes, à cheval ! Nous allons assister à votre premier exercice en tenue. Le maréchal Ney, le grand maréchal du Palais, Ali seront en selle avec moi. Que l'on nous amène nos chevaux.

— Oui, Sire ! Tout de suite.

Napoléon a pris soin de rétablir les anciennes habitudes. Le cheval de l'Empereur et trois autres montures sont en permanence prêts à être montés. Les chasseurs de la Garde ont pris leurs armes et en quelques minutes l'exercice peut commencer.

Ney, de sa voix de stentor, rugit des commandements. Sabre au clair et au galop il mène une première charge sous les yeux de l'Empereur. Lors d'un second passage, la douzaine de cavaliers font feu avec leurs pistolets chargés à blanc, ce qui provoque un nuage de fumée. Au troisième passage, les cavaliers lâchent leurs rênes et tirent tous ensemble avec leurs mousquetons[1]. Alors qu'ils repassent au pas devant lui, l'Empereur vient se placer au milieu de ses chasseurs. Parfaitement à l'aise sur sa nouvelle monture, Napoléon est manifestement bon cavalier. Adrien est béat d'admiration devant ce spectacle et trouve que son idole a encore plus de prestance à cheval.

— Alors Beaussier, que faites-vous planté là ? La place du grand maréchal du Palais est aux côtés de l'Empereur. Ali, tu te tiendras à ma gauche.

Aussitôt, Ali pique des deux. Il passe entre les chasseurs qui entourent Napoléon et place son cheval près de l'Empereur. Si Ali est fier comme Artaban, Adrien n'en mène pas large. Malgré les quelques leçons d'équitation données par Aureck, il est bien moins à l'aise que tous ces cavaliers chevronnés. Malgré tout, il parvient à mettre son cheval au trot afin de suivre Napoléon. Après avoir fait plusieurs fois le tour de l'espace réservé aux exercices équestres, l'Empereur se montre satisfait de sa troupe.

— Ney, je suis content de vous. Tout cela a de l'allure. Beaussier ! Vous, vous montez comme un sac. Lieutenant, restez avec le grand maréchal du Palais et faites lui faire l'exercice tant qu'il ne sera pas capable de se tenir correctement sur sa monture.

Sur ces mots cinglants, Napoléon tourne bride et repart au galop avec Ney et Ali. Comme un écolier puni, Adrien reste seul avec Aureck tandis que les chasseurs dessellent leurs montures.

— Allez Monsieur le grand maréchal du Palais, au boulot. C'est l'Empereur qui l'a dit.

1. Le mousqueton est un fusil court utilisé par les cavaliers.

Le soleil se couche lorsque Adrien rentre fourbu au Palais. En arrivant, il apprécie d'avoir son propre valet pour lui ôter son bel uniforme tout poussiéreux. Ney est là lui aussi. Un grand verre de fine Napoléon à la main et un cigare au bec, il a l'air plus sombre qu'à l'accoutumée.

— Eh bien Monsieur le maréchal, vous n'êtes pas content de votre journée et de vos hommes ?

— Si fait, Beaussier. Ce sont de bons cavaliers… mais j'en avais mille fois plus la dernière fois que j'ai chargé l'ennemi. C'était une grande époque…

Tandis que son valet brosse soigneusement sa tenue écarlate, Adrien constate la mélancolie de son nouvel ami. Par délicatesse, il évite de lui rappeler que ses charges folles se sont fracassées sur les carrés anglais à Waterloo.

— Oui, certes, mais nous n'allons pas à la guerre cette fois… Du moins je l'espère.

— Je saurai le rappeler à l'Empereur, comme je l'ai fait lors de nos précédentes retrouvailles en 1815. Je lui ai demandé de panser les plaies qu'il avait ouvertes. Je l'ai exhorté à renoncer à la guerre et à la tyrannie. Mais vous connaissez la suite…

— Sa constitution de 1815 est très démocratique pour l'époque. Il semble alors sincèrement attaché à l'héritage de 1789. Quant à la paix, il la souhaite de toute évidence, mais ce sont les puissances européennes qui l'ont contraint à la guerre.

— Sans doute, mais sa personnalité a plus d'une facette. Jeune général de la République, il avait la tête pleine de ces idées nouvelles que nous avions tous à l'époque. Puis je l'ai vu lors du sacre à Notre-Dame, ce n'était déjà plus le même homme. Puis il est devenu despotique en se prenant pour le roi des rois. Il nous a entraînés dans ses aventures et ses rêves monarchiques en nous distribuant des titres et des couronnes. Nous n'avons pas su ou pas voulu l'arrêter… il faut dire que nous en avons bien profité. Le bonhomme a plus d'un tour dans son sac. Il est charmeur, Beaussier, il sait y faire avec les hommes.

À ces mots, Ney a un ricanement désabusé qu'il noie aussitôt dans une grande rasade d'alcool.

— Ce sera différent cette fois. Je crois qu'il a compris les leçons de l'Histoire.

— Les hommes ne changent jamais, Beaussier…

— Vous avez trop bu maréchal. Cela vous donne des idées noires. Mais au fait, où se trouve notre grand homme ?

— Avec son grand ami Cipriani. Il est rentré comme un voleur par la porte de derrière. À présent, ils se sont enfermés tous les deux dans son bureau.

— Encore ?! Je n'aime pas ce Cipriani. L'Empereur ne fait confiance qu'à lui. Il me laisse trop souvent de côté lorsqu'il s'agit de choses importantes.

— Vous voyez bien qu'il ne change pas, dit Ney dans un petit rire. Il aime opposer les uns aux autres. Il faisait tout pour que Bertrand, qui occupait jadis votre place, soit jaloux et même l'ennemi du grand écuyer Caulaincourt.

— Pourquoi agit-il ainsi ?

— Pour inciter ses gens à le mieux servir. Son peu d'estime des hommes fait qu'il n'exige pas d'eux plus de vertus qu'il ne leur en suppose.

— Mais comment avez-vous su que Cipriani était revenu ?

— C'est Constant qui me l'a rapporté.

— Constant vous confie beaucoup de choses…

— Je le paie pour cela. Évidemment…

— Mais avec quel argent ?

— Parbleu, celui que j'ai demandé à l'Empereur. Je ne commence jamais une campagne sans lui demander d'abord de l'argent. Beaucoup d'argent. Et il paie. Vous apprendrez cela, Monsieur le grand maréchal du Palais. La vie à la cour est plus dangereuse que sur le champ de bataille. Pour durer il faut avoir des yeux et des oreilles partout et pour cela il faut des moyens.

— Je ne l'oublierai pas, Monsieur le maréchal, merci du conseil.

Brisé de fatigue par sa journée, Adrien savoure ensuite le bain que lui a fait couler son valet. Imitant son maître, il se fait frotter vigoureusement le dos à l'eau de Cologne. Puis il repense aux paroles de Ney. Il sait que rien ni personne ne peut arrêter cet homme qui a forgé son destin tout seul et qui a connu des dizaines de batailles.

Le dîner du soir a dû être réchauffé dix fois au grand désespoir de M. Tran et de sa femme. Pendant ce temps, Pauline met à jour son profil Facebook et Joséphine ne s'inquiète pas outre mesure. Elle patiente en gazouillant avec sa dame de compagnie.

— L'Empereur retrouve ses bonnes habitudes des Tuileries, ma chère amie… Il va falloir nous armer de patience et l'attendre.

Napoléon finit enfin par paraître, suivi de son ministre de la Police. On ne saurait dire lequel des deux est le plus sombre. Chacun se lève puis se rassoit après l'Empereur. Le repas est sinistre. À chaque tentative de question, Ney et Adrien sont vivement rabroués d'un mot très sec. Les agapes sont expédiées en moins de dix minutes et lorsque Napoléon se lève, chacun l'imite aussitôt. Les yeux rivés à son Smartphone, Pauline a un peu de mal à réagir au quart de tour. Cipriani prend congé de l'Empereur et quitte aussitôt les Violettes sans dire un mot.

— Méneval, avec moi au cabinet. Prenez avec vous un autre secrétaire, nous avons du travail. Je dois rédiger les projets de lois nécessaires à la renaissance de l'Empire français. Ney, Beaussier, inutile d'attendre mon coucher. Demain à l'aube, vous procèderez à un ultime entraînement de mes cavaliers et aux préparatifs de notre descente sur Golfe-Jouan. Vous vous rendrez ensuite à 10 heures dans mon bureau. Je vous souhaite à tous le bonsoir.

Une fois l'Empereur parti, chacun se remet à discuter plus librement. Ney et Adrien savent qu'ils passent sans doute leur dernière soirée paisible.

18

Alea jacta est

27 février 2015, 10 heures

Comme prévu, Napoléon reçoit Adrien et Ney dans son cabinet de travail. Sanglé dans son uniforme bleu, debout derrière son bureau, l'Empereur a l'air plus décidé que jamais. À ses côtés, le jeune Méneval, épuisé par une nuit de labeur, semble dormir debout. Ali demeure devant la porte avec ordre d'en interdire l'accès à quiconque.

— Messieurs, le sort en est jeté. Nous partons demain. Ney ! Vos hommes sont-ils prêts ?

— Sire, ils vous feront honneur. Je reviens de l'exercice du matin et ils se sont parfaitement conduits. Ce sont d'excellents cavaliers et ils montrent bon esprit.

— Bien, de toute façon nous ne partons pas à la guerre. Qu'ils prennent de la poudre pour leurs armes mais pas de balles, c'est inutile. Et vous Beaussier… Tout est-il prêt ?

— J'ai tout préparé suivant vos instructions. Ceux qui restent sont déçus et ceux qui partent sont enthousiastes. Tous les véhicules sont prêts. J'ai prévenu les organisateurs de *Napoléon à Golfe-Juan*. Ils sont surpris d'une proposition aussi tardive de la part d'un groupe totalement inconnu, mais ils n'ont pas envie de refuser douze chasseurs à cheval de la Garde qui viennent gratuitement. De plus, les photos du groupe envoyées hier par Pauline ont fait leur effet. Je me suis entendu avec eux. Nous ne participerons qu'aux seules cérémonies du dimanche 1er mars. Ce sera précisément le jour anniversaire des deux cents ans du retour de l'île d'Elbe. Nous sommes attendus avec impatience et une certaine curiosité.

— C'est parfait. Nous partirons demain matin à la première heure.

— Sire, pouvons-nous savoir quelles sont vos intentions une fois sur place ?

— Beaussier, à Nîmes nous avons beaucoup parlé vous et moi et depuis j'ai longuement réfléchi.

— Et quelles sont vos conclusions ?

— Je pense que le pouvoir actuel n'a jamais été aussi fragile. Je crois voir le Directoire et vous savez avec quelle facilité j'ai renversé ce régime. Les Français se portent instinctivement vers celui qui incarne le pouvoir. En dépit de leur esprit frondeur, ils n'aiment rien tant qu'une juste autorité. Ils n'aiment pas la liberté, seule l'égalité est leur idole. Mais il ne faut pas une égalité qui nivelle. Il faut une égalité qui élève en favorisant le mérite et l'effort. Ce qui manque aujourd'hui à ce malheureux pays, c'est l'orgueil de lui-même. On parle sans cesse de « vivre ensemble », mais comment vivre ensemble lorsqu'on ne parle pas de la même chose ? Lorsqu'on n'a pas la même vision de la Nation ? Pour un penseur qui est venu au monde peu après mon départ la « Nation est un vouloir vivre collectif » …

— Oui, Ernest Renan a écrit cela à la fin du XIXe siècle…

— Ce qu'il a formulé voici un siècle est plus que jamais d'actualité. Tenez, je cite de mémoire : « *Une nation est une âme et un principe spirituel. Deux choses qui n'en font qu'une. L'une est dans le passé, l'autre dans le présent. L'une est la possession commune d'un riche legs de souvenirs, l'autre est le désir de continuer à faire valoir l'héritage*[1]. » La Nation est une et indivisible à travers les siècles. Qui mieux que moi peut incarner cet héritage ?

— Mais il y a des Français qui sont venus avec leur propre histoire…

— Et alors ? Ne suis-je pas venu avec mon histoire de jeune Corse ? La France s'était pourtant imposée avec ses baïonnettes et ses canons, sans s'inquiéter de la volonté des Corses.

— Sire, en matière de citations, vous souvenez-vous de celle-ci : « *Trente mille Français vomis sur nos côtes pour noyer dans le sang le trône de la liberté.* »

— Beaussier ! J'avais vingt ans lorsque j'ai écrit cette ânerie à Paoli. Je croyais encore à ses chimères[2]. J'en voulais à la France de sa victoire sur les patriotes corses à Ponte Nuovo un an avant ma naissance. Mais il faut savoir choisir son camp. De toutes façons, « Malheur aux vaincus » ! Surtout, je me suis mis à aimer cette grande nation. La patrie est un lieu que l'on habite. On oublie bientôt que son père est né sous un autre ciel.

1. Ernest Renan (1823-1892) est un écrivain, philosophe et historien français. Le passage est tiré de « Qu'est-ce qu'une nation ? » (1882).

2. Vaincu à Ponte Nuovo en 1769, et revenu dans l'île à la faveur de la Révolution, Paoli se méfiait du jeune Bonaparte devenu trop Français à ses yeux.

— Sire, la France n'est plus ce qu'elle était à la fin du XVIIIe siècle…

— Parce qu'elle a décidé de ne plus l'être. Il est de petites nations qui demeurent des nations fières et prospères, voyez les Suisses. À l'inverse, regardez ces jeunes gens qui en France détestent au plus profond de leur âme ce pays où ils sont nés. Un pays où leurs pères, voire leurs grands-pères, sont venus vivre. Cela montre bien que quelque chose a été raté. On a renoncé à leur inculquer, dès le plus jeune âge, ce vouloir vivre commun par des images fortes. Des images propres à stimuler la fierté de ce qu'ils sont… des Français.

— Ce n'est guère facile lorsqu'ils viennent d'horizons si différents…

— Foutaises ! En venant de Corse à dix ans, sans parler un traître mot de français, je venais moi aussi d'un horizon bien différent. Personne ne s'est apitoyé sur mon sort et je suis devenu ce que je suis. Voyez les États-Unis d'Amérique. Ils ont bien élu un…

— Sire !…

— Un président noir… Beaussier… qu'attendiez-vous ? interroge Napoléon en souriant.

— Pardonnez-moi, Sire…

— Tout cela est possible parce qu'ils ont inculqué la fierté de leur nation à tous leurs enfants, quelle que soit leur origine. Regardez les images qui viennent de là-bas. Leur drapeau est partout. Il est tellement omniprésent qu'on finit par ne plus le voir…

— Oui… c'est vrai, jusqu'à l'excès. Je me souviens d'un film où une poignée d'Américains font exploser une météorite qui fonce vers la terre. Le temps leur est compté, mais pourtant ils plantent leur bannière étoilée sur ce caillou. C'est ridicule…

— Vous êtes trop critique, Monsieur le professeur. C'est un trait bien français. Les Américains n'ont pas renoncé à l'orgueil de leurs couleurs, voilà tout. Les enfants des écoles chantent l'hymne national chaque matin et ils sont heureux de chanter en chœur.

— Certes, mais Sire, il est devenu bien difficile de faire changer les choses en France.

— Et quoi ? Ne disions-nous pas cela en 1788 ? Un roi au pouvoir absolu ne pouvait mener à bien la moindre réforme du fait des oppositions des uns et des autres. Cinq ans plus tard, ce même roi a eu la tête tranchée. Plus de royauté, les privilégiés d'hier devenus des parias voués à l'exil, rappelez-vous ma loi de l'Histoire.

— Sire, les grandes révolutions engendrent toujours de grandes tyrannies.

— La tyrannie des bons sentiments existe déjà, Beaussier. Vous ne la voyez pas car vous avez vécu avec elle. Moi, je suis comme un explorateur venu d'un autre monde. Je perçois mieux que vous ce que vous avez sous les yeux. Le mal vient de cette jeunesse que vous n'avez plus voulu guider. Les maîtres ont démissionné, par commodité. Beaussier, écoutez ce que j'ai retrouvé dans *La République* de Platon.

Napoléon ouvre alors un ouvrage dans lequel il a glissé un marque-page.

— « *Lorsque les pères s'habituent à laisser faire les enfants, lorsque les fils ne tiennent plus compte de leurs paroles, lorsque les maîtres tremblent devant leurs élèves et préfèrent les flatter, lorsque finalement les jeunes méprisent les lois parce qu'ils ne reconnaissent plus au-dessus d'eux l'autorité de rien ni de personne, alors c'est là, en toute beauté, en toute jeunesse, le début de la tyrannie.* » Le vieux Platon a écrit cela il y a vingt-cinq siècles. Ne croyez-vous pas qu'il parle de la France d'aujourd'hui ?

— Sire, votre analyse ne manque pas de clairvoyance. Mais la question reste toujours la même. Comme dirait Lénine : « Que faire ? »

— Autorité, fierté, fraternité… voilà ce qu'il faut rétablir. Mais pour cela, il faut un homme au-dessus des partis. C'est ce que j'ai fait en 1799 avec le coup d'État de brumaire. Les politiques d'aujourd'hui entrent jeunes dans la carrière, sans avoir rien fait auparavant. Ils n'ont pour seule ambition que d'arriver et de demeurer en faisant ce qu'ils appellent « un métier ».

— C'est ce qu'affirmait un ancien président de la République : « La politique est un métier. »

— De là vient le mal. Ils sont prêts à tout pour garder leur place. Peu importe l'avenir du pays, ils ne sont que les esclaves des gazettes et des échotiers. Là commence le règne des compromis et des compromissions. À vouloir plaire à chacun, ils ne font que mécontenter le peuple. Les Français attendent quelqu'un ? Ce sera moi !

— Sire… vous ?

— Ne m'en croyez-vous pas capable ? N'ai-je pas quelques titres à cela ?

— Oui… incontestablement. Mais comment ? En créant un parti ? Sous votre propre nom ? Par un coup d'État ? Cela me semble impossible.

— L'impossible est le refuge des poltrons !

Napoléon a haussé la voix. Il tire sur sa manche en se mordillant la lèvre. Cachant mal son impatience, il se met à aller et venir puis il s'arrête enfin et sort sa tabatière. Il se calme un peu et prend le temps de priser avant de poursuivre.

— Il faut sauver les peuples malgré eux et je serai leur sauveur. Mais pas de parti politique… quelle idée ridicule. Les partis sont morts ! Sous quel nom ? Le mien bien sûr ! Sinon pourquoi croyez-vous que la Providence m'aurait ramené sur terre ? Quant aux moyens… Le coup d'État dites-vous ? Mais je ne suis pas seulement venu au pouvoir par le coup d'État.

— Mais alors comment ?

— Ce sont les Français qui m'ont porté au pouvoir en 1815. Ils me reconnaîtront à nouveau et j'agirai au gré des circonstances.

— Nous allons au-devant de grandes difficultés, Sire.

— Nous sabrerons toutes les oppositions…, s'écrie soudain le maréchal Ney.

— Avec douze sabres ? demande Adrien.

— Vous verrez, Beaussier. Ney a déjà vu ce miracle de ses propres yeux. Mais toute violence doit être évitée. Tel fut mon principe lors du coup d'État du 18 brumaire et en 1815, et je n'y déroge pas. Certes, nous aurons des obstacles à surmonter, certains même seront inattendus…

En disant cela, l'Empereur s'arrête de marcher et contemple le parc en tournant le dos à son entourage. Après un court silence, il leur fait face à nouveau.

— Messieurs, il y a autre chose. Je vous le dis en confidence et sous le sceau du secret, Cipriani a découvert que notre retour est déjà connu. Comme en 1815, des hommes tapis dans l'ombre sont prêts à contrecarrer nos projets.

— De qui parlez-vous, Sire ?

— Cipriani a suivi cet homme que vous vouliez engager et qu'il a récusé. Vous vous souvenez, Beaussier ?

— Oui, Sire, parfaitement…

— Eh bien le valet éconduit est allé tout droit chez ce Nelson que Ney a mis à la porte. Cela a intrigué Cipriani, qui s'est mis à surveiller ce bellâtre. Ce qu'il a découvert valait la peine d'attendre. Nelson a fini par se rendre dans un hôtel particulier près de la place Beauvau, chez…

Napoléon s'arrête un instant. En souriant, il se retourne vers Adrien et Ney, qui sont suspendus à ses lèvres.

— En fait, Nelson a conduit mon ministre de la Police chez son prédécesseur…

— Sire ? Chez… le ministre de l'Intérieur ?

— Mais non Beaussier, je ne parle pas de votre époque, mais de la mienne. Mon dernier ministre de la Police, pendant les Cent-Jours.

— Vous voulez dire…

— Oui… Fouché ! Le régicide, le mitrailleur de Lyon, ce traître qui a tout fait pour me livrer aux Anglais et restaurer les Bourbons sur le trône.

— Fouché est revenu ? s'étonne Ney.

— Il est revenu et il nous surveille. De toute évidence, Nelson était sa mouche. Ce traître d'Anglais, bah… j'aurais dû lui casser les bras et lui ouvrir le crâne. Fouché n'a pas tardé à vouloir le remplacer. Si ce valet a échoué, un autre a pu réussir et il se trouve peut-être déjà près de nous. Tout le personnel de l'Impératrice et celui que nous avons engagé depuis est donc suspect. J'en exclus Méneval que Beaussier connaissait depuis longtemps et Ali en qui j'ai toute confiance, mais nous devons nous méfier de tous les autres. Maintenant j'attends des nouvelles de Cipriani, qui est à la manœuvre.

— Et où se trouve-t-il à présent ?

— Il a jugé bon d'aller en reconnaissance à Golfe-Jouan. Nous le retrouverons demain. Veillez aux derniers préparatifs et reposez-vous, nous aurons bientôt fort à faire.

19

Golfe-Jouan

28 février 2015, 5 heures

Le lendemain, alors que le jour n'est pas encore levé, le palais des Violettes est déjà en ébullition. Joséphine est désespérée. Devant Adrien qui ne sait plus trop où se mettre, elle éclate en sanglots et se jette aux pieds de l'Empereur.

— Bonaparte, je t'en supplie. Ne t'en va pas. Tu as déjà eu ta vie. Tu as eu toute la gloire du monde. Que désires-tu de plus ? Jouissons paisiblement du bonheur incroyable d'avoir pu nous retrouver.

Agacé par cette scène, Napoléon repousse l'Impératrice sans ménagement.

— Cessez vos enfantillages. Le pouvoir est ma seule maîtresse. Je sais ce qu'elle m'a coûté de peines, de veilles, de combinaisons. J'ai trop fait pour sa conquête pour me la laisser ravir. Elle peut me revenir aujourd'hui, elle doit me revenir. Allons, Madame, séchez vos larmes. Je reviens bientôt.

Joséphine se relève alors d'un bond. Elle repousse l'Empereur et se remet à pleurer. Jacqueline, qui est là elle aussi, n'est pas très à l'aise. Elle embrasse Adrien et lui souffle à l'oreille :

— Sois prudent. Laisse Napoléon faire ses bêtises et reste en retrait.

— J'essaierai. Et toi prends soin de l'Impératrice.

Beaussier, Ney et Napoléon sortent ensuite sur le perron de la maison. Tous les trois ont revêtu des manteaux contemporains au-dessus de leurs uniformes. Napoléon s'engouffre le premier à l'arrière de la Jaguar. Adrien se place à ses côtés tandis que Ney s'installe sur le siège passager. Le jeune Méneval est déjà au volant, prêt au départ. La voiture démarre, suivie d'un petit convoi. Constant, un autre valet et les palefreniers ont pris place dans un minibus. Suivent les 4 × 4 où s'entassent Aureck, avec ses cavaliers et le mamelouk Ali. Les véhicules remorquent les vans où les chevaux ont pris place. Après leur départ, le palais des Violettes semble abandonné. Le silence qui suit n'est troublé que par le vent de la nuit qui souffle dans les branches des grands arbres du parc. Après avoir accompagné les voitures en aboyant jusqu'au portail blanc, Fox revient vers sa maîtresse en agitant la queue joyeusement. Sur le perron, Joséphine sanglote dans les bras de Jacqueline.

— Mon amie, j'ai un mauvais pressentiment. Même lorsqu'il partait en campagne je n'avais pas cette crainte. Je ne me suis jamais posé de questions sur mon retour. Tout me semblait naturel. Mais depuis qu'il est revenu, mille interrogations m'assaillent. Mon sort est bien cruel. L'ai-je retrouvé pour le perdre à nouveau ? Quel Grand Horloger manipule tout cela ? Nous ne sommes que des poupées de chiffon, des marionnettes. Rentrons, mon amie, j'ai froid.

Dans la voiture de tête, l'Empereur ne desserre pas les lèvres. Après un long moment de silence, Adrien ne peut s'empêcher de demander :

— Sire, l'Impératrice a peut-être raison. Avez-vous bien réfléchi à toutes les conséquences ?

— Beaussier, je me garde de l'empire des femmes. Pour une femme qui nous inspire quelque chose de bon, il y en a cent qui nous font faire des sottises. Elles ont fait grand tort à Henri IV et à Louis XIV. Mon métier est bien plus grave que celui de ces princes. Ils pouvaient se permettre dix défaites alors que je ne peux que vaincre ou disparaître. Aujourd'hui plus que jamais.

Après un voyage sans histoires, le convoi arrive vers 14 heures à Antibes. Les cavaliers, le personnel et les véhicules se rendent directement dans un camping presque vide où plusieurs bungalows ont été réservés avec un espace de détente pour les chevaux. Sans plus attendre, la Jaguar impériale poursuit sa route jusqu'au golfe Juan. Méneval parvient à garer la voiture près du centre-ville et Napoléon, Ney et Adrien prennent aussitôt la direction du port. Avec leurs uniformes dissimulés sous des manteaux contemporains, ils transpirent sous un soleil précoce. Pour plus de discrétion, Ney et Adrien ont glissé leurs épées dans un sac de toile que porte Méneval.

Comme pour un 14 juillet, la petite ville pavoise aux couleurs nationales. Des stands ont été disposés à côté du port. Dans une ambiance de kermesse, des passionnés présentent toutes sortes d'activités. Ici, une association vante les mérites d'un musée napoléonien. Là, ce sont des grenadiers du 37e de ligne qui montrent à des enfants comment les soldats fabriquaient leurs cartouches. Un costumier propose ses productions tandis que des forgerons frappent le métal en cadence. Plus loin, des infirmiers en uniforme expliquent au public effrayé les raffinements de la chirurgie militaire de l'époque. Enfin, dans une tente, un barbier italien se taille un beau succès en rasant « à l'ancienne » les volontaires qui acceptent de tendre leur gorge à son coupe-chou. Ney ne résiste pas et s'assoit aussitôt sur le fauteuil en bois. En fermant les yeux, il retrouve la délicieuse odeur de camphre, la serviette chaude posée sur le visage et la fraîcheur de la peau après un rasage soigné. Il en profite pour se faire retailler les favoris à la perfection et il retrouve son ancienne image dans le miroir dépoli du vieux barbier. À une portée de fusil de là, des tentes blanches ont été dressées sur la plage. Elles accueillent une centaine de grenadiers en bonnet d'ourson avec tambours et drapeaux. D'autres soldats de l'infanterie napoléonienne sont aussi venus d'Italie pour l'occasion. Des artilleurs manœuvrent un canon tandis qu'une demi-douzaine de lanciers polonais de la Garde impériale caracolent avec leurs chevaux au bord d'une mer calme. Tous ces passionnés arborent des uniformes parfaitement reproduits et les armes sont en état de marche. Les fusils font parler la poudre tandis que le canon tonne dans un grand nuage de fumée.

Un public nombreux est au rendez-vous de son Histoire. Sur des gradins installés par la mairie ils sont deux ou trois mille à applaudir aux démonstrations. Après un simulacre de bataille livrée sur la plage, les visiteurs observent chaque détail et prennent une quantité de photos et de vidéos. Les plus décidés viennent même interroger les soldats avec un curieux mélange d'amusement et de respect. Manifestement ravis de faire partager leur passion pour l'épopée impériale, les reconstituteurs se prêtent volontiers au jeu dans une ambiance bon enfant.

Napoléon observe tout cela avec beaucoup d'intérêt. Attentif au moindre détail, il scrute chaque tenue et pose lui aussi quelques questions. Il s'intéresse tout particulièrement au canon servi par des artilleurs de la Garde.

— Dites-moi mon brave, j'étais dans l'artillerie dans ma jeunesse. Il y a longtemps que vous servez ce canon ?

— Cela fait bien douze ans. C'est une pièce de 4. Quatre livres, c'est le poids du boulet.

— Quelle est sa portée ?

— Mille mètres environ mais bien efficace jusqu'à sept cents. Les canons de 12 portent plus loin et font plus de dégâts.

— Quelle est votre cadence de tir ?

— Avec tous les servants, nous arrivons à deux coups par minute, comme à l'époque. Excusez-moi mais… on ne vous a jamais dit que vous ressemblez à Napoléon ?

Napoléon et Adrien échangent un sourire et l'Empereur glisse d'un air entendu :

— On considère plutôt que je ressemble à un chanteur nommé Lama…

— Serge Lama ? Mais pas du tout. Vous êtes le portrait craché de l'Empereur.

— Merci, mon brave, ce compliment me va droit au cœur. Nous reprendrons bientôt cette discussion…

Après avoir pincé l'oreille de l'artilleur, Napoléon se dirige vers le campement que les soldats ont dressé sur la plage. Ney, Adrien et le jeune Méneval emboîtent le pas rapide de l'Empereur. Cipriani les attend aux abords du camp de toile. Alors que Ney et Adrien se tiennent à quelques pas, Napoléon et son vieux complice s'assoient sur un muret au pied d'un palmier.

— Alors, Cipriani. Quelles nouvelles as-tu pu glaner pour moi ?

— J'en ai de bonnes et de moins bonnes, Napoléon.

— Commence par les mauvaises.

— Fouché est au service de l'État. Rien d'officiel, mais il semble que ce soit une officine occulte chargée de collecter toutes sortes de renseignements et de monter quelques coups tordus. Mais cette fois je pense qu'il veut surtout régler un compte personnel avec toi. Il n'hésitera pas à utiliser tous les moyens. Y compris le poignard. Par ailleurs, autour de toi il y a bien une taupe… comme ils disent maintenant.

— Comment sais-tu cela ?

— J'ai réussi à convaincre Nelson de me dire tout ce qu'il savait… j'ai été persuasif et il est devenu intarissable. Je l'ai retourné et il travaille pour moi à présent. Malheureusement, il n'a pas pu me dire qui est le traître. Fouché est prudent et il cloisonne avec soin ses sources d'informations. Mais une chose est sûre, il connaît la plupart de nos faits et gestes. Crois-moi, Napoléon, le temps presse. Tu dois agir vite. Il faut que Ney et Beaussier soient armés avec autre chose qu'un sabre. Je me suis procuré de quoi les équiper. Ils doivent te suivre comme ton ombre. Eux seuls sont vraiment fiables.

— Et aussi mon mamelouk Ali…

— Je me méfie de ce gamin comme des autres. Si Nelson était un espion, tous les serviteurs de l'Impératrice peuvent l'être.

— Tu vois le mal partout, Cipriani…

— *Santa Madona*, mais parce qu'il est partout, *Nabulione* !

— *Certo*, mais la mouche de Fouché a forcément été embauchée après notre arrivée, puisqu'il a cherché à faire remplacer Nelson. Cela limite les possibilités.

— Prends garde, Napoléon. Fouché est redoutable et il a juré ta perte. Cet homme te déteste depuis toujours. En plus, il n'est pas seul. Je ne sais pas qui, mais d'autres personnes importantes sont avec lui.

— Ce ne sera pas la première fois que j'aurai affaire à une conjuration. Nous y ferons face. Et quant aux bonnes nouvelles ?

— Je me suis mêlé aux reconstituteurs. Avec eux j'ai parfois l'impression de revenir à notre époque. Cela m'a redonné une énergie singulière.

— J'ai ressenti cela moi aussi. C'est très curieux, comme lorsque je suis revenu en Corse pour la première fois en 1786. J'avais dix-sept ans, dont sept passés en exil dans différentes écoles militaires. Toutes les odeurs et les images de l'enfance ont ressurgi d'un coup. C'est l'impression que j'ai encore aujourd'hui.

— La plupart de ces hommes te vouent une véritable admiration. Plus que de l'admiration, un culte. S'ils te reconnaissent, ils te suivront jusqu'au bout. Certains sont venus de très loin pour commémorer ton retour et mettre leurs pas dans les tiens. Quant au public, certains sont de simples badauds, mais beaucoup s'excitent dès que l'on cite ton nom. Il ne faut pas les prier longtemps pour qu'ils crient : « Vive l'Empereur ! »

— Les as-tu interrogés ? Quelles sont leurs aspirations ?

— Je les ai écoutés. Ils sont mécontents, très mécontents. Ils vomissent le pouvoir en place, comme en

1815. Mais cette fois, ils ne se font plus d'illusions. Les sentiments dominants oscillent entre la nostalgie et la colère. Une simple étincelle peut tout enflammer.

— Je suis cette flamme…

— Oui, mais ils ont déjà leur Napoléon…

— Quoi ? Il n'y a qu'un seul Napoléon. Moi !

— Pas encore, car pour les soldats il y a cet homme, qui t'incarne depuis dix ans.

— Qui est-il ? Que recherche-t-il ? Est-ce un politique ?

— Non, pas le moins du monde. Dès que l'on cherche à l'amener sur ce terrain, il élude les questions avec un sourire. C'est un ancien médecin…

— Ah, un médecin… encore…

— Mais un médecin militaire. Il a quitté l'armée après un séjour en Afghanistan où il a été blessé. Je l'ai longuement écouté répondre aux gens et aux journalistes qui se pressent autour de lui. Certes, il prétend être Napoléon, mais il en sait beaucoup sur toi et en plus il est Corse…

— Corse ? De quel endroit ?

— *Bunifaziù*…

— Bah, un Génois… me reconnaîtra-t-il pour ce que je suis ?

— Je l'ignore. Mais il semble apprécier les acclamations du peuple et des soldats…

— Peut-on l'acheter ?

— Non, il a du bien et dépense beaucoup pour s'offrir des costumes au plus près de la réalité. L'argent ne sera pas le moyen.

— Alors, comment ? Il ne peut y avoir deux Napoléon. Nous n'allons pas rejouer la même comédie qu'à l'île d'Aix en 1815. Quand mon frère Joseph voulait se faire passer pour moi afin de permettre mon évasion…

— Veux-tu que je lui règle son compte à cet imposteur ? Tu n'as qu'un mot à dire.

Disant cela, Cipriani dévoile sous sa veste un long couteau corse.

— Cipriani ! Cache cet Vendetta, c'est un ordre ! Imagines-tu mon retour marqué par le sceau du crime ? Quelle infamie… tout serait perdu. La mort du duc d'Enghien m'a servi de leçon. Non, non ! Oublie cette folie.

— Alors que penses-tu faire ?

— Le convaincre… où est-il ?

— Je l'ai vu partir vers le bout de la plage. Il est avec son grand maréchal du Palais, un colonel de lanciers polonais et un capitaine des grenadiers de la Garde. Il accorde des interviews à la télé. Les journalistes sont très intéressés par le personnage.

— Ils le seront bien davantage lorsqu'ils me verront. Conduis-nous jusqu'à lui.

Alors qu'ils traversent le campement des grenadiers de la Garde, personne ne prête attention à ce petit groupe pressé que rien ne distingue des autres visiteurs. Sur de grandes tables recouvertes de nappes blanches, les grognards du XXIe siècle discutent joyeusement entre eux en buvant du vin servi dans des pichets d'étain. Tout est restitué jusqu'au moindre détail et une atmosphère particulière émane de ce campement. Malgré la route et le chemin de fer qui passent tout près, le bivouac constitue une sorte de bulle temporelle vivant au rythme des roulements de tambours et au son des fifres. Amateurs venus de loin ou curieux du voisinage, les péquins observent ce tableau vivant avec une sorte de fascination un peu gênée. Ce sont eux qui se sentent déplacés dans cette ambiance particulière, comme si une barrière invisible les tenait à distance de ces hommes venus d'une autre époque. Les soldats qui vivent leur passion semblent au contraire très à l'aise. Ils chantent et reprennent en chœur de vieilles chansons. Habitués à être observés, ils ne prêtent plus attention aux appareils photo et aux caméras. Parmi eux, aucun ne reconnaît Napoléon ou le maréchal Ney, qui marchent dans le sable à quelques mètres de là.

Avec sa tenue de grand maréchal du Palais dissimulée sous son manteau noir, Adrien transpire à grosses gouttes sous le soleil de la Côte d'Azur. Il rêve de montrer son bel uniforme et de rejoindre les reconstituteurs. L'Empereur et sa suite s'approchent enfin de la dernière tente située un peu à l'écart. Napoléon aperçoit alors son double assis sur une botte de foin. L'homme porte l'uniforme vert de colonel des chasseurs à cheval de la Garde. Avec son grand bicorne enfoncé jusqu'au ras des sourcils, le personnage a de l'allure. Derrière lui, un petit état-major se tient debout, très attentif aux paroles de leur empereur. Ce dernier présente incontestablement un Napoléon très crédible. Avec l'original à ses côtés, Adrien trouve que la ressemblance physique est très relative, mais toutes les attitudes de la doublure témoignent d'une étude minutieuse du personnage. Ses gestes, ses intonations, ses réponses, tout ramène à Napoléon. Adrien juge même l'interprétation excellente. L'Empereur l'examine lui aussi avec beaucoup d'attention.

— Beaussier, souffle Napoléon à voix basse.

— Oui, Sire ?

— Dites-moi, Beaussier… je n'ai pas autant d'embonpoint tout de même ?

— Non, Sire, beaucoup moins, ment Adrien en souriant…

Plusieurs chaînes nationales et régionales sont venues couvrir l'événement. Les Italiens de la RAI Uno sont également venus en voisins. Les techniciens braquent leurs caméras et leurs micros sur un Napoléon manifestement rompu à l'exercice. Les journalistes paraissent plus impressionnés que lui. Ils ne savent manifestement pas par quel bout prendre le personnage.

— Euh… Parlez-nous de votre costume…

— D'abord ce n'est pas un costume, mademoiselle. C'est un uniforme. Celui des chasseurs à cheval. Demain, pour le débarquement, je serai en colonel des grenadiers de la Garde.

— On dit que vous les faites faire avec beaucoup de soin…

— Bien sûr. C'est le cinquième que je fais faire depuis dix ans que j'incarne l'Empereur. À chaque fois je fais modifier un micro-détail, la hauteur du col, la largeur des parements. J'ai aussi fait refaire deux fois l'uniforme du grand maréchal du Palais Bertrand. À présent il est parfait.

Le pseudo Napoléon se tourne alors vers « son » maréchal du Palais qui se tient droit, fièrement sanglé dans un uniforme splendide. De toute évidence, ses broderies sont nettement mieux réussies que celles de l'uniforme d'Adrien. Il en conçoit aussitôt une jalousie presque féminine et le sentiment de s'être fait rouler par son fournisseur.

— Mais comment en êtes-vous venu à incarner Napoléon ?

— J'ai toujours eu la passion de l'Histoire et de la chose militaire. Je collectionne depuis longtemps les uniformes et les décorations. Par contre, je ne connaissais pas la reconstitution historique. Un jour je suis allé sur un bivouac et il n'y avait plus d'Empereur à cette époque. C'était il y a dix ans… Le temps passe vite… Les choses se sont faites comme ça. Cela m'a conduit sur la plupart des commémorations du bicentenaire dans toute l'Europe.

— Mais vous avez un concurrent…

— Non, ça c'est une invention de journalistes. Mon collègue américain est un très bon Napoléon, en dépit de son accent. C'est un sosie total, mais nous ne sommes tout simplement pas de la même époque. Il est parfait pour incarner le Napoléon des années 1804-1809. Après l'Empereur a plus d'embonpoint et c'est ce que je représente. Il n'y a pas de bagarre entre nous. Chacun est dans son rôle.

— J'ai entendu dire que c'est votre ultime campagne, demande un journaliste italien.

— Oui, c'est mon baroud d'honneur et nous terminerons de façon historique. Les cérémonies du retour de l'Empereur ont commencé hier à l'île d'Elbe avec un Napoléon italien. Demain je serai là pour le débarquement. Ensuite j'irai à cheval avec les lanciers polonais jusqu'à Grenoble par la route Napoléon. De là nous marcherons sur Lyon, puis sur Paris et finalement sur Waterloo pour y retrouver six mille reconstituteurs.

— Et vous allez abdiquer…

— Holà ! Je trouve que vous êtes pessimiste. Cela fait deux cents fois que je refais la bataille de Waterloo et cette fois je vais la gagner. Deux cents ans plus tard, c'est Napoléon qui sera sur le trône de France ! …

À ces mots, l'entourage de Napoléon se met à applaudir. Les officiers se mettent à crier joyeusement : « Vive l'Empereur ! ».

— Il ne croit pas si bien dire… souffle Napoléon entre ses dents. Beaussier, c'est le moment. Introduisez-moi auprès de ce… personnage. Je dois lui parler en privé.

— Heu… bien, Sire.

Profitant que les journalistes rangent leurs caméras et que les membres de l'état-major s'occupent de leurs chevaux, Adrien se rapproche de l'homme qui se retrouve seul à présent.

— Excusez-moi… Sire. Puis-je vous poser une question ?

— Oui, bien sûr… mais dites-moi, vous avez un drôle d'uniforme…, plaisante-t-il en montrant du doigt le manteau d'Adrien.

— C'est qu'ordinairement je suis habillé en Romain. Je fais moi aussi de la reconstitution historique, dans les arènes de Nîmes.

— Ah, très bien, je sais que l'on fait de belles choses là-bas. Je connais quelqu'un qui fait du Romain vers chez vous. Il incarne parfaitement un autre empereur.

— Je le connais, Sire. Mais lui est persuadé d'être vraiment un empereur romain !

— Mais moi aussi je suis l'Empereur…

— Certes, mais disons que vous prenez cela avec une certaine distance et que vous semblez le vivre assez bien…

— Tant mieux si c'est l'impression que je vous donne. Alors, quelle est votre question ?

— Si vous rencontriez le véritable Napoléon, comment le reconnaîtriez-vous ?

— Eh bien, les yeux. On croit qu'il a les yeux bleus, mais c'est faux il les a gris. Comme moi. Tenez, regardez-les. À certains gestes aussi, comme le fait de se mordiller la lèvre ou de tirer sur sa manche… À sa taille aussi, on prétend qu'il est petit mais c'est faux. Il faisait un mètre soixante-neuf. Ne le répétez pas, mais je fais deux centimètres de plus, conclut-il à voix basse avec un clin d'œil.

— Et quoi d'autre ?

— Quoi d'autre ? Eh bien je lui parlerais en Corse. Je lui demanderais comment il va en lui disant : « *Cumù zé*[1] ? »

Napoléon se rapproche alors de Beaussier. Il enlève son manteau, le tend à Ney et se présente dans l'uniforme des chasseurs à cheval qu'il portait en arrivant chez Adrien. Puis sur un ton très naturel il répond à la question posée par sa doublure :

— *Và bè, e tu ? Se dissi che sò Napoléone, che ne penseresti*[2] ?

Tout à son interview, l'interprète de Napoléon n'avait pas remarqué cet admirateur attentif. À présent qu'il est en face de lui, il paraît comme hypnotisé par cette soudaine apparition.

— *Santa Madona. Non ho mai vistù sumiglia cosi scannitù…*

— *Non sò sumiglia... sò u verù imperatore Napoléone. Sempri vivù.*

— *Ma... è impussibile*[3]...

---

1. « Comment vas-tu ? »

2. « Bien, et toi ? Si je te disais que je suis Napoléon, qu'en penserais-tu ? »

3. « Sainte Madone. Je n'ai jamais vu un sosie aussi ressemblant… — Je ne suis pas un sosie… Je suis vraiment l'Empereur Napoléon. Toujours vivant. — Mais… c'est impossible… »

La doublure se lève et se rapproche de l'original. Il regarde attentivement cette apparition inattendue. Il passe sa main sur les décorations, les épaulettes, touche le tissu, observe les boutons de sa tenue.

— Cette ressemblance… cet uniforme… mais tout est authentique ! Il y en a pour une fortune.

Adrien prend l'ancien médecin militaire par le bras et lui glisse à l'oreille :

— Docteur, il n'y a pas que l'uniforme qui soit authentique. Comme vous j'ai eu du mal à le croire. Mais vous avez le véritable Empereur des Français sous les yeux… Napoléon est revenu. Il est là.

— Vous vous moquez de moi.

— Vous qui connaissez l'Empereur mieux que personne, avez-vous déjà vu une telle ressemblance ?

— Non… jamais…

— Avez-vous soutenu un tel regard ?

— Non. Non, mais… ce n'est pas possible… c'est un canular. Vous êtes en train de filmer. C'est ça ?

— Pas du tout. Voyez, nous sommes au bord de la mer. Les journalistes sont loin et leurs caméras sont rangées. L'Empereur n'est pas seul d'ailleurs. Il y a aussi… Monsieur le maréchal ! Approchez s'il vous plaît.

Ney fait quelques pas, il tend son manteau et celui de l'Empereur à Méneval avant de rejoindre Adrien et les deux empereurs. Il laisse paraître son bel uniforme et bombe le torse en souriant.

— Bonjour monsieur.

— Je pense que je n'ai pas à vous présenter le prince de la Moscova.

— Mais c'est incroyable. Lui aussi… le maréchal Ney… mais qui êtes-vous ? Un concours de sosie ? À quoi jouez-vous ?

— Docteur, je vous en prie, entrons dans cette tente. Nous y serons plus tranquilles pour discuter. Je vous donne ma parole d'honneur que tout cela est très sérieux.

Alors qu'il est très à l'aise devant les caméras, au milieu du public ou au sein de ses troupes, ici l'homme semble déstabilisé. Il ne sait plus quoi dire et ses yeux vont et viennent de Napoléon à Ney et de Ney à Napoléon. Il tâte encore l'étoffe de l'uniforme, effleure du doigt le ruban des décorations de l'Empereur puis il se retourne vers Adrien et lâche dans un souffle :

— Oui, allons sous la tente.

Alors que Cipriani et Méneval se tiennent à l'extérieur, Adrien, Ney et les deux Napoléon s'assoient sur des bottes de paille placées à l'intérieur de la tente militaire.

Le médecin observe longuement l'Empereur, qui soutient son regard. Il scrute chaque détail de sa physionomie. Tout en l'observant, il lui pose plusieurs questions en corse auxquelles Napoléon répond avec un sourire amusé. En se retournant vers Adrien, il lui demande :

— Et vous, qui êtes-vous ?

— Adrien Beaussier. Je suis… ou j'étais… professeur d'histoire à l'université. Depuis le retour de l'Empereur, je suis son grand maréchal du Palais.

En disant cela, Adrien retire son manteau et découvre son uniforme rouge. L'ancien médecin militaire le reconnaît immédiatement.

— Celui-là n'est pas un vrai…

— Je sais, je l'ai eu d'occasion…

— On vous a refilé l'ancien habit de mon grand maréchal du Palais. Celui que je lui ai fait refaire est bien meilleur… mais peu importe. Vous prétendez donc que ces messieurs sont l'Empereur et le maréchal Ney, revenus parmi nous à l'occasion du bicentenaire. Je sais qu'il y a quelques allumés dans la reconstitution, mais cette histoire-là on ne me l'avait encore jamais racontée. Même si vous poussez très loin le mimétisme, vous avouerez que c'est dur à avaler…

— Je me suis fait la même réflexion. Et pourtant, j'ai dû me résoudre à admettre cette évidence.

— Comment ?

— Au cours des dizaines d'heures de conversation que nous avons eues ensemble, l'Empereur m'a donné une multitude de détails sur son parcours. Je n'en savais pas le dixième. J'ai tout vérifié. Il ne s'est jamais trompé…

— Eh bien Beaussier… homme de peu de foi. Vous vous méfiez encore de moi ? relève Napoléon en souriant.

— Pardonnez-moi, Sire, en bon Français je suis cartésien. Mais plus que tout, ce qui m'a sans doute convaincu, c'est le regard de l'Empereur…

Le médecin, qui en a vu d'autres dans sa carrière militaire, reste dubitatif.

— Nous allons voir cela. J'ai peut-être un moyen plus personnel.

— Lequel ? fait Adrien, très intrigué.

— Eh bien monsieur, si vous le voulez bien, accepteriez-vous d'enlever votre pantalon ?

— Quoi ! s'exclame Ney, offusqué. Comment osez-vous demander une telle chose à l'Empereur ?

Ce dernier calme le maréchal d'un geste.

— Ney, laissez donc. Monsieur est un homme de l'art. Je saisis très bien où il veut en venir. Beaussier, retirez mes bottes je vous prie.

Dans l'espace confiné de la tente, Adrien s'exécute. Napoléon retire ensuite sa culotte et vient se placer en slip devant l'ancien médecin militaire.

— Eh bien, Larrey[1], fais ton office.

Le médecin inspecte alors avec soin les jambes de son impérial patient.

— Il y a bien là une cicatrice profonde au-dessus du genou gauche. C'est manifestement une blessure ancienne, portée par une arme tranchante.

— En l'an II, un coup d'esponton[2] porté par un Anglais lors du siège de Toulon. Mon cheval venait d'être tué sous moi et je conduisais l'assaut. L'histoire aurait pu s'arrêter là.

— Et au talon droit, sous la malléole, une éraflure assez large mais beaucoup moins profonde…

— 1809, au siège de Ratisbonne. J'ai d'abord cru à un chasseur tyrolien. Avec leurs carabines ces diables visent juste et tirent loin. En fait, c'est un biscaïen[3] qui n'a pas atteint sa cible. Le boulet qui devait me tuer n'a jamais été coulé.

— Et ces petites cicatrices sur le mollet droit ? À quelle bataille ? demande le médecin en souriant.

Napoléon prend alors un air malicieux.

— Le dieu Mars n'a rien à voir avec ça, c'est plutôt Vénus la responsable. En l'an IV[4], la première fois que j'ai passé la nuit chez Joséphine, son chien Fortuné

1. Dominique-Jean Larrey était chirurgien en chef de la Grande Armée.

2. En 1793. L'esponton est une sorte de hallebarde que portent encore certains officiers et sous-officiers à la fin du XVIIIe siècle. L'armée anglaise en est pourvue lors du siège de Toulon.

3. Petits boulets tirés au canon dans des boites à mitraille.

4. 1795-1796.

n'a pas apprécié mon intrusion. Cette teigne m'a mordu au sang pour défendre la vertu de sa maîtresse.

Tandis que Ney et Adrien s'amusent de ces confidences, le médecin est de plus en plus troublé par son auscultation. D'un geste vif il prend la main gauche de Napoléon et observe attentivement son annulaire. L'extrémité du doigt porte lui aussi une profonde cicatrice.

— Et là ce n'est ni Mars ni Vénus, mais plutôt Diane, la déesse de la chasse.

— Bravo docteur ! Un sanglier que j'ai tué sous le Consulat m'a laissé ce souvenir avant de mourir. Je vois que vous connaissez votre affaire.

— Je suis médecin militaire et passionné par l'Empire. Je me suis donc intéressé aux blessés célèbres de la Grande Armée, à commencer par son chef. Ce sont bien des blessures anciennes et précisément là où Napoléon les a reçues. Mais il n'y a pas que les blessures…

En disant cela, le médecin passe son doigt sur des lignes légèrement rosâtres qui courent sur la cuisse gauche de l'Empereur. Observant ce geste, Napoléon fronce le sourcil.

— Voulez-vous bien retirer votre uniforme et votre chemise à présent.

— Docteur, est-ce vraiment nécessaire ? Il me semble que la démonstration est suffisante…

— Vous l'aurez deviné, je suis homme à aller jusqu'au bout des choses. Au point où nous en sommes, vous pouvez bien me montrer votre poitrine…

— Soit ! lâche Napoléon, visiblement contrarié. Mais je compte sur votre discrétion.

Aidé par Adrien, il retire son habit-veste puis sa chemise afin de présenter sa poitrine nue au regard du praticien. Celui-ci observe de petites plaques arrondies et légèrement rosées du haut de la poitrine jusque sur le cou.

— Docteur, vous voyez là les traces moins glorieuses laissées par la « charmante ».

Adrien, étonné, ne peut s'empêcher de glisser à Ney :

— La « charmante » ? Qu'est-ce que c'est ? dit-il à voix basse.

Ney n'ose pas répondre, mais Napoléon a entendu l'interrogation du grand maréchal du Palais. Il souffle aussitôt d'un air agacé :

— Beaussier, c'est le nom que l'armée donnait à la gale. Au siège de Toulon, le chargeur d'une de mes batteries a été tué devant moi. Je me suis emparé de son refouloir et j'ai chargé une douzaine de coups. Quelques jours plus tard j'étais couvert d'une forme très urticante de cette maladie. Une sorte de cadeau post mortem laissé par ce brave artilleur. Ce n'est que plus tard, aux Tuileries, que mon médecin Corvisart me rendit tout à fait la santé après de nombreux vésicatoires[1].

Tout en l'écoutant, le médecin militaire observe avec attention les traces laissées par la maladie. Puis, s'adressant à son patient, il formule un autre diagnostic.

— Il me faudrait la confirmation d'un collègue dermatologue, mais je ne crois pas qu'il s'agisse de la gale. Contrairement à ce que les médecins du temps et Napoléon lui-même ont souvent affirmé, il s'agit plus sûrement d'une dermatose aiguë. Peut-être une sorte d'eczéma, mais je ne crois pas à la gale.

Le visage de Napoléon s'éclaire tout à coup.

---

1. Le vésicatoire est un onguent placé sur les parties atteintes par le mal. Il provoque l'apparition de vésicules qui sont ensuite percées.

— Ce ne serait pas la gale ? Docteur, vous m'enlevez un poids, s'écrie l'Empereur sur un ton joyeux. La maladie étant quelque peu honteuse, mes ennemis se sont toujours empressés d'en répandre le bruit. Cette réputation a même répugné Joséphine à nos débuts. Heureusement, ni elle ni personne de mon entourage ne l'a jamais attrapée.

— C'est entre autres ce qui me fait dire aujourd'hui qu'il ne s'agit pas de la gale et ce que je vois tend à le confirmer. Vraiment, tout concorde… J'avoue que je ne sais plus quoi penser…

— Eh bien poursuivons l'examen. Vous allez encore découvrir d'autres surprises. Maréchal Ney ! À votre tour. Montrez au docteur vos glorieuses cicatrices.

— Bien, Sire.

Aidé par Adrien, Ney se déshabille complètement et le médecin est stupéfait de découvrir un corps entièrement balafré.

— C'est à peine croyable. Il y a des cicatrices au poignet, à l'épaule et à la cuisse, des blessures par balle et par arme blanche. Où avez-vous reçu celle-ci ?

— Campagne d'Allemagne contre les Autrichiens. C'était sous la Révolution, à coups de sabre et au pistolet, précise fièrement Ney.

— Et là ? Cette blessure au cou…

— Un coup de lance, à Smolensk, par un cosaque. Nous commencions la campagne de Russie. Nous n'étions pas au bout de nos peines…

— Là, une autre blessure à la jambe.

— L'année suivante, une balle prussienne, à Lützen en 1813. Nous avons gagné la bataille.

— Et encore une cicatrice à l'épaule.

— Leipzig, la même année. Là nous avons perdu. Je ne sais pas d'où venait le coup. Nous avions l'Europe entière face à nous…

Le médecin observe et palpe soigneusement chaque blessure. L'air perplexe, il reste un moment muet avant de dire :

— Vous pouvez vous rhabiller…

— Alors, docteur ? Quel est votre diagnostic ? demande Napoléon avec un air satisfait.

— Ce serait plutôt une autopsie. Pourtant, si cet homme est le maréchal Ney, il est bien vivant et il a de la chance d'avoir pu survivre à toutes ces épreuves. Je n'ai par contre aucune trace des balles tirées lors de son… exécution…

— C'est somme toute assez logique, remarque Adrien. Les blessures faites par les balles du peloton d'exécution n'ont pas pu cicatriser. C'est la même chose pour l'autopsie que l'Empereur a subie après sa… enfin après…

— C'est tout de même une curieuse logique. En tout cas, j'ai vu assez de blessures de guerre pour dire que celles-ci ont bien été faites par des armes. Ce qui est incroyable, c'est qu'elles ont été traitées par les moyens de l'époque et il y a bien longtemps. De plus, elles correspondent toutes à ce que je connais de l'histoire du prince de la Moscova et de l'Empereur. C'est tout bonnement fantastique.

— Vous nous croyez à présent ? interroge Adrien en aidant l'Empereur à se rhabiller.

— La langue corse, l'uniforme, les petits tics… je pouvais imaginer un jeu d'acteur. Je fais tout cela depuis dix ans, un autre peut le refaire. Mais la ressemblance, et surtout les blessures… par d'autres chemins que l'historien, j'en arrive à la même conclusion. Tant pis si c'est un canular, « *se non é verro, é ben trovato*[1] ». De toute façon j'ai trop envie d'y croire. Nous verrons bien…

— Vous êtes comme saint Thomas, docteur, et *« Bienheureux ceux qui croiront sans avoir vu »,* s'amuse Napoléon.

— À présent, qu'attendez-vous de moi, messieurs ?

— Que vous m'aidiez à retrouver ma place, répond Napoléon. Docteur, je ne sais pas le comment des choses, mais je suis convaincu du pourquoi. La divine Providence ne m'a pas rappelé sur terre, ici et maintenant, en vain. Je dois voler au secours de la France une nouvelle fois, comme en 1815. Êtes-vous prêt à soutenir ce dessein comme l'a fait le baron Beaussier ?

Le docteur demeure silencieux. Comme Adrien avant lui, il sait que sa réponse bouleversera sa vie. Il risque de s'embarquer dans une aventure dont il ne devine pas encore les contours, mais qui peut l'entraîner loin. En vérité, l'aventure lui manque depuis que cette bombe artisanale a mis un terme à sa carrière plus tôt que prévu. Comme Adrien avant lui, il s'entend dire :

— Oui Sire. Vous pouvez compter sur moi.

— Alors, pour m'aider à retrouver ma place, vous allez commencer par me céder la vôtre…

— Vous céder ma place ?

— Vous ne serez pas déçu pour autant et vous ferez cette campagne à mes côtés.

— Mais Sire… que dois-je dire aux reconstituteurs ?

— Vous direz à vos hommes que vous tenez un Napoléon plus proche de la réalité.

1. « Si ce n'est pas vrai, c'est bien trouvé. » Proverbe italien.

— Et les organisateurs de la commémoration ? Je ne peux pas leur faire faux bond.

— Pensez-vous que vous puissiez incarner mieux que moi le retour de l'île d'Elbe ?

Alors que le médecin ne sait plus quoi dire, le jeune Méneval passe sa tête à l'intérieur de la tente.

— Sire. Je suis désolé de vous déranger, mais il y a là les amis de ce monsieur, qui s'inquiètent de son absence. Ils demandent si tout va bien. Que devons-nous leur dire ?

— Eh bien monsieur, c'est à vous de répondre. Que décidez-vous ?

— J'ai endossé les habits de l'Empereur depuis déjà quelques années. Je ne voulais pas devenir un vieux Napoléon et j'avais décidé de tout arrêter cette année. Pourtant l'idée de raccrocher mon chapeau m'était un peu douloureuse. Je vois d'ailleurs que vous n'avez pas le vôtre, Sire…

— Effectivement, mon grand maréchal du Palais l'a oublié.

— Mais… Sire…, proteste Adrien, un peu vexé.

— Eh bien je n'imaginais pas vivre ce passage de témoin dans une telle apothéose. De cette manière mon bicorne ne sera pas raccroché de sitôt. Sire, si vous voulez bien l'accepter…

Il tend son large feutre et offre sa coiffe légendaire à l'Empereur.

— Certes, il n'est pas authentique. Le dernier a été vendu à plus d'un million d'euros à un Coréen… mais je peux vous assurer qu'il correspond précisément au modèle d'origine.

— En effet, il est parfait. Je vous remercie, monsieur. Monsieur… ?

— Samuel Franchi. À vos ordres, Sire !

— Franchi, en échange de ce bicorne, je vous offre ce présent.

Napoléon sort alors de la poche de son gilet sa tabatière en or, qu'il porte toujours sur lui. Il la place d'autorité entre les mains du docteur Franchi en plongeant son regard dans le sien. En recevant ce cadeau précieux, l'ancien médecin militaire a du mal à retenir son émotion. En collectionneur averti, il reconnaît immédiatement l'authenticité de l'objet. La petite boîte est délicatement ouvragée et porte sur le couvercle une miniature à l'effigie du fils de l'Empereur.

— Sire… Sire, je ne sais pas quoi dire. Merci… c'est un cadeau merveilleux.

— Ce n'est rien. Savez-vous monter, Franchi ?

— Oui, Sire, et assez bien.

— Parfait ! Eh bien vous conserverez votre uniforme de chasseur à cheval. Je suis ici avec un peloton de la Garde. Vous le dirigerez et resterez à mes côtés avec le titre de commandant de la Garde impériale et le grade de colonel major.

— Bien sire, c'était mon grade dans l'armée. Je vais de nouveau être moi-même à vos côtés. Cela me va très bien.

L'ancien médecin-chef retire alors sa perruque et dévoile un crâne parfaitement lisse, traversé d'une profonde balafre. Toute ressemblance avec l'Empereur disparaît en un instant.

— Je n'ai plus qu'à me trouver un colback pour cacher mon crâne chauve. Par chance mon costumier habituel a installé son stand ici. Il me fournira une coiffure adéquate et un sabre.

— Eh bien colonel, sortons de cette tente où je commence à étouffer. Nous avons rendez-vous avec l'Histoire.

— Oui, Sire. Mais attendez-moi un instant, s'il vous plaît. Il faut immortaliser ce moment. Ne bougez pas, je viens vous chercher dès que tout sera prêt.

Le colonel Franchi sort et apparaît dans la lumière crue du bord de mer. Inquiet de sa disparition, les officiers de son état-major se sont réunis autour de la tente. Le spectacle de leur Empereur, sans chapeau et sans cheveux, suscite la stupéfaction.

— Mais… Sam… tes cheveux ? Je ne t'ai jamais vu comme ça sur une commémoration. Il y a un problème ? Tu ne te sens pas bien ? s'inquiète son grand maréchal du Palais.

— Mais non, Bertrand, tout va bien. Dis-moi, y a-t-il encore ces journalistes de la télé ?

— L'équipe de France 2 est en train de discuter avec les lanciers…

— Va vite les chercher. Dis leur de revenir dare-dare avec leur caméra. J'ai un scoop pour eux.

— Bien. J'y vais tout de suite. Mais tu m'inquiètes…

Le grand maréchal du Palais part aussitôt à grandes enjambées en s'enfonçant un peu dans le sable. Le capitaine des grenadiers s'étonne lui aussi de voir l'Empereur sans sa perruque.

— Sire… mais que se passe-t-il ?

— Ne t'inquiète pas, tout va très bien, je t'assure. Fais venir tes grenadiers. Ramasse tous ceux que tu trouves sur le campement. Vous, colonel, allez chercher vos lanciers polonais. Je les veux immédiatement en selle ici même. Allez dire à vos hommes que c'est un ordre de l'Empereur. Je veux tous les avoir autour de moi pour un moment qu'ils ne sont pas prêts d'oublier.

— Mais…

— Pas de mais… exécution ! Allez… dépêchez-vous !

Alors que le capitaine des grenadiers et le colonel des lanciers se mettent à courir vers les bivouacs de leurs soldats, Samuel Franchi se tourne vers Cipriani, qui l'observe en silence.

— Vous êtes avec ces… messieurs ?

— Oui, monsieur. J'ai ce privilège.

— Que faut-il penser de tout ça ? Vous êtes, vous aussi, convaincu qu'il s'agit de…

— De l'Empereur Napoléon ? Oh oui… croyez moi, j'en suis convaincu…

— Depuis quand ?

— Depuis toujours.

— Vous êtes Corse vous aussi.

— Oui… j'ai gardé l'accent…

— Et que veut-il faire selon vous ?

— Eh pardi ! À votre avis ? Remonter sur son trône bien sûr…

— Cela ne va pas manquer de nous causer quelques soucis. Vous ne pensez pas ?

— Vous avez déjà connu des moments difficiles, docteur… et nous aussi… nous saurons venir à bout des obstacles.

— Vous semblez me connaître.

— C'est ma mission d'être bien renseigné. Et vous, que pensez-vous de cette… révélation ?

— C'est brutal… extraordinaire. Mais j'ai toujours su prendre mes décisions rapidement. Cela valait mieux dans mon ancien métier. Je suis convaincu par ce que j'ai vu, même si je n'ai jamais vu de morts revenir…

— Il n'est jamais mort, seulement en sommeil. La preuve, voyez autour de vous tous ces gens. Ils l'attendent sans en être vraiment conscients. Allez-vous le suivre ?

— Comment faire autrement ? On ne peut pas refuser une pareille… mission…

— Vous ne le regretterez pas, vous verrez, c'est un homme incomparable…

— Ça, je le savais… bien avant de le rencontrer.

Accompagnée par Bertrand, la journaliste de France 2 revient vers le bord de mer. Elle est suivie de son caméraman et de son perchiste. Un peu derrière eux, les cavaliers polonais montent en selle. De l'autre côté, un peloton de grenadiers se met en marche. Un peu essoufflée, la jeune journaliste s'approche du colonel Franchi.

— Vous m'avez appelée. Il y a un scoop ? C'est par rapport à vos cheveux ? Napoléon était chauve ?

— Ne dites pas de bêtises, mademoiselle. Il y a là dans la tente un homme qui incarnera beaucoup mieux que moi l'Empereur Napoléon et je voudrais vous le présenter en avant-première. Je pensais abdiquer bientôt de mes fonctions… eh bien je vais le faire un peu plus vite que prévu. Vous allez voir un homme qui n'a pas fini de faire parler de lui. Je vous laisse installer votre caméra. Capitaine, vos hommes sont-ils tous là ?

— Oui, Sire…

— Faites les mettre en rang face à la tente.

— À vos ordres Sire… *Grenadiers !* ... Par le flanc droit… *Gaaarde-à-vous !* Présentez… vos armes.

— Capitaine… dorénavant ce n'est plus moi l'Empereur.

— Comment ?!

— Il faudra vous y faire. Mais vous vous y habituerez très vite.

Alors que le peloton de grenadiers présente les armes, la demi-douzaine de lanciers polonais arrive à son tour. Les cavaliers se placent derrière les fantassins en faisant entrer les chevaux dans la mer. Tout ce remue-ménage attire de nombreux badauds curieux d'assister à une animation inattendue. Dès que tout est prêt, Franchi retourne dans la tente.

— Ah, colonel. Vous voilà enfin. Nous commencions à cuire là-dedans. Pouvons-nous sortir à présent ?

— Oui, Sire. Les hommes sont là. La presse vous attend et, si j'ose dire, le peuple aussi.

Adrien comprend l'importance du moment. Il aurait voulu préparer cet instant avec soin, mais tout se précipite.

— Sire. Soyez prudent dans vos déclarations. N'annoncez pas tout de suite que…

— Nous verrons bien, Beaussier. En avant ! On ne va jamais aussi haut que lorsqu'on ne sait pas où l'on va.

Samuel Franchi précède l'Empereur, qui sort de la tente derrière lui. Il est suivi de Ney et d'Adrien, qui sont fiers de pouvoir enfin arborer leurs uniformes au soleil. Lorsque tout le monde est en place, Franchi s'adresse à l'assemblée sur un ton solennel :

— Soldats ! Depuis dix ans, nous avons célébré sur tous les champs de bataille de l'Europe la gloire de Napoléon. Depuis dix ans j'ai eu l'honneur de l'évoquer de mon mieux. Ce fut un grand honneur pour moi. Soldats ! Ce jour est un grand jour. Je vous présente celui qui vous conduira à présent. Nul mieux que lui ne pourra l'incarner. Je vous prie de l'acclamer et de le reconnaître comme notre Empereur. *Vive l'Empereur !*

À ce cri, Napoléon, coiffé de son chapeau, passe devant Franchi. Très à son aise face à une cinquantaine de vieilles moustaches, Napoléon peut à nouveau haranguer les troupes :

— Soldats ! Nous ferons ensemble de grandes choses. Nous irons plus loin que vos rêves ne vous ont jamais entraînés. Nous le ferons pour que la France retrouve l'orgueil de sa gloire passée et renverse les imposteurs qui la ruinent…

Surpris par cette annonce imprévue, les soldats restent un moment sidérés et demeurent totalement silencieux. Napoléon enlève sa coiffure légendaire d'un geste théâtral. Il la tend à bout de bras vers le ciel en criant d'une voix forte :

— Soldats ! Me reconnaissez-vous comme votre Empereur ?

À ce geste, à ces mots, tous ces passionnés sont traversés d'un long frisson. Depuis des années, souvent même depuis l'enfance, ils ont observé, scruté, décortiqué des dizaines de portraits de leur idole. Ils en connaissent les moindres détails et ses traits sont gravés dans leur esprit. Lorsqu'il paraît, Napoléon éclate comme une évidence. Jamais ils n'ont croisé un homme doté d'une telle ressemblance. Le colonel des lanciers polonais est le premier à réagir. Il brandit son sabre vers le ciel et se met à hurler :

— Vive l'Empereur ! Vive L'Empereur ! À bas Louis XVIII ! À Paris !

Le cri est repris par les grenadiers et les lanciers, par Ney et Adrien. Emportée par l'enthousiasme, une partie des spectateurs se met aussi à crier tandis que certains autres prennent des dizaines de photos, ou filment l'événement. Seul le grand maréchal du Palais de l'ex-Napoléon se tait. Indifférent à l'Empereur, il contemple d'un air dédaigneux l'uniforme d'Adrien. Ce dernier s'en aperçoit et s'en inquiète. Il y a manifestement un grand maréchal de trop dans cette histoire. Alors que les cris attirent d'autres curieux, la journaliste, micro en main, s'approche de l'ancien empereur.

— Alors ça y est, vous avez abdiqué finalement ?…

— Mais vous y tenez décidément ! Non, je n'ai pas abdiqué. Je présente juste un empereur beaucoup plus crédible que moi. Je n'ai pas joué le rôle de Napoléon pendant dix ans pour mon plaisir égoïste, mais pour rendre hommage à cette période. À présent, personne ne pourra incarner le grand homme mieux que lui.

— Et vous vous retirez complètement ?

— Non, car l'Empereur a accepté de me confier le commandement de l'escorte impériale. Je vais donc l'accompagner dans son retour.

— Et vous, monsieur ? Que faites-vous dans la vie ?

— Mais voyons… je suis l'Empereur des Français.

— Ah bon ? Alors vous c'est « H 24 »… Vous y pensez en vous rasant ?

— En me rasant ? Que voulez-vous dire ? Je ne comprends pas.

— Ce n'est rien, juste une plaisanterie… Non mais vraiment, quel est votre métier ?

Le colonel Franchi sent que l'Empereur risque de s'enferrer. Rompu à l'exercice médiatique depuis longtemps, il décide de reprendre l'initiative.

— L'Empereur est comme moi un ancien militaire. Il était artilleur.

— Ah, très bien… et quels sont vos projets ?

— Quels sont vos projets… *SIRE* ! rétorque Napoléon sur un ton autoritaire.

— Oh là là !, ça ne rigole pas… sourit la jeune journaliste. Ok, on recommence. Alors quels sont vos projets, Sire ?

— Demain, deux cents ans jour pour jour après mon débarquement, nous allons commémorer mon retour triomphal de l'île d'Elbe. Ensuite, avec mon peloton de chasseurs à cheval et les troupes présentes ici, nous rejoindrons la route de Grenoble. Tous les Français de bonne volonté pourront alors me rejoindre et me suivre jusqu'à Paris.

— Vous pensez qu'ils seront nombreux à répondre à votre appel ?

— Il faut qu'ils soient des millions si nous voulons relever le pays…

Alors que « son » Empereur commence à parler aux médias, Adrien, un peu inquiet, tente de se rapprocher. Réagissant aussitôt à ce mouvement, le grand maréchal du Palais Bertrand se place lui aussi derrière l'ancien Napoléon. Indifférente à ces manœuvres, la journaliste continue son interview avec le sentiment d'être tombée sur un bon client. Elle s'imagine déjà au zapping de Canal et entre pour cela dans le jeu de son interlocuteur.

— Relever le pays ? Vous pensez prendre le pouvoir ?

— Le prendre non, le ramasser oui… Voyez comment les politiques se conduisent. Voyez l'état de la France. Il est grand temps de remettre de l'ordre dans tout ça.

— Sire… allons, allons, pas de politique, glisse le colonel Franchi sur le ton de la plaisanterie.

Voyant que les choses risquent de mal tourner, Adrien tente d'intervenir à son tour :

— Oui, mademoiselle, ces questions viendront un peu plus tard. Pour l'heure nous sommes là pour commémorer le retour de l'Empereur, voilà tout.

— Et vous monsieur, qui êtes-vous ?

— Baron Beaussier. Grand maréchal du Palais de l'Empereur…

— Ah pardon, mais vous dites n'importe quoi. Après la mort de Duroc, il n'y a eu qu'un seul grand maréchal du Palais et c'est moi, Bertrand ! J'ai accompagné l'Empereur jusqu'à la fin à Sainte-Hélène… Ce Beau… Beaussier n'a jamais existé, et puis regardez son uniforme. C'est nul, on voit bien que les broderies ne sont pas faites à la main.

— Mais on ne vous demande rien à vous, rétorque aussitôt Adrien. JE SUIS le grand maréchal du Palais puisque c'est l'Empereur qui m'a nommé à ce poste.

— Non mais, depuis quand vous inventez des personnages historiques qui n'ont pas existé ? On n'est pas là pour raconter n'importe quoi…

Voyant que le ton monte, le maréchal Ney intervient et saisit Bertrand par le bras.

— Hé vous, le péquin déguisé, on ne vous a pas sonné. Laissez le grand maréchal tranquille. D'ailleurs vous n'avez rien à voir avec Bertrand. Je l'ai bien connu et vous ne lui ressemblez pas du tout.

Très inquiet face à la tournure des événements, Franchi tente encore de calmer le jeu.

— Bertrand ! Allons, ce n'est pas le sujet…

— Non mais Sam, qu'est-ce qu'il t'arrive ? Depuis quand doit-il y avoir deux grands maréchaux du Palais ? Et d'où sortent-ils ceux-là ? Personne ne les connaît et tu lâches tout pour ce gugusse qui se prend pour Napoléon…

— Je ne vous permets pas d'insulter l'Empereur !

Sous l'effet du soleil et de la colère, Ney est devenu écarlate. Il empoigne le grand maréchal Bertrand par le col. Conscient de l'effet désastreux de la scène, Méneval et Cipriani accourent pour tenter de calmer le Brave des Braves, mais autant essayer de stopper une charge de cavalerie avec un parapluie. Adrien parvient malgré tout à les entraîner hors du champ des caméras. Les soldats et le public sont stupéfaits. La journaliste demeure sans voix devant la tournure prise par l'interview. Profitant de cet instant de flottement, le colonel Franchi saisit la balle au bond :

— Vous l'aurez bien compris, il s'agit d'une petite saynète improvisée que nous voulions tester. Une réflexion historique distanciée sur le thème du miroir. Qui sommes-nous ? Qui incarnons-nous ? Le vrai, le faux… Un discours sur la vraisemblance et l'improbabilité de la reconstitution historique. Un phénomène où il nous faut paraître et disparaître, mais qui nous interroge sur notre moi profond, notre être individuel et collectif… Nous sommes des sortes de passeurs de mémoire, entre hier, aujourd'hui et demain. Nous devons servir l'Histoire tout en prenant garde de ne pas nous servir nous-mêmes. Vous comprenez n'est-ce pas ?

— Ah… euh… ben, oui… *Pfff*… c'est… c'est conceptuel…

— Voilà, exactement ! C'est *con-cep-tuel*. Vous avez trouvé le mot juste. Une sorte de mise en abîme que nous allons présenter tout au long de notre parcours. Mais surtout, je vous en prie, ne torpillez pas notre effet en diffusant ça ce soir, n'est-ce pas ? C'était une petite avant-première que nous voulions vous réserver.

— Ah oui ? C'est gentil…

L'Empereur commence à froncer les sourcils tandis que le colonel, décidément très à l'aise avec les médias, revient aussitôt sur le sujet.

— Mais notre scoop du jour, c'est notre nouvel Empereur. Ce qui est extraordinaire, c'est sa ressemblance…

— Ma ressemblance ? Mais…

— Sire, je vous en prie, ne soyez pas trop modeste… oui, sa ressemblance est extraordinaire. Nous parlions de mise en abîme alors tenez, regardez cela…

Le colonel Franchi sort de la poche de son uniforme un Smartphone dernier cri. En quelques clics, il affiche le portrait de Napoléon peint par David. Après avoir zoomé, il approche l'appareil du visage de l'Empereur.

— Qu'en pensez-vous, mademoiselle ? C'est stupéfiant non ?

— En effet, c'est bluffant. On dirait le vrai… JP, s'il te plaît, tu peux faire un zoom ?

Le caméraman se rapproche et la ressemblance entre les deux images est saisissante. La journaliste en oublie aussitôt l'algarade des maréchaux.

— Vous êtes vraiment la copie conforme. C'est extra. Nous allons faire le sujet de ce soir là-dessus. Vous m'enverrez les références du tableau et je ferai un fondu enchaîné entre le portrait et le visage de notre ami l'Empereur.

— C'est une excellente idée, mais encore une fois, je vous serais reconnaissant de ne pas insister sur ce petit sketch. Il n'était pas prévu de le faire devant les caméras.

— Pas de problème, faites-moi confiance. Mais vous me préviendrez quand vous le présenterez en public. Je ne vous lâche plus. Je viens d'avoir le feu vert de Paris, nous allons vous suivre dans votre marche jusqu'à Grenoble. Pour ce soir, j'ai assez d'images d'ambiance, avec vous et avec monsieur… monsieur comment déjà ?

— Napoléon… Empereur des Français.

— Alors vous, vous êtes vraiment à fond dans le rôle. C'est super. Nous nous reverrons demain. Merci, messieurs.

— Au plaisir de vous retrouver, mademoiselle, dit Franchi en s'inclinant galamment.

Alors que les journalistes replient une nouvelle fois leur matériel, Napoléon va au-devant de ses troupes. Habitués à être passés en revue par Samuel Franchi, les soldats découvrent le nouvel Empereur avec curiosité. Le sourire et la bonhommie naturelle de son prédécesseur ont disparu. À présent, un regard intense fixe chaque homme dans les yeux. Napoléon s'arrête devant un grognard aux moustaches grises, qui se met à trembler.

— Depuis combien de temps me sers-tu ?

— Dix ans, Sire. J'ai commencé en République Tchèque, à Austerlitz, en 2005.

— Dix ans et tu n'as pas encore la croix ?

— J'espérais que l'autre Empereur… enfin que Samuel me la remettrait…

Se retournant vers le colonel Franchi, Napoléon interroge :

— Est-ce exact, colonel ? Je pense que ce brave a bien mérité la croix…

— Oui, Sire, il l'a amplement méritée, c'est un fidèle parmi les fidèles.

— Quel est ton nom, grenadier ? D'où viens-tu ?

— Sergent Alboise, Sire, de Pontoise, Seine-et-Oise.

— Et bien Alboise de Seine-et-Oise, voici ta croix.

Sortant une Légion d'honneur de sa poche, Napoléon l'épingle sur le revers de l'uniforme du grenadier. L'homme présente les armes, les yeux embués de larmes.

— Soldat, c'est ton jour de chance, tu pourras fêter ça ce soir.

— Ah ben ça alors… merci, mon Empereur. Vive l'Empereur !

Aussitôt le cri est repris par les autres soldats, qui observent la scène avec envie.

— *Soldats !* Demain, il y aura d'autres récompenses. D'ici là, fêtez dignement la croix de ce brave. Retournez dans vos bivouacs, c'est l'Empereur qui régale.

— Vive l'Empereur ! Vive l'Empereur !

— À présent colonel, venez avec moi. Il nous faut régler ce conflit entre nos grands maréchaux du Palais. Ces imbéciles ont failli tout faire rater.

Suivi de Franchi, Napoléon retrouve Bertrand contre le muret qui borde la plage. L'homme est entouré de Ney, d'Adrien, de Méneval et de Cipriani. Les quatre hommes sont disposés en demi-cercle afin de le dissimuler complètement aux regards du public. Assis dans le sable, le grand maréchal du Palais paraît désemparé. Voyant arriver son ami, il relève la tête et s'écrie :

— Sam… ce sont des fous ! Sors moi de là, je t'en supplie.

— Eh bien mon brave, vous faites bien des manières pour si peu de choses. Certes, Ney a des façons un peu… cavalières. Mais que diable… ce n'est pas un maréchal de salon, lance Napoléon d'un air moqueur.

— Des manières ? ! Vous appelez ça faire des manières ? Il a déchiré la manche de mon habit et celui-là… il m'a menacé d'un couteau…

— Toi tu te tiens tranquille ! murmure Cipriani entre ses dents en tenant sa main droite cachée sous son manteau.

— Allons Cipriani, tout va bien à présent. Aide ce monsieur à se relever. Nous sommes arrivés un peu brutalement dans vos vies, mais le colonel Franchi va vous expliquer.

Bertrand se relève et tente de désensabler son beau costume.

— Sam, que se passe-t-il ?…

— Il se passe que nous avons un nouvel Empereur. Je ne peux pas encore tout te dire. Ce serait trop long, mais regarde… Au niveau de la ressemblance je suis ridicule à côté de lui. Tout le monde serait ridicule. Moi je m'efforçais d'incarner Napoléon, lui, il *EST* l'Empereur.

Bertrand tente de se calmer un peu et pour la première fois il scrute avec attention le nouveau venu. Ce dernier le dévisage lui aussi. Malgré sa colère, Bertrand ne peut soutenir ce regard perçant.

— Oui… oui… c'est pas mal. C'est même bien. Et puis son uniforme, on dirait qu'il est d'époque…

— Il est authentique, affirme Franchi. Je te le confirme…

— Impressionnant… Mais c'est une folie de se promener avec autant d'argent sur le dos. Bon, après tout, c'est toi qui fais Napoléon, si tu veux lui passer la main c'est ton affaire. Par contre, moi je suis et je reste Bertrand.

— Pas question, tonne tout à coup Napoléon. J'ai nommé le baron Beaussier à cette fonction, c'est lui qui a la responsabilité de la Maison impériale. Il conserve ses fonctions et vous allez lui donner votre uniforme, qui est effectivement plus réglementaire que le sien.

— Lui donner mon uniforme ? Quoi ?! Mais ça ne va pas la tête ?

— On ne parle pas comme ça à l'Empereur ! s'écrie le maréchal Ney. Aussitôt Cipriani replonge sa main droite dans son manteau.

Samuel Franchi intervient aussitôt :

— Calmons-nous… calmons-nous messieurs. Écoute, Bertrand, tu vas faire ce que désire l'Empereur. Tu vas donner ton uniforme et tu vas…

Excédé, Napoléon tranche aussitôt :

— La discussion est close. Beaussier, vous seul demeurez grand maréchal du Palais.

Bertrand jette un regard désespéré en direction de son ami Samuel, mais personne n'ose contester la décision de l'Empereur. Indifférent aux états d'âme de ses subordonnés, il ordonne aussitôt.

— Retournons à Antibes dans nos cantonnements. Je veux présenter le colonel Franchi à nos cavaliers. Nous reviendrons sur la plage à la nuit tombée afin de faire la tournée des bivouacs. Cipriani, avec « Bertrand », veillez à procurer du vin à mes braves grenadiers et ne regardez pas à la dépense. Pensez aussi à faire repriser l'uniforme déchiré du grand maréchal avant de le lui remettre.

Puis, s'approchant de Cipriani, il lui glisse à l'oreille :

— Tu restes au bivouac, tu gardes un œil sur ce Bertrand et tu fais parler les soldats. Vois ce qu'ils pensent de tout ça.

— Compte sur moi. Le bon vin rend bavard.

— À présent partons !

La petite troupe emboîte le pas de l'Empereur jusqu'à la Jaguar. Méneval reprend le volant avec Ney à ses côtés tandis que Napoléon s'installe à l'arrière entre Samuel et Adrien. Le véhicule arrive rapidement au camping où les cavaliers d'Aureck ont leurs quartiers. Les cavaliers sont en tenue et effectuent leurs manœuvres. Samuel est enchanté de voir une troupe d'aussi bons cavaliers. Même s'il note quelques détails non conformes sur les uniformes, il se met rapidement en selle aux côtés du maréchal Ney et partage les exercices des soldats. Le carrousel improvisé est apprécié des rares clients du camping, qui applaudissent et prennent des photos.

Le soir, dans le bungalow de l'Empereur, le petit état-major regarde le journal télévisé. L'incident avec Bertrand est occulté et l'ensemble donne une très bonne impression. L'événement est présenté sous l'angle de sympathiques passionnés. Le reportage fait également appel à Laurent Joffrin. Le patron de *Libé* est l'auteur de plusieurs romans historiques dont l'action se déroule sous l'Empire. À ce titre, il explique que Napoléon l'a toujours fasciné et que ce personnage hors du commun demeure une passion française.

L'Empereur est très satisfait du reportage. Les commentaires inattendus de Joffrin le confortent un peu plus dans son entreprise. Depuis les Violettes, Pauline a téléphoné à son père pour lui dire que le reportage a été très suivi et que les réseaux sociaux commencent à s'agiter. Ses comptes Twitter et Instagram sont plus visités que jamais et le nombre de ses *followers* augmente rapidement. Sur YouTube, plusieurs vidéos sont déjà en ligne. Elles montrent l'apparition de Napoléon et les commentaires soulignent tous la ressemblance particulière. Pauline demande des photos et des films afin de pouvoir alimenter ses comptes au fur et à mesure de la marche de l'Empereur.

Beaussier et le colonel Franchi se mettent rapidement d'accord sur le plan com de l'Empereur. Les deux hommes ne souhaitent pas annoncer trop brutalement que Napoléon est bien Napoléon. Selon eux, il faut laisser planer le doute. Les gens doivent se poser la question de savoir qui est ce personnage. Pour cela, la télévision doit les aider, tout comme les multiples relais Internet. Napoléon approuve la stratégie.

— Soit. Je ne découvrirai pas tout de suite mes batteries. Je sais, quand il le faut, quitter la peau du lion pour celle du renard. Cependant, il ne faut pas se contenter d'attendre. Récemment, un député des Pyrénées a pris une initiative intéressante. Avec son béret vissé sur la tête il est allé à pied au-devant de ses concitoyens pour recueillir leurs doléances. Sa marche n'a guère été suivie par les médias, mais les gens lui ont fait bon accueil. Je suis persuadé que le vol de l'Aigle aura plus d'échos que sa promenade à travers le pays.

— Sire, vous emporterez la conviction des Français. Le chapeau de l'Empereur attire plus la lumière que le béret basque d'un député, affirme Franchi, qui connaît le sujet.

— À présent, retournons sur le bivouac. J'ai hâte de jauger le sentiment de la troupe.

De retour sur la plage, l'ambiance du campement est à la fête. Accompagnés de quelques femmes en costumes d'époque, les soldats boivent et chantent. La douce lumière des feux de camp et des lanternes baigne la scène d'une atmosphère particulière. Alors que les touristes ont disparu, aucune fausse note contemporaine ne vient troubler ce tableau vivant. Le vieux tambour-major est le premier à apercevoir l'Empereur accompagné de son petit état-major. Aussitôt il fait battre *Aux champs*. Au son des roulements de tambours et à la lueur des torches que l'on allume sur son passage, les hommes acclament leur nouvel empereur. Tout cela plaît beaucoup à Napoléon. Une ambiance de veille d'Austerlitz flotte sur le bivouac.

— Bonsoir soldats, bonsoir… Capitaine, le moral de mes grognards me semble excellent. Le vin est-il à leur goût ? Avez-vous tout ce dont vous avez besoin ?

— Oui, Sire. Merci pour le vin, il est excellent.

Avec sa baïonnette, un vieux soldat pique une pomme de terre qui cuisait dans les braises. Après l'avoir un peu refroidie dans ses mains, il la tend à l'Empereur en disant :

— Tenez Sire, c'est la plus cuite.

Sans cérémonie, Napoléon prend l'humble présent dans ses mains et se met à l'éplucher. Après avoir croqué dedans et bu une gorgée de vin dans une timbale en étain, il demande à ses soldats :

— Êtes-vous prêts, soldats ? Demain sera un grand jour… Il y a deux cents ans, jour pour jour, je foulais cette plage. Il n'y avait pas cette route ni ces immeubles. Le lieu était presque désert, avec quelques oliviers et de pauvres maisons de pêcheurs. Pourtant, c'est d'ici que l'Aigle a pris son envol. Me suivrez-vous comme les braves qui m'ont accompagné il y a deux siècles ?

— Sire, nous vous suivrons jusqu'à Paris, répond le capitaine des grenadiers. Votre apparition a fait grande impression. Ils ont la sensation que l'Empereur est parmi nous…

— Qui sait si ce n'est pas le cas ? sourit Napoléon en pinçant l'oreille de l'officier.

Au signal du tambour-major, les hommes se mettent à chanter au son des fifres.

« *Veillons au salut de l'Empire,*
Veillons au maintien de nos droits.
Si le despotisme conspire,
Conspirons la perte des rois…
Plutôt la mort que l'esclavage,
Telle est la devise des Français. »

Napoléon écoute la sérénade d'un air satisfait. Se tournant vers Adrien, il murmure :

— Beaussier, cet hymne de l'Empire ne vous semble-t-il pas adapté à votre époque ?

— Sire, il est intemporel…

Après avoir décoré le tambour-major, Napoléon quitte ses troupes aux cris redoublés de « Vive l'Empereur ! ». Alors qu'il s'éloigne du camp, Cipriani sort de la pénombre.

— Eh bien, tu étais là ! L'esprit de la troupe me paraît très bon. Que disent-ils de tout cela ?

— Ils sont heureux. Comme sur un nuage. Ils ne parlent que de ta ressemblance. Leur ancien Napoléon est très apprécié, mais ils sont tous d'accord pour affirmer que le nouveau est parfait. Ils ont également remarqué le maréchal Ney, qui fait aussi une forte impression. J'en ai entendu certains qui parlent de réincarnation.

— À la bonne heure… Ils ont apprécié le vin ?

— Oui, j'ai apporté plusieurs caisses de vin bouché, du côtes-du-rhône de Valence.

— Ah… Valence… ma première garnison. J'étais bien jeune.

— C'est pour commémorer ton passage dans cette ville qu'une association propose des bouteilles avec des étiquettes à ton effigie. J'ai pris tout le stock. Les soldats ont apprécié le geste. Ils te trouvent aussi généreux que ton prédécesseur.

Voyant l'uniforme rouge de Bertrand sur le bras de Cipriani, Napoléon s'étonne :

— Et ce faux Bertrand ? Où est-il passé ? Je ne l'ai pas aperçu. Tu ne l'as pas…

— Non, non… rassure-toi. Il est parti fâché, mais il est parti tout seul. Il pense que nous sommes tous des fous. Que ce que nous faisons est honteux et qu'il va faire de la reconstitution médiévale à présent. Il est parti prendre un train à la gare et je ne l'ai pas retenu. Il a rendu son uniforme que j'ai déjà fait repriser par une cantinière du bivouac.

— Que le diable l'emporte… À présent rentrons. Tout se déroule parfaitement.

— Napoléon, ne sois pas trop confiant. Souviens-toi que des hommes puissants ont juré ta perte. Il faut organiser ta sécurité.

— Occupe-toi de cela avec Beaussier. Compte le colonel Franchi au nombre des hommes en qui tu peux avoir confiance.

— Je n’ai confiance en personne, Napoléon… sauf en toi. Mais je vais faire au mieux.

Au même moment, un avion de Paris touche le sol à l’aéroport de Nice. Un homme à la tenue impeccable sort avec les autres passagers. Taillé comme une armoire à glace, les cheveux courts et crépus, son énorme tête au teint rougeaud semble directement posée sur ses larges épaules. Une fois dans son taxi, l’homme demande au chauffeur de le déposer devant un hôtel de Golfe-Juan. Alors que le véhicule démarre, le passager appelle un numéro enregistré sur son portable.

— Monsieur le duc, c’est Georges. Je viens d’arriver à Nice… Oui, je saurai être prudent et je vous rendrai compte de tout.

20

L'éternel retour

1er mars 2015, 7 heures

Dans le bungalow de Napoléon, Cipriani a confié des armes de poing à Ney, à Adrien ainsi qu'au colonel Franchi. Ce dernier a été surpris d'apprendre le retour de Fouché et de ses projets d'homicide. Mais son expérience de la guerre a fait de lui un homme d'action capable de s'adapter aux situations les plus improbables. Adrien s'y connaît un peu en armes à feu et il se sent rassuré par le Colt 45 fourni par Cipriani. En revanche, Ney dédaigne cette quincaillerie trop moderne. Le maréchal préfère garder son sabre et surtout les deux magnifiques pistolets à silex qu'il a acquis à Paris. Quant à Ali, Cipriani s'oppose toujours à l'équiper. Il lui refuse même de conserver une arme blanche. Ce dernier, très vexé, crie à la discrimination raciale, mais le ministre ne cède pas. Pour calmer son mamelouk sans désavouer son ministre, Napoléon refuse le pistolet mais autorise Ali à conserver son poignard à lame courbe et à manche d'ivoire. Même si ce jugement de Salomon leur déplaît, les deux hommes se taisent et obtempèrent. C'est donc à quatre que les fidèles de l'Empereur ont pris leur tour de garde devant la porte du maître. Constamment aux aguets pendant leur quart, ils n'ont pratiquement pas fermé l'œil de la nuit. Seul le mamelouk Ali a dormi comme un bienheureux auprès du lit de Napoléon.

Au petit matin, les cavaliers enfilent leur tenue et les chevaux sont embarqués dans les remorques. Le petit convoi quitte ensuite Antibes en direction du golfe Juan. Alors que le gros des badauds n'est pas encore arrivé, les chasseurs à cheval de l'Empereur font grande impression parmi les reconstituteurs. Conduits par le lieutenant Aureck et le colonel Franchi, la troupe a belle allure et elle s'intègre sans difficulté à la manifestation. Avec les lanciers polonais, les exercices d'adresse se déroulent parfaitement pendant toute la matinée. Le public applaudit et les lanciers trinquent ensuite avec les chasseurs à cheval. Pour répondre aux nombreuses questions posées sur son équipe, Aureck raconte ce qu'il sait. Son groupe fait depuis longtemps de la reconstitution historique antique et médiévale. Ce n'est que très récemment que son ami Adrien lui a demandé de se mettre au service d'un passionné qui a financé l'habillement de ce groupe.

— Mais que fait-il dans la vie ? demande le colonel des lanciers.

— Je n'en sais rien. Il a une très belle maison près de Paris avec un grand parc. C'est peut-être un ancien trader plein aux as qui investit dans sa passion…, propose Aureck en rigolant.

— En tout cas, moi ça fait presque vingt ans que je fais du napoléonien et j'en ai vu passer des empereurs… trop grand, trop petit, avec l'accent anglais, belge ou italien. Mais votre patron… chapeau ! il est juste extraordinaire. Chaque fois que je croise son regard j'ai des frissons.

Sur la plage de Golfe-Juan, une petite table a été dressée pour le déjeuner de Napoléon. Vêtu de sa livrée verte, son valet Constant lui sert une rapide collation tandis que son état-major se tient debout à ses côtés.

— Colonel Franchi, quel est le programme ? Comment les choses doivent-elles se dérouler ?

— Eh bien Sire, vous allez monter sur une chaloupe avec Ali. Elle vous conduira sur le petit ponton installé sur la plage. Le grand maréchal du Palais et moi-même nous vous accueillerons. Vous passerez ensuite les troupes en revue. Quelques petites saynètes sont prévues, mais je serai à vos côtés pour vous guider.

— Vous prétendez me dire ce que j'ai fait ici il y a deux cents ans ? demande Napoléon manifestement de très bonne humeur.

— Non, Sire. Mais il y a du public derrière les barrières et plus de trois mille personnes qui ont payé leur place pour assister à l'événement…

— Ils ont payé pour me voir ? Voilà qui est de bon augure.

— Il y a aussi toute l'organisation prévue de longue date. J'ai informé les responsables de notre changement. Ils n'ont pas vraiment apprécié, mais ils ont finalement accepté devant votre ressemblance. Je me suis aussi engagé à rester à vos côtés et à ne rien changer à ce qui est convenu. Nous suivrons le récit d'un historien qui doit commenter chaque épisode.

— Un historien pour commenter mes faits et gestes ? Nous ne sommes pas au spectacle que diable…

— Sire, il y a un peu de ça dans la reconstitution, admet Franchi avec un sourire gêné. Il faut que nous soyons en phase avec ses propos. C'est pour servir l'Histoire… si vous le voulez bien…

— Nous verrons cela…

Connaissant son Empereur, Adrien se doute que rien ne va se passer comme prévu. Prenant le colonel Franchi à part, il lui demande :

— Votre historien… c'est un bon ?

— Il est très bien. Il a écrit de nombreux livres sur Napoléon et il a l'habitude de commenter les commémorations. Il fait ça chaque année.

— Il est en uniforme ?

— Non, en costume cravate. Il est très… « comme il faut ».

— *Humm*… Moi je trouve que les reconstitutions commentées par des historiens en « civil », ça casse un peu le rêve.

— Ne vous inquiétez pas, il a beaucoup d'humour…

— Lui aussi…, souffle Adrien en désignant Napoléon, qui achève son déjeuner. Et c'est ce qui m'inquiète un peu.

Une heure plus tard les tribunes sont pleines à craquer. Quelques personnes se sont costumées en habits civils du début du XIXe siècle et arborent fièrement des manteaux et des chapeaux de demi-solde. Ils représentent ces anciens soldats de l'Empereur que les Bourbons ont mis d'office à la retraite en 1814. Sur le trottoir qui longe la route du bord de mer, des centaines de personnes se sont massées pour assister à l'événement. Nettement plus jeunes que le public des tribunes payantes, ces badauds sont venus avec des enfants qui trépignent d'impatience. L'historien de service a déjà commencé ses commentaires. Comme une sorte de Léon Zitrone commentant une course à Vincennes, il se tient près des troupes, le micro à la main. Habillé en blazer et cravate, le personnage produit un effet assez singulier au milieu des uniformes. Tandis que les régiments se positionnent sur la plage, la barque de l'Empereur apparaît à quelques encablures de la côte. Sur les tribunes, les spectateurs distinguent parfaitement la silhouette légendaire reconnaissable à son fameux chapeau. À ses côtés se tient le mamelouk Ali avec sa coiffure à la turque sur la tête. Sur un ponton installé pour l'occasion, Adrien et Samuel attendent l'arrivée du frêle esquif. L'embarcation accoste et Adrien aide l'Empereur à monter sur le plancher de bois.

— Bienvenu Sire. Heureux de vous voir de retour…

— Ma vie est un éternel retour, baron. Retour de Corse, retour d'Égypte, retour de l'île d'Elbe, retour des cendres et à présent retour du séjour des morts… Combien de fois vais-je devoir aborder le rivage ?

À ce moment-là, les soldats rassemblés sur la plage se mettent à acclamer l'Empereur. Le canon tonne et les chevaux se cabrent. Le public applaudit et reprend en chœur les cris des soldats. Accompagné de son petit état-major particulier, Napoléon rejoint les troupes sur la terre ferme. Il passe au milieu des vieilles moustaches. Salue les uns, en reconnaît un autre, effleure de la main l'aigle des drapeaux qui s'abaissent devant lui. Conduits par le maréchal Ney, quelques officiers le rejoignent autour d'une petite table sur laquelle des cartes sont disposées. Tandis que l'historien accumule les anecdotes, l'Empereur rejoue la scène avec beaucoup de naturel.

— Sire, voulez-vous bien accrocher cela à votre revers.

— Quel est cet objet, Franchi ?

— Un micro-cravate, Sire, vous allez devoir dire les quelques phrases que j'ai rédigées sur ce papier. Ce micro permet de vous faire entendre de l'ensemble du public. Le présentateur doit nous indiquer quand ce sera à vous de parler.

— Ce perroquet commence à m'agacer. En plus, il enfile les erreurs et les banalités comme des perles. N'est-ce pas, Beaussier ?

— En effet Sire, il fait de son mieux pour paraître drôle, mais ses pauvres blagues sur l'actuel président tombent à plat et n'amènent rien à l'affaire.

— Si fait. Même s'il croit me mettre en valeur en me comparant à lui, cela ne me plaît guère. Il faut comparer ce qui est comparable.

À cet instant, l'historien-présentateur fait un rappel un peu pontifiant de la fin des Cent-Jours :

— … et après avoir été vaincu à Waterloo, il revient à Paris et abdique au palais des Tuileries…

— Ah non, cela suffit… je ne suis pas encore vaincu. Où est l'intérêt de raconter cela aujourd'hui ? Je suis là pour forger un nouvel avenir. De plus, je n'ai pas abdiqué aux Tuileries mais à l'Élysée… Cet homme est un âne. Qu'il se taise à la fin… Napoléon a prononcé ses paroles alors même qu'un technicien vient d'allumer son micro. Tout le public a parfaitement entendu le ton furieux où pointe l'accent corse. Après avoir été un peu surpris par cette intervention, les spectateurs se mettent à rire. L'historien stupéfait ravale le compliment et tente de rebondir avec humour…

— En… en effet, Sire. Vous le savez mieux que moi. Le palais de l'Élysée, oui… que Sa Majesté daigne excuser cette petite confusion. Ma langue a fourché.

Je dis bien « fourché » et pas « Fouché ». J'espère que vous n'allez pas me faire fusiller…

— Voulez-vous me faire passer pour un tyran ? Coquin ! Hors de ma vue. Vous ennuyez le peuple avec vos rodomontades…

Assommé par les chiffres et les dates égrainés par l'historien, le public se met à applaudir. Pensant que le numéro est entendu entre un professeur caricatural et un empereur rebelle, la foule prend le parti de ce dernier. Une voix se met alors à scander : « Na-po-lé-on, Na-po-lé-on ». Elle est aussitôt reprise en chœur par l'assistance. Tandis que l'historien furieux jette son micro dans le sable, le colonel Franchi enchaîne au plus vite. Il tend aussitôt le texte de la proclamation prononcée lors de son retour, deux cents ans plus tôt. Napoléon jette un coup d'œil rapide sur le document avant de le repousser.

— Inutile, Franchi, je m'en souviens parfaitement. Je vais remettre cela un peu au goût du jour.

Adrien et Samuel se regardent d'un air inquiet, tandis que l'Empereur commence sa proclamation aux troupes :

— Soldats ! Dans mon exil j'ai entendu votre voix et je suis arrivé à travers tous les obstacles. Des obstacles que vous ne sauriez imaginer. Votre général appelé jadis au trône par le choix du peuple vous est rendu. Venez le rejoindre, arborez cette cocarde tricolore. Reprenez ces aigles qui vous accompagnaient dans nos grandes journées à Austerlitz, à Iéna, à Wagram. Ralliez-vous à votre Empereur, ses droits ne sont que ceux du peuple et les vôtres. Nous n'avons pas de plus grands ennemis que ces princes qui nous ont été imposés.

Tandis que les troupes l'acclament, Napoléon se rapproche du public.

— Et vous Français, quel que soit votre rang, ralliez-vous aussi à ma cocarde. C'est celle du peuple, celle de la Révolution. Il est temps à présent de secouer votre torpeur. Êtes-vous satisfaits des princes qui vous gouvernent aujourd'hui ?

— Non ! Non ! se mettent à crier plusieurs voix…

— Alors suivez-moi dans ma marche jusqu'à Paris. *Français !* Avec les couleurs nationales, celles de 1789, l'Aigle volera de clocher en clocher jusqu'aux tours de Notre-Dame. Il fondra alors sur ceux qui ont trahi toutes leurs promesses depuis trop longtemps.

Manifestement séduits par cette proclamation inattendue, beaucoup de spectateurs applaudissent. Certains pensent que Napoléon évoque les Bourbons en 1815. D'autres apprécient le double sens de ces paroles qui à leurs yeux valent aussi pour aujourd'hui. Satisfait de son effet, Napoléon monte sur Vizir, que lui amène son mamelouk. Adrien, Ney et le colonel Franchi se mettent en selle à leur tour tandis que l'Empereur part au trot. Suivi de près par ses officiers, ses chasseurs à cheval et les lanciers polonais, il fait le tour des troupes à pied qui l'acclament. La vingtaine de cavaliers exécutent un carrousel de toute beauté qui enflamme le public. Dans les tribunes, les plus blasés se lèvent et applaudissent. Avec sa cavalerie, Napoléon pousse jusqu'au bout de la plage pour saluer les spectateurs les plus mal placés. Ce petit geste est très apprécié des enfants, qui scandent son nom. Souriant devant cet enthousiasme juvénile, Napoléon met pied à terre un instant. Il se laisse photographier et prête même son chapeau à un petit garçon émerveillé.

Une fois remis en selle, il revient au pas vers la tribune. Il entraîne derrière lui les grenadiers et les artilleurs, qui tirent leur canon à bras d'hommes. Le public rend hommage à la troupe et à son Empereur avec des cris de joie. Certains hurlent « À Paris ! », d'autres « Vive Bonaparte ! ».

Parfaitement maître de sa monture, Napoléon salue en souriant. Une femme en costume d'époque se place devant son cheval et lui tend son enfant. L'Empereur le prend dans ses bras et l'embrasse. Il rend ensuite le petit garçon à ses parents en disant :

— J'accepte d'être son parrain, mais à une condition. Il doit devenir grenadier de la Garde.

La foule, qui a entendu la phrase grâce au micro, se remet à applaudir. Elle applaudit encore alors que Napoléon et ses hommes ont déjà disparu derrière les tribunes. Dès qu'il a mis pied à terre, le colonel Franchi est pris à parti par l'organisateur.

— Sam ! Qu'est-ce que c'est que ce cirque ? Rien ne s'est déroulé comme prévu. Notre historien est furieux. Il a pris ses cliques et ses claques en jurant qu'il ne remettra plus les pieds à Golfe-Juan.

— Bon débarras… il commençait à me barber, répond simplement Samuel.

— Mais tu m'avais promis que ce gars allait respecter le programme. Qu'est-ce que je vais dire au maire ?

— Le maire ? Mais il est ravi le maire. Je l'ai vu applaudir et il semble enchanté de ce qui a été dit. Le public est content… ta commémoration est un succès… Alors ? Que demande le peuple ?

— Et l'Histoire ?

— L'Histoire, il faut parfois la bousculer un peu. On peut parfois lui faire des enfants, pourvu que se soient de beaux enfants. D'ailleurs, aujourd'hui j'ai comme l'impression que le petit dernier est en marche…

— Colonel Franchi…

— Oui, lieutenant Aureck ?

— L'Empereur vous demande au bivouac. Il y a réuni son état-major.

— Bien, gardez mon cheval lieutenant, je vais le rejoindre de ce pas. Désolé mon vieux, mais le patron m'appelle.

— Sam… tu es sûr que ça va bien ? Je ne t'ai jamais vu comme…

— Comme quoi ?

— Je ne sais pas… tu changes le programme, tu te mets sous les ordres de ce type que personne ne connaît. Ce n'est pas sérieux…

— Tu te trompes, j'ai toujours tout fait avec beaucoup de sérieux. Là c'est autre chose… Tu entends le public applaudir ?… Ils le rappellent. C'est l'essentiel, tu devrais être content.

Sur la plage, Napoléon a revêtu sa redingote grise. Assis devant une petite table, il consulte attentivement les cartes de la région déployées devant lui. À ses côtés, ses officiers se tiennent debout et attendent ses instructions.

— Ah, vous voilà, Franchi. Nous allons faire mouvement sur Cannes puis Grasse. De là nous entamerons notre marche jusqu'à Paris. Les routes ont bien changé depuis la dernière fois. Combien d'hommes sont-ils prêts à nous suivre en plus de mes chasseurs ?

— Eh bien Sire, nous avions déjà prévu de faire cette route avec les lanciers polonais. Avec vos chasseurs nous aurons plus de vingt cavaliers.

— C'est une toute petite armée…

— Mais nous serons beaucoup plus la semaine prochaine à Laffrey.

— Laffrey, là où les troupes de Grenoble ont tenté de stopper ma marche. Qu'y a-t-il de prévu ?

— Une reconstitution de cette rencontre aura lieu avec plus de trois cents reconstituteurs. Certains se joindront à nous durant notre marche.

— C'est moins qu'en 1815, mais ce n'est pas si mal. De toute façon, même seul j'aurais pris ce chemin. Beaussier !

— Oui, Sire ?

— Les étapes sont-elles préparées ?

— Selon vos ordres, Sire. En suivant scrupuleusement l'itinéraire que vous avez emprunté en 1815, j'ai retenu de quoi vous loger ainsi que vos hommes à chaque étape jusqu'à Grenoble. Les lanciers polonais ont déjà fait de même de leur côté.

— Quand partons-nous, colonel Franchi ?

— D'après le programme de la journée, dans une demi-heure.

— Très bien. Ney, veillez à ce que les chevaux et les hommes soient prêts.

Alors que Napoléon se lève, un petit garçon accompagné de son grand-père s'approche timidement.

— Dis monsieur, tu veux bien que mon *papé* fasse une photo de moi avec toi ?

L'Empereur sourit et lui demande :

— D'accord, mais dis-moi ce que tu sais de Napoléon.

— Heu… je sais que c'est l'Empereur de la France et qu'il a gagné plein de batailles.

— Et quoi d'autre ?

— Ben… qu'il a inventé la Légion d'honneur, mais que de son temps on la donnait pas aux chanteurs et aux joueurs de foot. Enfin, c'est ce que dit *papé*. Il paraît aussi qu'on aurait bien besoin qu'il revienne parce c'est un sacré bazar maintenant.

— Tu as appris ça à l'école ?

— Non, on ne fait pas Napoléon en classe, mais c'est *papé* qui m'a raconté.

— Et tu sais qui je suis moi ?

— Bien sûr. Toi tu es le vrai Napoléon…

— Le vrai ? Et pourquoi ?

— Parce qu'on voit que tu as l'habitude de commander les autres. Il suffit que tu les regardes et ils sont tous au garde-à-vous.

— Vous entendez vous autres ? La vérité sort de la bouche des enfants. Allez, viens faire ta photo.

Tout ému, le grand-père s'empresse de faire quelques clichés. Quand il a fini, l'Empereur le félicite pour son petit-fils et donne une pièce d'or au gamin.

— Tiens petit, c'est pour avoir bien écouté ton grand-père.

Le geste est aussitôt photographié par des dizaines de curieux qui se sont rapprochés du bivouac. Le caméraman de France 2 n'a rien perdu de l'échange. Le gamin est tout fier de montrer sa pièce frappée à l'effigie de l'Empereur, qui brille au soleil. Encouragés par la bonhomie de Napoléon, d'autres badauds sollicitent une photo. Une femme d'âge mûr, habillée d'une élégante tenue en simili léopard, se colle à lui en marchant sur les pieds d'une petite fille. Un juge lui raconte qu'il est allé deux fois à Sainte-Hélène. L'Empereur reconnaît que pour sa part il n'y a fait qu'un seul séjour, mais beaucoup trop long à son goût. D'autres quémandent un autographe, tandis que les enfants se pressent autour de lui. À l'aise avec eux, Napoléon répond à leurs demandes avec patience. Tandis qu'il se laisse photographier, chaque gamin espère secrètement qu'une autre pièce d'or va sortir de la redingote. Napoléon répond avec plaisir à l'enthousiasme populaire. Il satisfait chaque sollicitation avec bienveillance et se laisse entraîner par la foule qui s'agglutine autour de lui. Sous l'œil inquiet de Cipriani, un homme pose sa main sur le bras de l'Empereur et lui glisse à l'oreille comme une confidence :

— Sire… à Waterloo…

— Eh bien quoi ?

— À Waterloo, méfiez-vous de Bourbaki…

— Pardon ?

— De Bourbaki… il ne sera pas au rendez-vous !

— Vous voulez dire Grouchy ?

— Non, *Bour-ba-ki*…, insiste l'érudit.

— Beaussier… Mais que veut-il me dire à la fin ? Je n'y comprends rien avec son Boubarki…

— Sire, Bourbaki[1] est un général de votre neveu Napoléon III… il se trompe juste d'Empereur…

Tandis que la remarque fait rire les amateurs d'Histoire, la jeune journaliste de France 2 tend son micro vers le colonel Franchi :

— C'était très réussi la petite saynète sur la plage. Le dialogue entre Napoléon et l'historien… Le vrai, le faux… Qui est qui ? La mise en abîme, c'est un super concept. Génial ! Il va y en avoir d'autres ?

— Oui, très certainement. Nous allons reproduire ce genre d'échange interactif. Mais vous savez, il y a

1. Charles Denis Bourbaki (1816-1897) commande la Garde impériale de Napoléon III puis l'armée de l'Est durant la guerre de 1870. Mal équipée, son armée doit se réfugier en Suisse où elle est internée.

une grande part d'improvisation. L'essentiel est de faire réfléchir le public sur hier et aujourd'hui et sur la place de Napoléon.

— En tout cas c'est superbe, on le passe au J.T. de 20 heures. C'est très conceptuel. J'adore…

— Vous m'en voyez ravi, mademoiselle…, répond Samuel avec un petit sourire.

La voix de l'Empereur résonne tout à coup :

— Beaussier ! Franchi ! Il est l'heure. À cheval ! La France m'attend !

Un spectateur est ravi de pouvoir tenir la bride de Vizir tandis que l'Empereur se met en selle. Devant une foule de touristes et d'autochtones enthousiastes, Napoléon se dirige au pas vers la route de Cannes. Il est suivi de ses cavaliers tandis que les grenadiers font une haie d'honneur en criant : « À Paris ! ».

— Oui, à Paris…, souffle Napoléon en se parlant à lui-même. L'invasion du pays par un seul homme commence… et cette fois, j'irai jusqu'au bout de ma destinée.

Puis il éperonne sa monture, qui part au galop en direction de Mougins.

Le soleil a déjà basculé derrière les montagnes lorsque la troupe arrive à proximité de Grasse, première étape sur la Route Napoléon. Les chasseurs et les lanciers s'installent dans deux campings différents tandis que l'état-major de Napoléon investit le relais Fragonard. Après un repas rapidement expédié, Napoléon s'assoit sur une chaise placée en face de la cheminée et remue les bûches dans l'âtre du bout de sa botte. Debout à ses côtés, le colonel Franchi assiste au spectacle. Le collectionneur d'objets napoléoniens se désole de voir les authentiques bottes de l'Empereur abîmées par cette sale manie.

21

La marche de l'Empereur

2 mars 2015, 8 heures

Le lendemain, la petite armée couvre une soixantaine de kilomètres. Pendant ce premier jour de marche Napoléon est resté silencieux. Les routes sont bien meilleures que les sentiers de 1815. Elles permettent de s'éloigner rapidement d'une Côte d'Azur bétonnée pour retrouver une nature plus conforme aux paysages de l'époque impériale. Dans l'après-midi, la troupe rejoint l'étape de Séranon où les valets et les palefreniers sont déjà arrivés avec les véhicules. L'équipe de France 2 a suivi elle aussi. Cette première journée a surtout été consacrée à faire des prises de vue des cavaliers qui trottent dans des paysages magnifiques, entre mer et montagne. À la pointe des lances, les flammes blanches et rouges flottent au vent. Les chasseurs de la Garde ont enfilé leur pelisse écarlate au revers de fourrure noire. Aux côtés de l'Empereur, de Ney et du colonel Franchi, le mamelouk Ali chevauche fièrement sur son cheval blanc. Sa tenue à l'orientale, son turban et sa culotte bouffante étonnent les passants. Arrivé à plus de mille mètres d'altitude, l'air devient plus frais et des plaques de neige sont encore visibles çà et là.

À l'aube du 3 mars, Napoléon et ses hommes se remettent en marche en direction de Castellane. Pendant la journée, Pauline appelle son père pour lui dire que le compte Twitter de Napoléon vient juste de dépasser les dix mille *followers*.

Jusque-là l'Empereur n'a pas cherché à aller au-devant des curieux qui le regardent passer en le saluant de la main. À présent, sur les routes sinueuses des Alpes-de-Haute-Provence, Napoléon prend son temps. À chaque fois qu'il le peut, il engage la conversation avec les gens qu'il croise. Ce sont toujours les mêmes attentes qui reviennent spontanément dans la conversation.

— On veut être respectés, on veut être entendus.

— On ne nous écoute pas là-haut.

— Ils parlent d'État de droit, mais on a l'impression de vivre dans une monarchie de droit divin.

— L'Europe ? C'est un échafaudage branlant.

— Quand ça va s'effondrer, on sera plus mal que les Grecs et personne ne sera là pour nous renflouer.

— Il y a trop d'impôts.

— Il y a trop de fonctionnaires et de moins en moins de services publics dès qu'on s'éloigne des villes.

— Il n'y a plus d'argent. On travaille pour une misère, on n'y arrive plus.

— On a de petites retraites, nos enfants vivront moins bien que nous.

— On veut pouvoir entreprendre librement pour vivre dignement.

L'Empereur prête attention à toutes ces doléances. Il interroge chacun avec patience et présence d'esprit. Ses réponses n'ont rien à voir avec les sourires guindés et les acquiescements systématiques des hommes politiques sur les marchés. Il ne se contente pas d'approuver avec un air compatissant, avant de passer à un autre électeur. Ici, quel que soit l'interlocuteur, l'Empereur fait preuve de perspicacité. Il formule des objections et écoute attentivement les réponses. Il observe les gens, les écoute, leur pose des questions. Il ne propose pas de solution miracle, mais sait faire preuve d'empathie. À la fin, la conversation se termine presque toujours sur une remarque adressée à Napoléon en personne :

— Il n'y a plus d'hommes d'État. Les politiciens font du marketing.

— Il nous faudrait quelqu'un comme vous.

— Ça allait mieux à votre époque, mais bon c'était aussi la guerre.

— Avec vous ça marchait droit au moins.

Très souvent les personnes interrogées remarquent la ressemblance avec l'original. Certains touristes sont venus de loin pour faire la Route Napoléon et ils sont ravis de cette rencontre inattendue. Ceux qui connaissent le mieux les portraits de l'Empereur sont proprement époustouflés. Ils prennent des photos et se prennent avec lui. Ils veulent parfois des autographes et reconnaissent la fameuse signature. Lorsque les cavaliers repartent, ils restent un moment à se demander qui est cet homme qui a croisé leur route.

La journaliste de France 2 veille à rester en retrait pendant ces échanges, mais elle n'en perd pas une miette. En fin d'après-midi, la troupe arrive dans la petite ville de Castellane. Une poignée de grenadiers a déjà pris position et attend l'Empereur. Avec eux, quelques centaines de curieux sont ravis d'assister à l'événement. Après un discours prononcé par le maire sur la place, les cris de « Vive l'Empereur ! » retentissent joyeusement à la grande satisfaction de Napoléon, qui est toujours sur son cheval. Il assiste bravement à l'inauguration d'une œuvre issue de la main d'un artiste local. Elle représente Bonaparte à cheval. L'interprétation naïve d'un fameux tableau de David fait sourire son modèle. Dès qu'elle a pu rejoindre son hôtel, la journaliste monte son sujet pour le journal télévisé du lendemain. Les réactions des téléspectateurs sont très favorables et la rédaction du journal lui demande de poursuivre dans cette veine.

Le lendemain 4 mars, Napoléon poursuit son chemin. À la suite de la diffusion du journal de 13 heures, les rencontres se font de plus en plus fréquentes au bord de la route. Les gens saluent l'Empereur, certains lui demandent de s'arrêter un instant. Les conversations reprennent avec toujours les mêmes remarques et les mêmes interrogations.

— De votre temps, l'Europe c'était quelque chose. Pour sûr, elle était française et c'est vous qui l'avez faite.

— Aujourd'hui, ça ne profite qu'aux banques et aux fonctionnaires de Bruxelles.

— Une vraie Europe des nations et des peuples ce serait bien. Mais pas ce grand machin qui ne sert qu'à imposer des normes sur la courbure de la banane ou la contenance des chasses d'eau.

— Mais, les Grecs et les Roumains… ils n'étaient pas dans l'Europe de votre temps ?

— Vous ne pourriez pas revenir pour mettre un peu d'ordre dans tout ça ?

La journaliste filme toujours et pose ensuite quelques questions à ces admirateurs qui viennent spontanément au-devant de l'Empereur. Dans l'après-midi, la troupe passe Digne-les-Bains et installe ses quartiers près du château de Malijai, là même où Napoléon a fait halte en 1815. Le soir, les images retransmises sur France 2 et sur Internet ont beaucoup de succès. De nombreuses vidéos circulent, postées par les anonymes qui ont croisé la route de l'Empereur. Certains affirment qu'ils ont vu le vrai Napoléon.

Très satisfait de la tournure des événements, Adrien appelle sa fille. Au palais des Violettes tout se passe bien entre Jacqueline et Joséphine. L'Impératrice compense l'absence de l'Empereur par une débauche compulsive de shopping en compagnie de Jacqueline et de sa gouvernante Miss Leigh. À son grand désespoir, Pauline n'a même plus le temps de les suivre à Paris car elle est trop occupée par la communication de l'Empereur. Les *followers* du compte Twitter ont doublé en quarante-huit heures grâce à la télé. Les photos et les vidéos qu'elle a postées sur Instagram sont également très appréciées. Les retours sont positifs à plus de 95 %.

Épuisé par les kilomètres parcourus à cheval, Adrien aimerait se coucher tôt, mais Cipriani est là pour rappeler que les tours de garde auprès de l'Empereur doivent être respectés.

— Mais Cipriani, vous êtes complètement paranoïaque. Il n'y a pas de danger. Tout le monde adore Napoléon… vous voyez bien l'accueil des gens.

— On voit que vous n'avez pas vécu à notre époque. Ses pires ennemis sont revenus. Il faut maintenir la vigilance. L'Empereur attire de plus en plus l'attention, mais pas encore assez pour le rendre intouchable. S'ils doivent agir, c'est maintenant.

— Mais Ali dort en travers de la porte.

— Je me défie de lui plus que d'aucun autre. Il a été recruté avant notre arrivée et Fouché avait déjà Nelson dans la place. Ali pourrait bien être une autre mouche. Je l'aurais bien chassé, mais l'Empereur s'en est entiché. Je n'ai même pas pu lui confisquer son poignard de mamelouk. Il a protesté en me traitant de raciste et Napoléon lui a donné raison. Que vous le vouliez ou non, vous assurerez le premier tour de garde. Le grand maréchal du Palais a pour fonction essentielle la garde de l'Empereur et pas seulement de se pavaner dans un bel uniforme.

Piqué au vif par les reproches mais conscient de leur pertinence, Adrien abandonne l'idée de pouvoir se coucher avant 2 heures du matin.

Au petit matin du 5 mars, toute la troupe est sur le pied de guerre. La nuit a été courte pour Adrien et rien de particulier n'est arrivé. Après un rapide petit déjeuner, Napoléon se met en route vers Sisteron. Comme les jours précédents, les soldats de l'Empereur sont accueillis avec enthousiasme par les habitants de la ville. Les enfants agitent de petits drapeaux tricolores au passage des chevaux. La marche est entrecoupée de nombreuses haltes dès qu'un passant manifeste son désir de lui parler. À chaque fois il entend la même expression des frustrations du peuple.

— C'est comme en 1815, 'y a encore trop de privilèges, lui affirme un vieil agriculteur aux mains calleuses. Ma femme a travaillé toute sa vie avec moi et elle n'a pas de retraite. La mienne est minuscule et je n'ai même pas pu transmettre ma terre à mon fils. Vous trouvez ça juste ?

— Non, ce n'est pas juste, répond l'Empereur. Il faut mettre fin aux avantages des uns et rétablir l'égalité en droit pour tous. Napoléon n'est pas seulement l'homme de 1815, mais il est aussi le fils de 1789. Il faut rendre à chacun suivant ses mérites en encourageant l'effort.

Après s'être exprimé d'une voix forte, Napoléon épingle une Légion d'honneur au revers de la veste de chasse du vieux paysan. Il l'embrasse et remonte à cheval. Les paroles de Napoléon ont été enregistrées par la journaliste, qui interroge aussitôt le vieil homme alors qu'il essuie une larme.

— Vous avez l'air ému, remarque la journaliste avec une perspicacité qui n'a d'égal que son sens de l'à-propos.

L'homme se ressaisit aussitôt et répond qu'il a l'impression d'avoir vu passer le vrai Napoléon. La journaliste est contente. L'image est dans la boîte, elle sera diffusée au journal de 13 heures du vendredi pour clore sa série de reportages sur la marche de l'Empereur. Elle n'aura peut-être pas un 7 d'or, mais elle tient le zapping de Canal. Un peu plus loin, une petite fille aux joues rouges offre un petit bouquet de violettes à Napoléon.

— C'est moi qui les ai ramassées pour toi, dit-elle toute fiérote.

Napoléon est touché par ce geste. Il porte les fleurettes à son nez avant de les accrocher au revers de son manteau.

— Merci, petite fille. Elles me porteront chance. Elles symbolisent le renouveau… elles annoncent mon retour.

Au soir, la troupe arrive à Gap, première ville importante depuis le départ de Cannes. Les Gapençais ont mis un point d'honneur à accueillir dignement Napoléon. Quelques grenadiers sont au rendez-vous pour présenter les armes. Bonnet d'ourson sur la tête et baïonnette au canon, les vieilles moustaches écartent les curieux qui bloquent les rues sur le passage des cavaliers. Des tambours battent *Aux champs* et la population semble émerveillée par sa présence. La foule est dense et crie : « À Paris ! », « Vive l'Empereur ! » et même « À bas les Bourbons ! ». Très officiellement, Napoléon et son état-major sont accueillis par le conseil municipal, qui s'est appliqué à revêtir des costumes civils de l'époque. Les dames portent des coiffes élaborées et des châles d'indienne, les hommes, en veste et gilet, sont coiffés de bicornes ou de hauts-de-forme. Napoléon répond au discours en évoquant en quelques phrases simples son arrivée à Gap en 1815. Il glisse aussi quelques allusions sur le sens politique de son retour. Chacun boit ses paroles en ayant l'impression de vivre un épisode historique. Ensuite, autour d'un vin chaud, le passage de l'Empereur est fêté dans la joie et la bonne humeur. Au milieu de la foule qui se presse dans la rue principale, personne ne prête attention à ce colosse au regard sombre qui s'éloigne d'un pas souple.

Après avoir longuement célébré la commémoration de son passage, Napoléon et ses proches partent se coucher. Les cavaliers ont établi leur bivouac dans un camping des environs. À présent, les chasseurs à cheval et les lanciers polonais sont liés par une solide amitié. Au milieu de cette vingtaine de sabres et d'uniformes chamarrés, le maréchal Ney oublie ses années d'errance. Plus hussard qu'homme de cour, il préfère passer la nuit avec ses hommes et leurs chevaux plutôt qu'avec l'Empereur. Au sein de la troupe, l'histoire du « retour » de Napoléon a fini par filtrer. Un jeune cavalier polonais suivait déjà le Facebook « Napoléon est revenu ! » depuis quelques jours. Il croyait à un montage, mais l'apparition de Napoléon en chair et en os suscite de nombreuses interrogations. Et si c'était vrai ?

Pressé de questions, Ney, qui a abusé du vin chaud, finit par révéler la vérité. Il raconte ce qu'il sait sur Napoléon, mais aussi sur lui, sur l'Impératrice et sur Cipriani. Ces révélations extraordinaires sont reçues avec stupéfaction par le petit groupe de passionnés. Pour faire taire les derniers sceptiques, le maréchal finit par enlever sa chemise afin d'exhiber ses balafres, qu'il accompagne d'un historique détaillé. À présent, le colonel des lanciers est persuadé que Napoléon est bien Napoléon. Il l'a entendu parler, il l'a vu agir. Aucun acteur ne peut incarner le personnage de cette manière. S'il emporte la conviction de ses lanciers, Aureck et ses cavaliers sont plus partagés. Ils attendent d'en parler à Adrien.

Ce dernier a réservé toutes les chambres d'une belle maison pour l'Empereur et son état-major. Dans ce cadre douillet, Napoléon est de très bonne humeur. Les échanges qu'il a pu avoir durant la soirée avec les habitants de la ville le mettent en joie. Il chante en boucle son fameux *Partant pour la Syrie.* L'air finit par tourner dans la tête d'Adrien et ne veut plus en sortir. Le vin chaud aidant, l'optimisme est partagé par l'entourage impérial. Même Cipriani se laisse aller à sourire. Le retour de la presse est excellent. Les quotidiens régionaux font leur une sur la marche impériale.

Le Figaro publie un très bon article sur le thème de « La passion Napoléon ». Adrien est ravi.

— Sire, tout se passe à merveille.

Tandis que Constant enlève ses bottes, Napoléon tempère un peu l'optimisme de son grand maréchal du Palais.

— Oui, Beaussier, cela peut paraître assez bien engagé, mais ne vous y trompez pas. Ce ne sont là que des escarmouches. Le public de la Route Napoléon est conquis d'avance. Le bicentenaire de mon retour y est préparé avec soin depuis des lustres. Attendons de voir ce qui se passera à Grenoble.

— En tout cas, la communication marche parfaitement bien. Pauline pense qu'avec les derniers articles et les émissions à venir, vous aurez atteint les trente mille *followers* dès ce week-end.

— Beaussier, vous m'agacez avec vos mots anglais. Dites simplement « trente mille partisans ce dimanche ».

— Bien Sire, j'y veillerai. Quelle impression retirez-vous de vos contacts avec les Français ?

— Cipriani avait raison, le sentiment d'injustice, le rejet des élites en place, tout cela me semble plus vif encore qu'en 1815, et bien proche de ce que j'ai connu en 1789. Les politiciens d'aujourd'hui sont bien aveugles pour ne pas percevoir cette exaspération.

Il est minuit passé lorsque Constant éteint les dernières lumières. Napoléon est dans sa chambre et le colonel Franchi vient saluer Adrien avant d'aller se coucher.

— Colonel, vous qui êtes un médecin et un homme d'expérience, que pensez-vous de tout cela au fond de vous ?

Franchi hausse alors les épaules et pousse un profond soupir. Il sort tranquillement de son gilet la boîte à tabac en or offerte par l'Empereur et propose une prise à Adrien. Sans un mot, les deux hommes sacrifient au petit cérémonial remis à la mode par Napoléon. Après s'être mouché, Franchi observe sa précieuse tabatière.

— Mon cher Adrien, qui aurait pu dire que nous nous retrouverions l'un et l'autre en train de priser du tabac devant la porte de l'Empereur ? La vie est bien étrange et il faut la prendre telle qu'elle vient. J'ai côtoyé la mort de près plus d'une fois au Liban, en ex-Yougoslavie ou en Afghanistan. J'ai vu des soldats partir pour un voyage sans retour. Pourtant, cette présence de la mort ne m'a jamais détourné de la conviction qu'il y a un ailleurs, autre chose. L'homme a besoin de merveilleux pour vivre et avancer. Notre monde a tendance à l'oublier, comme il refuse d'affronter la mort en face, préférant la nier ou détourner le regard. La trajectoire de l'Empereur n'est pas ordinaire. L'Antiquité en aurait fait un demi-dieu comme César ou Alexandre… et sans nous l'avouer, c'est ce que nous autres reconstituteurs faisons plus ou moins. Alors, un demi-dieu peut bien revenir du séjour des morts si tel est son bon plaisir.

— Mais lui-même ne sait pas pourquoi, ni comment, il est revenu. Et ces autres « revenus », ce ne sont pas des demi-dieux…

— Il paraît que le Diable ne sait pas qu'il est le Diable… Quant aux autres, ils ont côtoyé le grand homme durant leur vie. Ceci explique peut-être cela. Il y a tellement de questions qui restent toujours sans réponse.

— Quel est le fin mot de tout cela ?

— Nous le saurons peut-être un jour. Seule l'Histoire le dira. Soyons heureux d'y assister aux premières loges. Je pense que devant certaines choses, il faut renoncer à comprendre. Lâcher prise et accepter. Mais aussi vrai que cette petite boîte est authentique, je crois que l'homme qui dort derrière cette porte est le vrai Napoléon. Je vous souhaite une bonne garde, Adrien. Je vous relaie d'ici deux heures.

— Bonne nuit, Samuel. Votre conviction me rassure un peu. Mais c'est quand même une sacrée histoire de fou.

Dans le couloir qui conduit aux appartements de l'Empereur, Adrien s'installe pour son tour de garde. En s'asseyant dans un inconfortable fauteuil Louis XIII, il maudit Cipriani et ses obsessions sécuritaires. Il maudit aussi le maréchal Ney, qui en restant tranquillement avec ses cavaliers, ne participe pas aux tours de garde. Mais la fatigue accumulée, les journées passées à cheval et le vin chaud de Gap finissent par avoir raison de sa vigilance. En quelques minutes, il sombre dans un profond sommeil.

Ses rêves sont bercés par le pas régulier des chevaux. Au bout des lances, les flammes rouges et blanches des Polonais de la Garde flottent au vent. Devant lui, Adrien distingue la silhouette de l'Empereur, qui galope dans la lumière. Il lève sa cravache et salue tout un peuple qui l'acclame. Il y a des cris, le canon tonne et Adrien sent son cheval se cabrer. Il cherche à se rattraper, mais il tombe et se retrouve par terre…

Le grand maréchal du Palais sort tout à coup de son rêve et constate qu'il a glissé de son siège. L'esprit encore embrumé, il entend un énorme bruit dans la chambre de Napoléon. Terrifié à l'idée qu'on ait pu s'en prendre à l'Empereur alors qu'il dormait, il se relève aussi vite qu'il le peut. Le vacarme a également fait surgir Cipriani à l'autre bout du couloir. Le regard furieux, il accourt avec son Colt 45 à la main. Sans l'attendre, Adrien ouvre à la volée la porte de la chambre impériale et allume aussitôt la lumière.

Napoléon en pyjama est debout sur son lit, l'épée à la main. Ali est agenouillé face à lui. Son poignard ensanglanté est à terre et le jeune mamelouk se tient l'épaule gauche en grimaçant. Cipriani déboule dans la chambre et se jette sur Ali comme un forcené.

— Sale traître ! *Mullizzone*[1] *!* Je savais que c'était toi.

Alors qu'il va le frapper, l'Empereur s'écrie :

— Cipriani ! Arrête ! Ce n'est pas lui. Il est parti par-là.

Il désigne du doigt les rideaux déchirés et la porte-fenêtre brisée. Adrien et Cipriani se précipitent sur le petit balcon, mais dans l'obscurité du parc de l'hôtel, ils ne distinguent rien d'autre que le toit enfoncé d'un véhicule garé juste en contrebas. Après avoir ordonné à Adrien de rester avec l'Empereur, Cipriani saute à son tour sur le toit de la voiture et disparaît en courant dans l'obscurité.

— Sire, vous allez bien ? Que s'est-il passé ?

— Je n'ai rien. Rassurez-vous. J'ai été réveillé en sursaut par Ali, qui se battait avec quelqu'un. Puis il y a eu un drôle de bruit, comme lorsque l'on tire le bouchon d'une bouteille. J'ai saisi mon épée dans l'obscurité et aussitôt ce grand fracas s'est fait entendre. Ensuite vous êtes entrés. Ali… qu'est-il arrivé ?

---

1. « Scélérat ! »

Le jeune homme se relève péniblement. Le sang coule de son bras blessé et sa chemise blanche est un peu brûlée autour de la plaie. Le colonel Franchi et Constant arrivent à leur tour. Ils aident Ali à s'asseoir puis, avec des gestes assurés, l'ancien médecin militaire déchire sa chemise et observe la plaie située près de l'épaule.

— Ce n'est pas grave. La balle n'a fait qu'entailler le bras et elle est ressortie. Mais tu as de la chance. À vingt centimètres près tu la prenais dans la tête ou dans le cœur. Constant, s'il vous plaît, allez me chercher la trousse que je garde dans mes bagages…

— Oui, colonel, j'y cours.

Un peu rassuré mais encore très pâle, Ali raconte ce qu'il vient de vivre.

— Je dormais tranquillement près du lit de l'Empereur quand l'autre enfoiré m'a réveillé en me marchant dessus. J'ai sursauté et il a dû être aussi surpris que moi. En me relevant brusquement je l'ai fait tomber. Avant que je comprenne ce qu'il se passait, il y a eu un *pop* ! Il a un flingue avec un silencieux, comme dans les films, ce fils de p…

— Ali, je vous en prie ! coupe aussitôt Adrien. Que s'est-il passé ensuite ?

— Après… j'ai senti une méga douleur au bras. Parole, j'ai eu la trouille de ma vie. Sans réfléchir j'ai sorti mon poignard pour me défendre. Dans le noir, j'ai frappé au hasard au niveau de sa tête. Je suis certain de l'avoir touché parce qu'il a poussé un petit cri de bâtard. Après il a foncé vers le balcon, il a tout explosé et il s'est barré. Sale fils de… si je le chope, je le finis.

Napoléon se mord nerveusement la lèvre inférieure. Il rengaine son épée et se met à faire les cent pas dans la chambre. Tandis que Constant revient, le colonel Franchi peut prodiguer les premiers soins. Adrien reprend alors ses esprits.

— L'homme a dû nous suivre et il s'est introduit dans la chambre pendant notre absence. Une fois vos affaires installées, même vos valets ont reçu l'autorisation de venir se distraire. Il a pu passer par cette porte-fenêtre qui n'a pas de volet.

— À moins que quelqu'un de chez nous n'ait laissé une issue ouverte pour lui faciliter la tâche, remarque Franchi tout en bandant le bras d'Ali. De toute façon, nous n'avons pas été assez vigilants.

— J'avoue que Cipriani a raison, reconnaît Adrien. Nous devons nous méfier de chaque membre de la maison impériale... Ensuite il s'est caché dans ce placard qui est encore ouvert. Il a attendu que tout le monde dorme pour en sortir, mais Ali était là. Qui peut vous en vouloir à ce point ?

— Fouché ! lâche Cipriani, essoufflé. Son tueur a pu m'échapper en sautant sur une moto garée non loin d'ici. Je n'ai pas pu le distinguer, juste une silhouette massive. Ali l'a blessé sérieusement car il y a du sang sur le toit du 4×4. Je suis sûr que c'est un coup de Fouché, ça lui ressemble. Il a suivi notre marche. Comme en 1815, il voit que le peuple accueille l'Empereur avec ferveur. La presse commence à être de son côté. Il a voulu agir avant que sa popularité ne prenne trop d'ampleur et le rende plus difficile à atteindre.

— Nous avons eu de la chance, mais le mérite en revient à Ali. Vous voyez que j'ai raison de lui faire confiance, affirme Beaussier d'un air satisfait.

— Et moi j'ai eu tort de vous confier la garde de l'Empereur, rétorque aussitôt Cipriani. Vous dormiez sur votre chaise en cuvant votre vin au lieu de veiller.

— Cela n'aurait rien changé. C'est vous le ministre de la Police. Vous auriez dû faire le tour de la chambre de l'Empereur avant d'aller vous coucher.

— C'est tout aussi bien votre rôle. Vous êtes responsable de la maison impériale…

— Allons, cessez-vous deux ! Grâce à Dieu, je n'ai rien et c'est grâce à Ali. Approche, Ali.

Le bras pansé, Ali se lève en grimaçant. Napoléon est allé puiser une Légion d'honneur dans sa redingote pour l'accrocher sur sa chemise ensanglantée.

— C'est la première fois depuis longtemps que quelqu'un verse son sang pour moi. Cela mérite récompense. Cipriani te donnera un pistolet dès demain.

— Merci, Sire. Vous ne le regretterez pas. J'vous l'jure sur la vie de ma *reum*… heu de ma mère.

— Cipriani. Tu me fourniras aussi une arme à feu. Mais pas un de ces engins actuels. Non, un véritable pistolet comme ceux de Ney.

Le lendemain matin, les membres de la maison impériale se réunissent dans la salle à manger. La nuit a été courte et, à l'exception notable de l'Empereur, personne n'a vraiment retrouvé le sommeil. Comme si l'odeur de la poudre le mettait en appétit, Napoléon déjeune copieusement en écoutant une chronique radiophonique qui lui est consacrée. Dans son éditorial, Éric Zemmour évoque la grandeur passée de la France et la nécessité d'un homme providentiel en 2015 comme en 1815. Pour l'Empereur, ce propos constitue un signe et il redemande des croissants.

Sur la route qui porte désormais son nom, Napoléon rejoint ensuite ses cavaliers. Dans son bel uniforme de chasseur à cheval de la Garde, Aureck va au-devant d'Adrien, qui est encore sous le choc de la nuit.

— Adrien, je peux te parler une minute ?

— Oui, moi aussi, il faut que je te parle.

— C'est vrai ce que nous a raconté le maréchal Ney ?

Comprenant tout de suite de quoi il s'agit, Adrien ne tourne pas autour du pot.

— Oui, c'est vrai. Napoléon est revenu. Il est vraiment revenu.

Malgré son flegme, Aureck marque le coup et ouvre de grands yeux. Connaissant Adrien, il sait qu'il ne raconte pas une blague. Aureck reprend au bout de quelques secondes.

— Alors c'est vrai ? Et Joséphine ? Et Cipriani ? Ney ? Eux aussi ?

— Oui… eux aussi, ils sont revenus avant l'Empereur. Lui est arrivé le dernier et il est venu frapper à ma porte.

— Sans déconner ? C'est complètement fou cette histoire. Mais pourquoi est-il venu chez toi ?

— Je ne sais pas… Je ne me demande même plus pourquoi. Tout s'enchaîne tellement vite. À la fin, je ne sais même plus qui je suis, ni de quelle époque je suis. J'ai l'impression que ces « revenus » me vident la tête petit à petit.

— Et il y en a d'autres des… zombies ?

— Ne rigole pas, Aureck, ce n'est pas drôle. Oui, il y en a d'autres. En tout cas au moins un. Fouché, un homme prêt à tout. C'est l'ancien ministre de la Police de Napoléon. Il l'a trahi en 1815 et il est revenu lui aussi. Je ne sais pas où il est ni ce qu'il fait, mais une chose est sûre, il a tenté de tuer l'Empereur cette nuit…

— Quoi ?!

Adrien raconte l'épisode de la nuit, à la stupéfaction d'Aureck.

— Voilà où on en est. À présent l'Empereur passera toujours ses nuits au milieu de vous. Ce sera le cas dès ce soir. J'ai retenu un camping et des bungalows pour tout le monde. En même temps, les choses étant ce qu'elles sont, je ne peux pas t'obliger à nous suivre. Je ne t'ai pas fait venir pour mettre ta vie en danger ni celle de tes gars.

— Tu ne crois pas que je vais te laisser tomber maintenant, quand même ? C'est énorme ce que tu me racontes. Bien sûr qu'on va continuer ensemble.

— Mais les autres ? Maintenant qu'ils savent pour Napoléon, il faut les mettre au courant des dangers qui nous menacent.

— Ne t'inquiète pas pour eux. Je vais leur raconter mais tu les connais, ce sont des casse-cous. Ils vont tous suivre. On va organiser la protection rapprochée de l'Empereur. Il peut revenir ton Fouché, on aura de quoi le recevoir. Je ne te l'avais pas dit, mais j'ai récupéré des balles en plomb pour nos pistolets à silex. Juste pour s'amuser entre nous. Mais bon, en cas de besoin, ça peut servir.

— Tu as bien fait, mais je te procurerai aussi quelques pétoires plus récentes dès que possible. Et les lanciers ? Ils savent ?

— Oui, et ils sont déjà tous plus ou moins convaincus. Le colonel n'a pas osé te le demander, il a trop peur que tu lui dises que Ney a tout inventé. Tu peux compter sur lui, il sera trop heureux de faire ses tours de garde avec ses hommes.

Un peu rassuré, Adrien retrouve le sourire.

— Bien sûr, il ne faut rien laisser filtrer sur ce qui s'est passé cette nuit. Ce n'est pas la peine de mêler les gendarmes à cette histoire. Il m'a suffi de faire un gros chèque au propriétaire de la maison pour qu'il puisse réparer les dégâts sans poser trop de questions. Nous serons un peu plus tranquilles aujourd'hui puisque l'équipe de télé a fini sa série et qu'ils repartent à Paris. Demain par contre sera une grosse journée. Dis bien à tes hommes et aux lanciers de ne surtout rien dire à propos de Napoléon. Il faut voir comment les choses évoluent. Mais elles vont forcément évoluer.

— Compte sur nous. On est la Garde impériale…

Avec sa pelisse en bandoulière et son sabre au côté, Aureck court rejoindre les autres cavaliers. Adrien se sent réconforté par son enthousiasme et par cette petite troupe décidée. Tandis qu'il rapporte sa discussion à l'Empereur, les véhicules partent préparer l'étape du soir. Le reste de la troupe se met en selle et s'engage sur la route de Grenoble. Après avoir quitté Gap, les chevaux montent le col Bayard pour redescendre ensuite vers la vallée du Drac. À Saint-Bonnet, comme en 1815, les habitants applaudissent au passage des cavaliers. Juchée sur un banc de pierre, une retraitée dynamique raconte à l'assistance ce qui s'est passé en ces lieux deux cents ans plus tôt. Le déjeuner de Napoléon, les paysans qui accourent de la campagne pour l'acclamer, l'inquiétude des privilégiés, l'espérance du peuple, les farandoles et les feux de joie. L'Empereur l'écoute un moment du haut de son cheval et semble approuver l'évocation de chaque image.

Lorsqu'elle a terminé sa narration, il met pied à terre et félicite l'oratrice pour la justesse de son récit et l'enthousiasme qu'elle a mis à le raconter. Puis sans plus de cérémonie, il épingle une Légion d'honneur sur la doudoune bleue de la vieille dame. Après l'avoir embrassée, il lui demande ce qu'elle faisait dans la vie.

— J'étais institutrice, et j'ai toujours voulu transmettre à mes élèves le goût de leur histoire.

— Alors vous méritez amplement cette croix. Adieu madame.

Puis il remonte en selle et repart aussitôt. Tout émue, la retraitée regarde sa médaille en se disant qu'elle aura un épisode de plus à raconter l'année prochaine.

Marchant en direction de Corps, la troupe s'arrête de plus en plus souvent. Les habitants des alentours ont vu Napoléon au journal de 13 heures. Son échange avec le vieux paysan a fait beaucoup d'effet. Comme à Golfe-Juan, certains considèrent ce dialogue comme une évocation historique de la situation de 1815. Mais d'autres, de plus en plus nombreux, entendent un message politique destiné à la France d'aujourd'hui. Beaucoup ont pris leur voiture pour aller au-devant de l'Empereur. Certains se contentent de l'applaudir, comme on applaudit le peloton du Tour de France. La plupart admire la ressemblance. Les plus décidés se mettent presque en travers de son cheval. Ils veulent lui dire que la France d'aujourd'hui est revenue à la situation de 1789 avec ses privilégiés, sa dette abyssale et son incapacité à se réformer. Certains lui proposent de revenir pour remettre de l'ordre, d'autres sont prêts à refaire la Révolution. Adrien et le colonel Franchi sont de plus en plus étonnés de voir avec quelle facilité les gens échangent avec Napoléon. Les questions et les remarques se font de plus en plus politiques et il est difficile de déterminer où est la part du jeu dans ces interventions parfois pleines de passion. En tout cas, Napoléon y répond de plus en plus longuement. À chaque fois un petit attroupement se constitue. Des bras se tendent pour filmer la scène. En quelques clics, les déclarations de l'Empereur sont mises en ligne sur les réseaux sociaux. Adrien fait de même avec son Smartphone et envoie les images à Pauline.

Tranquillement installée dans le salon du palais des Violettes, la demoiselle d'honneur de l'Impératrice sélectionne les meilleurs dialogues afin de les mettre en ligne sur les comptes officiels « Napoléon est revenu ! ».

La nuit tombe lorsque les cavaliers arrivent enfin au village de Corps. À l'entrée du village, Napoléon remarque une inscription commémorative sur la façade d'une maison de pierre. Surmontée d'une aigle aux ailes déployées, elle indique : « Ici, a logé du 6 au 7 mars 1815 l'Empereur Napoléon revenant de l'île d'Elbe. »

Napoléon contemple la plaque d'un air dubitatif.

— L'aigle tourne la tête du mauvais côté. Mis de cette manière, c'est une aigle autrichienne.

Adrien et le colonel Franchi observent à leur tour le détail qui n'a pas échappé à l'œil de l'Empereur.

— C'est vrai, remarque Franchi, avec ses ailes à plat, on dirait même un « pigeon à roulettes », comme on appelait les aigles du IIIe Reich pendant la dernière guerre. Il ne manque plus que la croix gammée au-dessous.

— En plus, je n'ai même pas logé dans cette maison, mais dans celle d'à côté.

— C'est comme ça que se fait l'histoire. Avec pas mal d'à peu près que les gens finissent par admettre, conclut Adrien. Fourbus par leur chevauchée, Napoléon et ses proches passent devant la porte d'une auberge surmontée d'un grand panneau indiquant : « Ici, Napoléon a mangé une omelette le 6 mars 1815. »

— Décidément, je ne peux pas faire un pas sans que ce soit gravé dans le marbre. Enfin, au moins cette fois-ci c'était bien là.

Sous son panneau, un aubergiste en habit d'époque invite les cavaliers à venir se restaurer. D'autorité, l'Empereur se voit servir une omelette qu'il avale en quelques coups de fourchette. Le repas expédié, le cuisinier lui tend la note rédigée à la plume sur un papier à l'ancienne. L'addition est plus salée que l'omelette et Napoléon demande si les œufs sont si rares ici pour pratiquer de tels prix.

— Pour sûr, mais les Empereurs sont encore plus rares, s'amuse l'aubergiste, ravi de voir son illustre visiteur entrer dans son jeu.

La remarque fait sourire Napoléon. Il sort une pièce d'or de son gilet et la jette à son hôte ébloui, qui l'attrape au vol.

— Tiens aubergiste ! Paie-toi, mais profites-en. Tu auras la prochaine dans deux cents ans.

Les quelques clients présents n'ont rien manqué de l'échange et la petite scène se retrouve rapidement sur YouTube. Avant de partir, l'Empereur profite de l'occasion pour questionner l'aubergiste sur la situation du pays, sur les impôts, sur l'administration. Le brave homme répond à tout avec un peu de naïveté et beaucoup de bon sens. Lorsqu'il a terminé, Napoléon dit en souriant à Adrien :

— Le bonhomme a souvent raison. J'aime sa franchise. Il n'est pas courtisan et il a plus le sens des réalités que beaucoup de gens placés à la tête des affaires.

Puis l'Empereur et ses proches rejoignent les cavaliers dans un petit camping doté de quelques bungalows. Les chasseurs comme les lanciers ont été informés des événements de la nuit. Aucun n'a fait défection et tous sont volontaires pour monter la garde autour du pavillon de Napoléon. Celui-ci a pris ses quartiers avec Adrien, Constant et Méneval. Ali est très fier d'avoir reçu un pistolet automatique des mains de Cipriani. Ce dernier a préféré ne pas rester dans le logis impérial. Il décide de rôder à l'extérieur afin de surveiller les environs. Sous les fenêtres de Napoléon, les cavaliers montent bonne garde par groupes de six hommes. Sous les ordres du maréchal Ney, Aureck, le colonel des lanciers et leurs hommes ouvrent l'œil. Même si leurs armes sont à poudre noire, elles sont bien chargées de balles de plomb. Malgré les événements de la veille, Napoléon reste très calme. Sur une petite table en bois, il achève de rédiger les proclamations qu'il compte prononcer les jours suivants. Sur sa table de chevet, Adrien dépose l'un des pistolets de Ney.

— Puis je vous aider, Sire ?

— Merci, Beaussier. C'est inutile, j'ai terminé.

— Quelles sont vos intentions pour demain ?

— Nous verrons comment les choses évoluent. Je n'ai pas de plan préconçu. En quarante batailles je n'ai rien appris que je ne connaissais à la première. La guerre est un art simple, tout d'exécution. Malheur au général qui a un système.

— Mais nous ne sommes pas en guerre, Sire.

— Vous trouvez ? Après ce qui s'est passé hier, je me demande ce qu'il vous faut.

— C’est hélas vrai… le danger est bien là et ils recommenceront certainement.

— Certes, monsieur l’historien, aujourd’hui comme hier beaucoup de choses vont se jouer demain.

Puis, en se mettant au lit, l’Empereur s’assure que le pistolet est bien à portée de sa main.

— Le bonsoir, Beaussier.

— À demain Sire. Bonne nuit.

22

Je suis venu, j'ai vu…

7 mars 2015, 7 heures

La nuit a été excellente pour Napoléon. Il a dormi paisiblement, contrairement à ses proches qui n'ont somnolé que d'un œil. Au matin, Napoléon envoie les lanciers polonais en exploration en direction de La Mûre. Une heure plus tard, Napoléon et ses chasseurs à cheval quittent Corps. Le sol est tapissé de quelques centimètres de neige et le maréchal Ney se met soudainement à grelotter sur son cheval. Adrien, qui est à ses côtés, s'en inquiète.

— Eh bien Monsieur le maréchal, ça ne va pas ? Vous avez pris froid ?

— Ne vous inquiétez pas, Beaussier. Cela me fait le même effet chaque fois que je revois de la neige. Le souvenir de la retraite de Russie…

À l'entrée de la petite ville de La Mûre, une grosse centaine de reconstituteurs présentent les armes pour accueillir l'Empereur. Certains étaient déjà présents à Golfe-Juan. D'autres viennent des quatre coins de France, d'Italie, de Suisse, d'Allemagne, de Belgique, de Pologne et même de Russie. Ils savent tous qu'un nouveau Napoléon, plus ressemblant que les autres, incarne le petit Caporal. Ceux qui ne l'ont pas encore vu sont impatients de le découvrir, les autres ont hâte de le revoir. Les lanciers polonais ont reçu le renfort de six nouveaux cavaliers venus de Varsovie et de Cracovie. Fièrement, ils précèdent l'Empereur entouré de ses chasseurs. Une fois mis pied à terre, Napoléon passe les troupes en revue et transperce chaque soldat de son regard gris-bleu. Lorsqu'il s'arrête pour saluer le drapeau, les cris de « Vive l'Empereur ! » s'élèvent dans le ciel glacé où le soleil n'a pas encore percé les nuages.

— Soldats, nous approchons de l'instant suprême. J'étais encore un aventurier à Corps, je serai un prince ce soir à Grenoble. Suivez-moi et l'Aigle volera de clocher en clocher jusqu'aux tours de Notre-Dame.

— À Paris ! À Paris ! crient en chœur les grenadiers, qui ont mis leurs bonnets d'ourson au bout de leurs baïonnettes.

Adrien rejoint les cavaliers, qui reprennent leur périple. Les grenadiers suivent derrière les chevaux et marchent en chantant vers le point de rendez-vous de Laffrey. C'est là que doit avoir lieu la reconstitution de la rencontre avec les troupes royales. L'histoire a bien failli basculer dans cette prairie, deux cents ans plus tôt.

En 1815, le général Marchand, commandant de la place de Grenoble au nom du roi Louis XVIII, a tenté d'y arrêter l'Usurpateur. Pour cela il a envoyé un bataillon du 5e régiment d'infanterie de ligne. Dans un étroit défilé, coincé entre des collines et un lac, les hommes du commandant Lessard et du capitaine Randon devaient mettre un terme à l'aventure de Napoléon.

Au fur et à mesure de la marche, la foule se fait plus dense. Attirés par les reportages télé, par l'écho des radios et du Net, beaucoup de spectateurs ont profité du week-end pour venir voir ce phénomène. Arrivée aux abords de la Prairie de la Rencontre, la petite troupe de Napoléon aperçoit les cent cinquante reconstituteurs du commandant Lessard. Les uniformes sont les mêmes, seule la cocarde blanche sur les coiffures et le drapeau à fleurs de lys montrent qu'il s'agit de soldats du roi. Des civils en costume d'époque figurent également le peuple qui attend l'arrivée de l'Empereur.

Malgré le froid, le public est nombreux. Les pieds dans la neige, la foule applaudit dès qu'elle aperçoit le célèbre chapeau. Napoléon met aussitôt pied à terre et avance vers ces gens qui sont venus le voir. Ils ont certes changé depuis son dernier passage. Les paysans et leurs vestes rustiques ont fait place à des doudounes colorées. Les Smartphones et les caméscopes du dernier modèle ont remplacé les fourches et les faux de 1815. Adrien, encore traumatisé par l'attentat de la veille, tente vainement de retenir l'Empereur, mais ce dernier se dirige vers son peuple sans se soucier d'un éventuel assassin. Beaussier, Ney et Aureck sautent aussitôt de cheval et tentent de prévenir une éventuelle menace.

— Sire, une photo ! Napoléon, un petit sourire ! se mettent à crier plusieurs admirateurs avides de souvenirs.

Napoléon voudrait discuter avec ces anonymes comme il l'a fait sur son parcours. Mais manifestement, l'ambiance n'est plus la même. Ce ne sont plus des inconnus croisés au hasard du chemin avec qui il était possible d'engager le dialogue. À présent, la plupart d'entre eux sont des citadins venus de Grenoble ou de Lyon pour assister à une animation historique. Même si elle est gratuite, ils veulent en avoir pour leur argent et chacun se presse pour se prendre en photo avec l'Empereur. Certains n'hésitent pas à le bousculer ou à le saisir par le bras. Une petite fille un peu impressionnée est poussée par son père pour qu'elle se colle contre lui.

— Vas-y Kevina… n'aie pas peur. C'est comme Mickey à Euro Disney. C'est pas un vrai…

Malgré ses efforts pour engager le dialogue, rien n'y fait. Les gens ne l'écoutent pas, seul compte le minuscule écran de leurs appareils. Peu importe ce qu'il y a à voir, la seule chose qui importe consiste à se photographier avec, tout en souriant niaisement. Manifestement Napoléon ne peut rien tirer d'eux. Il peine même à se détacher de ces sangsues avides de clichés numériques destinés à montrer « qu'ils y étaient ». Ney avec sa rudesse coutumière dégage l'Empereur sans ménagement, ce qui lui vaut les invectives de ceux qui n'ont pas pu faire de photo. Napoléon retourne à grand pas vers son escorte, l'air fâché. Il retrouve le colonel Franchi, qui discute avec l'organisateur de la reconstitution, accompagné d'un technicien.

— Salut m'sieur Napoléon, lui lance le technicien d'un ton goguenard.

Napoléon, manifestement de mauvaise humeur, se contente de foudroyer du regard ce quidam mal rasé qui lui accroche son micro. Toujours diplomate, le colonel Franchi tente d'éviter le conflit.

— S'il vous plaît, n'hésitez pas à lui dire « Sire », si vous voulez que tout se passe bien.

— Ouais, c'est bon, on va pas l'appeler « Monseigneur »…

Le maire du village veut lui aussi que tout se passe bien. Depuis quelques années, cette reconstitution dans la prairie connaît un succès croissant pour sa petite commune de quatre cents âmes. Il a bien l'intention que cela continue et, bicentenaire oblige, il a mis les grands moyens cette année.

— Bonjour, Sire. Excusez-le, Sire… c'est un intermittent du spectacle… c'est la première fois qu'il vient à Laffrey. Je n'ai jamais vu autant de monde, c'est extraordinaire. Monsieur Franchi m'a annoncé que vous le remplaciez. Pour tout dire j'étais un peu inquiet, mais il est vrai que la ressemblance est simplement stupéfiante. Il vous a expliqué comment cela doit se dérouler ?

— Je sais comme cela s'est passé, j'y étais ! rétorque Napoléon d'un ton cassant.

— Oui, bien sûr, mais pour que le public puisse bien tout apprécier nous avons décidé de recourir cette année à un artiste de grand talent. Je vous présente le metteur en scène Gaëtan de Broutteberg. C'est lui qui a coordonné le placement des troupes et réalisé toute la scénographie de l'événement.

Tandis que le technicien place un micro HF au col de Napoléon, un personnage aux cheveux longs et grisonnants, écharpe en soie autour du cou, se rapproche du petit groupe. Sans même saluer l'Empereur, il prend immédiatement un ton pontifiant pour exprimer sa vision des choses :

— Oui, bon… je n'aime pas trop travailler avec des amateurs, mais c'est vrai que vos déguisements ne sont pas mal. Il faut juste en tirer quelque chose qui puisse interpeller le public. De toutes façons ne vous inquiétez pas, ce ne sera pas difficile, même pour vous. Vous devrez suivre scrupuleusement ce que vous allez entendre. J'ai moi-même rédigé et enregistré un texte qui sera diffusé par les haut-parleurs. Cela permettra à chacun de revivre ce moment exceptionnellement dramatique de l'Histoire. Par ce texte puissant, je lance une alerte, je dénonce toutes les oppressions. Je démontre comment le petit peuple peut encore être fasciné par le discours populiste d'un tyran qui a tué des millions de…

Napoléon le coupe aussitôt.

— De quel titre m'avez-vous affublé ?

Visiblement contrarié d'être interrompu dans sa brillante démonstration, le scénographe toise ce petit bonhomme d'un air méprisant.

— Napoléon ? Eh bien, un tyran… un dictateur si vous voulez. Hitler, *quoââ* ! Mais vous n'êtes pas là pour discuter, faites seulement ce que je vous dis. Seul compte le message citoyen que je…

Napoléon, qui contient difficilement sa colère, foudroie l'artiste engagé de son regard d'aigle courroucé. D'une voix glaciale, il le coupe à nouveau.

— Je vais vous dire ce qui compte. C'est ce que j'ai fait ici il y a deux cents ans et ce que je vais faire aujourd'hui. Ce n'est pas un jean-foutre de votre espèce qui va me dicter ce que je dois dire. Surtout si c'est pour m'insulter et m'entendre comparer à un assassin fanatique. Adieu monsieur le fat. Franchi ! Beaussier ! Ney ! À cheval et qu'on en finisse, tout cela commence à m'agacer furieusement.

Sans prêter plus d'attention à l'artiste stupéfait, l'Empereur tourne les talons et retourne vers sa monture qu'un chasseur à cheval tient par la bride.

Complètement affolé, le maire du village tente de rattraper Napoléon en courant dans la neige.

— Mais monsieur, heu, Sire… revenez. Gaëtan ne voulait pas vous froisser, c'est un grand metteur en scène, je vous assure. Il vient de la MJC de Bourgoin-Jallieu. Il y a récemment monté *Le dialogue des clitoris…* Monsieur Franchi, je vous en prie, raisonnez votre ami. Le Conseil général, la Communauté d'agglo, la Région même m'ont donné des subventions à la seule condition de m'appuyer sur son sens artistique. Ils ont bien insisté parce que c'est quelqu'un… Il a tout de même créé *Le point G d'Eva Braun* au festival OFF d'Avignon…

Le colonel Franchi hausse les épaules d'un air désolé avant de rejoindre Napoléon, qui est déjà à cheval. Alors que le scénographe, vexé, s'en va vers la régie technique, le maire est complètement désemparé par la tournure des événements.

À trois cents mètres de là, un colosse se dissimule derrière les arbres de la colline. De sa position, il domine les soldats du roi qui font face aux troupes impériales. Ses puissantes jumelles lui permettent d'observer l'altercation entre Napoléon et le maire du village. La blessure qui balafre sa joue droite le fait encore grimacer, mais il règle avec soin la lunette de son fusil. Il engage une cartouche dans la chambre de l'arme et place Napoléon dans sa ligne de mire. Mais le cheval de l'Empereur bouge beaucoup trop. De plus les cavaliers qui vont et viennent devant lui le gênent. Il ne sait pas quand il aura une fenêtre de tir et il ne veut surtout pas rater sa cible une nouvelle fois.

Alors que Napoléon commence à haranguer ses soldats, le scénographe lance de son côté son propre commentaire préenregistré. La voix forte de l'Empereur et celle monocorde du metteur en scène s'entremêlent dans un brouhaha épouvantable dominé par une musique lancinante. Le public et les reconstituteurs effarés ne comprennent rien à ce qui se passe.

— Ney ! Allez immédiatement faire taire ce bougre qui ose parler en même temps que moi.

— À vos ordres, Sire. C'est comme si c'était fait.

Le maréchal tire alors son sabre et lance son cheval au galop. Le prince de la Moscova fonce vers la régie technique où Gaëtan de Broutteberg tente de couper le micro de Napoléon. S'apercevant au dernier moment qu'un cavalier est en train de le charger sabre au clair, le scénographe plonge aussitôt sous la table de mixage. Le cheval bondit au-dessus de lui et la lame d'acier siffle à ses oreilles. En un clin d'œil, Ney fait faire une pirouette à son cheval et menace de son sabre l'intermittent pétrifié de peur.

— *Toi !* Coupe immédiatement le sifflet de ce foutu perroquet et ne t'avise pas d'empêcher l'Empereur de parler…

— Oui… Oui, monsieur… euh… pardon, Si… Sire… par pitié… ne me tuez pas.

En quelques gestes tremblants, le technicien coupe le commentaire enregistré et rejoint le scénographe sous la table. Très satisfait de lui, Ney repart au galop et caracole devant ses chasseurs à cheval, qui tirent leur sabre et l'acclament en riant.

— Sire, j'ai fait place nette, comme à Elchingen[1].

---

1. À Elchingen, en Bavière, le 14 octobre 1805, Ney met en déroute seize mille soldats autrichiens. Cette bataille, prélude aux victoires d'Ulm et d'Austerlitz, vaut au maréchal son titre de duc d'Elchingen.

— C'est bien, Ney. À présent finissons-en.

Face à ses grenadiers, l'Empereur reprend sa harangue d'une voix forte :

— *Soldats !* Il y a deux cents ans le roi Louis XVIII était unanimement rejeté par la Nation. Ne voulant rien voir ni rien entendre, il envoyait contre nous ses soldats. Pour défendre les privilèges honnis de sa caste, il n'a pas hésité à ordonner à des Français de tirer sur d'autres Français. Quant à moi, je ne suis pas revenu pour provoquer une guerre civile. Je suis ici pour apaiser et réconcilier. Si je dois restaurer des droits, ce ne sont pas les miens mais les vôtres. Aussi, je vous ordonne de baisser vos fusils… Personne ne doit faire feu, même si l'on venait à tirer sur moi.

Aussitôt, tous les grenadiers de la Garde tournent leurs armes vers le sol. Le public, captivé, ne perd pas une miette de la scène. Napoléon descend de son cheval et passe les brides de Vizir à son grand maréchal du Palais. Seul, sa cravache à la main, il s'avance calmement dans la neige en direction de la troupe royale placée en face de lui. Contrairement aux grenadiers de la Garde, les soldats du roi ont tous épaulé leurs fusils et le mettent en joue. Allongé sous les arbres, le colosse balafré fait de même. Sa cible est dans sa ligne de mire. Il va appuyer sur la détente… quand soudain, un officier de l'armée royale vient à la rencontre de l'Empereur et se place devant lui. La voix de Napoléon s'élève à nouveau sur la plaine. Cette fois, il s'adresse au commandant Lessard qui est face à lui :

— Lessard, me reconnais-tu ? Je suis ton Empereur. Te souviens-tu de la campagne d'Égypte ? De la bataille des Pyramides, d'Aboukir, du Mont Tabor, du siège de Saint-Jean-d'Acre ? Te souviens-tu des épreuves que nous avons traversées ? Des déserts, des trahisons, de la peste ? Te souviens-tu de cette médaille sur ta poitrine ? Cette médaille que j'ai moi-même accrochée ?

Derrière Napoléon, les grenadiers s'avancent doucement avec leurs fusils dirigés vers le sol. Sur leurs flancs, les cavaliers de l'escorte et l'état-major impérial suivent le mouvement d'un pas lent. Adrien est fasciné par le moment qu'il est en train de vivre. À trois cents mètres de là, l'homme au fusil enrage en se disant qu'il va laisser passer sa chance. Puis une voix retentit. Conformément à l'Histoire, la voix de stentor du capitaine Randon retentit dans l'air glacé :

— Chef de bataillon Lessard ! Faites votre devoir. Faites tirer sur l'ennemi !

Tandis que le commandant Lessard rejoint les soldats du roi, Napoléon fait face aux fusils braqués sur lui. D'un geste, il ouvre sa redingote et s'écrie :

— Soldats, s'il en est un parmi vous qui veuille tuer son Empereur, me voici !

Les soldats hésitent tandis que le capitaine Randon crie à nouveau :

— *Soldats ! En joue... Feu !*

Mais rien ne se passe, chacun retient son souffle. Les spectateurs sont totalement immergés dans l'Histoire. Adrien a lui aussi le sentiment d'être revenu en 1815. Pendant quelques secondes les soldats demeurent impassibles quand tout à coup, un claquement sec déchire le silence. Napoléon se plie un peu. Il vacille un bref instant puis s'abat, face contre terre, dans la neige. La stupéfaction est générale. Adrien et Ney n'en croient pas leurs yeux tandis que le colonel Franchi réagit dans la seconde. Il lance son cheval vers l'Empereur, qui ne bouge plus. Beaussier et Ney le suivent aussitôt. Simultanément, les trois hommes sautent à terre tandis que les chasseurs à cheval et les lanciers constituent un cordon tout autour de Napoléon. C'est alors qu'Aureck aperçoit un homme qui descend en courant de la colline en tenant une housse en cuir. Sans perdre une seconde, il ordonne à ses hommes de couvrir l'Empereur et s'élance au galop en direction du fuyard. Les soldats, les figurants en costume d'époque et les spectateurs s'écartent en criant devant la charge de ce centaure furieux.

En quelques instants, il contourne la colline et débouche sabre au clair sur un chemin qui conduit à un petit parking. L'homme est en train d'enfourcher sa moto lorsqu'Aureck surgit derrière lui. Le torse en arrière, penché sur son côté droit pour donner plus d'ampleur à son coup de sabre, il arrive tout près du spadassin. Ce dernier lâche alors sa housse de cuir. Il met son engin en marche et, d'un coup d'accélérateur, parvient à distancer le cavalier. Aureck lâche alors son sabre. Il sort un pistolet à silex de ses fontes et tire dans la direction du motard. La balle de plomb se perd dans la nature tandis que la moto rejoint la route de Grenoble. À cet instant, Cipriani déboule à son tour en courant sur le parking. Son Colt 45 à la main, il tire plusieurs coups en direction de la moto, qui disparaît au premier virage.

— *Ahr… Santa Madona !* Encore raté. J'étais derrière le public quand il y a eu le coup de feu. Je l'ai vu descendre de la colline, j'ai couru mais pas assez vite pour l'avoir.

— Si j'avais eu le même outil que vous j'aurais eu ma chance, mais avec ça…, dit Aureck en regardant son vieux pistolet encore fumant.

— Tu en auras un…

— C'est gentil, mais c'est un peu tard. Ce ne sera plus trop la peine si l'Empereur est… enfin… de nouveau…

Pendant ce temps, dans la plaine, Franchi a réagi en médecin militaire habitué aux situations d'urgence. Avec des gestes sûrs, il retourne délicatement le corps de Napoléon sur le dos. Franchi tente de l'ausculter tandis qu'Adrien se précipite auprès de l'Empereur. Aussi désespéré qu'impuissant, il lui prend sa main et la serre avec ferveur. Sans s'encombrer de précautions pour cette relique sacrée, le médecin ouvre le gilet à deux mains en arrachant les boutons. Un gilet pare-balles apparaît alors. Se tournant vers le grand maréchal du Palais, il s'écrie, joyeux :

— Beaussier, je sens son pouls ! Il est juste sonné. Il n'a rien. Aucune blessure grave, tout au plus une côte cassée.

À cet instant, Napoléon ouvre les yeux d'un coup.

— J'ai vu… j'ai vu… Mais… je ne suis pas reparti ?

— Non, Sire, vous êtes toujours là parmi nous.

— J'ai bien fait d'écouter Cipriani. Ces gilets de protection sont diablement efficaces, mais quel choc.

— Qu'avez-vous vu, Sire ? ose Adrien encore sous le coup de l'émotion. Mais l'Empereur balaie la question d'un geste agacé.

— Plus tard ! Donnez-moi ma cravache, aidez-moi à me relever.

En grimaçant, Napoléon se redresse. Dans un cri de soulagement, la foule attentive l'aperçoit enfin entre les chevaux qui s'écartent. Avec un peu de difficulté, il lève son bras et agite sa cravache pour saluer l'assemblée. D'une voix forte il demande :

— Me reconnaissez-vous comme votre Empereur ? Rien ni personne ne peut m'atteindre. Rien ne pourra arrêter la marche de l'Empereur.

Le public sort aussitôt de sa torpeur et applaudit. Les soldats de l'armée royale acclament eux aussi Napoléon. Ils arrachent leurs cocardes blanches et se précipitent vers lui. Certains se jettent à genoux, d'autres lui embrassent la main. L'entorse faite à l'Histoire est oubliée, chacun est heureux d'avoir vécu ce moment intense. Les grenadiers de la Garde arrivent à leur tour autour de Napoléon et fraternisent avec les autres reconstituteurs. Ensemble ils forment le noyau d'une nouvelle Grande Armée. Napoléon ne paraît pas s'émouvoir de cette seconde résurrection, pas plus qu'il ne porte attention aux vivats des soldats. Parfaitement maître de lui, il semble animé par une énergie nouvelle. Dans la liesse générale, il tire Beaussier vers lui en le prenant par le revers de son uniforme et lui souffle :

— Beaussier ! Ne l'ai-je pas annoncé ? J'étais encore un aventurier ce matin, ce soir je suis redevenu un prince. La presse est-elle là ?

— Oui, Sire, au moins trois télés, plusieurs journaux, sans compter les centaines de vidéos prises par les spectateurs.

— Très bien, parfait. Ceux qui veulent m'abattre en seront pour leur argent. Les tentatives d'assassinat contre moi ne font que me renforcer. Dans huit jours nous serons à Paris. À présent je sais que j'irai jusqu'au bout. Nous ferons notre Révolution. La Révolution des Violettes.

— La Providence marche à vos côtés, Sire, comme au pont d'Arcole. C'est extraordinaire. Vous m'avez fait une belle frayeur. Mais… qu'avez-vous vu, Sire ?

— Rien, rien d'important… Seule compte la Providence… Oui, elle est à mes côtés. Je l'ai retrouvée en retrouvant Joséphine. À propos, appelez immédiatement votre épouse au palais des Violettes. Il faut qu'elle rassure l'Impératrice. Elle pourrait avoir vent de ce qui s'est passé ici. Allez Beaussier, je ne veux pas qu'elle s'alarme inutilement.

— Oui, Sire. Je m'en occupe.

Tandis que l'Empereur est porté en triomphe par ses troupes, Adrien s'éloigne de quelques pas et compose le numéro de sa femme. Au palais des Violettes, Jacqueline est dans la salle de sport en train de courir sur un tapis roulant. Reconnaissant la sonnerie d'Adrien, elle actionne aussitôt son kit mains libres.

— Jacqueline, c'est moi. Tu as su ce qui est arrivé ?

— Non, que s'est-il passé ? Tu as une drôle de voix. Dis-moi vite…

— Rien, rien de grave… enfin, si on veut. On vient à nouveau de tenter d'assassiner l'Empereur. Mais il va bien. Il est vraiment béni des dieux.

— Quoi ? Comment ça « à nouveau » ? ! On a déjà tenté de le tuer ? Mais comment ? Qui ? Et toi tu n'as rien ? Pourquoi tu ne m'as pas prévenue ?! Mais pourquoi ?

— Je ne t'ai rien dit la première fois car tout s'est passé de nuit, à l'abri des regards. L'Empereur ne voulait pas vous inquiéter inutilement. Là, c'était en public, vous auriez pu l'apprendre par la télé…

— Adrien, tout ça m'inquiète. C'est une histoire de fous. Fais attention à toi…

— Faites surtout attention à vous là-bas. Nos ennemis sont prêts à tout. Il faut que tu avertisses l'Impératrice. L'Empereur veut que ce soit toi qui lui annonces la nouvelle. Tranquillise-la, mais vous devez être très prudentes. Elle est avec toi ?

— Oui… enfin non. Elle vient de recevoir un visiteur.

— Un visiteur ? Quel visiteur ?

— Je ne le connais pas. Je l'ai à peine entrevu. Un monsieur très élégant qui boîte un peu. Il a un pied bot, je m'en suis rendu compte tout de suite. L'Impératrice a voulu le recevoir seule à seul dans son boudoir.

— Elle est seule avec lui ?! s'écrie Adrien. Vas-y immédiatement ! Appelle tout le monde que tu pourras et vas-y vite, Joséphine est en danger…

Sans hésiter un seul instant, Jacqueline sort aussitôt de la salle de sport et court dans le grand salon. En passant devant la cheminée, elle s'empare d'un tisonnier. La barre de métal à la main, elle entre comme une furie dans le boudoir. Dans son fauteuil, l'Impératrice se tient près de la fenêtre. Elle est en train d'essuyer les larmes qui ruissellent sur ses joues. L'homme, assis à ses côtés, se lève avec beaucoup de distinction en s'appuyant légèrement sur sa canne. Joséphine se tourne vers Jacqueline en lui disant d'un ton d'une extrême faiblesse :

— Ah, ma très chère Jacqueline. Je vous présente un vieil ami. Le prince de Bénévent…

L'homme s'avance en boitant un peu vers la dame d'honneur. Celle-ci cache aussitôt son tisonnier derrière son dos. D'une voix onctueuse, le prince de Bénévent achève de se présenter :

— Charles Maurice de Talleyrand-Périgord. Je vous présente mes hommages, madame Beaussier. J'ai déjà beaucoup entendu parler de vous. Croyez bien que je suis votre humble serviteur.

Adrien est toujours au bout du fil. Il a tout entendu et n'en croit pas ses oreilles. Jacqueline interroge l'Impératrice du regard, mais celle-ci s'est remise à pleurer dans son mouchoir.

23

Le Diable Boiteux

7 mars 2015, 7 heures

Après l'épisode de Laffrey, l'entrée à Grenoble a été aussi triomphale qu'en 1815. Lorsque l'Empereur et ses soldats pénètrent dans la ville à la lueur des flambeaux, une foule compacte les accueille avec ferveur. Mais les pensées de Napoléon sont ailleurs. La présence de Talleyrand auprès d'une Impératrice laissée sans défense l'inquiète davantage que la tentative de meurtre sur sa personne. Malgré tous ses efforts, Jacqueline n'a pas pu savoir la raison des pleurs de Joséphine. Celle-ci ne veut en parler qu'à l'Empereur. Encore une fois, la présence du Diable Boiteux vient perturber ses plans. Le soir même, sa décision est prise. Il doit tirer cela au clair avant toute chose. Renonçant à ses proclamations, l'Empereur laisse son armée à Grenoble, comme il l'a laissée en Russie. Nécessité fait loi et il doit toujours parer au plus pressé. Comme en Russie, Ney est resté sur place avec une partie de la Garde.

En une nuit, Napoléon a parcouru le même chemin qu'il a emprunté deux cents ans plus tôt : Lyon, Chalon-sur-Saône, Auxerre, Fontainebleau et enfin la

Malmaison. Le voyage du retour a été sombre. L'Empereur n'a pas ouvert la bouche et il a très peu dormi. Face à la mauvaise humeur du maître, Adrien et Samuel n'ont pas osé rompre ce silence pesant.

Au petit matin, la Jaguar de l'Empereur entre à vive allure dans le parc des Violettes. Un jeune valet se précipite pour ouvrir la porte arrière du véhicule. Napoléon en descend et gravit aussitôt à grandes enjambées les marches de son palais. Ses deux compagnons de route lui emboîtent le pas et le suivent à l'intérieur.

Depuis le départ de Talleyrand, l'Impératrice n'a pas cessé de pleurer. C'est seulement au petit matin que Joséphine, épuisée, a pu s'assoupir avec Jacqueline auprès d'elle.

L'arrivée fracassante de Napoléon réveille les deux femmes. Sans même prendre le temps de s'habiller Joséphine court dans les bras de l'Empereur.

— Napoléon… tu es là, enfin… Il faut la sauver… Tu dois la sauver sans perdre un instant….

— Sauver ? Mais qui donc…

— Si tu ne le fais pas je mourrai ! Pour de bon cette fois et ce sera de ta faute.

— Mais sauver qui à la fin ?

— Hortense… Hortense ma fille, ta fille adoptive, la mère de tes neveux. Hortense qui t'aime comme un père. Elle aussi est revenue… Elle est revenue, mais c'est entre les griffes de l'horrible Fouché que la pauvre enfant est tombée… Depuis, il la retient en otage… Cet homme est capable de tout. Ses mains sont couvertes de sang. Tu dois délivrer Hortense. Tout de suite !

La voix habituellement si douce de l'Impératrice est devenue stridente. Épuisée par sa nuit blanche et par l'émotion, elle s'évanouit tout à coup et Napoléon a juste le temps de la rattraper.

— Madame Beaussier, aidez-moi ! Prenez soin de l'Impératrice.

Alors que Jacqueline installe Joséphine dans un fauteuil, le premier valet de l'Empereur entre dans le salon.

— Sire, un visiteur demande audience auprès de Votre Majesté.

— Qu'il aille au diable !

— Sire, il insiste pour être reçu rapidement en disant qu'il s'agit d'une affaire de la plus haute importance concernant Votre Majesté et la reine Hortense.

— La reine Hortense ? Mais qui est ce visiteur ?

— Sire, il m'a donné sa carte. Charles Maurice de Talleyrand-Périgord. Prince de Bénévent.

À l'énoncé de ce titre, Joséphine retrouve ses esprits.

— Napoléon ! Reçois-le, je t'en prie. La vie d'Hortense en dépend.

Napoléon laisse échapper un long soupir.

— J'aurais dû le faire pendre dix fois…

Puis, en étendant son bras vers Constant d'un geste las.

— Faites-le entrer, Constant.

À pas lents, l'homme entre dans le grand salon avec un air de majesté. Adrien et Samuel n'en croient pas leurs yeux. Ils reconnaissent immédiatement le regard de sphinx et le petit nez retroussé de Talleyrand. Cipriani ne le lâche pas du regard en tapotant nerveusement la crosse de son Colt, placé sous son manteau. Indifférent à la fraîcheur de l'accueil, le prince de Bénévent a fière allure malgré sa claudication. Rompu depuis toujours aux rituels de la société de cour, il s'incline avec révérence devant l'Empereur.

— Sire, malgré nos différends passés et en dépit des reproches que Votre Majesté peut à bon droit me faire, sachez que je suis le plus heureux des hommes de vous retrouver dans ce nouveau monde, qui a grand besoin de vos lumières.

— Prince, je vous en supplie ! s'exclame Joséphine en se tordant les mains de douleur. Faites en sorte de retrouver ma fille. Réconciliez-vous avec l'Empereur et rendez-moi mon enfant.

Visiblement agacé par le tour imprévu des événements, l'Empereur impose le silence à l'Impératrice d'un geste rageur.

— Cessez, Madame ! C'est à moi seul qu'il revient de diriger ma conduite. Talleyrand ! Suivez-moi dans mon cabinet.

Alors qu'Adrien et Samuel s'apprêtent à l'accompagner, Napoléon laisse tomber d'un ton qui ne souffre aucune réplique.

— Seul ! Messieurs, vous m'attendez dans le salon.

Constant vient de refermer la porte du bureau de l'Empereur. Napoléon peut alors contempler son visiteur des pieds à la tête avec un œil noir.

— Vous avez vieilli Talleyrand, mais vous gardez toujours ce même sourire aux lèvres et ce regard faux. Je n'ai aucun plaisir à vous revoir. Si je le fais c'est à la demande expresse de l'Impératrice.

— Sire, il nous faut oublier les querelles du passé. Tout a changé depuis notre départ et il nous faut assumer notre nouvelle place dans ce monde.

— Je sais cela. Tenez votre place, je tiendrai la mienne. Gardez- vous loin de moi et ne cherchez plus jamais à vous mêler de mes affaires.

— Que Votre Majesté daigne me pardonner, mais il nous faut pourtant travailler ensemble. Comme lorsque vous étiez au sommet de votre gloire…

— Taisez-vous ! Vous avez toujours travaillé à me perdre. En me poussant à faire fusiller ce malheureux duc d'Enghien, en m'incitant à conquérir l'Espagne puis en me trahissant ouvertement avec le Tsar. Vous connaissez certainement le mot que l'on m'attribue à votre propos…

— Sire… Voulez-vous parler du bas de soie ?

— Oui, parfaitement… Le bas de soie… Vous êtes bien placé pour savoir que je n'ai jamais dit cela. Mais à la réflexion… c'est bien ce que vous êtes….

— Sire, je vous en prie. Un aussi grand homme… vous ne sauriez être aussi mal élevé…

— De toutes les girouettes politiques[1], vous êtes la pire. Il n'y a rien dont vous ne soyez capable contre moi.

Les mains dans le dos, Napoléon va de la fenêtre à la cheminée en criant de plus en plus fort. Soudain il marche sur Talleyrand en dressant le poing.

— Quelle confiance puis-je vous accorder ? Toute votre vie vous avez manqué à vos devoirs. Vous avez trompé et trahi tout le monde.

— Sire, j'ai placé les intérêts de la France au-dessus de toutes autres considérations…

— Les intérêts de la France ?! Les vôtres avant tout. Je vous ai couvert d'honneurs, je vous ai donné

---

1. Le *Dictionnaire des girouettes, ou nos contemporains peints par eux-mêmes* est un ouvrage satirique d'Alexis Emery. Paru en 1815, il fait le compte des reniements des hommes politiques qui ont traversé tous les régimes de Louis XVI à Louis XVIII. Napoléon a lu ce livre à Sainte-Hélène. Il en a d'abord ri avant de s'en agacer. Talleyrand et Fouché y figurent à la première place avec douze « girouettes » chacun.

des millions, mais cela n'a pas suffi. Il vous en faut toujours davantage. Vous auriez vendu votre père. Vous êtes un voleur, un lâche, un homme sans foi, vous ne croyez pas en Dieu…

— Sire… allons… pour un ancien évêque ce serait fâcheux.

Stoïque sous la tempête, Talleyrand demeure impassible. Son scepticisme naturel constitue sa meilleure arme contre la violence de l'Empereur. Plus ce dernier s'échauffe et plus il garde son calme. Les yeux mi-clos, il se tient appuyé sur une console de marbre afin de soulager son pied bot. Patiemment, il attend que l'impériale colère s'essouffle. Talleyrand le sait. Napoléon ne peut guère enrager plus d'une ou deux minutes d'affilée. Même si ces minutes sont terribles, sa colère finit toujours par retomber.

— Vous êtes le diable… Même si je dois encore m'acoquiner avec vous, jamais plus je ne vous ferai confiance… Sachez-le !

— Je supplie simplement Votre Majesté de bien vouloir m'écouter. Elle fera ensuite à son gré.

— Que savez-vous sur la reine Hortense ?

— Le duc d'Otrante…

— Ce traître ne mérite plus ce titre…

— Bien, Sire. Fouché donc a su, je ne sais comment, que la reine de Hollande était revenue voici deux mois. Quand cet étrange coup du sort est advenu, la reine a été totalement désorientée. Heureuse de retrouver un visage connu, elle a accordé une totale confiance à votre ancien ministre de la Police. Depuis son retour ce dernier la cache sous de fallacieux prétextes, coupant ainsi la malheureuse du monde.

— Quel but poursuit-il en faisant cela ?

— Fouché a très vite été au courant du retour de l'Impératrice. Depuis cet instant, il la surveille et attend votre retour dans l'espoir que vos pas vous portent vers elle. Lorsque la reine Hortense est revenue, il a pensé qu'en s'assurant de la fille, il tenait la mère, et en tenant la mère il escompte avoir barre sur vous le moment venu.

— Fouché, ce fils de négrier... Son père vendait des esclaves et voilà qu'il s'imagine marchander la fille de l'Impératrice. Mauvais sang ne saurait mentir. C'est infâme...

— Sire, c'est politique.

— Où est-elle à présent ? Le savez-vous ?

— Oui, Sire. Depuis hier seulement, mais il est possible qu'il la place sous peu ailleurs. Il vous faut donc agir promptement.

— Le lieu ?

— Sire, veuillez me pardonner, mais la reine Hortense a été enfermée dans un asile psychiatrique.

— Un asile psychiatrique ?

— Oui, Sire, une « petite maison », pour les aliénés si vous préférez.

Napoléon blêmit à ses mots. Hortense... Il avait vingt-cinq ans lorsqu'il l'a connue elle et son frère Eugène. Leur père, le marquis de Beauharnais, venait d'être guillotiné. Avec leur mère, il a pris sous son aile le fils âgé de quatorze ans et la petite Hortense, de deux ans sa cadette. Il a été un père pour ces deux enfants. Il les a adoptés officiellement et a même pensé faire d'Eugène son héritier. Savoir que sa presque fille est enfermée chez les fous lui est insupportable.

— Talleyrand, pourquoi me dites-vous cela ? Quel est votre intérêt dans cette histoire ?

— Vous servir est mon seul…

— Ah non ! Pas à moi ! Vous ne faites jamais rien pour rien. Alors parlez sur le champ. Notre situation nous interdit les faux-semblants.

— Eh bien Sire, pour dire la vérité… J'ai moi aussi un intérêt… très personnel dans cette affaire. Fouché ne détient pas seulement la fille de l'Impératrice dans cette maison. Il retient aussi… le comte de Flahaut.

— Le général ? Charles de Flahaut ? Mon aide de camp ?

— Oui, Sire, mais ce n'est pas pour le général que je tremble. C'est pour…

— C'est pour le fils… votre fils naturel…

— Oui, Sire, mon fils[1]…

D'une manière étrange, le regard hautain de Talleyrand s'humanise un court instant. Napoléon s'en aperçoit et il se demande si le Diable Boiteux a un cœur.

— Ainsi donc, deux êtres qui nous sont chers ont été rappelés pour se retrouver à nouveau ensemble…

— Oui, Sire… Je peine à croire qu'il s'agisse d'un hasard. Il ne fait pas de doute que ce coup du sort constitue un message destiné à nous rapprocher.

— N'allez pas trop vite, Talleyrand. C'est le sort d'Hortense qui m'importe à présent. Certes, elle n'a pas été très fidèle à mon frère Louis, mais lui aussi avait des torts envers elle. Elle fut coquette, légère, étourdie et on a beaucoup parlé de sa passion pour le comte de Flahaut. Cela fit scandale à la cour et elle a provoqué ma colère. Cette affaire a bien troublé

1. Charles de Flahaut (1785-1870) est le fils naturel de Talleyrand et d'Adélaïde Filleul.

la famille impériale. Vous souvenez-vous, Talleyrand, lorsque je vis votre fils à une parade au Carrousel ? Il portait une magnifique fourrure que j'avais reçue en présent de l'empereur de Russie. J'en avais fait cadeau à Hortense et je la retrouve sur les épaules de son amant.

— Je m'en souviens, Sire, mais la reine Hortense n'a pas offert ce seul cadeau à mon fils.

— Je sais Talleyrand... un garçon est né... six mois après le roi de Rome. Pour cacher le scandale, Hortense est allée accoucher en Suisse. J'ai su tout cela. Depuis mon retour j'ai également appris que cet enfant a lié son sort à son demi-frère... Napoléon III.

— En effet Sire, le duc de Morny mon petit-fils a toujours servi efficacement votre neveu[1].

— Ainsi, vous êtes le grand-père du demi-frère de mon neveu Napoléon III. Votre petit-fils est aussi celui de mon épouse et vous êtes en outre le père de l'amant de ma belle-fille.

— Oui, Sire, et tout cela de manière « naturelle ».

La remarque fait mouche et l'Empereur ne peut réprimer un sourire. Talleyrand se garde bien de sourire à sa propre saillie et demeure imperturbable. Il incarne toujours cet esprit français d'avant la Révolution, subtil mélange de cynisme et d'à-propos.

— Votre petit-fils, le duc de Morny, vous ressemble beaucoup, Talleyrand. Bon diplomate, avide de richesses et confondant allégrement les affaires de l'État avec les siennes. Je n'ai pas manqué de m'intéresser à lui dans

1. Charles de Morny (1811-1865) joue un rôle déterminant dans le coup d'État de 1851. Une fois l'Empire restauré, il devient ministre de l'Intérieur puis président du Corps législatif sous Napoléon III.

mes récentes lectures. Fils de reine, petit-fils d'une impératrice et d'un évêque défroqué… l'enfant était prometteur. Au moins, il n'a pas trahi son maître, lui. C'est sans doute parce qu'il est mort avant mon neveu.

— Et c'est bien regrettable, Sire. S'il avait vécu, mon petit-fils aurait certainement évité la chute du Second Empire.

— Alors que son grand-père a précipité celle du Premier…

— On ne peut refaire l'Histoire, Sire, mais nous pouvons encore contribuer à l'écrire.

— Je sais ! J'ai vu cela lors de cet attentat contre ma personne. Ce moment de commotion m'a permis d'entrevoir très clairement les raisons de notre retour.

— C'est une tâche immense, Sire. Une opportunité extraordinaire que la divine Providence nous offre. Nous devons consacrer tous nos efforts à cette mission. Je m'y suis employé avec quelque succès. Le retour de Votre Majesté pourrait…

Manifestement agacé, Napoléon lève la main d'un geste vif.

— Talleyrand ! Autant vous le dire tout net. Je ne me conformerai pas à ces desseins. Providence ou pas, je suis là pour ressaisir les rênes de cette Nation, qui en a bien besoin…

— *Sire ?!* Vous l'avez vu par vous-même. Tout cela nous dépasse. Il faut…

— Rompons là, Talleyrand ! s'écrie Napoléon. Quel que soit le marionnettiste qui tient les fils, je ne serai la créature de personne, pas même de Dieu le Père. Pour l'heure je dois libérer la reine Hortense, mais aussi votre fils. Je ne le fais pas pour vous. Flahaut s'est toujours bien acquitté des missions que je lui ai confiées.

C'est un diplomate comme vous, mais avec un cœur de lion. À Waterloo il faisait partie du dernier carré de la Garde et deux semaines plus tard il remportait une ultime victoire contre les Prussiens[1]. Il me sera précieux dans l'accomplissement de mes projets. Mais j'y songe… pourquoi venez-vous me chercher pour sauver votre fils ?

— Sire, pour deux raisons. La première, vous l'avez soulignée. Je ne suis qu'un diplomate. Je dispose bien de quelques mouches qui me tiennent informé, mais elles n'ont point d'aiguillon. Contrairement aux hommes qui servent Votre Majesté.

— Et la seconde raison ?

— Je suis bien persuadé que ce rapprochement de nos intérêts constitue un signe de la Providence. Que vous le vouliez ou non il faudra bien nous y conformer pour réaliser ses desseins.

— L'ancien évêque d'Autun deviendrait-il bigot après s'être défroqué ? Ah ! Ce ne sera qu'un tour de plus de la girouette. Ne me parlez plus de cela, Talleyrand. Nous allons promptement régler cette affaire et ensuite je reprendrai le cours de mes projets à mon gré.

En disant cela, l'Empereur agite la petite cloche d'argent posée sur son bureau. Aussitôt, le premier valet ouvre la porte.

— Constant, appelez sur le champ le ministre de la Police, le grand maréchal du Palais et le colonel des chasseurs de la Garde.

1. Le 1er juillet 1815, le général comte de Flahaut commande la cavalerie du corps d'armée d'Exelmans à la bataille de Rocquencourt contre les Prussiens. Cet affrontement constitue la dernière victoire de l'Empire.

Il ne faut que quelques secondes pour voir apparaître Cipriani, Beaussier et Franchi, qui rongeaient leur frein dans le salon. À présent, ils brûlent de connaître les volontés de l'Empereur.

24

Vol au-dessus d'un nid de coucou

12 mars 2015, 10 heures

Cinq jours plus tard, la Jaguar impériale s'arrête en douceur le long du trottoir. Le véhicule est en parfaite harmonie avec ce quartier résidentiel situé à un quart d'heure du centre-ville de Versailles. Loin de l'agitation du château de Louis XIV, la rue bordée de marronniers respire la quiétude d'une banlieue aisée. Quelques dizaines de mètres plus loin, on distingue un long mur de pierre, haut de plus de cinq mètres. Seul un porche de bois donne accès à une propriété qui demeure à l'abri des regards.

À l'arrière de la voiture, Adrien, Franchi et Cipriani se concertent une dernière fois. Cipriani porte l'uniforme bleu qu'il utilisait à l'île d'Aix pour incarner l'Empereur. L'ancien valet-espion de Napoléon semble parfaitement à son aise dans cette nouvelle mission.

— C'est bien compris… Vous colonel, vous vous présentez sous l'identité du docteur Sampzon.

— Oui, et je suis un spécialiste des maladies mentales. Je suis plutôt habitué à la médecine de guerre, mais j'ai connu assez de pathologies post-traumatiques pour donner le change.

— Je vous fais confiance pour me décrire comme un malade souffrant de troubles de la personnalité. Le directeur de la clinique a reçu un courrier à votre nom où vous lui demandez de m'accepter dans son service. Par chance, il a répondu rapidement car le cas l'intéresse beaucoup. Beaussier vous accompagne comme parent mandaté par la famille pour effectuer ce placement.

— Que dois-je dire s'il m'interroge ? Quel est notre lien de parenté déjà ? demande Adrien, beaucoup moins à l'aise dans ce genre de coup tordu.

— Nous sommes cousins, mais peu importe. Vous avez vu mon état empirer jusqu'à me prendre tout à fait pour Napoléon. De toute façon vous laissez parler le colonel. Entre médecins ils ne feront même pas attention à vous. Tout le reste est dans le dossier que j'ai constitué. Tout est faux bien sûr, mais parfaitement cohérent. Vous me laisserez avec eux et vous reviendrez cette nuit à 4 heures du matin. Si tout va bien je vous retrouverai ici avec la reine Hortense et le comte de Flahaut. Si j'échoue, revenez le lendemain à la même heure. À présent, chacun entre dans son rôle, allons-y !

Après avoir fait quelques pas, les trois hommes s'arrêtent devant le grand porche. Sur une plaque de cuivre rutilante le nom du lieu est inscrit en lettres élégantes.

CLINIQUE ALMANACH
Professeur CHEVROLET
Spécialiste des troubles du comportement
Ancien interne des hôpitaux de Paris

Le colonel Franchi, redevenu médecin, appuie sur le bouton de la sonnette d'un geste décidé. Au bout d'un moment, le judas de la porte s'entrouvre et laisse deviner un visage derrière une grille.

— Bonjour, que puis-je pour vous ?

— Docteur Sampzon, nous avons rendez-vous avec le professeur Chevrolet.

— Très bien… je vous attendais.

Une petite porte s'ouvre et les trois hommes peuvent entrer. L'homme qui vient de leur ouvrir referme aussitôt derrière eux. Taillé comme un rugbyman, il porte une blouse blanche un peu trop petite pour sa carrure.

— Suivez-moi je vous prie, dit-il d'une voix douce et très aimable.

Installée dans un ancien couvent, la clinique s'organise autour d'un vaste jardin entouré de galeries. Quelques infirmiers vont et viennent en jetant un œil discret sur les activités de leurs pensionnaires. La tenue de leurs patients est presque toujours surprenante. Seul ou par petits groupes, ils incarnent tous un personnage du passé.

Dans l'une des galeries du cloître, Adrien et ses compagnons croisent un templier au blanc manteau frappé d'une grande croix. Un homme de haute taille et au nez proéminent passe à grandes enjambées. Une cigarette au bec, coiffé d'un képi à deux étoiles et vêtu d'un uniforme kaki, il paraît indifférent au monde qui l'entoure. Un peu plus loin, penchés au-dessus d'une table, deux hommes discutent à voix basse. Ils sont coiffés d'une haute perruque, portent jabots de dentelle et vestes en soie à larges manches.

— Ces deux-là, on les a récupérés à deux pas d'ici dans le château de Versailles. C'est notre Louis XIV et son ministre Colbert. Toujours au travail, ils n'arrêtent jamais.

— Et à quoi sont-ils occupés ? demande Adrien, de plus en plus perplexe.

— En ce moment leurs préoccupations tournent autour de l'agrandissement des jardins du château de Versailles et de la construction de nouvelles manufactures royales. Le professeur Chevrolet a constaté que certains de nos pensionnaires ont tendance à se reconnaître les uns les autres suivant leurs époques. Dans ces cas-là, s'ils ne les ont pas déjà, on leur fournit des costumes avec de quoi s'occuper. Après, ils nous laissent tranquilles et paraissent heureux de vivre.

À l'extrémité de la galerie, un homme aux muscles secs et aux yeux fous enchaîne sans cesse des mouvements de combat. Torse nu, le bras droit couvert d'un manchon de cuir articulé, l'inquiétant personnage est armé d'un bouclier et d'un glaive en mousse. Avec son arme factice, il frappe avec acharnement un adversaire invisible. Chaque mouvement est accompagné d'un ordre qu'il profère lui-même en latin. *Tolite, percutite, ad dextra, ad sinistra, perceverate*[1]...

— Mais que fait-il ? demande Franchi à l'infirmier.

— Il prétend être gladiateur. Lui, on l'a perdu depuis longtemps mais du moment qu'on le laisse s'entraîner il n'est pas méchant.

Complètement essoufflé et couvert de sueur, l'homme finit par lâcher un « *laxate*[2] *!* » libérateur. Aussitôt, il se met au repos et s'enferme dans une profonde prostration. Vêtu d'une cuirasse finement ciselée et coiffé d'une couronne de lauriers, un autre patient lui apporte à boire dans un gobelet en terre cuite. Alors que le

1. « Levez, frappez à droite, à gauche, encore... »
2. « Repos ! »

gladiateur reprend son souffle, l'empereur romain semble lui prodiguer des conseils dans une langue incompréhensible.

— Et celui-là, c'est Jules César ?

— Non, lui c'est l'empereur Néron. Quand il est arrivé, il ne parlait que des légions qui lui avaient prêté serment. Il était souvent en colère contre un usurpateur qui lui avait pris sa place. Le pauvre était vraiment très mal et il fallait lui mettre de grosses doses pour le calmer… Puis un jour, le gladiateur est arrivé. Il a reconnu Néron comme son empereur et depuis tout va bien. Maintenant ils sont totalement étrangers au reste du monde et ils ne se parlent qu'en latin.

Sortant de son silence, Cipriani-Napoléon lâche d'un ton sec :

— *Ma che cazzo*[1] *!…* leur italien est mauvais et juste émaillé de quelques mots en latin…

— Si vous le dites…, répond l'infirmier, manifestement blasé. C'est possible. Nos pensionnaires sont plus ou moins affûtés dans leur rôle. Mais pour certains, c'est du grand art. Voici le bureau du professeur Chevrolet. Vous allez lui parler du petit problème de votre ami. Je reste avec lui et nous allons vous attendre bien sagement.

Vexé par le ton infantilisant de l'infirmier, Cipriani-Napoléon lui tourne ostensiblement le dos. Les bras croisés, il scrute attentivement les pensionnaires de l'établissement, tandis que la porte du bureau se referme sur Samuel et Adrien. À l'intérieur, le responsable de la clinique les accueille aimablement et leur propose de s'asseoir sur deux sièges disposés devant son bureau.

---

1. « N'importe quoi ! » en italien.

Le professeur Chevrolet le dit lui-même avec fierté, il est le spécialiste mondial de la cliopathie.

— La cliopathie ? s'étonnent Sam et Adrien ensemble.

— Oui, la maladie de l'Histoire si vous préférez. Une forme de schizophrénie très particulière. J'ai forgé ce terme à partir de Clio, la muse de l'Histoire.

Le professeur est très satisfait de lui-même. Il parle avec une forme de bonhomie pontifiante tandis que Samuel et Adrien se sentent vaguement inquiets sur leur propre compte.

— C'est une maladie que j'ai identifiée voici une dizaine d'années. Je prépare une étude complète sur cette pathologie. Je vous garantis que ça fera du bruit.

— Et quels en sont les symptômes cliniques ? demande le docteur Franchi avec intérêt.

Ravi d'avoir un auditoire, le professeur Chevrolet ne se fait pas prier pour répondre.

— Le patient est persuadé qu'il est réellement un personnage du passé. Vous noterez que c'est pratiquement toujours un personnage important ou bien quelque chose de flatteur. Je distingue deux groupes. Ceux atteints de cliopathie rampante et ceux qui développent une forme agressive de la maladie. Les premiers forgent progressivement leur nouvelle identité et beaucoup commencent par évoluer au sein de groupes de reconstitution.

Samuel et Adrien échangent un regard soucieux.

— Pendant un certain temps, leur présence au sein de ces groupes leur assure une sorte d'équilibre tout en aggravant leur pathologie. Cet entourage favorable alimente leur conviction première jusqu'à une perte totale de leur identité initiale. À ce stade, ils sont généralement rejetés par leurs camarades de jeu car ils deviennent trop excessifs ou trop autoritaires. Totalement désocialisés, errant d'établissement en établissement, ils finissent par être placés ici par leurs familles du fait de ma réputation.

— Et… les cliopathes agressifs ? interroge Adrien.

— La cliopathie agressive est plus rare et plus intéressante quoique plus problématique. D'après ce qu'ils disent, les patients qui en souffrent seraient revenus d'entre les morts et semblent totalement égarés. Ils ont tellement intégré leur nouvelle identité « historique » qu'ils ont systématiquement fait disparaître toutes traces de leur passé. Il est même impossible de retrouver qui ils étaient auparavant. C'est une forme intéressante d'amnésie dans laquelle le sujet reconstitue une identité empruntée à l'Histoire. Contrairement aux cliopathes rampants, qui sont dans l'approximation, les malades souffrant de la forme agressive sont très forts. Au jeu des questions ils sont incollables sur le personnage qu'ils ont « choisi ». J'ai parfois fait venir de brillants universitaires en histoire pour dialoguer avec les cas les plus prononcés. Eh bien croyez-moi ou non, mes patients sont toujours sortis vainqueurs de ces confrontations, au grand dam de nos professeurs. Ces derniers sont tous partis très fâchés… Je trouve toujours ça très drôle. Mais hélas, ils se sont donné le mot et ils ne viennent plus discuter avec mes pensionnaires. Le patient que vous m'amenez souffre de ces troubles depuis longtemps ?

Pendant que Samuel et Adrien s'entretiennent avec le professeur Chevrolet, Cipriani a repéré Hortense. L'ex-reine de Hollande est une très belle femme qui porte avec grâce une toilette élégante à la mode de la fin de l'Empire. Assise sur le rebord du bassin qui orne le centre du jardin, un homme grand et mince se tient à ses côtés. Un bolivar à la main, il est vêtu d'un manteau semblable à ceux que portaient les officiers démobilisés après l'Empire. Cipriani reconnaît immédiatement le comte Charles de Flahaut. Il porte beau malgré son front dégarni. Ses manières élégantes sont celles d'un diplomate, mais Cipriani perçoit aussi le militaire dans la prestance de cet homme « fait pour tout », comme dit l'Empereur à son sujet. Flahaut discute tranquillement avec Hortense, qui serre sa main avec tendresse. Cipriani se dit que la première partie de la mission est réussie. Les oiseaux sont encore au nid et il n'y a plus qu'à les faire sortir de la cage. Mais son sourire disparaît subitement. Un troisième personnage vient rejoindre le couple. La quarantaine athlétique, ses traits sont réguliers avec d'énormes favoris sur les joues. Ses cheveux noirs longs et frisés retombent en boucles sur ses épaules. Cipriani connaît personnellement ce militaire aux allures de matamore, il a même été à son service à Naples. Lui seul pourrait arborer un tel uniforme de fantaisie sans sombrer dans le ridicule. Coiffé d'une toque à plumes, il porte une veste blanche à brandebourgs et épaulettes dorées. C'est bien lui, et cela contrarie fort le ministre de la Police de Napoléon. Il entrevoit déjà les difficultés entraînées par le retour de l'ancien grand-duc de Berg. Car il est bel et bien revenu. Joachim Murat, maréchal de l'Empire et roi de Naples par la grâce de l'Empereur. Comme hier, l'époux de Caroline Bonaparte ne manquera pas de compliquer la vie de son impérial beau-frère.

Manifestement, Murat est très proche des deux autres pensionnaires. La reine Hortense lui tend la main et il s'empresse d'y déposer un baiser. Si la fille de Joséphine est rayonnante, la présence du plus fameux sabreur de la Grande Armée ne semble pas enchanter Flahaut. En homme de cour, il fait malgré tout bonne figure. Après avoir hésité quelques secondes, Cipriani se décide à agir. Il sait que le temps lui est compté. Sans se préoccuper de son ange gardien, il se dirige d'un pas assuré vers les trois personnages revenus du passé. Soucieux d'observer le comportement de son nouveau pensionnaire, l'infirmier le suit en conservant une certaine distance.

En voyant arriver ce faux Napoléon, Hortense se met à rire d'une jolie sonorité cristalline.

— Voyez mes amis, l'Empereur vient nous rendre visite. Il y a une certaine ressemblance, mais nous ne risquons pas de nous laisser tromper par cet usurpateur…

Ses yeux sont d'un bleu merveilleux et ses lèvres charnues ont séduit bien des hommes. Mais Cipriani n'est pas sensible à ces charmes. Il est là pour accomplir une mission pour l'Empereur. Il est à quelques mètres d'Hortense, quand Murat fait deux pas dans sa direction et lui fait signe de s'arrêter.

— Holà mon brave ! Ne venez pas importuner Sa Majesté royale. Rejoignez les autres héros de cette « petite maison ». Nous ne sommes pas du même monde que le vôtre.

— Que Sa Majesté le roi de Naples me pardonne, mais il se trouve que je suis du même monde que vous. Comme vous je suis revenu dans ce siècle exécrable et je sais bien pourquoi. Je suis au service de Sa Majesté l'Empereur des Français. C'est lui qui m'envoie auprès de vous.

— Ne m'échauffez point les oreilles, pauvre fou. Même si je n'ai plus mon sabre, j'aurai tôt fait de vous rompre les os si vous insistez encore.

— Vous n'en ferez rien et vous allez au contraire m'écouter.

En saluant la reine Hortense, le faux Napoléon enlève son chapeau et fait face à Murat, qui le reconnaît tout à coup.

— *Mille tonnerres !* Mais je vous reconnais. Vous êtes Cipriani… l'homme de confiance de Saliceti, mon ministre de la Police. C'est vous qui avez permis la prise de l'île de Capri[1]. C'est extraordinaire… vous ici… et dans cet uniforme.

— Votre Majesté a bonne mémoire. C'est bien moi. Après vous avoir servi à Naples je suis devenu le valet de l'Empereur…

Flahaut s'approche à son tour et s'écrie :

— *Cipriani ?!* Mais oui, je vous ai vu lors des Cent-Jours… à la veille du départ de l'armée pour la Belgique. C'était à l'Élysée où l'Empereur venait d'installer sa résidence.

Alors qu'Hortense s'approche, Flahaut continue :

1. Antoine Christophe Saliceti est député de la Corse à la Convention nationale. Proche des Bonaparte, il devient ministre de la Police du roi Murat à Naples. Cipriani est alors à son service. Il parvient en 1808 à manipuler le chef de la garnison anglaise qui occupe l'île de Capri en face de Naples. Sur la foi de fausses informations, le commandant anglais abandonne la place sans combattre. La victime des habiles manœuvres de Cipriani s'appelle Hudson Lowe. Sept ans plus tard, il entre dans l'Histoire en devenant le geôlier de Napoléon à Sainte-Hélène. Les compagnons d'exil de l'Empereur s'amuseront beaucoup de ce hasard.

— Je me souviens très bien. Vous étiez avec lui à l'île d'Elbe, vous aviez rang de valet, mais je savais que l'Empereur vous utilisait pour d'autres tâches.

— Mais oui monsieur, je vous reconnais à mon tour, dit Hortense, étonnée. Vous étiez avec l'Empereur lorsqu'il a fait halte à la Malmaison, en route pour son dernier exil.

— Vous l'avez d'ailleurs suivi jusqu'à Sainte-Hélène, ajoute Flahaut. Une fidélité que j'aurais aimé partager avec vous, monsieur Cipriani. Alors c'est bien vrai ? L'Empereur est à nouveau parmi nous ? Deux cents ans après le retour de l'île d'Elbe, c'est merveilleux. Vous envoie-t-il pour nous libérer ?

— Mais si vous êtes bien Cipriani, dit Murat, qu'est-ce qui nous prouve que c'est l'Empereur qui vous envoie ? Vous êtes un homme capable de tout…

Faisant mine de ne pas être atteint par la remarque désobligeante du roi de Naples, Cipriani sort deux enveloppes cachetées à la cire rouge. Passant devant Murat, il les tend à la reine de Hollande.

— Voici mes lettres de créance. Elles vous prouveront ma bonne foi Majesté.

Hortense reconnaît aussitôt l'écriture de chat de l'Empereur et l'élégance des lignes écrites par l'Impératrice. Aussitôt les yeux bleus d'Hortense s'emplissent de larmes de joie.

— Ma mère ? L'Impératrice serait de retour ? Et elle a retrouvé l'Empereur ! Mais c'est merveilleux, merveilleux… notre cauchemar va enfin s'achever.

Cipriani entend alors une voix dans son dos :

— Vous voyez, cher collègue, votre patient est déjà parfaitement intégré. C'est très bon signe.

Le professeur Chevrolet approche en compagnie d'Adrien et de Samuel.

— Il s'est déjà fait des amis. Les cliopathes se retrouvent toujours par affinité d'époque. Lorsqu'un nouveau venu est accepté par un groupe, ils ne se quittent plus et il retrouve la paix. C'est la base de mon traitement.

Agacé par cette intrusion, Cipriani fait signe à ses complices de s'en aller sans plus attendre. Sa réaction ne semble pas étonner le responsable de l'établissement.

— Vous voyez, vous ne comptez déjà plus pour lui. Nous n'avons plus qu'à les laisser discuter. Messieurs, je vous raccompagne jusqu'au porche. Ne vous faites aucun souci pour votre parent. Il est entre de bonnes mains. C'est mon premier Napoléon, nous allons bien le soigner.

— Professeur, pourrais-je téléphoner à mon patient ce soir ? demande Samuel. C'est pour le rassurer et savoir comment s'est passée son installation…

— Mais certainement cher confrère, appelez le standard vers 19 heures, ils vous le passeront. Il aura pris ses aises dans sa chambre après avoir découvert l'établissement. Tout ira bien, nous avons l'habitude.

Lorsqu'ils quittent la clinique, Samuel et Adrien sont comme assommés par ce qu'ils viennent de vivre. Cette histoire de cliopathie ne les laisse pas indifférents et sans l'avouer ils se demandent s'ils n'en sont pas plus ou moins atteints. Ils ont bien vu Hortense et Flahaut et comme Cipriani, ils ont aussi reconnu Murat. Décidément, le monde est rempli de « revenus », ou de « rappelés », comme dit Talleyrand. La Jaguar a repris la route depuis dix bonnes minutes quand Adrien se décide à parler :

— Samuel… et si le monde était peuplé de « revenus » ? Les personnages illustres auraient la chance… ou la malédiction de savoir qui ils étaient, mais les autres, les obscurs, n'auraient pas conscience de leur identité passée…

— … et quelque chose d'inné les pousserait vers la reconstitution… comme vous et moi, Adrien…

— Et si le professeur Chevrolet avait raison ? Si tout cela n'était qu'une histoire de fous ?…

Samuel ne sourit plus. À travers la vitre de la Jaguar, il contemple la statue équestre de Louis XIV. Le Roi-Soleil étend sa main au-dessus de cohortes de touristes chinois qui envahissent son château, armés de leurs Smartphones équipés de bras télescopiques.

25

Les visiteurs du soir

13 mars 2015, 3 heures

Toujours vêtu de son uniforme de Napoléon, Cipriani est assis dans la pénombre de sa chambre. Tout est calme depuis longtemps dans les couloirs de la Maison Almanach. Loin de l'image habituelle des asiles d'aliénés, aucun cri de dément ne vient troubler la quiétude des pensionnaires pendant la nuit. Il est presque 3 heures du matin et le ministre de la Police ne dort pas. Cipriani sait que des hommes à lui se préparent à intervenir. Deux infirmiers doivent prendre leur tour de garde à 4 heures du matin. Ils seront maîtrisés avant qu'ils n'entrent dans la clinique. Après avoir pris leur blouse et leur badge, deux hommes de main de Cipriani pénétreront à l'intérieur de l'établissement. Une fois dans la place, l'équipe de nuit sera maîtrisée et ses gars viendront pour ouvrir sa cellule. Ensuite, il n'y aura plus qu'à libérer la belle-fille de l'Empereur, son beau-frère et le fils de Talleyrand.

Il en est là de ses réflexions quand il voit la porte de sa chambre s'ouvrir doucement. Il est trop tôt pour que ce soit l'un de ses acolytes et l'homme avance sans faire le moindre bruit. Dans un coin sombre de la chambre,

Cipriani retient son souffle. Malgré la faible lumière qui vient du couloir, il entrevoit son visiteur vêtu d'une blouse blanche avec un pistolet muni d'un silencieux dans sa main droite. L'infirmier passe sans le voir et marche à pas de loup en direction du lit. Avec des couvertures et son chapeau, Cipriani a pris soin de constituer une sorte de mannequin sous les draps de son lit. Destiné à leurrer les surveillants pendant leur ronde de nuit, le vieux truc trompe également le faux infirmier. D'un geste précis, ce dernier tire trois balles au-dessous de la coiffure de l'Empereur. L'assassin n'a pas le temps de s'apercevoir de son erreur car Cipriani lui assène un grand coup de tabouret sur la nuque. L'homme s'affale sur le lit sans pousser le moindre cri. Rapidement, l'ancien majordome de Napoléon fait les poches de son agresseur. Il y trouve un portefeuille qu'il s'approprie, de même qu'il s'empare de son pistolet encore tiède. Il allume ensuite la veilleuse de sa table de nuit afin de découvrir le visage de son exécuteur. L'homme aux cheveux courts et crépus a un cou de taureau. Une cicatrice récente lui balafre le visage. Comprenant à qui il a affaire, Cipriani place le silencieux de l'arme sur la nuque de l'homme. Il hésite un instant, mais finit par se raviser. Impossible d'achever ainsi un adversaire sans défense. En glissant l'arme dans sa veste, il maudit ces vieux principes en se disant qu'il finira par les regretter un jour.

Après avoir éteint la lumière, Cipriani jette un coup d'œil prudent dans le couloir. Tout paraît calme. Il repousse la porte tout doucement et quelques minutes plus tard, il libère Hortense et le comte de Flahaut. Ensemble, ils ouvrent la porte de la chambre du roi de Naples, qui sort aussitôt.

— Où sont vos hommes, Cipriani ? Vous êtes seul ? interroge Murat, toujours suspicieux.

— Un contretemps, Sire. Mais ils nous attendent dehors. Ne tardons pas, je ne voudrais pas tomber sur d'autres visiteurs inattendus.

Le petit groupe se dirige aussitôt vers la sortie. Dans la cabine vitrée de l'accueil, l'infirmier de garde a piqué du nez sur son journal. Après avoir fait signe à ses compagnons de l'attendre dans la pénombre, Cipriani, le pistolet au poing, s'approche prudemment de la cabine. Une fois arrivé près du gardien, il s'aperçoit que l'homme dort d'un sommeil définitif. Un filet de sang s'écoule d'un trou situé à l'arrière de son crâne. Le pauvre homme n'a même pas dû comprendre ce qui lui arrivait. Après avoir traversé le jardin, le petit groupe découvre un autre infirmier étendu près du porche d'entrée. Encore une fois Cipriani regrette sa mansuétude. Il hésite même un instant à revenir dans sa chambre, mais il préfère assurer au plus vite le succès de sa mission.

Quelques minutes plus tard, les fugitifs sont dehors. Ils aperçoivent alors Adrien et Sam dans la Jaguar garée à quelques mètres.

— Cipriani ?! Vous êtes déjà là ? Mais comment avez-vous fait ? Vos hommes sont encore au coin de la rue. Ils attendent les infirmiers, qui ne sont pas encore arrivés.

— Je vais leur dire que ce n'est plus la peine de les attendre. Amenez nos amis aux Violettes. Je vais rejoindre mes hommes et ils me ramèneront chez l'Empereur. Dépêchez-vous, le quartier va devenir malsain.

Tandis que Murat s'installe aux côtés du colonel Franchi, Hortense et le comte de Flahaut s'assoient à l'arrière avec Adrien. La voiture démarre en douceur et dépasse la silhouette de Cipriani qui disparaît dans la nuit.

Prévenue par Adrien que l'opération s'est parfaitement déroulée, Jacqueline a pu rassurer Joséphine, qui priait dans sa chambre. Après s'être signée rapidement, l'Impératrice s'empresse de s'habiller. Elle met sa plus belle robe et sort ses plus beaux bijoux. Lorsqu'elle a retrouvé l'aisance dans sa nouvelle existence, elle n'osait pas imaginer le retour de l'homme de sa vie. À présent, c'est sa fille qu'elle va serrer contre son cœur, un tel bonheur est indescriptible, presque trop. Pourtant, tout en se coiffant, Joséphine n'en adresse pas moins une ultime prière au ciel afin que son fils Eugène[1] lui revienne aussi.

Lorsqu'elle arrive aux Violettes, Hortense découvre la demeure entièrement illuminée. Elle est accueillie par l'air de *Partons pour la Syrie*, le tube du Premier Empire qu'elle a elle-même composé. Revenus de Grenoble, les chasseurs de la Garde sont tous là. Ils présentent les armes et font une haie d'honneur à l'ex-reine de Hollande. Napoléon l'attend en souriant en haut du perron et le maréchal Ney se tient à ses côtés. L'Impératrice se précipite pour couvrir sa fille de baisers et les deux femmes pleurent de joie. Sentant le regard de l'Empereur posé sur elle, Hortense parvient à échapper aux étreintes de sa mère. Elle gravit les marches avec grâce pour venir jusqu'à lui.

1. Eugène de Beauharnais, fils aîné de Joséphine, est devenu vice-roi d'Italie. Il se révèle bon général et reste fidèle à son beau-père jusqu'à l'abdication de 1814. Marié à une princesse bavaroise, il ne prend pas part aux Cent-Jours.

— Sire, mon père… Je n'ose le croire. Je vous retrouve, vous… en même temps que ma chère mère… En dépit des récits de M. Cipriani et du baron Beaussier, j'ai encore du mal à en croire mes yeux. Est-ce que tout cela est réel ?

— Il vous faudra encore quelques jours pour réaliser, mais ma foi oui, tout cela est réel. Je suis le plus heureux des hommes de vous retrouver. Vous me procurez un bonheur égal à celui de l'Impératrice.

En prononçant ces mots, Napoléon a les larmes aux yeux et il embrasse sa fille adoptive sans se soucier de l'étiquette. Derrière Hortense se tiennent Flahaut et Murat. Le premier paraît intimidé tandis que le second piaffe d'impatience de parler à l'Empereur. Après un rapide coup d'œil au roi de Naples, Napoléon s'adresse d'abord à l'amant d'Hortense :

— Général de Flahaut, je me souviens de votre belle conduite avant et après Waterloo. Soyez le bienvenu parmi nous. Vous trouverez encore l'occasion de bien me servir car j'ai toujours eu à me louer de vous et de votre fidélité.

Puis, se tournant vers Murat, Napoléon fronce le sourcil et lance d'un ton cassant :

— Je ne peux en dire autant de vous, Murat. Votre retour parmi nous constitue une surprise.

— Sire, je puis enfin paraître devant vous.

— Vous n'avez pas été un modèle de fidélité et d'obéissance. Surtout lorsque j'en avais le plus besoin. Je vous avais pourtant tout donné. Honneur, argent, titres, domaine, le palais de l'Élysée, la main de ma sœur et même un trône.

— Sire, vous êtes notre guide, vous serez le héros de ce nouveau siècle comme vous fûtes celui des précédents. Nous sortons toujours plus grands de nos revers et plus brillants de nos succès. De ce jour, je jure de…

La déclaration emphatique et manifestement préparée de Murat agace le maréchal Ney. Il vient se placer entre Napoléon et Murat et coupe la parole de ce dernier :

— Sire, dois-je rappeler que l'ex-roi de Naples nous a abandonnés à la fin de la campagne de Russie ? Vous lui aviez confié le commandement des lambeaux de la Grande Armée, mais à Wilno[1] il a laissé une ville pleine de malades et de blessés à la merci des Russes.

— *Mais c'est faux !* C'est toi-même qui m'as dit que les Russes arrivaient et qu'il fallait partir…

— Je t'ai dit qu'il fallait se préparer à quitter la ville ! Pas de courir sans t'arrêter jusqu'à Naples pour pactiser avec nos ennemis. Tu as préféré t'enfuir et trahir pour sauver ton royaume d'opérette…

— Je t'interdis… Je te rappelle que tu parles au beau-frère de l'Empereur. D'ailleurs, je n'ai rien fait d'autre que calquer ma conduite sur la sienne. Lui aussi a quitté l'armée pour rejoindre Paris. J'avais le devoir de maintenir la stabilité du royaume de Naples. Tout prince de la Moscova que tu es, tu n'as jamais été un souverain, tu n'entends rien à la politique…

— Politique… ah ! Toi, politique ?… Toi, le fils d'aubergiste. Toi, le commis d'épicerie.

— *C'est faux !* Et puis tu peux parler… Toi, le fils de tonnelier…

À ces mots, la figure de Ney change de couleur et le maréchal semble près de l'apoplexie.

1. Vilnius, en Lituanie.

— Mais moi je ne me prétends pas roi. Comme moi, tu n'as jamais été qu'un sabreur… et toi…

— Ney ! Murat ! Cessez cette querelle…

Mais Ney n'entend plus Napoléon, il oublie même sa présence. Il laisse libre cours à ses vieilles rancœurs à l'encontre de Murat, qu'il désigne d'un index accusateur.

— … Toi, le commis d'épicerie… tu n'es monté sur un trône que par la grâce de ton mariage avec la sœur de l'Empereur. De toute façon, il n'y en a toujours eu que pour les anciens de l'armée d'Italie. En plus *Monsieur* est un « Égyptien » … *Ah l'Égypte !* Parlons-en… moi je combattais dans l'armée d'Allemagne quand vous avez abandonné vos soldats là-bas. Vous êtes partis comme des voleurs en laissant le commandement à ce malheureux Kléber. Finalement, c'est une habitude chez vous d'abandonner vos troupes quand tout va mal…

À ces mots, Ney s'aperçoit de la portée de ses paroles. Il se retourne lentement vers l'Empereur, devenu livide. Ses yeux foudroient le maréchal qui ressemble subitement à un petit garçon pris en faute… Adrien tente d'intervenir pour secourir son ami :

— Monsieur le maréchal, allons… Il n'y a rien de comparable. L'Empereur n'a pas abandonné l'Égypte. Il a pris un risque énorme pour rentrer en France, qui avait grand besoin de lui. L'Italie était perdue, la France assaillie de toutes parts et livrée au brigandage des royalistes. Au final, l'Histoire lui a donné raison. Sire… pardonnez au prince de la Moscova. Il ne pense pas ce qu'il dit. La situation que vous vivez agite de vieux souvenirs et ranime d'anciennes rancunes. Il vous faut tirer un trait sur ce passé, car au fond… tout le monde vous a plus ou moins trahi…

— Oui, Sire…, murmure Ney. Tout le monde vous a abandonné. Même moi…

Puis relevant la tête et accusant de nouveau Murat d'une voix forte :

— Mais moi je fus l'un des derniers à le faire et le premier à vous rallier au retour de l'île d'Elbe. J'ai même été fusillé pour ça…

Murat s'emporte et prend Napoléon à témoin :

— Sire, moi aussi j'ai été fusillé. J'ai voulu vous rejoindre aux Cent-Jours et c'est vous qui m'avez repoussé…

— Fusillé… mais par les Napolitains. Moi c'était des Français et pour services rendus à l'Empereur…

— Cette fois c'en est assez. Cessez ! Je vous l'ordonne ! s'emporte Napoléon. Beaussier a raison. Ce qui nous arrive ne semble pas connaître de précédent dans l'Histoire. Soyons dignes de ce sort pour ne voir que l'avenir. À présent, allons nous coucher. Messieurs, je vous attends tous dans mon cabinet de travail demain à 9 heures, nous y tiendrons conseil.

Manifestement agacé, Napoléon tourne les talons et va se coucher. Le retour de Murat vient brouiller l'équilibre fragile de son embryon de cour. Les querelles de ses deux maréchaux lui rappellent de mauvais souvenirs. Tout cela lui gâche le plaisir de retrouver Hortense. Rapidement, chacun imite l'Empereur, mais le palais des Violettes a du mal à trouver le sommeil après cette nuit agitée.

26

Bas les masques

13 mars 2015, 7 heures

— Monsieur le grand maréchal, réveillez-vous je vous prie. Sa Majesté l'Empereur vous fait mander auprès de lui.

Adrien dort encore profondément quand son valet de pied vient le réveiller. Dans un demi-sommeil, Adrien se fait la réflexion que les jeunes gens qu'il a recrutés ont rapidement adopté les façons de parler de la cour des Tuileries.

— *Mhhhh*… mais quelle heure est-il ?

— 7 heures, Monsieur le grand maréchal.

— 7 heures ?! Décidément l'Empereur ne dort jamais. Où est-il ?

— Dans son bureau, avec le ministre de la Police.

— Cipriani ? Il est rentré ?

— Oui, Monsieur le grand maréchal, cela fait déjà deux heures. Depuis il s'entretient avec l'Empereur. Le prince de Bénévent les a rejoints voici un quart d'heure.

Le retour de Cipriani dans la nuit et cette longue discussion avec l'Empereur ne présageaient déjà rien de bon, mais le retour de Talleyrand aux Violettes fait bondir Adrien hors de son lit. Aidé par son valet, il enfile son uniforme écarlate à broderies d'argent avant de se rendre aussitôt auprès de Napoléon. Devant le cabinet de travail, le mamelouk Ali monte la garde, la main posée sur la poignée de son poignard oriental. Après avoir annoncé le grand maréchal du Palais, le premier valet Constant lui ouvre la porte du bureau. Il y découvre Napoléon et Talleyrand assis face à face, tandis que Cipriani se tient debout derrière l'Empereur. Le ministre de la Police a son air des mauvais jours.

— Ah ! Beaussier, vous voilà enfin. Cipriani m'a informé de faits assez troublants. Cela m'a conduit à donner audience au prince de Bénévent. Depuis sa dernière visite, nous nous sommes entretenus plusieurs fois. J'ai décidé de vous informer du contenu de ces conversations, qui doivent demeurer secrètes. Mais d'abord, le ministre de la Police va vous résumer son rapport.

— Comme je l'ai dit à l'Empereur, un homme s'est introduit cette nuit dans la clinique Almanach. Ce tueur a assassiné froidement deux infirmiers avant de tenter d'en faire de même avec moi. J'ai heureusement pu l'assommer car après moi il s'en serait certainement pris à la reine de Hollande.

— Il voulait la tuer ?

— Je ne pense pas. Il avait sur lui un portrait de la reine et une paire de poucettes[1]. Il voulait sans doute l'enlever pour la prendre en otage. Cet homme est celui qui a tenté de tuer l'Empereur à deux reprises. Il portait au visage la blessure infligée par Ali et sa

1. Des menottes, on les attachait aux pouces des prisonniers à l'époque de Cipriani.

description correspond à celle du tireur poursuivi à Laffrey par le lieutenant Aureck. Je sais à présent qui est cet homme. C'est un revenu, ou un « rappelé » comme dit le prince de Bénévent. Il était célèbre sous le Consulat. Il s'agit de ce brigand de Georges…

— Georges ? Quel Georges ? demande Adrien, étonné.

— Georges Cadoudal, précise l'Empereur déjà impatient.

Cadoudal, Adrien voit très bien de qui il s'agit. Chef chouan implacable, il est resté célèbre pour sa brutalité et sa haine envers l'Empereur. Alors qu'il était consul, Napoléon a essayé de le retourner, mais s'il a réussi à rallier nombre d'émigrés royalistes, Georges, comme Napoléon l'appelle, a toujours été fidèle à ses convictions. Revenu dans la clandestinité, lui et ses hommes ont tenté d'enlever ou d'assassiner le consul à plusieurs reprises. Lors de son arrestation, cette force de la nature a tué deux policiers de ses propres mains. Avec ses complices, il a été guillotiné peu après la proclamation de l'Empire.

— Georges ! Ce scélérat…, s'écrie Napoléon en se levant brusquement de son fauteuil.

Avec plus de difficultés, Talleyrand l'imite en s'appuyant sur sa canne. En proie à la colère, Napoléon se met alors à arpenter la pièce en grondant.

— À la tête de quelques cerveaux brûlés, il a toujours été l'agent de l'Angleterre. Georges et ses sicaires n'ont eu de cesse d'attenter à ma vie. Lors de l'affaire de la rue Saint-Nicaise[1], ils ont fait exploser une machine

1. Le 24 décembre 1800, des royalistes font exploser une charrette chargée d'un tonneau de poudre au passage de la calèche de Bonaparte,

infernale sur mon passage. Ils sont de retour eux aussi. Ils n'ont rien appris ni rien oublié de leurs haines. Ils sont prêts à tout. Ils ont même fait alliance avec Fouché pour arriver à leurs fins.

— Mais, Sire, dit Adrien, sommes-nous bien sûrs de cette alliance ? C'est Fouché qui est parvenu à les arrêter en 1804. De plus, Fouché est un révolutionnaire farouche qui n'a rien de commun avec ces royalistes fanatiques.

En disant cela, Adrien interroge Cipriani du regard. Le nouveau ministre de la Police hésite quelques secondes puis glisse *mezza voce* avec son accent corse :

— Je pense que le grand maréchal du Palais a raison, Sire. Si Fouché et Georges avaient partie liée, pourquoi aurait-il tué les deux infirmiers ? Il n'aurait pas non plus prémédité d'enlever la reine Hortense. Et puis il y a cette lettre que j'ai trouvée dans son portefeuille…

— Quelle lettre ? s'étonne Adrien.

— Une sorte de serment rédigé à la plume et accompagné d'un Sacré-Cœur rouge brodé sur une pièce de tissu. Dans cette lettre, les signataires jurent de venger le duc d'Enghien et toutes les victimes de l'« usurpateur *Buonaparte* ». Ils s'engagent à occire l'Empereur et les « suppôts de Satan qui l'entourent ». Le texte promet aide et assistance à tous les porteurs de cet insigne.

Adrien est abasourdi par cette nouvelle.

— Mais, c'est une véritable conspiration contre l'Empereur !

---

faisant vingt-deux morts et cent blessés. Le Premier consul et Joséphine s'en sortent indemnes. Ce complot renforce la popularité de Napoléon, qui prend prétexte de l'attentat pour faire emprisonner un grand nombre d'opposants politiques.

— Ce serment prouve que notre homme n'agit pas seul. Mais je ne crois pas que Georges soit lié à Fouché.

— Rappelez-vous, Sire, vous me l'avez dit vous-même dans le train : Fouché porte la principale responsabilité de l'exécution du duc d'Enghien. Fouché, Murat et quelques autres…

Adrien pose alors un regard accusateur sur Talleyrand. Se sentant visé, le prince de Bénévent émet un curieux bruit de bouche, comme s'il dégustait un mets raffiné. En appui sur sa canne, il passe lentement sa main gauche sur sa main droite. En l'observant, Adrien se dit que l'ancien évêque d'Autun ressemble beaucoup au président Mitterrand. À moins que ce ne soit le contraire. Avant que le doute ne s'installe davantage, l'ancien ministre de Napoléon choisit d'abonder dans le sens d'Adrien.

— Une coalition entre Fouché et les royalistes me paraît des plus improbables. Mais ce qui ne souffre pas l'ombre d'un doute, c'est que Votre Majesté doit se préserver face à des adversaires aussi décidés et pleins de rancune.

— Des adversaires qui partagent avec Fouché la haine qu'ils me portent, ajoute Napoléon.

Après un silence, Talleyrand glisse de sa voix grave et profonde :

— Certes, mais il reste aussi à démêler le rôle du roi de Naples dans toute cette affaire…

Le regard dans le lointain, le vieux diplomate attend de voir l'effet de sa diversion. Napoléon, qui le connaît bien, ne tarde pas à réagir.

— Que voulez-vous dire, Talleyrand ? Dites-nous ce que vous savez.

— Je ne peux rien affirmer, Sire. Mais vous savez comme moi que le maréchal Murat a toujours été très proche de Fouché, notamment lors de l'exécution du duc d'Enghien. Afin de conserver son trône, il s'est aussi allié contre vous avec les Autrichiens. Ne serait-il pas au cœur de cet écheveau ?

Debout, les mains dans le dos, Napoléon observe Talleyrand. Après un silence, il soupire.

— Ah… Murat. Un homme d'un grand courage sur le champ de bataille, mais une pauvre tête. Il n'aime que les intrigants, mais il est toujours leur dupe. Il est vrai que c'est la précipitation de Murat et de Fouché qui a conduit au jugement bâclé et à l'exécution du duc d'Enghien. Ils sont allés si vite en besogne que la police n'a même pas eu le temps de l'interroger sur ses complices. Talleyrand, vous qui savez tout, ou presque, croyez-vous que Fouché et Murat aient partie liée ?

— Sire, je ne sais pas tout, mais en tout cas la clinique Almanach n'est pas au-dessus de tout soupçon. Les mouches que j'ai missionnées sur place m'ont rapporté qu'un homme a quitté les lieux peu après Cipriani. Ensuite, les corps des infirmiers morts ont été évacués avant l'aube en toute discrétion. La police, du moins la police officielle, n'a pas été alertée. Sachant que Fouché est derrière tout cela, il serait étonnant que le roi de Naples soit arrivé là par hasard. Monsieur le grand maréchal du Palais, vous avez pu converser avec la reine Hortense et le général de Flahaut. Vous ont-ils dit à quel moment Murat les a rejoints dans cet établissement ?

— Dans la voiture, j'ai posé la question de son retour au maréchal Murat. Mais il est resté très évasif. Dans la conversation, le général de Flahaut a précisé que la reine Hortense était arrivée à la clinique presque deux mois plus tôt. Le général y est arrivé voici trois semaines et le maréchal Murat n'était là que depuis trois jours.

Alors qu'il sent sa colère monter, Napoléon parvient à rester maître de lui. D'une voix sèche, il ordonne :

— *Beaussier !* Allez quérir sur le champ le lieutenant Aureck. Avec deux chasseurs, qu'ils aillent s'assurer de Murat dans sa chambre. Je le veux ici même dans cinq minutes. Vous en profiterez pour faire dire au général de Flahaut et au colonel Franchi qu'ils doivent nous rejoindre immédiatement.

Adrien part aussitôt accomplir sa mission. Lorsque le grand maréchal du Palais fait irruption dans la chambre de Murat, celui-ci proteste, mais la présence des chasseurs de la Garde lui fait changer de figure. Les deux hommes conduits par Aureck ont armé le chien de leur mousqueton. Adrien le presse d'enfiler son uniforme blanc et le maréchal, encore mal réveillé, doit s'exécuter à toute vitesse. Murat est ensuite conduit manu militari jusqu'au cabinet de l'Empereur. Le maréchal et ses anges gardiens sont alors rejoints par le général de Flahaut et le colonel Franchi. Adrien laisse Aureck et ses deux chasseurs en faction devant la porte. Il invite Murat à entrer avec Flahaut et Samuel, puis Constant referme la porte derrière le grand maréchal du Palais.

Napoléon est assis derrière son bureau d'acajou orné de têtes de bronze. Nerveusement, il griffe de ses ongles l'accoudoir de son fauteuil. Sans dire un mot, il scrute l'ex-roi de Naples. Manifestement mal à l'aise, ce dernier essaie maladroitement de protester :

— Bonjour Sire. Mais que signifie cette convocation, je ne…

— *Taisez-vous, Murat !* tonne aussitôt l'Empereur. J'irai droit au but. Êtes-vous oui ou non en relation avec Fouché ?

— Mais Sire, je ne comprends pas. Je n'ai plus vu Fouché depuis l'époque où il était votre ministre de…

Napoléon s'emporte tout à coup et frappe du poing sur son bureau.

— *Assez, Murat !* Cessez de vous moquer ! Ne cherchez pas à faire le politique, cela vous dépasse. Vous n'entendez rien aux affaires et surtout vous avez plus d'une fois manqué à vos devoirs. À Wilno, plusieurs milliers de braves ont été perdus par votre faute. L'année suivante vous avez fait encore mieux en livrant bataille aux troupes françaises du vice-roi d'Italie[1]. Mais vous me trahissiez déjà depuis longtemps en prêtant l'oreille à des intrigants plus roués que vous. En 1809, alors que je combattais en Espagne, vous vous laissiez séduire par les sirènes de Fouché et de Talleyrand…

En entendant son nom, Talleyrand affecte l'étonnement et tente de se défendre.

— Mais Sire, je…

— *Il suffit, Talleyrand !* Je sais tout cela et bien davantage encore. Vous cherchiez un remplaçant à votre convenance, n'est-ce pas ? Au cas où un boulet espagnol, une balle anglaise ou le poignard opportun d'un partisan m'aurait frappé. Mais quand cesserez-vous tous

---

1. Napoléon étant roi d'Italie pour le nord-est de la péninsule, c'est Eugène de Beauharnais qui y règne en son nom avec le titre de vice-roi. Le 13 avril 1814, il doit affronter les troupes napolitaines de Murat à Taro près de Parme. Le roi de Naples avait pactisé avec les Autrichiens pour conserver son trône.

de me trahir ? J'ai en général bien peu d'estime pour l'espèce humaine. Cela me conduit à être indifférent à ceux qui me font du tort, mais je sais que cette mansuétude peut passer pour de la faiblesse. Alors pour la dernière fois, Murat, quel lien avez-vous avec Fouché ? Répondez sur le champ ou comme pour le duc d'Enghien je vous fais passer en cour martiale pour haute trahison.

Face au courroux de l'Empereur, le visage de Murat se décompose de plus en plus. En un éclair, la vision des fusils braqués sur lui à Pizzo lui revient à l'esprit[1]. Ce moment où ses ambitions se sont évanouies dans le feu d'un peloton d'exécution. D'une voix hésitante il murmure :

— Oui, Sire… je le confesse… je suis en relation avec Fouché. Mais je ne suis pas un traître pour autant, affirme Murat avec des sanglots dans la voix.

Devant l'aveu de cette nouvelle trahison de son beau-frère, Napoléon s'apaise brusquement. À nouveau maître de lui, il demande d'une voix calme :

— Est-il en relation avec Cadoudal ?

À ce nom Murat relève la tête. Son regard est stupéfait et il répond aussitôt :

— Non… non, par tous les dieux je le jure. Fouché m'a parlé de Cadoudal depuis seulement quelques jours. Il est très inquiet de son retour, qui complique ses plans. De toute évidence, Cadoudal est revenu pour se venger de ceux qui ont causé sa mort et celle du duc d'Enghien. Vous-même Sire, Fouché et moi aussi… nous sommes tous menacés par ce fauve.

— Quel but poursuit Fouché vis-à-vis de moi ?

1. Petit port calabrais où Murat est fusillé le 13 octobre 1815.

— Il… il veut nouer une sorte d'alliance avec vous…

— Ah ! Une alliance. Et pour m'y contraindre il prend ma belle-fille en otage…

— Non, Sire, pas en otage. Il voulait la protéger… C'est ce que je devais faire moi aussi. Je l'ai dit au général de Flahaut.

— Flahaut ! Est-ce la vérité ?

— Oui, Sire… C'est exact. Le roi de Naples m'a laissé entendre que nous courrions un danger. Il prétendait que nous allions bientôt sortir de cette maison où l'on nous retenait pour rejoindre un endroit plus sûr. Connaissant un peu le roi de Naples… je n'y ai guère attaché d'importance. Du moins, jusqu'à l'apparition de M. Cipriani. Je pensais alors qu'ils avaient partie liée. En revanche, il ne nous a pas parlé de Fouché.

Napoléon observe attentivement Flahaut. Puis il plante à nouveau son regard dans celui de Murat.

— Dans quel but Fouché veut-il se rapprocher de moi ? *Répondez, Murat !*

— Sire, Fouché est proche du pouvoir actuel, mais il se désespère de voir ses conseils incompris ou appliqués à rebours du sens commun. Il voudrait que vous puissiez vous aussi influer sur le cours des événements. Il pense que vos avis seraient de plus de poids que les siens pour ces « princes » qui gouvernent bien mal.

À ces mots, Napoléon frappe l'accoudoir de son fauteuil du plat de sa main.

— Entendez-vous cela, Talleyrand ? Voilà une autre offre de service. Décidément les masques tombent et je vais pouvoir faire monter les enchères. Écoutez bien cela, Beaussier. En vous faisant venir, je souhaitais que le prince de Bénévent vous révèle lui-même l'étonnante proposition qu'il m'a faite. Or voilà que Murat m'en fait une autre. Allez, Talleyrand, révélez au baron Beaussier qui sont vos nouveaux maîtres. Dites-lui aussi quelle est leur offre.

— Sire, je ne crois pas que ce soit opportun… Cela ne concerne pas le grand maréchal du Palais.

— Tout au contraire, cela le concerne pleinement. Beaussier n'est pas seulement mon grand maréchal du Palais, il est aussi mon historiographe personnel. C'est lui qui écrira toute cette affaire.

— Sire, je vous en prie, tout ne doit pas être écrit et encore moins porté à la connaissance du public. Surtout ces affaires-là… qui dépassent l'entendement de la multitude.

L'Empereur est aux anges car il met Talleyrand dans une situation délicate. Assis sur sa chaise, la canne à la main, le prince de Bénévent paraît très contrarié, mais Napoléon insiste encore.

— Talleyrand, combien de fois faudra-t-il vous le dire ? Parlez à la fin. De toute façon Beaussier finira par le savoir par ma bouche.

Après une dernière hésitation, Talleyrand se résout à parler sans regarder Adrien.

— Comme je l'ai dit à Votre Majesté lors de nos conversations, certaines personnes de qualité jugent à propos de me demander conseil. Comme l'Empereur le sait à présent, notre retour n'est pas le fait du hasard. Ce que nous appellerons la Providence choisit de rappeler certaines personnes riches d'une grande expérience. Leur mission consiste à éclairer les maîtres actuels des destinées humaines. Il nous appartient donc de demeurer dans l'ombre afin de poursuivre, par d'autres chemins, les activités que nous avons eues jadis. Autour de ces « élus », la Providence libère aussi de l'au-delà des gens de leur entourage et les place ensuite sur leur chemin. J'ai ainsi pu retrouver deux ou trois personnes qui m'ont servi dans ma précédente existence et qui me servent encore dans celle-ci. Mais Votre Majesté semble mieux dotée sur ce chapitre. Ce qui somme toute est bien naturel.

— Prince, venons-en aux faits ! Dites au grand maréchal du Palais quel est votre maître.

De nouveau, Talleyrand émet son curieux bruit de bouche. À travers ses yeux mi-clos, il devine les regards braqués sur lui. Après s'être caressé la main un instant, il poursuit son récit :

— Il se trouve que dans ma précédente existence, il m'est arrivé de rencontrer à de nombreuses reprises Sa Majesté le tsar Alexandre Ier. Dès cette époque j'ai mesuré l'intérêt de ce vaste pays. Depuis, je suis bien persuadé que la Russie constitue toujours un point d'équilibre pour les affaires du monde. Aussi, est-ce sans doute pour cela que la Providence, continuons à l'appeler ainsi, a dirigé mes pas en direction des nouveaux maîtres du Kremlin. Je dois dire que depuis trois ans que je suis à leur service, ils n'ont guère eu à se plaindre de mes conseils éclairés. Contrairement à ce pauvre Fouché en France…

Adrien est stupéfait par cette révélation. Tout se bouscule dans sa tête. Les relations internationales du Premier Empire s'entrechoquent avec l'actualité la plus récente. La Crimée, l'Ukraine, l'Europe, la Turquie et la Syrie… tout ce jeu diplomatique et guerrier marque le grand retour de la Russie sur l'échiquier mondial. À y réfléchir, la politique du Kremlin n'est pas sans rappeler les enjeux du temps de Talleyrand. Le Diable Boiteux y aurait-il sa part ? À présent, Talleyrand se sent plus à son aise et il poursuit son récit avec son aisance naturelle :

— Aussi, comme je l'ai dit à Votre Majesté, les personnes qui m'écoutent mettraient beaucoup de prix à pouvoir compter sur les conseils avisés du plus grand stratège de l'Histoire.

Napoléon est visiblement sensible au compliment. Les mains bien à plat sur le sous-main de son bureau, il adresse un sourire énigmatique au prince de Bénévent. Adrien sort alors de son étonnement pour poser une question à Talleyrand :

— Mais Monsieur le prince, si vous me le permettez, quels sont vos interlocuteurs ?

Sentant qu'il peut faire d'Adrien un allié, Talleyrand le regarde enfin avec bienveillance.

— Monsieur le grand maréchal du Palais, étant donné mon passé et ma situation actuelle, je ne parle en face à face qu'aux deux conseillers russes qui sont au courant de ma réelle identité. Je rencontre aussi régulièrement le nouveau tsar, car c'est bien de cela dont il s'agit au fond. Pour ce qui est de Votre Majesté, il va de soi qu'elle n'aurait affaire qu'à « Dieu » lui-même, me laissant, comme autrefois, le soin de discuter avec ses saints.

En écoutant Talleyrand, Napoléon ne cesse de sourire.

— Je vous l'ai dit, Talleyrand. Je ne peux me mettre au service de quiconque. Dans ce monde, il n'y a qu'une alternative : commander ou obéir. La lecture de l'Histoire m'a donné de bonne heure le sentiment que j'étais destiné aux plus hauts rangs. Alors comment pourrais-je me placer au service d'un autre ? D'un souverain étranger qui plus est.

— Je prie instamment Votre Majesté de reconsidérer son opinion. La puissance occulte qui nous a rappelés nous en fait forcément payer le prix. Nous ne sommes plus là pour nous servir nous-même mais pour servir les autres. Il nous faut oublier nos ambitions, c'est la clef de tout, sinon…

— Je ne suis pas ambitieux, Talleyrand. J'aime plus que personne mon lit et le repos, mais je veux achever mon ouvrage.

— Mais c'est bien ce que je propose à Votre Majesté. Mon offre participe pleinement au bien de la France. On peut aider son pays en servant ses alliés. Vous savez que la France a toujours eu intérêt à se rapprocher de la Russie. Aujourd'hui plus que jamais vous devez contribuer à refaire le traité de Tilsit[1]. Alors votre ouvrage et tous vos efforts prendront tout leur sens.

Napoléon ne sourit plus. Les paroles du Diable Boiteux le troublent manifestement. De nouveau, un lourd silence s'installe dans le bureau, que Murat finit par rompre d'une voix timide :

— Sire, m'autorisez-vous ?

— Parlez, Murat…

— Grâce à Fouché, je n'ignore point le rôle que joue le prince de Bénévent auprès de la Russie. Je sais aussi que Fouché occupe la même place auprès du gouvernement français.

— Et alors ? Nous savons tout cela !

— Eh bien, Fouché se désespère du manque d'ambition du pouvoir actuel. Il voudrait lui aussi que vous preniez ce rôle que la Providence vous offre.

---

1. Même si l'alliance avec le tsar ne dure que cinq ans, cette période marque l'apogée de l'Empire.

— J'ai bien compris, Murat, mais à Fouché comme à Talleyrand je fais la même réponse : je suis fait pour commander, nullement pour obéir.

— Il n'est pas question pour vous d'obéir, mais d'infléchir à nouveau le cours des destinées de la France. J'ai bien entendu le prince de Bénévent. Ce qu'il dit ne me paraît pas contraire aux vues de Fouché. Il serait peut-être possible d'organiser une rencontre entre vous trois afin de trouver un terrain d'entente. Vous imposerez ainsi votre vision des choses aux uns et aux autres. Je suis certain que Fouché acceptera le principe d'une entrevue.

Napoléon regarde longuement Murat.

— Murat… je vous ai côtoyé pendant vingt ans et je pense que c'est la première fois que je vous entends exprimer une opinion qui ait quelque sens. La mort vous aurait-elle changé ?

— Assurément, Sire…

— Qu'en pense le grand maréchal du Palais ?

— Je pense que ce serait une bonne chose afin d'y voir plus clair. Quelle que soit la décision ultime de Votre Majesté, cette rencontre vous donnera l'occasion de tirer un trait sur le passé et de repartir sur des bases plus… apaisées.

— Bien… Et vous, Cipriani ?

— Je n'en pense rien de bon, mais je suis persuadé que Votre Majesté a déjà pris sa décision. Je vous demande simplement de me laisser organiser le rendez-vous afin de nous prémunir contre un nouvel attentat.

— Soit, Monsieur le ministre de la Police. Messieurs, nous nous retrouverons après-demain au lieu et à l'heure que vous indiquera Cipriani. Vous êtes bien d'accord, Talleyrand ?

— Sire, ai-je le choix ? Je serai donc au rendez-vous que Votre Majesté daignera me fixer.

— Parfait, à présent, général de Flahaut, veuillez raccompagner le prince de Bénévent. Passez la journée en compagnie de votre père, mais je veux vous voir l'un et l'autre ici demain soir. L'Impératrice donne un bal en l'honneur de la reine Hortense. Vous, Murat, allez informer Fouché de ce qui vient de se dire.

— Sire, une fois cette mission accomplie, pourrai-je revenir auprès de vous ?

— Revenez seulement si la réponse de Fouché est positive. Sinon allez au diable. Colonel Franchi, qu'une voiture et un cocher soient mis à la disposition du roi de Naples, ensuite veillez à faire doubler la garde. Cipriani, Beaussier, demeurez avec moi nous avons à parler.

À peine la porte est-elle refermée que Cipriani se tourne vers Napoléon.

— *Santa Madona*, mais tu vas te fourrer dans la gueule du loup. Tu comptes sérieusement te mettre au service de Fouché ou de Talleyrand ?

— Tu n'entends rien à cela, Cipriani… ce sont eux que je vais remettre à mon service. Talleyrand est un homme d'intrigue, d'une grande immoralité mais de beaucoup d'esprit et certes le plus capable de tous mes ministres. J'ai eu bien tort de me fâcher avec ce diable-là. Les intrigues de boudoir de la duchesse de Bassano[1] m'ont mis en colère contre lui. Mon affaire de Russie a manqué à cause de cela. On ne m'y reprendra plus.

1. La duchesse de Bassano est la femme du successeur de Talleyrand à la tête du ministère des Affaires étrangères. En 1812, elle manœuvre contre Talleyrand pour empêcher Napoléon de lui redonner un rôle de premier plan. Ces intrigues atteindront leur but et Napoléon y voit l'une des causes de son échec en Russie.

— Sire, Fouché est redoutable. Êtes-vous sûr de vouloir le rencontrer ? insiste Adrien.

— Fouché n'est qu'un intrigant. Il a prodigieusement d'esprit et de facilité pour écrire, mais c'est un voleur qui prend de toutes mains. Il a été un grand révolutionnaire, un homme de sang. Je ne pourrais jamais avoir confiance en lui, mais il est très capable. Dans les circonstances actuelles, il peut être très utile à mes projets. Je gage que tous les deux en ont assez de servir des maîtres sans relief ou étrangers. Ce que je vais leur proposer les enthousiasmera bien davantage. Néanmoins, je ne veux pas mettre la vie de l'Impératrice en danger. Cipriani, que proposes-tu pour cette rencontre ?

— Le mieux serait de les voir à l'extérieur, dans ta nouvelle voiture. Elle vient d'arriver. Elle est un peu chère mais elle est blindée… Ainsi pourrons-nous nous déplacer tout en te protégeant avec nos gardes armés dans deux autres véhicules.

— C'est une bonne idée, dit Adrien, encore faut-il qu'ils acceptent.

— Ils accepteront parce que j'en ai décidé ainsi ! Cipriani, prépare tout cela pour après-demain. La rencontre aura lieu devant la grille de la Malmaison. Ils connaissent l'endroit tous les deux. Qu'ils soient là à l'aube… mais tu ne les préviendras qu'une heure auparavant.

— Oui, Napoléon, je m'en occupe.

— Beaussier, faites le point avec Ney de son action à Grenoble et à Lyon après notre départ. Il ne semblait pas satisfait. Dès que j'ai le dos tourné mes maréchaux ne font rien de bon. Je verrai aussi avec Mlle Pauline où en sont ses réseaux… comment dit-elle déjà ?

— Les réseaux sociaux, Sire…

— C'est cela… après l'échauffourée de Laffrey le sort de la reine Hortense a détourné un instant le vol de l'Aigle. Mais nous devons nous concentrer à nouveau sur notre but. Vous vous présenterez ici même à 14 heures. À présent messieurs, je vais me reposer un moment. Demain soir nous danserons au son des violons… et après-demain, qui sait, au son du canon.

Cipriani et Adrien n'ont pas encore quitté la pièce que Napoléon s'est déjà endormi sur son fauteuil. De jour comme de nuit, l'Empereur dort sur commande.

27

L'Empire contre-attaque

13 mars 2015, 14 heures

À l'heure dite, Adrien, Samuel et Ney sont annoncés à l'Empereur. Lorsqu'ils pénètrent dans son cabinet de travail, Cipriani et le premier secrétaire Méneval sont debout derrière Napoléon, qui est assis à son bureau. Pauline est à ses côtés devant un ordinateur portable. Napoléon est si absorbé par l'exposé de la demoiselle d'honneur qu'il ne prête aucune attention à ses visiteurs. Lorsqu'elle aperçoit son père, Pauline lui sourit.

— Salut pa', ça va ?

— Mademoiselle Pauline, continuez ! grogne aussitôt l'Empereur. Votre rapport est déjà assez compliqué et surtout fort contrariant…

— Oui… oui…, dit-elle sur un ton agacé qui ne fait pas réagir Napoléon. Comme je vous l'explique depuis tout à l'heure, les réseaux sociaux ne s'intéressent plus trop à votre histoire. Il faut dire que depuis votre truc près de Grenoble, on n'a plus rien à se mettre sous la dent. Jusque-là c'était génial, des photos, des vidéos, des milliers de commentaires et des centaines de partages. Ça partait très fort et on a atteint des sommets. Après, avec Méneval, on aurait bien aimé communiquer sur Hortense. Il y avait un côté enquête policière qui aurait fait un carton… mais m'sieur Cipriani nous l'a interdit. Alors, depuis une semaine, nos *followers* sont en chute libre.

— Mais une semaine ce n'est rien. En 1815 j'ai mis treize jours pour aller de Grenoble à Paris. Toute la France et toute l'Europe n'avaient d'yeux que pour mon épopée.

— Oui, sauf que c'était en 1815. Aujourd'hui, il faut faire du buzz non stop pour être suivi. En plus, le message s'est un peu brouillé en cours de route. Regardez. Sur YouTube la vidéo du vieux paysan qui pleure après avoir été décoré a été vue presque cinquante mille fois. Cette scène met bien en valeur notre message. On sent que quelque chose d'important est en train de se passer. Ensuite on a une autre vidéo très différente. Elle a connu encore plus de succès et elle continue à être partagée. Je vous montre…

En quelques clics, Pauline fait démarrer une autre séquence sur l'ordinateur. Une vidéo amateur postée par « Fifidu38 » montre Ney sabre au clair. Le Brave des Braves lance son cheval sur la régie technique : Gaëtan de Broutteberg plonge sous la table de mixage tandis que Ney et sa monture bondissent au-dessus de lui. Le tout est accompagné de quelques bruitages ridicules.

— Celle-là a fait un *bad buzz* sur les réseaux. On est entre la série *Kaamelott* et *Vidéo Gag*. Plus de quatre-vingt mille vues, mais les commentaires n'ont plus rien de politique. Bon, en gros il faut nous donner dare-dare de quoi alimenter votre actualité sinon on devra repartir du zéro.

Au fur et à mesure qu'il écoute le rapport de Pauline, Napoléon se renfrogne de plus en plus. En se tournant vers Ney, il sait déjà que son rapport ne va pas être plus brillant.

— Et vous, Ney, quel est votre sentiment à propos de ces troupes que vous avez accompagnées jusqu'à Lyon ?

— Sire, ce sont de braves gens pour la plupart, mais pas des soldats. Même s'ils en ont l'apparence, ces troupes n'ont rien à voir avec celles que nous avons commandées jadis.

— Pourquoi donc ? Ces hommes m'ont plutôt fait bonne impression à Golfe-Jouan.

— Parce que vous les avez passés en revue rapidement. Pour ma part j'ai partagé plusieurs soirées au bivouac avec eux. La plupart ont largement passé l'âge d'un congé définitif. Beaucoup ne sont là que pour la parade et rechignent même à mettre un genou à terre pour ne pas abîmer leur culotte. Ensuite, une fois la manifestation terminée, ils rentrent chez eux et reprennent leur travail dans le civil, quand ils ne sont pas déjà pensionnés. En fait, ce n'est pas la Grande Armée, tout au plus la Garde nationale[1]. Et puis, certaines associations ont plus d'officiers supérieurs que de soldats. On ne compte plus les généraux et les maréchaux alors que les troupes de ligne en âge de combattre sont l'exception, mis à part un ou deux groupes.

— Et vis-à-vis de l'Empereur, quel est leur esprit ?

— Ils sont tous en admiration devant vous, mais rares sont ceux qui pensent que vous êtes véritablement revenu. Même les lanciers polonais se sont mis à douter lorsque nous sommes arrivés à Lyon. Votre départ

1. Créée en 1789, la Garde nationale constitue sous l'Empire une sorte de milice bourgeoise utilisée pour la défense du territoire. Ces civils habillés en soldats ont généralement une médiocre valeur militaire.

rapide a été mal ressenti. À Lyon, les organisateurs ont dû faire venir en catastrophe un Napoléon belge pour vous remplacer au pied levé. Vous êtes parti trop tôt, Sire. Il fallait un peu plus de temps pour que les certitudes s'installent.

— Vous voyez tout en noir, Ney… Et le peuple ? Que dit le peuple ?

— Il semble adorer ces manifestations… mais de là à vous remettre sur le trône… il y a un grand pas. Il faut bien l'avouer, nous ne sommes plus en 1815.

— Allons, Ney… Je ne suis pas de votre avis. Il y a deux siècles, à cette date, je n'étais pas encore arrivé à Paris, et Louis XVIII était encore aux Tuileries. Nous allons renouer avec le cours des événements. Colonel Franchi… mon arrivée à Paris doit-elle être commémorée ?

— Sire, ne vous en déplaise, en cette année 2015, c'est surtout Waterloo qui sera le point d'orgue des commémorations.

— Vous vivez dans une époque bien singulière. Commémorer ma seule défaite…

— Avec aussi la Russie et Leipzig…, murmure Adrien.

— Beaussier ! Que dites-vous ? Je n'ai jamais été vaincu en Russie. Même le passage de la Bérézina, que les Français associent aujourd'hui à un désastre, a été une victoire. J'y ai bousculé les Russes et sauvé l'armée. Quant à Leipzig, sans la trahison des Saxons la victoire était à nous[1]. Cela ne compte pas.

---

1. La première affirmation, au sujet de la Bérézina, est exacte sur le plan militaire, la seconde, sur les Saxons à Leipzig, beaucoup moins. Mais nous laissons l'Empereur libre de ses appréciations !

— Pardonnez-moi, Sire, cela m'a échappé.

— Pour ce qui est de Waterloo, reprend Samuel, les organisateurs m'ont contacté. Ils ont su que je renonçais à vous « incarner » et ils s'inquiètent pour le bicentenaire de la bataille. C'est un événement exceptionnel où l'on attend plus de cent mille spectateurs. Une réunion est prévue avec eux dans deux jours. Puis-je savoir ce que compte faire Votre Majesté à présent ?

— Tout cela est bien contrariant. Nous avions engagé un mouvement à Golfe-Jouan et celui-ci est rompu à présent, à cause de ce maudit Fouché. Malgré les doutes du maréchal je ne veux pas renoncer à cette occasion de revenir sur le devant de la scène. Je le ferai donc sur le lieu même où je suis sorti de l'Histoire. Allez à cette réunion, colonel. Dites-leur qu'ils peuvent compter sur la présence de l'Empereur. J'incarnerai moi-même mon propre rôle. Mais il me faut aussi occuper le terrain politique, comme pendant les Cent-Jours. Je vais proposer une nouvelle constitution aux Français…

— C'est pas avec ça qu'on va passionner les foules, soupire Pauline d'un air dépité.

Napoléon lui lance un regard sévère. Sa réflexion lui déplaît, mais il sent bien que ses réserves sont fondées. Comme à son habitude dans ce genre de situation, il change aussitôt de thèse en se promettant de revenir sur cette question.

— Alors comme lors du coup d'État de Brumaire, il me faut séduire quelques politiques de ce nouveau Directoire qui gouverne la France. En m'appuyant sur eux je ferai connaître mes idées. L'Impératrice a invité quelques-uns de ces maudits avocats pour le bal qu'elle donne demain. Je ferai mes griffes sur ceux-là.

— Mais vous allez leur dire qui vous êtes, Sire ? demande Ney toujours traumatisé par son passage en HP.

— Je laisserai planer le doute, comme lors de notre marche sur Grenoble. Certains politiques viendront à moi, comme le peuple l'a fait… spontanément. Donnons-nous trois mois pour travailler ainsi à les rallier. Ce sera de nouveau mes Cent-Jours. C'est plus qu'il n'en faut. Puis nous profiterons de Waterloo pour faire notre retour au grand jour grâce à une victoire éclatante.

— Sire, si je peux…

Mais Adrien ne peut terminer sa phrase.

— Nous ferons ainsi ! Colonel Franchi, on m'a dit que vous étiez un excellent danseur. Est-ce exact ?

— Sire, j'ai eu l'occasion d'organiser quelques reconstitutions de soirées à la cour impériale. Avec mon épouse nous avons ainsi rendu le lustre d'antan à vos résidences de la Malmaison et de Fontainebleau. À ces occasions, j'ai en effet pris goût à la danse telle qu'on la pratiquait à votre époque.

— Très bien. L'Impératrice a déjà fait envoyer un carton d'invitation à Mme Franchi. Vous me la présenterez. En revanche, la baronne Beaussier m'a dit que le grand maréchal du Palais était un piètre danseur.

— Sire… euh… oui, c'est vrai, mais…

— C'est une lacune très fâcheuse de l'éducation actuelle. J'ai appris à danser à l'école militaire de Brienne. Cette façon d'être en société était alors aussi importante que les mathématiques dans le cursus de nos études. Il faut dire que nous avions des… chaises en guise de cavalières… Mais il ne sera pas dit que mon grand maréchal du Palais ne sache pas danser. Franchi, vous servirez de chaise. Vous avez vingt-quatre heures pour lui apprendre les danses de la cour.

Étonnés, Franchi et Beaussier ne peuvent que répondre ensemble :

— Bien Sire.

Napoléon observe alors le parc, où règne une grande agitation.

— L'Impératrice a vu les choses en grand pour le bal qu'elle donne en l'honneur de la reine Hortense. Voyez ces ouvriers qui s'activent déjà au-dehors.

Une vingtaine de personnes déchargent des camions et dressent une grande tente. D'autres mettent en place des radiateurs à gaz et des palmiers en pots. Sur la terrasse, un orchestre commence à répéter des airs de danse du Premier Empire. Tout ce remue-ménage déplaît fortement à Cipriani, qui ne peut s'empêcher de grogner.

— Faire entrer autant d'étrangers aux Violettes dans les circonstances actuelles, c'est de la folie.

— Dans les circonstances actuelles, il faut justement montrer que nous n'avons peur de rien, lui répond Napoléon.

— Au moins reste à l'intérieur avec des gardes à la porte de ton cabinet de travail et devant tes fenêtres.

— Si cela peut te rassurer. De toute façon, j'ai beaucoup à faire avec Méneval. Je veux continuer à dicter les décrets nécessaires pour réformer la France. Nous ne bougerons pas d'ici. Messieurs, revoyons nous ce soir. Ah, Mademoiselle Pauline, un mot encore.

— Oui ?

— Cessez, je vous prie, de faire circuler cette image ridicule où je présente du foie gras. Cela ne convient pas à la majesté impériale que je dois incarner.

Manifestement vexée, Pauline ne répond rien. Chacun prend alors congé de l'Empereur. Ney et Cipriani partent surveiller les ouvriers qui ont envahi les lieux. Pauline, qui s'est immédiatement remise à tapoter sur son Smartphone, remonte dans sa chambre. Adrien et Samuel s'enferment dans le salon pour une mémorable leçon de danse.

— Vous connaissez un peu le quadrille, Adrien ?

— Pas le moins du monde.

— Il se décompose en cinq figures. Le pantalon, l'été, la poule, la pastourelle et enfin la finale.

Samuel décompose alors les mouvements de la danse.

— Regardez-moi faire, Adrien… La figure du pantalon commence par la chaîne anglaise, puis le balancé, le tour de main, la chaîne des dames, la demi-promenade et enfin demi-chaîne anglaise… Vous voyez, c'est simple… Je vais mettre de la musique. J'ai déjà repéré un CD de Louis-Julien Clarchies[1] près de la chaine Hi-Fi de l'Impératrice. Vous verrez, ce sera encore plus facile.

La leçon s'avère finalement aussi éprouvante pour Adrien que pour son professeur.

1. Louis-Julien Clarchies (1769-1815) est un danseur et musicien français. Il est le chef d'orchestre attitré des bals de la cour sous le Premier Empire. On lui doit une trentaine de contredanses, valses et sauteuses.

28

Le bal des Violettes

14 mars 2015, 21 heures

Le lendemain, les grilles du palais s'ouvrent. Les premiers invités découvrent l'allée principale éclairée par des flambeaux et des lanternes anciennes.

Une troupe de reconstituteurs a été invitée pour l'occasion. Ces grenadiers de la Garde portent leurs légendaires bonnets d'ourson. Avec gants blancs et plumets rouges, ils ont fière allure. Les chasseurs à cheval d'Aureck sont là eux aussi. Sous leurs uniformes de parade, personne ne peut deviner qu'ils cachent des pistolets automatiques chargés. Leur mission consiste véritablement à protéger l'Empereur d'un danger mortel et chaque garde a attentivement visionné le portrait de Cadoudal. Tout le personnel des Violettes est mis à contribution pour le service. Mais il a également fallu faire appel à des extras. Pour l'occasion, ces derniers ont tous revêtu la livrée verte de la Maison de l'Empereur. Sous le regard soupçonneux de Cipriani, tous les employés du traiteur et les musiciens de l'orchestre ont été scrupuleusement fouillés.

Ignorant tout de ces menaces, les convives découvrent avec émerveillement l'ambiance mondaine de la cour de Napoléon. Sous les tentes du parc, les buffets regorgent de petits fours et chaque table évoque une campagne de l'Empereur : Italie, Égypte, Allemagne ou Pologne sont représentées par des spécialités et un décor particulier à la gloire des victoires de la Grande Armée. Les violons de l'orchestre jouent des airs entraînants et le champagne coule à flot. L'Empereur, l'Impératrice et la reine Hortense ne sont pas encore là, mais le grand maréchal du Palais veille à accueillir chaque invité. Mme Franchi et deux de ses amies sont arrivées parmi les premières. Habituées aux reconstitutions historiques, elles sont rayonnantes dans leurs magnifiques robes de bal du Premier Empire. Mme Franchi a hâte de découvrir cette mystérieuse société qui accapare son mari depuis le golfe Juan. Peu après, Pauline et Jacqueline, accompagnées de Miss Leigh, font leur apparition. Les trois femmes portent de splendides toilettes réalisées dans le goût du Premier Empire. Le courant passe immédiatement entre l'épouse du colonel de la Garde et celle du grand maréchal du Palais. Tandis que les deux femmes discutent de leurs reconstituteurs de maris, Pauline vient montrer sa robe à son père.

— T'as vu ça, pa' ?… C'est un cadeau de l'Impératrice. Ca claque trop ! Il faudrait remettre ce style à la mode. Ça fait un peu romain, c'est trop beau. C'est carrément « instagramable », dit-elle en se prenant aussitôt en selfie avec son père.

— Pauline, arrête de parler comme ça. Nous faisons partie de la cour. Ne me fais pas honte.

— Oui, t'inquiète. Je gère. Et c'est pas tout, regarde ça…

En tendant la main, Pauline exhibe fièrement une bague ornée d'un diamant de belle taille.

— Ça c'est un cadeau de Napoléon lui-même. Et Jacqueline en a un plus gros encore.

— C'est magnifique. Mais pourquoi ces cadeaux ?

— Pour nous remercier de l'avoir accueilli quand il est revenu. Par contre, je pourrais te dire quelque chose tout à l'heure ?

— Quoi donc ?

— Plus tard, quand on sera tous les deux. Allez, bisou, travaille bien… On va faire visiter le palais à Mme Franchi.

Rejoint par Samuel, Adrien continue à recevoir les invités, qui arrivent de plus en plus nombreux. Même si Joséphine connaît beaucoup de monde, le standing n'est plus le même que sous le Directoire. À l'époque elle était la maîtresse de Barras, l'homme fort d'un régime faible. La belle Créole fréquentait alors le gratin politique parisien. En 1799, ce « réseau social » s'est révélé très utile à Bonaparte pour s'emparer du pouvoir lors du coup d'État de Brumaire. À présent, même si la société est brillante, aucun invité n'appartient aux premiers cercles du pouvoir. Il y a là des médecins, amis de l'ancien mari de Joséphine et des conservateurs de musées. Des maires de communes de l'ouest de la capitale ont également répondu à l'invitation ainsi que deux ou trois parlementaires. Mais aucun membre du gouvernement ou journaliste de renom n'est présent. Sans se le dire, Adrien et Samuel sentent bien que la nouvelle stratégie de l'Empereur est mal engagée. La personnalité la plus haut placée est un ancien ministre qui n'a plus mis les pieds à l'Élysée depuis presque dix ans. Dès son arrivée, ce petit homme fluet à la voix haut perchée s'adresse directement à Adrien sur un ton enthousiaste :

— Alors, il est là le grand homme ?

— Pardon, Monsieur le ministre ?

— Eh bien oui… Napoléon ! On m'a dit qu'il serait là ce soir. Je l'ai vu dans le reportage sur Golfe-Juan, c'est extraordinaire. C'est lui. Je veux le voir absolument. Je dois lui parler.

À ces mots, Adrien reprend espoir. Il se dit qu'un ancien ministre ce n'est pas si mal. Il pourra convaincre d'autres acteurs du monde politique si lui-même est déjà persuadé du retour de l'Empereur.

— Il ne devrait plus tarder, Monsieur le ministre. Je vous le présenterai dès qu'il sera là.

À ce moment-là, les tambours et les trompettes des grenadiers de la Garde annoncent le feu d'artifice. Au milieu du parc, un décor représente une montagne hérissée de rochers, qui s'embrase au son de *La Marche du Sacre* de Lesueur. Alors que des dizaines de fusées s'élèvent dans le ciel, la montagne explose. Les rochers en carton-pâte volent en éclats et laissent paraître la statue de Napoléon. La flamme du génie brûle au-dessus de sa tête et deux jeunes filles en tunique légère accourent pour lui apporter les lauriers de la gloire et la branche d'olivier de la paix. À cet instant, les tambours battent *Aux champs*. Dès que leurs roulements martiaux cessent, l'orchestre se met à jouer *La Marche consulaire*. C'est sur ces notes majestueuses et sous les applaudissements des invités que Napoléon fait son entrée. Près de lui, le mamelouk Ali prend très au sérieux sa fonction de garde du corps. Vêtu de son uniforme de colonel des chasseurs à cheval de la Garde, l'Empereur donne la main à Joséphine. L'Impératrice est resplendissante. Sa tunique de mousseline serrée sous la poitrine est d'une rare élégance. Une rivière de diamants orne sa poitrine décolletée. Adrien reconnaît cette parure somptueuse. Il se souvient l'avoir vue sur la table de Cipriani dans sa petite maison de l'île d'Aix. Sans doute un cadeau de l'Empereur pour fêter ses retrouvailles avec sa femme. Derrière eux, Hortense est rayonnante de beauté. Elle donne le bras au comte de Flahaut, qui a fière allure dans son uniforme de général d'Empire.

À côté du grand maréchal du Palais, l'ancien ministre se met à sauter et à crier : « Vive l'Empereur ! Vive l'Empereur ! » Le cri est aussitôt repris en chœur par les invités.

Napoléon paraît très à l'aise dans cette ambiance de cour. Il s'adresse aimablement à chaque personne présentée par Joséphine. Manifestement impressionnés par l'Empereur, la plupart ne savent plus quoi dire devant cette apparition.

N'y tenant plus, l'ancien ministre secoue le bras d'Adrien

— Présentez-moi ! Présentez-moi tout de suite ! Je dois lui parler.

Aussitôt, Adrien et Samuel font en sorte de fendre la foule pour ouvrir le passage au petit homme qui trépigne d'impatience. Arrivé devant l'Empereur, Adrien tente de faire les présentations.

— Sire, permettez-moi de vous présenter l'ancien ministre des…

Coupant la parole à Adrien, le ministre saisit la main de Napoléon, qui a un mouvement de recul devant ces manières cavalières. Ali plonge sa main droite dans son gilet oriental et vient se placer devant cet invité trop entreprenant. Ce dernier continue à serrer la main de l'Empereur avec un air de béatitude.

— Vous êtes extraordinaire. C'est vous, c'est vraiment vous que je veux.

Un peu surpris, Napoléon interroge Adrien du regard en fronçant le sourcil. Puis revenant sur le ministre :

— Vous me… voulez ? Et pourquoi me voulez-vous, monsieur ?

— Je vous veux pour mon parc. Je vais ouvrir le plus grand parc d'attractions du monde consacré à Napoléon. Je vous veux pour en être le sosie officiel. Je connais bien l'Empire, croyez moi. J'ai même écrit des livres sur le sujet. Je peux vous dire que personne ne lui ressemble comme vous. Je vous embauche tout de suite. Vous ferez la promo. Ce sera un triomphe…

— Mais dans ce parc… comptez-vous m'exhiber dans une cage ? Comme un malheureux destiné à être mangé par les mouches parce qu'on l'a enduit de miel ? Je ne suis pas sûr que ce soit une bonne idée. Même les Anglais y ont renoncé.

Visiblement contrarié, l'Empereur tourne le dos au ministre qui insiste :

— Mais non… il n'y aura pas de cage. Réfléchissez. Vos conditions seront les miennes. Ce sera un triomphe, le plus grand parc du monde… nous devons en parler.

Poliment mais fermement, Adrien et Samuel parviennent à éloigner l'ancien ministre encore tout excité. Alors qu'Adrien tente de le diriger vers le buffet égyptien, le ministre sursaute.

— Mais… mais c'est Murat ! Regardez, c'est Murat… Et là… mais, ma parole, c'est Talleyrand. Je les veux ! Je les veux tous. Vous avez recruté la plus belle collection de sosies de l'époque napoléonienne.

Donnez-moi l'adresse de leur agent. Quand mon parc sera ouvert je leur ferai un pont d'or.

Avec beaucoup de tact, Samuel relaie Adrien, qui commence à perdre patience. Il entraîne le ministre en lui expliquant qu'il lui donnera tous les renseignements demain.

— Pour l'heure, Monsieur le ministre, il ne faudrait pas gâcher cette soirée par un excès d'enthousiasme.

Puis, en lui posant des questions sur son projet, Franchi parvient à détourner son attention tout en l'éloignant de l'Empereur. Adrien en profite pour retrouver Murat. Le sabre au côté, sanglé dans un uniforme bleu clair à parements d'argent et coiffé d'un chapska polonais surmonté de plumes d'autruche, l'ex-roi de Naples ne passe pas inaperçu.

— Alors Monsieur le maréchal, Fouché est-il d'accord pour rencontrer l'Empereur ?

Avant de répondre, Murat toise Adrien de sa haute taille avec un air suffisant.

— Monsieur le grand maréchal du Palais, je vous rappelle que je suis roi de Naples. Je vous prierai donc de bien vouloir vous adresser à moi en m'appelant « Votre Majesté », comme l'étiquette l'exige.

Même s'il commence à être agacé par les exigences de l'ancien commis d'épicerie, Adrien prend sur lui et reformule sa question :

— Votre royale Majesté peut-elle m'indiquer si elle a pu voir le duc d'Otrante et si Monsieur le duc est d'accord pour rencontrer l'Empereur ?

— C'est beaucoup mieux ainsi. Oui, je l'ai vu. Il sera heureux de rencontrer l'Empereur à sa convenance. Le plus tôt sera le mieux. Il lui a écrit ce billet. Vous le lui remettrez au plus tôt.

Tout en donnant une enveloppe cachetée à Adrien, Murat l'interroge à voix basse :

— Avez-vous reparlé avec l'Empereur de la proposition faite par Fouché ?

— Nous en avons reparlé, en effet, mais Sa Majesté n'a pas arrêté sa décision.

Murat saisit alors le bras d'Adrien et se penche vers lui.

— Beaussier, je sais que Napoléon vous écoute. Certains disent que vous êtes devenu son premier conseiller. Méfiez-vous de Talleyrand. Il n'a jamais été de bon conseil pour l'Empereur. Par contre, Fouché est de nouveau un homme puissant. Il tient beaucoup à ce que Napoléon accepte son offre de collaboration. Si vous parvenez à le convaincre il sera très généreux avec vous, comme il l'est avec moi.

— Généreux ? C'est-à-dire ? questionne Adrien d'un air ironique.

— De l'argent, une mission quelconque au sein d'un ministère, des honneurs… la Légion d'honneur… tout ce que vous voudrez. Fouché a l'oreille du pouvoir.

— Ainsi, vous me proposez de m'acheter avec de l'argent ou des hochets. Je suis désolé, mais Fouché me prête trop de pouvoir. L'Empereur décide toujours par lui-même. Ne comptez pas sur moi pour le trahir.

— C'est bien, Beaussier. C'est très bien. Que ce soit Ney, Talleyrand, Fouché ou moi-même, nous avons tous protesté de notre fidélité et puis… nous avons trahi. Vous verrez, vous ferez comme nous. Il y a de très gros intérêts en jeu. Pensez-y.

Adrien préfère ne pas répondre à Murat, il le salue et va rejoindre l'Impératrice, qui est en grande conversation avec Talleyrand. Ce dernier est lui aussi très à l'aise dans cette ambiance mondaine et Joséphine l'écoute avec beaucoup d'attention.

— Oh… Monsieur le grand maréchal du Palais, vous tombez fort à propos. Le prince de Bénévent me rapporte des choses très intéressantes. Savez-vous qu'il conseille le nouveau *czar* ?

— Disons plutôt le président de la Fédération de Russie, corrige Adrien avec un sourire.

— Oui… c'est la même chose. Eh bien moi aussi j'ai eu les meilleures relations avec le tsar Alexandre Ier de Russie lorsqu'il est venu à Paris. Il m'a rendu visite à la Malmaison peu avant mon… mon départ. C'était un homme exquis qui, ensuite, a protégé ma fille Hortense.

— Oui, Majesté, je sais cela. C'était en 1814 et les troupes russes occupaient Paris à cette époque. Les cosaques nous ont laissé le mot « bistrot[1] » à cette occasion…

Passant outre ce détail, Joséphine poursuit de sa voix délicieuse en zézayant légèrement :

— En tout cas, je puis vous le dire, son successeur lui ressemble beaucoup. Baron, je sais que l'Empereur vous aime et que vous lui êtes attaché. Aussi, je vous en prie, détournez-le de ses folies. Je ne veux pas le perdre à nouveau. Monsieur de Talleyrand m'a bien expliqué que si Napoléon veut reconquérir son trône il échouera, comme pendant les Cent-Jours. Ce serait notre ruine à tous…

Puis, à voix basse, en serrant la main d'Adrien :

— Soyez de notre côté, baron. Pensez à l'avenir de Pauline. Le prince de Bénévent et moi-même pouvons

1. Les soldats russes utilisaient ce mot voulant dire « vite », pour être servis rapidement dans les cafés parisiens.

faire la fortune de votre fille. Vous-même, vous auriez de grandes choses à faire, en Russie comme en France.

Adrien est de plus en plus troublé par ces propositions successives. Il ne sait plus trop quoi penser sinon qu'il n'a pas été préparé à la jungle d'une société de cour. Pour se sortir d'embarras, il demande à l'Impératrice si elle sait où se trouve l'Empereur.

— Il discute là-bas avec mon ami le député des Yvelines, qui est venu avec un de ses collègues du Parlement européen. Allez les rejoindre, mais n'oubliez pas ce que je viens de vous dire.

Alors qu'il se rapproche de l'Empereur, celui-ci vient de quitter les deux parlementaires. Napoléon est furieux.

— *Ah*, Beaussier, les politiques n'ont pas changé depuis le Directoire. Ils ne savent parler que d'argent ou de choses futiles. Ils disent oui à tout avec un sourire niais et n'ont aucune vue un peu large. Ils sont aussi totalement dépourvus de connaissances, même les plus élémentaires. Ils ne m'ont pas reconnu et n'ont cessé de gloser sur mon « déguisement ». *Ahh*… j'enrage… ces avocats, ces misérables agioteurs gaspillent notre belle France. Et puis voyez le reste de cette société… *bah !* Du menu fretin, je me croirais revenu à la cour de l'île d'Elbe, où je devais inviter mon jardinier pour faire nombre…

— Sire, je vous apporte une nouvelle plus positive. Murat est là et il affirme que Fouché est d'accord pour vous rencontrer dès que vous le souhaiterez et selon vos conditions. Voici un pli que l'ex-roi de Naples vous apporte de la part du duc d'Otrante.

D'un geste rapide, Napoléon décachète la lettre et lit à haute voix :

— « *À Sa Majesté, l'Empereur*… etc., etc. *Je désire que Votre Majesté me désigne un lieu où je puisse librement épancher mon âme dans la sienne afin de lui exprimer toute ma*… etc, etc. *Croyez, Sire, que je suis*… » etc, etc. Puis il froisse la lettre et la fourre dans son habit d'un geste brusque.

— Je reconnais bien là son style. Il aurait tout aussi bien pu écrire cela à Louis XVIII, à Wellington ou au roi de Prusse. Au moins avec lui je sais à quoi m'en tenir.

— Je voulais aussi vous dire…

— Quoi donc ?

Adrien hésite un court instant avant de se raviser.

— Non… non, rien d'important. Nous verrons cela demain.

Joséphine s'approche alors et prend Napoléon par le bras.

— Venez, Bonaparte. C'est à nous d'ouvrir le bal.

— Non, ma chère, je ne danse plus depuis longtemps. Mais je veux que l'on s'amuse. Vous ouvrirez le bal avec le prince de la Moscova. Monsieur le grand maréchal du Palais, rejoignez-les avec votre épouse.

Tandis que l'Empereur se retire dans le parc, Joséphine, plus légère que jamais, entraîne Adrien avec elle. L'Impératrice se sent comme un poisson dans l'eau au milieu de cette assemblée. Elle octroie à chacun un mot agréable en posant avec grâce ses doigts fins au-dessous de sa rivière de diamants. Le maréchal Ney lui tend alors la main et s'avance vers le milieu de la piste. Le couple est rejoint par Adrien et Samuel au bras de leurs épouses, tandis que Murat invite Miss Leigh. Viennent enfin le comte de Flahaut et Hortense, qui rayonnent du bonheur de se retrouver dans cette atmosphère de fête. Puis l'orchestre se met à jouer un quadrille. Adrien s'en sort mieux que prévu et les invités applaudissent à ce qu'ils considèrent comme un spectacle. Personne ne venant rejoindre les danseurs après une seconde danse, l'orchestre joue une valse viennoise, qui a plus de succès auprès des convives. À la demande des invités, les musiciens exécutent ensuite des airs plus récents. Sur les airs d'*Alexandrie, Alexandra* et des *Lacs du Connemara*, les membres de la cour impériale paraissent de plus en plus anachroniques. Seule Joséphine demeure parfaitement à l'aise dans ce mélange des genres. Elle rit aux éclats et initie sa fille à ces nouveaux rythmes. Joséphine accorde ensuite un slow au lieutenant Aurek puis au conservateur du musée de la Malmaison. Au bout d'un moment, Adrien préfère se retirer dans le parc. Il y croise Napoléon, dont l'humeur est toujours aussi sombre.

— Sire, ces musiques doivent sans doute vous surprendre.

— Peu m'importe la musique. Je suis allé passer en revue les grenadiers que l'Impératrice a fait venir pour la soirée. Ce sont de braves gens, j'ai senti le trouble lorsque j'ai croisé le regard de certains. Mais…

— Mais… ?

— Mais la plupart aurait davantage leur place aux Invalides qu'au combat. Ce sont de bons rentiers qui aiment à se donner de l'importance en endossant l'uniforme de ma Garde.

— Il faut certes du temps et de l'argent pour incarner les soldats de la Grande Armée aujourd'hui.

— Ney n'a pas menti, ils me rappellent nos gardes nationaux. Avec leurs uniformes rutilants, ces bourgeois aimaient défiler et faire les fiers-à-bras, mais ils se sont révélés d'une piètre utilité au feu. Il en va de même avec ceux-là. Même pacifiquement, je doute de parvenir à reconquérir le pouvoir à leur tête. Enfin… quand une action est engagée, il faut la poursuivre. Demain je compte bien rallier Talleyrand et Fouché. Après l'échec de ce soir, leurs relations nous seront précieuses. Le bonsoir, Beaussier…

— Bonsoir, Sire. Je vous souhaite une…

Mais Napoléon est déjà loin.

Dépité par la mauvaise humeur de l'Empereur, Adrien décide d'aller visiter les buffets. Celui dédié à la région Champagne, haut lieu des dernières victoires de Napoléon en 1814, emporte sa faveur. Il y retrouve l'ancien ministre en pleine forme. Il expose en détail son projet de parc Napoléon à ses deux collègues députés, qui l'écoutent d'une oreille distraite.

Un verre de champagne à la main, le maréchal Ney rejoint Adrien devant le buffet.

— Vous allez voir, baron, Napoléon va s'obstiner. Il était comme ça à Moscou. Il était persuadé que le *czar* allait lui demander la paix. Il pensait que l'hiver russe ne serait pas si terrible. Que les soldats s'y adapteraient très bien. Caulaincourt[1] l'avait bien mis en garde, mais nous avons perdu plus d'un mois à attendre dans Moscou en cendres. Quand il a accepté de battre en retraite, il était trop tard et nous sommes

1. Après l'incendie de Moscou, Caulaincourt presse Napoléon de quitter la ville rapidement, mais il n'est pas écouté. Les deux hommes rentrent en France serrés dans un traîneau. Ministre des Relations extérieures en 1813-1814, il retrouve ce poste pendant les Cent-Jours. Caulaincourt est un serviteur fidèle mais lucide de l'Empereur.

allés au désastre. Il ne veut jamais admettre ses erreurs. Vous verrez, ce sera la même histoire cette fois-ci.

— Je fais confiance au bon sens de l'Empereur. Il saura trouver la bonne solution.

Ney se met alors à rire de bon cœur.

— Vous êtes naïf, Beaussier ! Depuis ses succès presque miraculeux en Égypte, la Providence lui semble de moitié dans ses desseins. Cette idée ne le quitte pas et lui donne une confiance, que dis-je une confiance… une espèce de superstition. C'est assez difficile à définir, car sans être athée, il n'est pas religieux.

Adrien se remémore Napoléon en train de prier dans l'église de Nîmes. Il revoit les cierges et ses réflexions sur la religion lui reviennent en mémoire. Il se dit que l'Empereur a effectivement un rapport très personnel au sacré. Comme les réflexions de Ney sur les projets de Napoléon commencent à le mettre mal à l'aise, Adrien tente d'aborder un autre sujet.

— Ney, vous qui le connaissez, que pensez-vous de Murat ?

— Murat est attaché à l'Empereur comme un enfant. Il guette toujours un compliment, mais Napoléon en est très avare. Au contraire, il prend toujours un malin plaisir à critiquer ses initiatives. Il faut dire que le roi de Naples possède une vanité ridicule. Il se croit des talents politiques qui en réalité lui manquent tout à fait. Il voulait unifier les Italiens sous son sceptre, quitte à trahir tout le monde. C'est ce qui lui a valu de recevoir douze balles dans la peau. Je suis sûr qu'il court encore après cette chimère…

Adrien voudrait lui parler des propositions de Joséphine et de Murat, mais il y renonce. Le maréchal a manifestement trop bu pour lui être d'une quelconque aide dans cette affaire.

Les heures s'écoulent et les invités commencent à s'en aller. Comme tout s'est bien déroulé, le colonel Franchi décide d'aller se coucher. Dès 5 heures du matin, il doit partir pour la Belgique en compagnie de Méneval. Il a pris rendez-vous avec les organisateurs du bicentenaire de Waterloo afin de les convaincre de donner le rôle de Napoléon à un inconnu. Il sait que la partie ne sera pas facile.

Adrien commence à respirer lorsque le dernier invité quitte les Violettes. Alors que le personnel range, Pauline vient rejoindre son père.

— Papa, je voudrais te parler.

— Oui, que se passe-t-il ?

— Voilà, tu te souviens de ma pub pour le Foie gras de l'Empereur ?

— Oui, très bien. C'était amusant comme idée, même si je trouve qu'il y a mieux à faire avec l'image de l'Empereur. Il a raison de te dire d'arrêter avec ça.

— Oui, eh bien justement, moi je trouve que ce serait dommage. Ça marche super bien sur les réseaux sociaux et j'ai même eu des propositions. Une boîte du Sud-Ouest veut lancer la marque pour doper leurs ventes. Du coup, j'ai un peu creusé l'affaire et je me suis dit que ça pourrait être très rentable en y investissant de l'argent. Tu en penses quoi ?

— Je ne sais pas moi… et avec quel argent ?

— Ben, justement, j'en ai parlé à l'Impératrice… Elle m'encourage à continuer.

— Et… ?

— Elle et le monsieur boiteux proposent de me donner trente mille euros pour financer mon projet. Ils y croient à fond… C'est génial, non ?

Adrien voit très bien où Talleyrand veut en venir, mais il hésite à décevoir sa fille, qui est tout excitée à l'idée de créer sa propre entreprise.

— Ils te demandent quoi en échange ?

— Rien, pour eux c'est une sorte d'aide à la jeune entreprise. Enfin, je crois… Ils m'ont juste demandé de te dire de bien conseiller l'Empereur… De faire en sorte de l'inciter à la prudence, tout ça quoi. Mais ça je sais que tu le fais déjà. Alors, je dis oui ? Je fonce ?

Après une hésitation, Adrien finit par embrasser sa fille.

— Oui, ma fille, vas-y, fonce. Je pense que l'Empereur a d'autres soucis que cette fausse pub en ce moment. Je te donnerai aussi le contact d'un ancien ministre. Il va adorer ton projet. On n'a pas fini d'en parler, du Foie gras de l'Empereur à la fine Napoléon.

29

Saint-Nicaise

15 mars 2015, 6 h 20

Les trois véhicules sortent lentement du parc des Violettes. Le jardinier les observe et se découvre respectueusement au passage de la voiture impériale. En tête du convoi, le premier 4 × 4 est conduit par Aureck avec un de ses hommes à ses côtés. Ils ont revêtu des habits civils et portent tous les deux des armes de gros calibre. Leur voiture est suivie par une puissante Audi blindée. Cipriani ne regrette pas son achat. Grâce à ses relations à Anvers, il a pu récupérer ce panzer luxueux pour un prix relativement raisonnable. Un parrain de la mafia russe venait de le commander, mais il n'a pas pu en bénéficier du fait d'une mort prématurée. À l'avant, Cipriani est à côté de Max, un chasseur de la Garde qui a pris le volant. À l'arrière, Napoléon et Adrien sont assis sur deux banquettes disposées face à face. Enfin, un second 4 × 4 ferme la marche avec le général de Flahaut et trois chasseurs à l'intérieur. Ney et Murat auraient voulu être du voyage mais Napoléon a refusé. Le maréchal Ney doit assurer la protection des Violettes avec le reste des gardes. Quant à Murat, il se désespère de ne recevoir aucune attention de son maître.

Mécontent de la soirée de la veille, l'Empereur a sa tête des mauvais jours. Une fois sur la route, Cipriani se retourne vers l'arrière du véhicule.

— Nous allons les retrouver comme prévu près de la Malmaison. Ils devront monter avec nous et laisser leurs véhicules et leurs chauffeurs. Nous partirons ensuite vers les bois aux alentours et nous circulerons tant que durera votre discussion.

Napoléon ne répond pas et se contente d'un hochement de tête. Quelques minutes plus tard, la voiture impériale s'arrête devant la Malmaison. En ce matin pluvieux, le jour se lève et le parking est vide, à l'exception de deux véhicules. Fouché et Talleyrand en descendent et montent rapidement dans l'Audi impériale. Ils prennent place côte à côte et font face à Napoléon et à Adrien. Tandis que Talleyrand salue l'Empereur avec son aisance naturelle, Fouché s'efforce de dissimuler un certain malaise. Adrien observe l'ancien ministre de la Police avec attention. L'homme a un visage maigre, presque osseux et des yeux terriblement froids. Alors que le véhicule a déjà démarré, l'Empereur le fixe encore d'un regard terrible. Puis il desserre enfin les lèvres :

— Fouché, pourquoi ne m'avez-vous jamais fait parvenir ces passeports ?

— Sire… je ne comprends pas…

— Vous avez très bien compris. Après Waterloo, je devais partir aux États-Unis. Vous m'y encouragiez, mais il me fallait pour cela des passeports.

— Sire, les circonstances après votre abdication étaient telles que…

— *Cessez vos mensonges, Fouché !* Vous me les avez promis afin que je quitte Paris. Paris, où j'avais encore le peuple avec moi.

— Mais Sire, la vérité m'oblige à dire que j'ai envoyé l'ordre pressant de vous faire embarquer sans chercher à communiquer avec l'escadre anglaise. Si vous…

— *Taisez-vous !* La vérité c'est que je gênais vos combinaisons. Vous étiez pressé de faire le lit de nos ennemis et de celui des Bourbons. Si j'ai accepté de partir c'était pour éviter la guerre civile. Je ne voulais pas d'une révolution alors que j'avais perdu la partie. Mais arrivé à Rochefort, j'ai attendu en vain ces documents. Vous m'avez jeté dans les bras des Anglais. C'est par votre faute que je suis mort à Sainte-Hélène.

— Sire, rien ne s'est déroulé comme prévu. J'ai été sincèrement désolé du sort que les Anglais vous ont fait. Je les pensais plus chevaleresques.

— Monsieur le duc d'Otrante, j'aurais dû vous faire pendre.

— Je ne suis toujours pas de l'avis de Votre Majesté, répond Fouché, imperturbable. De plus, vous avez su que j'ai connu moi aussi l'exil. Chassé par les Bourbons, je suis mort misérablement à Trieste, un an avant Votre Majesté. Depuis mon retour, j'ai pu réfléchir à mon action dans le passé. Je me suis repenti de certains actes, mais je pense avoir toujours agi dans l'intérêt de la Nation. C'est à cela que je travaille encore aujourd'hui.

— Avec le succès que l'on sait, persifle Talleyrand dont les lèvres fines semblent ne pas avoir bougé.

— Il faut bien reconnaître que les princes d'aujourd'hui n'ont pas l'envergure de ceux d'hier.

— Parlez pour vous, Fouché, rétorque Talleyrand. Contrairement au vôtre, le mien a compris que l'on ne peut faire l'économie du passé pour envisager l'avenir.

— Mais moi je n'emporte pas la patrie à la semelle de mes souliers[1], répond aussitôt Fouché avec humeur. Certes, l'Histoire n'est pas une source d'inspiration pour ceux qui gouvernent la France aujourd'hui. Pour beaucoup, le passé se limite à l'utilisation de la mémoire collective à des fins politiciennes. Cela frise parfois l'indécence à force de mauvaise foi et sonne de plus en plus creux aux oreilles des Français. Mais la Nation est toujours là et elle n'a pas oublié. Elle a besoin de vous, Sire. Vous serez mieux entendu que moi. Parmi les rares ministres qui ont connaissance de notre existence, il en est un qui m'écoute et qui aura sans doute un rôle plus important à jouer dans un proche avenir. Par notre expérience nous pouvons encore agir sur le présent.

Les bras croisés sur la poitrine, Napoléon observe alternativement ses deux anciens ministres.

— Fouché, Talleyrand, je sais ce que vous faites et ce que vous attendez de moi. Mais vous n'avez jamais été que des exécutants. Moi, depuis que j'ai pris le commandement de l'armée d'Italie à vingt-six ans, je n'ai jamais eu personne au-dessus de moi. J'ai toujours été fait pour commander et je ne puis me résoudre à endosser un autre rôle. Même à Sainte-Hélène, même dépouillé de l'apparat de la grandeur, je ne me suis jamais laissé dicter ma conduite.

— J'entends bien ce que dit Votre Majesté, répond Talleyrand. Votre retour revêt un caractère exceptionnel. C'est bien ce qui agite nos amis comme vos

1. Le mot est de Danton. Il est alors député aux côtés de Fouché sur les bancs de la Convention nationale (1792-1794). Durant cette période troublée, Talleyrand a préféré se mettre à l'abri en Angleterre puis aux États-Unis.

ennemis. Pour ma part, je vois dans votre rappel l'annonce de temps difficiles où les peuples auront plus que jamais besoin d'un homme tel que vous aux…

— C'est aussi mon avis, coupe Napoléon d'un ton sec.

— Sire, ne vous méprenez pas, poursuit calmement Talleyrand. En ce qui concerne Votre Majesté, il s'agirait moins d'obéir que de guider. Le duc d'Otrante et moi avons pu converser en vous attendant. N'est-ce pas, Fouché ?

Fouché ne dit rien. Les mains jointes entre ses genoux, il se contente de hocher de la tête.

— Nous partageons des vues similaires sur la situation des deux grands pays que nous servons. Il apparaît que ces deux nations auraient beaucoup à gagner à se rapprocher sincèrement. Sire, vous pouvez grandement participer à cette révolution diplomatique. Ce serait le renouvellement de cette alliance franco-russe que vous aviez forgée à Tilsit et que les Anglais ont tout fait pour briser.

— Oui, Sire, dit Fouché. Ils n'osent encore le dire, mais quelques politiques ayant le sens de l'État savent que cette alliance aurait du sens. Aussi, nous vous proposons ceci. Vous ne serez au service d'aucun pouvoir, mais nous pourrons nous recommander de vos avis auprès de nos amis respectifs.

— Il va de soi que nous ferons en sorte que vous n'ayez de contact direct qu'avec les chefs d'État. Nous nous occuperons du reste, comme autrefois…, glisse Talleyrand avec un sourire sur ses lèvres fines.

— Vous ne seriez au service de quiconque et je puis vous assurer que vos conseils seront suivis d'effet, renchérit Fouché dont le visage de cire s'anime quelque peu.

Napoléon écoute attentivement les arguments, mais campe sur ses positions.

— Je ne veux prêter mon appui, ni fortifier de mon assentiment et de mes conseils ce nouveau régime de Directoire. Il n'a aucune idée grande, généreuse, nationale. Il est uniquement composé d'hommes guidés par leur intérêt personnel.

— Certes, fait Talleyrand, mais les hommes, comme les régimes…

— … passent, complète Fouché. En France plus souvent qu'ailleurs…

Aussitôt, Napoléon saisit la balle au bond.

— Seriez-vous prêts à me servir à nouveau pour me remettre sur le trône ? C'est cela que souhaite le peuple. Vous le savez…

Fouché baisse la tête et toussote d'un air gêné. Talleyrand continue à regarder l'Empereur et se remet à faire son petit bruit de bouche.

— Sire. Je vous l'ai dit. Nous ne sommes pas revenus pour retrouver nos places. Nous surgissons de l'ombre et nous devons nous y cantonner au risque de froisser les forces qui nous ont ramenés dans ce monde.

— Décidément, Monseigneur l'évêque d'Autun redevient bigot.

La réponse de l'Empereur arrache un demi-sourire à Fouché.

Napoléon continue à observer alternativement ses interlocuteurs. Puis il détourne le regard et contemple longuement le paysage à travers les vitres blindées. Les véhicules quittent la zone résidentielle et s'engagent dans le bois de Saint-Cucufa, qui appartenait jadis à l'Impératrice. Napoléon se souvient des promenades en calèche qu'il faisait là, avec ses invités. Il se dit que les choses étaient plus simples à cette époque. Assis à ses côtés, Adrien ne le lâche pas des yeux. Il sait que l'Empereur est partagé. Son esprit à cet instant précis doit tout finement soupeser. La proposition de ces deux hommes redoutables est séduisante. S'il ne tenait qu'à lui, Adrien accepterait immédiatement. Mais nul ne peut décider à la place de Napoléon. Sans quitter le paysage des yeux, l'Empereur se met à parler comme s'il réfléchissait à haute voix :

— La seule différence entre moi et les autres souverains, c'est que les difficultés les arrêtent. Pour ma part, j'aime à les surmonter quand il m'est démontré que le but est grand, noble, digne de moi et de la Nation que je gouverne. Votre proposition est…

Napoléon n'a pas le temps d'en dire davantage. Profitant d'une longue ligne droite, une voiture blanche vient de les dépasser à vive allure. L'auto se rabat tout à coup et stoppe net devant l'Audi. Le chauffeur de l'Empereur braque au dernier moment et freine brutalement pour éviter la collision. Ensuite les choses vont très vite. Le conducteur de l'auto abandonne son véhicule et saute à l'arrière d'une moto qui le suivait. En un éclair Cipriani reconnaît Cadoudal et crie :

— *Napoléon... couche-toi !*

Adrien saute sur l'Empereur et le plaque au sol aux pieds de Fouché. Dans la même seconde, le bruit de l'explosion est tel qu'Adrien n'entend plus rien. Comme dans un rêve, il sent la voiture se soulever au ralenti et tourner sur elle-même. De tous côtés les airbags se déclenchent dans un bruit sourd. Des objets volent dans tous les sens à l'intérieur de l'habitacle.

Comme dans un vaisseau spatial en apesanteur, Adrien voit passer la canne de Talleyrand, le colt de Cipriani et une chaussure de Fouché. Puis il sent une secousse terrible. Le toit de la voiture vient de heurter lourdement la route. Le ralenti s'arrête. Adrien est toujours conscient. Il constate que le véhicule ne s'est pas déformé sous le choc. Mais l'Empereur pèse sur sa poitrine. Il est d'autant plus lourd que Fouché est couché tête-bêche sur son dos. Adrien commence à suffoquer. Il tente de se débattre, mais Napoléon ne bouge plus. Du sang coule de son front et de son nez. Au-dehors, on entend claquer un coup de feu et le vrombissement lointain d'une puissante moto. À l'avant de l'Audi, Cipriani se met à crier, mais sa voix est comme lointaine.

— *Nabulione ! Nabulione !*

Napoléon ne répond pas. Adrien réussit à s'extirper et tente de retrouver son souffle. Il appuie ses doigts ensanglantés sur la jugulaire de l'Empereur… Son cœur bat encore.

— Il est vivant, dit-il d'une voix faible.

À ce moment-là, il aperçoit le regard vide de Max. Le choc de l'explosion lui a été fatal. Talleyrand, qui avait pris soin d'attacher sa ceinture, est toujours accroché à son siège la tête en bas. Ses longs cheveux pendent en désordre, mais il recouvre peu à peu ses esprits. Au-dessous de lui, Fouché grimace en tenant son bras cassé. Au-dehors, Aureck et ses hommes tentent d'ouvrir les lourdes portes blindées. La porte arrière gauche cède en premier. Talleyrand est décroché de son siège avant d'être extrait sans ménagement. Dans un demi-brouillard, Adrien voit l'Empereur ouvrir les yeux. Ses lèvres bougent…

— Ma jambe… je crois qu'elle est brisée…

Adrien entend aussi Aureck qui hurle :

— *Max... Max ! ... mais putain, réponds-moi...*

Il voit encore le général de Flahaut se pencher sur l'Empereur. Adrien se dit que tout le monde va pouvoir rentrer aux Violettes. Puis sa tête se met à tourner... Et plus rien... le trou noir.

30

Hôpital de campagne

15 mars 2015, 19 heures

Malgré quelques contusions, Cipriani a pu sortir du véhicule blindé sans blessure grave. Après le départ des deux 4 × 4, il est resté seul auprès de la voiture retournée et du chauffeur mort. Grâce à ses faux papiers au nom de Mosca, Cipriani a raconté une histoire à peu près crédible pour éloigner les enquêteurs des Violettes. Interrogé par les gendarmes, il a déclaré être un citoyen italien résidant sur l'île d'Aix. Il a acheté cette voiture récemment afin de créer une société de transport et de protection de personnalités. Dans ce but, il a invité un ami du sud de la France pour essayer ce véhicule et lui proposer de l'embaucher dans sa société. Il leur a dit qu'il ne se connaissait pas d'ennemi et que ses agresseurs se sont peut-être trompés de personne. Et puis, tout est allé si vite… Il a été commotionné et il ne se souvient plus très bien. L'enquête a pu confirmer que la voiture était effectivement destinée à un mafieux russe abattu récemment. Mais les militaires demeurent dubitatifs. Il y a du sang à l'arrière de la voiture et la police scientifique doit déterminer à qui il appartient. C'est alors qu'un coup de fil est venu clore le dossier. « Ce qui s'est passé sur cette route doit être classé comme un banal accident. » Tels sont les ordres venus de très haut. Dans le contexte du moment, la nouvelle d'un attentat à la voiture piégée pourrait semer la panique. Cette affaire étant de toute évidence criminelle, inutile d'affoler l'opinion, qui pourrait penser à une action terroriste.

Que les auteurs ne soient pas des terroristes, Fouché en est bien persuadé. C'est pourquoi il a conseillé cette ligne prudente à ses amis. Pour une fois, ces derniers l'ont écouté. Disciplinés, les gendarmes ont refermé le dossier en concluant que le conducteur avait perdu le contrôle de son véhicule du fait d'une vitesse excessive. Dans un esprit de prévention, ils partent aussitôt installer un radar mobile sur le lieu de l'accident. Quant aux analyses scientifiques, elles ont bien identifié le sang de quatre individus supplémentaires. Mais ces conclusions ne parviendront jamais jusqu'aux enquêteurs…

En sortant de la gendarmerie, Cipriani emprunte des chemins détournés afin de semer une éventuelle filature. Ce n'est qu'en fin d'après-midi que le ministre de la Police de Napoléon arrive aux Violettes. Devant la grille d'entrée, un 4 × 4 est garé en travers de l'allée et trois chasseurs en civil montent la garde. D'autres cavaliers en uniforme patrouillent dans le parc. Tous ont le visage fermé. Certains montrent de la colère, mais c'est l'inquiétude qui semble dominer.

Par prudence, Cipriani n'a pas utilisé son portable depuis sa sortie de la gendarmerie. Comme il n'a aucune nouvelle de l'Empereur, il se précipite vers sa chambre. L'Impératrice, les yeux rougis, vient d'en sortir.

— Majesté… l'Empereur ?

— Il va aussi bien que possible, répond Joséphine, la voix encore tremblante d'émotion. Le général de Flahaut n'a pas voulu qu'il soit conduit dans une clinique. Aussi, un chirurgien de mes amis lui a prodigué des soins en toute discrétion. À présent, c'est le colonel Franchi qui est à son chevet. Il est revenu de Belgique il y a moins d'une heure. Cipriani, je vous en conjure, tout cela doit cesser. Dites à l'Empereur de renoncer à ses folies.

— Majesté, je crains que la vindicte de ses ennemis ne dure… tant qu'ils seront en vie.

À ces mots, Joséphine éclate en sanglots. Cipriani pousse alors doucement la porte de la chambre impériale. Le visage tuméfié et le teint pâle, l'Empereur dort. L'ancien médecin militaire se tient à ses côtés. D'un regard, Franchi rassure Cipriani et lui fait signe de ressortir avec lui. Une fois dans le couloir, Cipriani le presse de questions :

— Comment va-t-il ? Quelles sont ses blessures ? A-t-il parlé depuis l'attentat ?

— Physiquement, il va assez bien. Il a quelques contusions et sa jambe est un peu abîmée mais rien de cassé. Il a eu beaucoup de chance. Sans votre idée d'acheter une voiture blindée vous seriez tous morts.

— Et comment se sent-il après ce choc ?

— Il est très abattu. Il n'est pas reconnaissable. Il espère… Il désespère. Il veut… il ne veut pas. Tantôt il projette de s'adresser au peuple par le biais de la télévision. Tantôt il désire partir aux États-Unis comme il pensait le faire après Waterloo. Puis il y a renoncé, disant que les Américains sont les héritiers de l'Angleterre. Alors c'est vers la Russie qu'il tourne ses regards… Bref, j'ai dû lui administrer un calmant pour qu'il se repose.

— *Ah*, malheur !… c'est une tête détraquée. Je l'ai déjà vu comme ça pendant les Cent-Jours alors que l'Europe entière se préparait à lui faire une guerre dont il ne voulait pas. Ce fut encore pire après Waterloo…

— Et vous, Cipriani ? Comment allez-vous ? Qu'avez-vous raconté à la police ?

Cipriani résume son interrogatoire.

— Les pandores faisaient une drôle de tête, mais il n'y aura sans doute pas de suite. J'imagine qu'il y a du Fouché là-dessous. D'ailleurs, qu'a-t-il fait après l'explosion ?… Et Talleyrand ?…

— Ils ont été récupérés par leurs chauffeurs respectifs. Talleyrand n'a rien de grave, Fouché un bras et une jambe cassés. Par contre, la mort de votre chauffeur a durement touché nos gardes.

— Qu'en disent-ils ?

— Nous pouvons compter sur Aureck et deux ou trois de ses cavaliers. Ils veulent en découdre pour venger leur ami. En revanche, les autres sont sur le point de nous quitter. Ils disent qu'ils ne se sont pas engagés dans cette affaire pour y perdre la vie.

— *Madona*… les trahisons recommencent…, murmure Cipriani.

Constant, premier valet de l'Empereur, s'approche alors discrètement des deux hommes.

— Oui, Constant ? Que se passe-t-il ? demande Cipriani.

— Monsieur le ministre, colonel, il y a là le maréchal Murat. Il demande à voir l'Empereur. Je lui ai dit que ce n'était pas possible, mais il persiste. Il a quelque chose d'important à lui remettre.

— Faites-le monter. Nous verrons cela avec lui.

Quelques instants plus tard, Murat grimpe l'escalier à grandes enjambées. Vêtu d'un nouvel uniforme noir et blanc à broderies dorées, le maréchal arrive fringant avec son sabre calé sous le bras. L'air satisfait et sûr de lui, il déclare d'une voix forte :

— Je dois voir l'Empereur… C'est important.

— Actuellement, rien n'est plus important que son repos, répond Franchi.

— C'est que j'ai là des documents et un message de Fouché.

— Vous pouvez me remettre ces documents ainsi que le message. Je les transmettrai dès que l'Empereur sera réveillé.

Après un moment d'hésitation Murat tend une enveloppe que Cipriani ouvre aussitôt. Il en sort un passeport français au nom de Léon Ramolino et un autre à celui de Napoléon Bonaparte. Les deux documents portent la même photo de l'Empereur en civil.

— Fouché a été comme toujours efficace. Il suggère à l'Empereur d'utiliser de préférence le passeport portant le nom de famille de Madame Mère[1].

— L'Empereur appréciera, même si ces passeports lui parviennent avec deux siècles de retard. Et le message ?

Murat hésite.

— Je dois le communiquer en personne à l'Empereur. J'attendrai s'il le faut.

---

1. La mère de l'Empereur, Laetitia Ramolino, a le titre de « Madame Mère » à la cour impériale. Murat étant marié à Caroline Bonaparte, Madame Mère est sa belle-mère.

— L'Empereur ne sera pas visible avant demain, dans le meilleur des cas. Il doit observer un repos absolu.

— Le colonel Franchi a raison. Si ce message est important, il vaut mieux nous le transmettre. Nous le porterons à sa connaissance dès que possible, tranche Cipriani.

Murat finit par céder de mauvaise grâce.

— Fouché souhaite à Sa Majesté un prompt rétablissement. Il lui renouvelle ses offres et le met en garde contre le prince de Bénévent, qui travaille toujours pour le parti de l'étranger. Fouché désire également rencontrer l'Empereur au plus vite pour l'entretenir sur ce point.

— Nous le lui dirons dès que possible et je vous communiquerai sa réponse.

— Je vais demeurer au Palais pour l'attendre.

— Pas question, retournez plutôt donner ma réponse à Fouché et attendez de mes nouvelles, lance Cipriani, visiblement excédé par la présence envahissante de Murat.

— Cipriani ! Vous vous adressez au roi de Naples. Je vous ai connu simple policier à mon service. N'oubliez pas d'où vous venez et qui je suis.

— Ici vous n'êtes plus rien ! Rien que le pion de Fouché dont vous étiez jadis la marionnette. Sortez immédiatement, c'est l'Empereur qui décidera de vous convoquer s'il le désire.

— Vous me le paierez, Cipriani, je vous le jure… menace Murat en serrant son poing ganté.

Puis il tourne les talons en laissant son sabre tinter sur chaque marche de l'escalier.

— Vous n'auriez peut-être pas dû le provoquer ainsi, Cipriani…

— Je sais, colonel, mais ces derniers événements m'ont mis les nerfs à vif. L'Empereur est entouré de traîtres et d'assassins et je ne parviens pas à le protéger. Tout cela me rend fou de rage. Puis-je au moins compter sur vous ?

— Oui, j'irai jusqu'au bout. Même si ma femme me conjure de tout abandonner.

— Et le grand maréchal du Palais ?

— Il a été fortement secoué. Mon confrère lui a administré un sédatif et il dort toujours. Son épouse est aussi inquiète que la mienne, mais je suis sûr qu'il suivra l'Empereur envers et contre tout.

— C'est au moins ça. Et votre mission en Belgique ? Comment s'est-elle déroulée ?

— Mal… on ne peut plus mal. Les organisateurs ne veulent pas entendre parler d'un nouveau Napoléon sorti de nulle part. Ils ont vu les vidéos, ils admettent une ressemblance hors du commun, mais ils insistent pour que j'incarne l'Empereur comme prévu. Le plus virulent de tous, c'est « leur » maréchal Ney, un garçon charmant d'ordinaire mais doté d'un fort caractère. Il a très mal pris l'idée d'être évincé de la bataille par « notre » Ney.

— La figure de Ney n'est-elle pas une évidence pour lui ? demande Cipriani, très fâché par ces nouvelles.

— Justement, j'ai l'impression que c'est cette ressemblance qui le met en rage. Il fera tout pour éviter d'être éclipsé après vingt ans de reconstitution historique. Ce bicentenaire de Waterloo constitue un événement crucial dans la vie de nombreux « acteurs ». Certains seraient prêts à tuer pour y apparaître dans la lumière.

— Alors, qu'allons-nous faire ?

— Je leur ai proposé de rencontrer l'Empereur en personne. Ils ne m'ont pas encore donné de réponse… Nous avons affaire à une forte opposition.

— *Sangu di u porcu neru !* Il ne nous manquait plus que ça.

31

Celui que l'on n'attendait plus

17 mars 2015, 8 heures

Le lendemain de l'attentat, Adrien n'a pratiquement pas cessé de dormir. Assommé par les calmants, il a flotté entre deux mondes, mélangeant allégrement 1815 et 2015 avec des interférences cocasses entre les personnages de ces deux époques. Après une seconde nuit entrecoupée de cauchemars, Adrien se réveille enfin. Le jour s'est levé et la lumière filtre à travers les volets de sa chambre. À côté du lit, Jacqueline somnole dans un fauteuil. Sentant sur elle le regard d'Adrien, elle ouvre les yeux et lui sourit.

— Comment te sens-tu ?

— J'ai l'impression d'être passé dans une machine à laver…

Adrien se redresse doucement et s'exclame tout à coup :

— L'Empereur… comment va l'Empereur ?

— Il va mieux que toi, ne t'inquiète pas. Il est solide ton « Nap-Nap ».

— Ne l'appelle pas comme ça…

— Je l'appelle comme je veux ! Écoute, Adrien, j'en ai assez de cette histoire de fous. Au début c'était intéressant, je ne dis pas. Mais ça fait trois fois qu'on tente de l'assassiner et cette fois tu as bien failli y passer toi aussi. Je ne veux pas te ramener dans une petite boîte à Nîmes en disant que tu es mort pour Napoléon. Rentrons à la maison. Tu en sais déjà assez pour écrire deux ou trois livres. En plus, l'Impératrice est du même avis que moi. Elle veut tout faire pour convaincre Napoléon de partir loin avec elle.

Adrien ne prête plus attention à ce que dit Jacqueline. En grimaçant, il s'efforce de sortir du lit.

— Mais qu'est-ce que tu fais ? Tu n'es pas encore en état de te lever. On peut attendre demain pour partir.

— Je ne pars pas. Appelle mon valet. Je dois m'habiller pour voir l'Empereur. Pour le reste, tu as raison. Je dois rester à ses côtés, mais je ne veux pas vous mettre en danger. Toi et Pauline vous retournez tout de suite à la maison.

— Mais… on ne peut pas partir sans toi…

— Et moi je ne peux pas abandonner Napoléon, surtout maintenant.

— Mais pourquoi ? Adrien, tu as tellement changé en quelques semaines…

— Écoute, moi non plus je n'ai pas envie de rentrer les pieds devant, mais je ne peux pas faire autrement. Je dois aller jusqu'au bout de cette histoire. Je lui conseillerai la prudence et je lui fais confiance pour prendre les bonnes décisions. Je ne suis pas tout seul. Plus que jamais nous serons sur nos gardes. Je t'en prie, rentre avec la petite, et je vous rejoindrai bientôt.

Jacqueline a bien compris qu'elle ne parviendra pas à le convaincre. Napoléon a pris une place trop grande dans la vie d'Adrien. En soupirant, elle l'aide à se lever.

— Laisse le valet tranquille. Je vais t'aider. Mais promets-moi d'être prudent. Pense à nous…

Sanglé dans son bel uniforme écarlate, Adrien s'efforce de rejoindre Napoléon en claudiquant et en s'appuyant parfois contre les murs. Arrivé dans le salon, il y découvre l'Empereur assis sur un fauteuil. Son manteau gris sur les épaules, un pansement sur le front, il a le regard sombre et lointain. Son teint est d'un jaune olivâtre et son bras gauche pend au-dessus du dossier. À ses côtés se trouvent Cipriani et le colonel Franchi. Debout, les deux hommes font face à Murat et à Fouché. Un bras et une jambe dans le plâtre, le duc d'Otrante est installé dans un fauteuil électrique. Une minerve autour du cou, il a teint encore plus cireux que celui de l'Empereur. Si Fouché demeure impassible, Murat, habillé pour l'occasion en civil, a du mal à cacher son impatience.

En apercevant Adrien, une lueur vient animer le regard de l'Empereur.

— Ah ! Beaussier. Comment vous portez-vous ?

— Aussi bien que possible, Sire. Merci. Je suis heureux de voir Votre Majesté en vie.

— *Bah !* Ces brigands ont voulu répéter l'affaire de la rue Saint-Nicaise et ils ont encore échoué. Heureusement que Cipriani a eu l'idée de choisir une route déserte sinon ils auraient encore tué des dizaines d'innocents. Ce sont des monstres. J'ai bien fait de les briser autrefois et je les briserai encore. Ma vengeance sera terrible…

— Sire, la colère est toujours mauvaise conseillère, glisse Fouché à voix basse.

— Il n'est pas question de colère. Aujourd'hui comme hier, je ne suis pas homme à laisser un tel crime impuni.

— Sire, ce sont mes services qui ont arrêté Cadoudal autrefois. Hélas, nous ne pouvons plus compter sur les mêmes ressorts. Si je parvenais à livrer Cadoudal et ses complices aux autorités, ils ne se retrouveraient pas sur l'échafaud trois mois après leur arrestation… comme ce fut le cas à notre époque. La justice n'est plus ce qu'elle était… on peut le déplorer, mais c'est ainsi.

— Alors que dois-je faire ? Rester là à attendre la prochaine tentative ?

— Je vous le répète, Sire. Il nous faut admettre notre nouvelle condition. Je m'y suis résolu et je m'en porte fort bien. Je peux garantir votre sécurité et celle de l'Impératrice, il vous faut seulement accepter d'agir dans l'ombre…

— Comme vous l'avez toujours fait, Fouché, réplique Napoléon en frappant du poing sur l'accoudoir de son fauteuil. L'ombre est votre domaine, je suis fait pour la lumière. Je vais reprendre l'initiative.

— Et comment, Sire ? demande Fouché toujours impassible.

— Je n'ai que trop tardé. Il est grand temps d'affirmer que je suis bien Napoléon et je vais le prouver.

Malgré la détermination de l'Empereur, Adrien tente d'intervenir.

— Sire, vous allez devoir convaincre un monde incrédule.

— Ce sera plus facile que vous ne croyez, baron, répond aussitôt Napoléon, de plus en plus animé. L'idée m'a été glissée par Méneval. Vous dites que l'époque a changé, Fouché ? Eh bien je m'adapte à celle-ci. C'est très simple en fait. Vous auriez dû y penser dès le début, Beaussier. Je vais faire publiquement comparer mon ADN avec quelques-unes des très nombreuses mèches de cheveux que j'ai laissées derrière moi lors de mon premier passage sur terre. L'ADN, voilà la solution. J'ai lu que d'autres énigmes ont été résolues de cette manière, comme celle du jeune Louis XVII[1].

— Sire, il y a forcément de nombreux faux parmi les cheveux attribués à Votre Majesté. Il suffirait que la comparaison tombe sur l'un d'entre eux et tout le monde crierait à la supercherie… vous sombreriez dans le ridicule.

— Vous voyez toujours tout en noir, Beaussier. Mais vous ne me convaincrez pas. Faisons différemment. Je sais qu'il est possible de comparer mon ADN avec celui de mes descendants. Eh bien prenons un cheveu du chef actuel de la Maison Impériale. Je sais qu'il descend d'un de mes jeunes frères… ainsi mon identité éclatera au grand jour.

Cette fois c'est Fouché qui vient briser l'élan de l'Empereur.

— Sire, je connais l'actuel prince Napoléon. Il risque de ne pas se prêter à l'expérience. Vous connaissez ma passion pour les fiches. Les moyens actuels rendent plus efficace cette habitude. Or, le prince se dit farouchement républicain et il trouve « folklorique »

1. Le fils de Louis XVI est mort dans la prison du Temple en 1795. Mais le mystère entretenu autour d'un décès lourd de conséquences politiques a suscité de nombreux faux Louis XVII et quelques théories. Les analyses ADN sur le cœur de l'enfant du Temple ont permis de confirmer la thèse officielle.

tout ce qui a trait à la reconstitution historique. Vous risquez d'essuyer une fin de non-recevoir.

— *Bah !* Prenons alors d'autres descendants. Avec sept frères et sœurs, je ne dois pas manquer d'arrière-neveux. Il s'en trouvera bien un ou deux pour se prêter à l'expérience. Je les soudoierai s'il le faut.

— Que Sa Majesté me pardonne… mais… je crains fort que nous nous dirigions là vers de graves déconvenues, glisse encore Fouché d'un air un peu gêné.

— Quoi donc ?

— Eh bien… pardonnez-moi Sire, mais il se peut que certains de vos jeunes frères ne soient que les demi-frères de Votre Majesté.

— *Comment ça ?* tonne l'Empereur.

— C'est difficile à dire… mais certaines mauvaises langues ont prétendu autrefois que Madame Mère… Je n'ose prononcer les mots…

— Parlez, Fouché ! Que savez-vous sur ma belle-mère ? intervient Murat, qui profite de l'occasion pour rappeler son appartenance à la famille de l'Empereur.

— Ce ne sont certes que des racontars que je me suis toujours refusé à vérifier. Mais des rumeurs persistantes insinuent que Madame Mère aurait pu consentir quelques… quelques bontés au gouverneur de la Corse. C'était avant la Révolution et il est vrai que le comte de Marbeuf a toujours protégé votre famille, Sire[1].

Murat s'emporte aussitôt.

— *Fouché !* Comment osez-vous salir ainsi notre famille ? Vous n'êtes vraiment qu'un…

— Laissez, Murat, tranche aussitôt Napoléon.

---

1. Il a notamment permis à Napoléon d'intégrer l'école de Brienne.

Indifférent à l'ex-roi de Naples, l'ancien ministre de la Police poursuit, imperturbable.

— Il ne s'agit certainement que de vils ragots, mais Sire, imaginez un instant que ce soit vrai. Les analyses s'en trouveraient faussées. Tout en jetant le discrédit sur votre famille, cela ruinerait vos chances d'être reconnu.

Napoléon se lève alors de son fauteuil avec quelques difficultés. Adrien tente de l'aider, mais il est aussitôt repoussé d'un geste agacé. En boitant, il fait quelques pas jusqu'à la cheminée.

— Force est de constater que ce genre de chose arrive dans les meilleures maisons. La présence de Flahaut ici est bien faite pour nous le rappeler… Inutile d'aller sur ce terrain-là. En effet, cela pourrait jeter le discrédit sur Madame Mère. Laissons les morts en repos… du moins ceux qui ont encore cette chance.

Puis Napoléon lève les yeux au-dessus de la cheminée et contemple un instant son portrait peint par David.

— Alors je vais exiger l'ouverture du tombeau des Invalides. Chacun pourra constater qu'il est vide… puisque je suis ici. C'est une brillante idée de Mlle Pauline. Elle dit elle-même que ça fera le… « buze ». Enfin, je crois que ce sont ses mots. Qu'en pensez-vous, Fouché ?

— Sire, je me pose cette question chaque fois que je passe devant les Invalides depuis votre retour. Que contient ce tombeau ? Mais certains en demandent déjà l'ouverture depuis des années. Ils veulent savoir si c'est bien Napoléon… enfin, vous… qui y repose…

— Mais pourquoi cela ? Pensent-ils déjà que je suis de retour ? Les braves gens, il me faut les rencontrer.

— Hélas, pas du tout, ils affirment que les Anglais ont remplacé votre dépouille par celle de…

Fouché désigne alors Cipriani du regard.

— … par celle de votre actuel ministre de la Police. Comme on n'a pas retrouvé la tombe de votre maître d'hôtel à Sainte-Hélène, certains esprits audacieux imaginent que Wellington, ou bien le roi d'Angleterre, aurait interverti les deux corps. Selon ces amateurs de romans, Cipriani serait sous la coupole des Invalides et vous, vous seriez caché quelque part dans l'abbaye de Westminster…

— C'est ridicule. Je ne repose ni aux Invalides ni à Westminster puisque me voilà…

— Oui, certes, c'est une fable insensée. Mais quoi qu'il en soit, ils n'ont jamais eu gain de cause. Il y a fort à parier que votre requête ne reçoive le même accueil. De plus, pour réussir, il faudrait avoir le soutien des médias et, au vu de leur mauvais esprit, il est assuré qu'une telle entreprise tournerait bien vite au ridicule.

D'un pas moins leste qu'à l'accoutumée, Napoléon se remet à marcher dans le salon les mains dans le dos. En passant devant Adrien, l'Empereur l'interroge du regard.

— Sire, le duc d'Otrante a raison, il vaudrait mieux se résoudre à admettre que les Français ne sont pas encore prêts à vous recevoir pour ce que vous êtes.

— Monsieur le baron, vous n'êtes pas consolant. Certes, avec les Français comme avec les femmes, il ne faut pas faire de trop longues absences, soupire l'Empereur, dépité.

— Sire, je vous conjure moi aussi d'entendre ce…

— Je ne vous ai pas demandé votre avis, Murat, coupe aussitôt Napoléon. Vous tous n'entendez rien à cela. J'espère que le prince de Bénévent verra les choses différemment.

Au nom de son meilleur ennemi, l'œil de Fouché s'ouvre imperceptiblement. Son regard de reptile est parcouru d'un éclair de haine.

— Sire. Je ne suis pas persuadé qu'il soit de meilleur conseil que nous. Dois-je vous rappeler que Talleyrand a livré Paris aux Anglais et aux Prussiens en 1815. Il l'a fait sans aucune garantie, sa seule ambition étant de faire le lit des Bourbons. Il a contrarié mes efforts visant à préserver les principes de la Révolution tout en assurant le règne de votre fils, Napoléon II. C'est lui qui a restauré la monarchie et aujourd'hui, je suis persuadé qu'il est encore de mèche avec Cadoudal. Méfiez-vous de Talleyrand, souffle Fouché en martelant chaque syllabe.

— Et c'est sans doute à vous que je devrais accorder ma confiance ? rétorque Napoléon.

— Sire, Talleyrand n'a de cesse de travailler pour l'étranger contre les intérêts de la Nation. Je vous en conjure, aidez-moi à restaurer la France telle que nous l'avons connue. Vous seul pouvez y parvenir, mais par les moyens que je vous suggère. Abandonnez l'idée d'un retour fracassant, qui se terminerait aussi mal que lors des Cent-Jours.

Napoléon paraît touché par ces arguments. Sa résolution chancelle. Il se demande si Fouché n'a pas raison. Mais qui peut se fier à Fouché ? De nouveau face à son immense portrait qui trône dans le salon, il semble se parler à lui-même :

— Premier Consul ou Empereur, j'ai été le roi du peuple. J'ai gouverné pour lui, dans son intérêt, sans me laisser détourner par les coteries. Moi seul je connais les besoins des Français et de la société européenne.

Fouché sent qu'il est tout prêt d'obtenir ce qu'il attend. Il sait qu'il doit laisser Napoléon arriver de lui-même à la conclusion qu'il espère. Aussi se contente-t-il de l'encourager :

— Oui, Sire. Vous seul pouvez changer le cours des choses. Discrètement d'abord et ensuite… qui peut prédire l'avenir ?

Sans se préoccuper des témoins de la scène, Napoléon poursuit son monologue face à sa propre image.

— C'est l'appréciation du principe d'égalité qui a fait la force de mon gouvernement. On ne me soupçonnait d'aucune préférence. Il faut inspirer au peuple une grande confiance en la justice, voilà le secret pour gouverner les Français. C'était là mon grand levier. La confiance dans la justice fait autant que sa force. Aujourd'hui, les gouvernements successifs ne sont que les agents de nouvelles coteries. Ils n'incarnent ni la justice ni la force. Il faut changer cela.

Fouché esquisse un sourire.

— C'est toujours ce que j'ai défendu, Sire. Depuis les bancs de la Convention nationale jusqu'aux ministères que vous m'avez confiés. Ensemble nous serons plus forts pour inciter les gouvernants à rétablir ces principes.

Napoléon observe encore le portrait qui le représente au zénith de sa gloire. Puis il se retourne vers Fouché en soupirant.

— Comment verriez-vous le rôle que…

Napoléon aperçoit alors Pauline, qui vient d'entrer dans le salon. La demoiselle d'honneur paraît impatiente.

Elle regarde Napoléon avec l'intention manifeste de lui dire quelque chose.

— Eh bien Mademoiselle Pauline ? Que se passe-t-il ? L'Impératrice ?

— Ben non… Sire… mais il y a là quelqu'un qui insiste beaucoup pour vous voir.

— Quelqu'un ? Mais qui donc ?

Instinctivement les yeux de Fouché se plissent et ses sourcils se froncent. L'ancien ministre semble faire rentrer son regard dans un étui invisible, comme la griffe rétractile d'un chat.

— Il dit qu'il est revenu lui aussi. Il m'a contacté via Facebook en disant qu'il était de retour en France. Il y en a eu quelques-uns comme ça. Je ne vous ai pas embêté avec ça parce que c'étaient des mythos. Par contre lui a beaucoup insisté. Il dit qu'il vivait aux *States* et qu'il a découvert votre retour sur YouTube. Il vous a reconnu et il est revenu pour vous rencontrer.

— Tu ne lui as pas donné notre adresse au moins ? s'inquiète aussitôt Adrien.

— *Hé*, j'suis pas idiote, rétorque Pauline, vexée. Je lui ai donné rendez-vous à Paris avec le général de Flahaut parce qu'il a dit le connaître aussi. Ils se sont vus aujourd'hui et M. de Flahaut l'a reconnu sans l'ombre d'un doute. On est revenus avec lui et il voudrait vraiment vous rencontrer. Il dit qu'il veut reprendre le cours de l'Hhistoire là où vous l'avez laissée. Il dit aussi qu'il a un compte à régler, comme quoi il n'est pas responsable… enfin, bref, j'ai pas tout compris, mais en tout cas il insiste.

— Mais qui est-il à la fin ? s'agace Napoléon.

— Il dit s'appeler Grouchy… c'est *chelou* comme nom, vous ne trouvez pas ?

À l'énoncé de ce nom, les yeux de Fouché se ferment presque tout à fait tandis qu'Adrien reste bouche bée. Napoléon demeure plus impassible, mais il mordille un instant sa lèvre inférieure.

— Qu'il entre. C'est peut-être la Providence qui nous l'envoie. Vous ne pensez pas, Fouché ? ajoute Napoléon avec un sourire ironique.

Alors que le regard de Fouché s'éteint tout à fait, Grouchy fait une entrée fracassante. Il est suivi du maréchal Ney et du général de Flahaut qui demeurent derrière lui. Élancé, le front dégarni, le visage allongé et osseux, Grouchy est vêtu de son grand uniforme. Le bâton de maréchal à la main, il traverse le salon à grands pas tandis que le fourreau de son sabre rebondit sur le sol en marbre. Cipriani a déjà la crosse de son Colt dans la main quand Grouchy arrive devant l'Empereur. Il met alors un genou à terre et déclare avec emphase :

— Sire… Sire… C'est donc vrai… Vous êtes revenu… et vous aussi, Murat, et vous, Fouché… C'est merveilleux ! Je n'ose pas y croire. Enfin je vous retrouve. Votre Majesté, vous devez me laver de ces ignobles accusations. Nous allons pouvoir rétablir l'ordre des choses.

— Grouchy ?! Je ne vous attendais plus…

— *Ah* Sire, ne me torturez pas. Voici deux siècles que cette diffamation me poursuit…

— Relevez-vous, vous vous couvrez de ridicule. Je vous ai attendu en vain pendant toute la bataille de Waterloo. Vous auriez dû marcher au son du canon lorsque j'ai commencé le combat contre Wellington. C'est ce que Desaix a fait à la bataille de Marengo[1] et il m'a sauvé. Toute la journée j'ai espéré votre arrivée sur mon aile droite et c'est Blücher, avec ses quarante mille Prussiens, qui est apparu à votre place. Qu'avez-vous fait de votre armée ? A-t-elle été engloutie en chemin par un tremblement de terre ?

— Sire, je n'ai fait que suivre vos ordres, qui étaient de poursuivre les Prussiens[2]. Je les ai d'ailleurs vaincus le lendemain de Waterloo…

— Une victoire inutile, c'était un jour trop tard. Mais vous au moins ne m'avez pas trahi. Vous avez simplement manqué d'énergie. Enfin, tout cela appartient au passé. À présent il nous faut tourner la page.

— Mais pas du tout ! s'emporte alors Grouchy. Cette année c'est à Waterloo que nous avons tous rendez-vous avec l'Histoire. Sire, depuis que je suis revenu, j'ai su que j'étais ici pour laver mon honneur. Je me suis fait à ma nouvelle existence en gardant cette idée en tête. J'ai très vite fréquenté des groupes napoléoniens. J'incarne mon propre personnage et mes connaissances sur le sujet impressionnent mes camarades. Je leur ai inculqué l'idée que vous deviez revenir. Je reviens d'ailleurs d'un voyage aux États-Unis où cette idée trouve des partisans dans certains milieux. Ensemble nous préparons le jour de votre retour et ce jour est arrivé. Sire, je suis le plus heureux des hommes.

---

1. C'était en 1800, lors de la seconde campagne d'Italie. Très mal engagée, la bataille est gagnée grâce au général Desaix, qui meurt durant le combat.

2. Le débat passionne toujours les historiens, qui s'accordent généralement pour dire que Grouchy n'est pas le seul responsable de la défaite de Waterloo.

— Grouchy, allons… j'imagine que vos grognards sont de braves pères de famille qui ne sont pas faits pour la guerre. Ce n'est pas avec eux que je vais forcer le destin.

— Détrompez-vous, Sire. Je les ai triés sur le volet. Ce sont de vrais militaires et certains sont mêmes vos anciens soldats revenus à la vie. Il y a là des hommes du rang ou des bas-officiers. En entendant mes exposés, ils se sont souvenus de leur dernier soupir à Austerlitz ou à la Moscova. La Providence a conduit leurs pas vers moi et ils vous attendent.

Adrien et Samuel échangent un regard et pensent simultanément à la cliopathie définie par le docteur Chevrolet.

— Et dans quel but m'attendez-vous ? demande Napoléon, visiblement intéressé.

— Tous ceux qui ont vécu l'aventure de revenir d'entre les morts sont persuadés que vous allez les rejoindre un jour ou l'autre. Ils ont su convaincre d'autres passionnés qui n'ont pas encore fait le voyage. Nous pensons tous que notre retour a un sens.

— Quel est ce sens selon vous ? interroge encore Napoléon.

— Celui de refaire l'Histoire, de revenir à l'endroit où les choses sont allées de travers. Depuis que j'ai su que vous étiez enfin parmi nous je n'ai cessé d'agir. J'ai avec moi de nombreuses sociétés bonapartistes de par le monde. À présent, la plupart de vos fidèles pense qu'un Napoléon inimitable va se placer à leur tête à Waterloo, deux cents ans après la bataille.

— Ce n'est pas ce que vous m'avez laissé entendre, colonel Franchi, lance Napoléon en regardant Samuel.

— Je vous confirme néanmoins que les organisateurs de l'événement que je viens de rencontrer ne partagent pas le même enthousiasme.

— Sire, s'enflamme Grouchy de plus en plus exalté, il y aura bien des sceptiques, mais nous les vaincrons. Ce n'est pas une simple reconstitution. Parmi vos partisans, beaucoup voient un sens politique à cette résurrection. Ils pensent que la commémoration de Waterloo constitue le lieu idéal pour vous remettre sur le trône. Alors, vous pourrez réformer la France.

— Et comment voyez-vous les choses ? demande Napoléon, de plus en plus suspendu aux lèvres de Grouchy.

— Vous apparaissez sur le champ de bataille. Nous bouleversons le programme et nous faisons de la défaite de Waterloo la victoire du Mont-Saint-Jean[1], car cette fois je serai au rendez-vous.

À ses mots, les yeux du maréchal Ney se mettent à briller et il s'écrie d'une voix forte :

— Sire, donnez-moi des cavaliers et je culbuterai ces maudits Anglais.

Tandis que Grouchy tombe dans les bras de Ney, Napoléon est aux anges. Il espérait entendre ce discours depuis des semaines. Alors même qu'il allait renoncer à son projet, la Providence lui envoie le signe qu'il espérait. En revanche, Fouché voit ses espoirs s'effondrer. Sans trop d'illusions il tente encore de reprendre la main.

— Sire, je vous en prie. Ne vous emballez pas trop vite. Vous étiez porté par l'enthousiasme de vos

1. C'est le nom que lui aurait donné Napoléon en cas de victoire. Waterloo est le nom attribué par Wellington, et ce sont les vainqueurs qui écrivent l'Histoire.

partisans lors du Vol de l'Aigle. Mais vous savez trop bien comment cela s'est terminé…

— Il suffit, Fouché. La messe est dite. Depuis la campagne d'Italie et plus encore après l'Égypte je sais que mon destin est voué à la grandeur. Mon étoile peut pâlir parfois, mais elle ne cesse jamais de briller. À présent, elle est resplendissante.

— Mais Sire…

— Fouché, il vous faut choisir à présent. Voulez-vous être à mes côtés dans cette reconquête ?

— Sire, l'honnêteté me commande de vous dire que je ne crois guère au projet du maréchal Grouchy. Si vous me le permettez, je…

— Vous pouvez disposer, Fouché. Partez ! Que je ne vous revoie plus. De toute façon vous m'auriez encore trahi.

Tandis que Fouché s'incline, Murat s'avance vers Napoléon.

— Sire, pour ma part j'ai choisi. Je veux être à vos côtés. Permettez-moi de tenir cette fois-ci à Waterloo le rôle que je n'ai pu y jouer autrefois. À la tête de votre cavalerie, je ferai des prodiges.

Ney bondit aussitôt. Il préférerait être fusillé une seconde fois plutôt que de voir Murat lui voler la vedette. Il va intervenir, mais Napoléon est plus rapide :

— Murat, vous n'étiez pas à Waterloo en 1815, il n'y a pas de raison pour que vous y soyez deux cents ans plus tard. Deux maréchaux fidèles me suffisent et je n'ai plus confiance en vous. Restez avec Fouché et surtout servez le bien… comme vous m'avez servi.

— Mais… Napoléon…

— *Assez !* Sortez ! Hors de ma vue tous les deux.

À ces mots Fouché actionne son fauteuil électrique et se retire sans dire un mot, mais en lançant un regard froid à Napoléon. Tête basse, Murat le suit en sanglotant sous l'œil satisfait de Ney. Dès que la porte s'est refermée sur eux, l'Empereur retrouve toute son énergie.

— Colonel Franchi !

— Oui, Sire.

— Ce que nous a dévoilé Grouchy change les données du problème. J'irai en personne voir les organisateurs de cette reconstitution de la bataille de Waterloo. Insistez pour qu'ils me reçoivent. Je les convaincrai de se soumettre à mes plans et le sort de la France et de l'Europe basculera à nouveau sur cette plaine. La surprise sera totale.

— Sire, je ne suis pas sûr que les organisateurs acceptent de changer le scénario historique.

— Colonel, quand je dis une chose il faut me croire. Prenez vos dispositions. Je veux les rencontrer au plus vite.

— Oui… oui, Sire, répond Franchi, un peu déstabilisé par le ton autoritaire de l'Empereur.

— Monsieur le grand maréchal du Palais, vous allez prendre toutes les dispositions nécessaires pour assurer la sécurité de l'Impératrice et des dames de son entourage. Elles doivent quitter les Violettes au plus tôt. Leur sûreté ne pourra être garantie en notre absence. Voyez avec le ministre de la Police pour le détail des mesures.

— Oui, Sire, je… je vais m'y employer sur le champ, répond Adrien, encore mal remis de l'attentat.

— Parfait. À présent je vais travailler dans mon bureau avec Méneval. Je dois rédiger mes prochaines proclamations ainsi que la nouvelle constitution que je vais soumettre au plébiscite des Français. Grâce aux ordonnances déjà rédigées je réformerai enfin la société du nouvel Empire français. Mademoiselle Pauline, venez vous aussi. Nous devons parler de votre « buze ». Maréchal Ney, veillez à accueillir le maréchal Grouchy au sein du palais. Messieurs, dans moins de cent jours nous serons à l'Élysée.

Tandis que Napoléon se retire, Ney offre à boire à Grouchy. Ensemble ils refont déjà la bataille de Waterloo. Un mois plus tôt, Adrien aurait rêvé de pouvoir assister à une pareille discussion mais à présent, cette invasion de « revenus » ou de « rappelés » lui donne presque la nausée. Il se sent de plus en plus étranger à leur monde et c'est naturellement vers le colonel Franchi qu'il se tourne.

— Samuel, franchement, que penses-tu de tout ça ?

— Ça devient de plus en plus inquiétant. Je ne sais pas du tout où nous allons.

— Moi non plus, tout cela ne me dit rien de bon. Tu continues malgré tout ?

— Je ne peux pas faire autrement. J'espère que l'Empereur reviendra à la réalité lorsque nous serons en Belgique. Et toi Adrien, que décides-tu ?

— Je suis comme toi, je suis trop engagé pour ne pas aller jusqu'au bout. Mais je vais au plus vite éloigner ma femme et ma fille des Violettes.

32

Les adieux

18 mars 2015, 15 heures

Depuis que Napoléon a pris sa décision, le palais des Violettes est en émoi. Joséphine n'a pas cessé de pleurer, mais ses larmes n'ont pas eu d'effet sur son impérial époux. Elle retrouve la froideur qu'il affectait envers elle lors de leur divorce. Toutefois, la douce Créole est pleine d'énergie. Elle est prête à tenter l'impossible pour détourner Napoléon de son projet. Jacqueline et Pauline ont été mises à contribution pour gagner Adrien à leur cause afin de peser sur le choix de l'Empereur. Mais le grand maréchal du Palais s'avoue impuissant. Il constate, un peu meurtri, que l'Empereur préfère de plus en plus la compagnie des gens de son époque. Ainsi, depuis l'aube, Napoléon est en grande conversation avec Ney et Grouchy. Complétement obnubilé par l'idée de refaire et de gagner la bataille de Waterloo, Napoléon ne veut plus entendre parler d'autre chose.

Lorsqu'il a tenté d'aborder le terrain des difficultés, l'Empereur l'a mitraillé de chiffres.

— Beaussier, vous voyez les choses comme un jeune homme. Il y aura là six mille soldats, trois cents cavaliers, des dizaines de pièces d'artillerie. Certes, j'en avais vingt fois plus il y a deux cents ans, mais six fois moins à mon retour de l'île d'Elbe. Et puis ce qui compte, c'est la foule. On attend des centaines de milliers de spectateurs venus de toute l'Europe. Des têtes couronnées et des chefs de gouvernement seront présents. Je leur ferai une déclaration de paix devant des dizaines de télés. Ce sera grandiose. Ensuite, le peuple se ralliera naturellement à moi. Il chassera le nouveau Louis XVIII qui occupe ma place et je m'installerai à nouveau au palais de l'Élysée. Donnez-moi quatre ans, et je me fais fort de réformer la France de fond en comble, comme sous le Consulat. Allez, ne peignez pas tout en noir. Grouchy est au rendez-vous cette fois, dit Napoléon en riant.

Bien loin de le rassurer, l'optimisme de Napoléon l'affole. Les mots de Ney, prononcés lors du bal, lui reviennent à l'esprit : « Napoléon n'admet jamais ses erreurs. Il a une foi aveugle dans sa bonne étoile. » Adrien comprend ce que Ney voulait dire, mais à présent le prince de la Moscova est le premier à lui conseiller de foncer tête baissée dans le bourbier de Waterloo.

Perdu dans ses pensées, Adrien marche dans le parc. Aureck s'approche de lui d'un air ennuyé.

— Adrien, il faut que je te parle. J'ai un problème avec mes gars.

— Je m'en doute. Ne tourne pas autour du pot. Combien veulent partir ?

— Huit veulent rentrer chez eux.

— Huit sur douze ?!

— Tu sais, je les ai entraînés dans une aventure sympathique de reconstitution. On s'est retrouvé ensuite dans un conte fantastique et à présent c'est un film américain où les morts ne se relèvent pas après la prise de vue… Le corps de Max doit être descendu dans le Sud. Ils veulent partir aujourd'hui pour l'accompagner et démissionner en même temps.

— Je ne leur en veux pas, même si ça tombe mal.

— Et toi Adrien ? Que penses-tu faire ?

— Moi je reste, mais je commence aussi à me poser des questions. Et qui sont les quatre fous qui veulent rester ?

— Moi bien sûr, Rog et deux autres. On veut faire la peau aux salauds qui ont fait ça à Max.

— Merci, les gars, mais l'urgence n'est pas de se venger. Il faut protéger ce qui peut l'être. D'accord avec l'Empereur, nous allons mettre l'Impératrice, Hortense, ma femme et ma fille à l'abri. Avec deux ou trois de ses employés, Joséphine part dès cet après-midi. Je ne sais pas pour où et je ne veux pas le savoir. Par sécurité, c'est elle qui décidera après son départ. C'est comme ça que Bonaparte a gardé le secret de l'expédition en Égypte jusqu'au bout. Il n'a dit à personne où il allait et les Anglais n'en ont rien su. Mais il leur faut quand même une garde. Tu désigneras deux hommes pour les accompagner.

— Ok, ce sera fait. Rog et moi on reste ici avec toi.

— Non, Jacqueline et ma fille rentrent à Nîmes. Elles seront moins en danger que l'Impératrice, mais l'Empereur exige malgré tout qu'elles aient une protection. Vous les accompagnerez.

— Pas question. Quand elles seront à Nîmes, je dirai aux gars descendus dans le Sud de veiller sur elles à tour de rôle. Ils accepteront, tu peux me faire confiance.

Rog et moi nous restons avec toi et l'Empereur. On a des comptes à régler pour Max.

— Eh bien nous formerons le dernier carré de la Garde, dit Adrien avec un sourire triste.

— À nous trois ? Un carré ça n'a pas quatre côtés ?

— Le colonel Franchi et le mamelouk Ali seront du voyage. Il y a aussi le maréchal Ney, le général de Flahaut et Grouchy.

— Alors on est large, maréchal…

L'optimisme d'Aureck remet un peu de baume au cœur d'Adrien, lorsque le premier valet Constant s'approche de lui.

— Monsieur le grand maréchal du Palais. Le prince de Bénévent et son fils le comte de Flahaut sont là. Ils veulent voir l'Empereur. Dois-je les annoncer ?

— Talleyrand est ici ? Je ne pense pas qu'il puisse faire grand-chose, mais je vais essayer d'inciter l'Empereur à les recevoir. Je vais d'abord les voir. Merci, Constant.

Lorsqu'il arrive dans le grand hall d'entrée, Adrien a été devancé par l'Impératrice et sa fille. Joséphine pleure sur l'épaule de Talleyrand et Hortense dans les bras de Flahaut. Puis, lorsqu'elle voit Adrien approcher, elle se jette dans ses bras en larmes.

— *Ah mon cher*, mon plus fidèle ami. Il nous faut unir nos forces pour convaincre l'Empereur de renoncer à cette folie. Ses ennemis l'attendent pour achever ce qu'ils ont initié. Sa chance finira par l'abandonner. Il faut qu'il parte avec moi. Une autre vie l'attend.

— Majesté, je ne…

Adrien ne peut en dire plus car Joséphine reprend aussitôt son flot de paroles.

— Je sais que vous êtes d'accord avec moi. Votre délicieuse épouse me l'a dit et votre fille Pauline aussi. Ah, la merveilleuse enfant. Elle aussi ne reconnaît plus l'Empereur. Il est fasciné par cette chimère de gagner la bataille de Waterloo. Il ne tient plus aucun compte de l'époque dans laquelle nous vivons. Il faut arracher Napoléon aux griffes de cet affreux Grouchy. Mon dieu qu'il est laid avec sa longue figure ! On dirait un âne. Personne ne sait d'où il vient. Peut-être est-il même un agent de Cadoudal ?

Adrien n'y avait pas pensé, mais au fond pourquoi pas. Grouchy a débarqué aux Violettes comme une fleur. Qui sait s'il n'y a pas quelqu'un derrière lui ? Alors qu'il s'interroge, Joséphine a déjà pris Talleyrand par le bras. Avec Hortense et Flahaut à sa suite, elle entraîne le Diable Boiteux vers le cabinet de travail de l'Empereur. En boitant lui aussi, le grand maréchal du Palais parvient à rattraper le cortège. Ali lui ouvre la porte et Adrien entre dans le bureau impérial. Il y trouve Napoléon, Ney et Grouchy penchés sur des cartes d'état-major.

— Sire, Sa Majesté l'Impératrice demande à…

Joséphine ne lui laisse pas le temps d'achever. En tenant sa fille par la main, elle bouscule Adrien et se précipite vers le bureau.

— *Napoléon !* Je t'en prie, je t'en supplie, ne pars pas. Nous ne sommes plus en 1800. Tu ne peux pas refaire l'Histoire à ta guise. Viens avec moi et avec Hortense. Nous pourrons être heureux enfin.

— *Madame !* Je vous demande d'arrêter… vous vous donnez en spectacle. Si les souverains doivent toujours être en scène, j'attends de la femme de l'Empereur qu'elle sache conserver sa dignité en tout lieu.

— Tu ne sais parler que de ça, la grandeur, la gloire, la dignité impériale… tu n'es pas un homme Napoléon ! Tu es une statue.

— Je suis homme, répond Napoléon visiblement agacé. Quoi qu'en disent certains, j'ai des entrailles et un cœur, mais c'est un cœur de souverain. Ce sont les maux des peuples qui me touchent avant tout. Je les veux heureux, l'aisance sera partout si je vis dix ans.

— *Ah*, si tu es un homme alors tu es le plus méchant des hommes, lance l'Impératrice.

Puis elle se met à pleurer en tombant à genoux devant Napoléon.

La reine Hortense a elle aussi ses grands yeux bleus remplis de larmes. Retenant son émotion elle s'approche de Napoléon et tend sa main blanche vers lui.

— Mon père, écoutez ma mère. C'est la voix de la sagesse, mais c'est aussi votre bonne étoile. Elle vous a toujours porté chance. Ne vous éloignez pas d'elle à nouveau.

Napoléon est bouleversé, même s'il ne laisse rien paraître. Les mots d'Hortense, prononcés d'une voix douce, le touchent bien d'avantage que les cris de sa jolie Créole. En voyant ces deux femmes pleurer, il se revoit à l'hôtel de la rue Chantereine en 1799. Il revenait d'Égypte avec la ferme intention de répudier une femme aussi volage que Joséphine. Mais les pleurs de la belle, ceux d'Hortense et de son frère Eugène ont eu raison de ses résolutions. Il a pris Joséphine dans ses bras. Un mois plus tard il renversait le Directoire et devenait Premier consul sans avoir tiré un seul coup de feu. Sa bonne étoile n'est-elle pas liée à cette femme si légère ? Après un gros soupir, il prend la main d'Hortense entre les siennes.

— Hortense, vous savez qu'un visage content me fait du bien à voir. Votre mère a abusé de cette faiblesse en me faisant tomber dans des embuscades de larmes. Je lui ai souvent accordé de la sorte ce que j'aurais dû lui refuser. Mais à présent, il n'est plus question de colliers ou de maisons. Il n'est plus question de notre bonheur. C'est avec l'Histoire, avec la Nation que j'ai à nouveau rendez-vous. Séchez vos larmes et relevez votre mère. Je vous assure que tout ira bien. Nous nous retrouverons bientôt.

Dans un dernier sursaut, Joséphine décide de jouer son ultime carte.

— Napoléon, pour l'amour de dieu, accepte d'écouter le prince de Bénévent.

L'Empereur jette alors un regard déterminé à Talleyrand.

— Je veux bien vous écouter, prince. Mais seulement si c'est pour m'annoncer que vous êtes résolu à m'aider.

Avec des manières de vieux diplomate, Talleyrand s'incline légèrement.

— Sire, je ne puis rien ajouter à ce que je vous ai déjà dit. Mais j'ai là un ami qui souhaiterait plus que tout vous entretenir directement.

En disant ces paroles, Talleyrand tend un téléphone portable à Napoléon. Ce dernier fronce le sourcil et demande :

— Qui est-ce ?

— Sire, c'est le président de la Fédération de Russie, qui est en ligne. Le maître du Kremlin lui-même insiste pour parler personnellement à l'Empereur des Français. Il est au bout du fil et attend votre bon vouloir.

Napoléon observe fixement le téléphone sans réagir. Instantanément, il se revoit au Kremlin, contemplant

Moscou en flammes. Il se dit qu'il aurait bien aimé parler au tsar Alexandre Ier de cette manière. Il lui aurait proposé la paix. Ce dernier l'aurait acceptée et le sort du monde en eût été changé. Puis il lève les yeux vers Talleyrand.

— Talleyrand, dites au maître de la Russie que l'Empereur le salue. Assurez-le de mon amitié et dites-lui que je le recevrai cet été à l'Élysée. Il sera mon premier hôte et nous parlerons alors du sort du monde d'égal à égal.

— Bien Sire, je le lui dirai.

Talleyrand prononce alors quelques phrases en russe et raccroche, l'air dépité.

— Sire, je crois avoir fait tout mon possible pour vous convaincre. Je me vois dans l'obligation de me retirer à présent.

— Vous pouvez vous retirer, Talleyrand. Et vous, comte de Flahaut… que décidez-vous ? Suivez-vous votre père ou voulez-vous prendre votre revanche à Waterloo ?

— Sire, je ne cherche nulle revanche. À l'instar de Monsieur mon père je ne considère pas le passé mais plutôt l'avenir. Si vous m'y autorisez, je suis hélas dans l'obligation de me retirer à mon tour.

— Charles, je pars avec toi. Je ne veux plus te quitter, s'écrie Hortense.

L'ex-reine de Hollande se jette alors dans les bras de son amant, visiblement gêné. Napoléon le foudroie du regard et semble prêt à laisser éclater sa colère. Adrien intervient aussitôt afin d'éviter l'explosion.

— Sire, si Votre Majesté en est d'accord, le général de Flahaut pourrait commander l'escorte qui doit protéger l'Impératrice et le reine Hortense. Qu'en pensez-vous, général ?

— Si telle est la volonté de l'Empereur, je puis lui assurer que je tuerai quiconque voudrait porter la main sur l'Impératrice ou sur sa fille.

Napoléon jette un dernier regard à Joséphine et à sa fille adoptive. Puis il manifeste son assentiment d'un geste de la main avant de se retourner vers ses cartes.

Sur le perron des Violettes, Adrien assiste au départ de Talleyrand. Le vieux diplomate ne laisse rien deviner de sa déconvenue. Il salut Adrien aimablement et conseille la prudence à son fils dans sa mission. Alors que la voiture de son père quitte le parc, Flahaut remercie Adrien pour son intervention.

— Ne me remerciez pas, général. Je ne vous confie pas un corps d'armée. Vous n'aurez que deux cavaliers sous vos ordres. Vous ne serez pas de trop pour défendre Leurs Majestés. Mais, général, je voulais vous demander…

— Oui, baron ?

— Vous qui avez connu les moments de gloire de l'Empire et qui êtes resté fidèle dans les heures sombres, je ne comprends pas pourquoi vous abandonnez l'Empereur maintenant.

— Baron Beaussier, j'ai été fidèle à l'Empereur même après Waterloo. Je voulais le suivre à Sainte-Hélène, mais ma mère m'en a empêché. Alors, j'ai quitté l'armée pour devenir diplomate à l'exemple de mon père. C'est ainsi que j'ai servi le Second Empire[1]. Et je l'ai si bien servi que je suis mort en même temps

1. Le comte de Flahaut participe avec son fils, le duc de Morny, au coup d'État du 2 décembre 1851 qui permet à Napoléon III de rétablir l'Empire. Il devient ensuite ambassadeur à Londres, comme Talleyrand l'avait été avant lui.

que lui, le 2 septembre 1870, quelques heures avant la capitulation et l'abdication de Napoléon III à Sedan. Si j'ai servi les deux empereurs, je fus davantage diplomate que soldat dans mon autre vie. C'est ce qui me fait agir ainsi aujourd'hui. Je regrette de voir l'Empereur faire fausse route. Ce que lui propose mon père constitue une offre raisonnable. À présent, je préfère partir plutôt que d'assister une troisième fois à sa chute, car de nouveau, tout le monde le trahit…

— Qui le trahit ? s'exclame Adrien en saisissant Flahaut par le bras. Général, si vous savez quelque chose, dites-le-moi avant de partir.

— Beaussier, vous êtes un honnête homme. Vous servez fidèlement l'Empereur et je me reconnais un peu en vous. Je vous le dis bien volontiers car je sais que vous n'oserez jamais le lui répéter… mais… sachez que l'Impératrice raconte tout à mon père depuis longtemps.

— L'Impératrice ? Mais pourquoi fait-elle ça ?

— Elle le fait… parce qu'elle sait que mon père ne veut que le bien de l'Empereur, répond Flahaut avec un sourire diplomatique.

— Mais votre père a trahi l'Empereur… lui et les autres régimes qu'il a servis.

— Baron, ce n'est pas la girouette qui tourne… c'est le vent. Faites au mieux pour protéger l'Empereur de Cadoudal, mais aussi de Fouché. C'est un homme de sang qui hait Napoléon. Mais surtout, efforcez-vous de protéger l'Empereur de son pire ennemi…

— Qui est-il ?

— Lui-même, Beaussier… lui-même. À vous revoir, baron. Je rejoins ma « cavalerie ». Je vais conseiller à ces dames de partir dès que possible. Je vous souhaite bonne chance.

En voyant s'éloigner le général de Flahaut, Adrien se dit que le dernier carré de la Garde se réduit encore.

Quelques heures après, les adieux de l'Impératrice sont très brefs. Refusant d'exhiber ses yeux rougis par les larmes, Joséphine les cache derrière des lunettes de soleil. Elle en veut terriblement à Napoléon pour son obstination et elle le lui a bien fait sentir. Malgré son chagrin, elle a tenu à conduire elle-même son Range Rover, avec un chasseur armé à ses côtés. À l'arrière, Hortense a pris place en compagnie de Flahaut et de Fox. Derrière la voiture de l'Impératrice, un deuxième chasseur de la Garde conduit un 4 × 4 qui emporte Miss Leigh et le cuisinier, M. Tran.

Après ce premier départ, d'autres ont suivi. Un à un, les vans attelés à des 4 × 4 ont emprunté l'allée du parc. Les chasseurs, revêtus des tenues civiles qu'ils portaient à leur arrivée, sont repartis sans bruit avec leurs chevaux. Les regards sont fermés car tous pensent à l'enterrement de Max prévu pour le lendemain. Enfin, un taxi est venu chercher Jacqueline et Pauline, qui ont renouvelé des conseils de prudence à Adrien. Pressé de les voir quitter ce palais dangereux, il a promis de revenir rapidement à Nîmes.

Cipriani s'approche alors d'Adrien. Le regard plus féroce que jamais, il dit avec un accent corse teinté d'amertume :

— Les rats quittent le navire, Beaussier. Bientôt, il y aura moins de monde autour de l'Empereur qu'il n'y en avait à Sainte-Hélène.

Après cette succession de départs, le palais des Violettes paraît désert et la soirée est sinistre. Personne n'a ouvert la bouche lors du repas concocté par Mme Tran, qui sanglote en silence.

33

La brute et le truand

20 mars 2015, 9 heures

Après de longues tractations, le colonel Franchi est parvenu à convaincre le comité d'organisation du bicentenaire de Waterloo. Ses membres ont finalement accepté de se réunir de nouveau pour faire la connaissance de ce nouveau Napoléon. Partagé entre curiosité et méfiance, le président du comité a bien insisté pour dire qu'il ne promettait rien. La décision serait collégiale et le nouveau venu devra les convaincre.

Deux jours après le départ de l'Impératrice, sous un ciel gris de fin d'hiver, le dernier 4 × 4 quitte le palais des Violettes. Il remorque un grand van dans lequel Vizir a pris place. La monture de l'Empereur n'est pas seule. Herent, Viking et Essling, les chevaux d'Aureck, de Rog et de Ney lui tiennent compagnie. Le colonel Franchi a pris le volant et Adrien est à ses côtés. Le mamelouk Ali, Aureck et Rog se sont installés à l'arrière. Samuel et Adrien ne cessent de surveiller la Jaguar impériale, qui les suit de près. Conduite par Cipriani, l'automobile emporte le maréchal Ney et Napoléon. Tous les passagers des deux véhicules ont revêtu leurs uniformes pour prendre le chemin de la Belgique.

Appuyé sur son râteau, le jardinier breton de Joséphine salue respectueusement la voiture de l'Empereur qui traverse l'allée du parc. Lorsque le véhicule a passé la grille, il sort tranquillement son téléphone de sa poche et compose un numéro.

— Georges, c'est Le Lan… L'Usurpateur est parti pour la Belgique et je sais où il couchera ce soir. Je viens de t'envoyer toutes les informations par e-mail. Oui… nous serons bientôt vengés. Présente mes respects à Monseigneur le duc.

Après avoir remis le téléphone dans sa poche, Le Lan se remet tranquillement à jardiner. Au même moment, Georges Cadoudal raccroche et consulte immédiatement ses e-mails. Sur le dernier reçu il peut lire les renseignements promis par Le Lan. Un sourire cruel éclaire alors sa figure bovine. En face de lui un homme très élégant se tient près d'une cheminée en marbre. Malgré une figure allongée et un nez busqué, le personnage possède un charme aristocratique. Tout en lançant une balle à un jeune carlin tout excité, il observe Cadoudal du coin de l'œil. En apercevant son sourire, l'homme cesse de jouer avec son chien et demande :

— Eh bien, Georges… notre ami Le Lan a-t-il pu glaner quelques nouvelles informations ?

— Oui, Monseigneur. Je sais à présent où va coucher le petit homme ce soir. Ce sera sa dernière demeure. Je l'étoufferai de mes propres mains.

— *Tttt*… Georges, je crois avoir entendu ce refrain plus d'une fois. Dans cette vie comme dans l'autre…

— Monseigneur, par Dieu, je vous jure que…

— *Georges !* Ne jurez pas devant moi je vous prie.

— Pardonnez-moi, Monseigneur, mais je puis vous assurer que cette fois sera la bonne. Je ne serai pas seul. Je vais réunir mes chouans. Ils seront tous avec moi et brûlent déjà de vous venger.

— De me venger et de vous venger aussi, Georges…

— Oui, Monseigneur. Moi et tous ces braves compagnons que ce tyran et son âme damnée, ce chien de Fouché, ont envoyé à la guillotine.

— Ne vous plaignez pas trop. Il vous a offert la même fin que mon cher cousin Louis XVI, qui est mort en martyr.

À ses mots, Georges incline son cou de taureau et se signe lentement.

— Pour ma part, c'est un peloton d'exécution dans les fossés de Vincennes qui m'était réservé. Ils m'ont passé par les armes, juste à côté de ma propre tombe. Elle était déjà creusée avant même de commencer mon « procès »… Du calme Mohiloff, oui tu es un bon chien…

En prononçant ces mots, le duc d'Enghien relance la balle du petit chien qui s'impatientait. Puis il ajoute en souriant :

— Mes « juges » avaient pris cette précaution au cas où… Quel dommage que vous ayez raté votre coup dans les bois de Saint-Cucufa. L'Usurpateur, Fouché et même ce diable boiteux de Talleyrand expédiés tous ensemble… c'eût été un coup de maître.

— Ils ne perdent rien pour attendre, Monseigneur. La vindicte divine s'abattra sur eux aussi. Nous les renverrons au Diable, leur maître à tous.

— Certes, Georges, certes. Mais qu'elle soit humaine ou divine, la vengeance doit d'abord se concentrer sur le bandit corse. Dans l'état actuel de la France, une restauration monarchique peut être sérieusement envisagée. J'y travaille patiemment depuis que j'ai été rappelé. En tant que prince du sang et dernier des Condés, je suis à présent l'héritier légitime de la couronne de Saint-Louis.

À ce nom, Georges se signe à nouveau, mais un peu plus vite.

— Mes cousins Orléans se sont déconsidérés avec l'accession au trône de Louis-Philippe. Devenir roi par la grâce d'une Révolution, quelle hérésie. Quant à mon cousin le roi d'Espagne, c'est son ancêtre Philippe qui a renoncé au trône de France[1]. Nous allons donner un sang neuf à la monarchie. Dans ces conditions, il est hors de question que ce *Buonaparte* vous échappe encore une fois. Vous m'avez bien compris, Georges ? Il en va de l'avenir des Lys de France.

— Oui, Monseigneur. Je l'étranglerai avec ces mains…

En disant cela Cadoudal ouvre ses deux énormes mains avec un sourire effrayant.

— Peu importe la manière, Georges. Soyez efficace, et si possible discret, si vous voyez ce que je veux dire. À propos, comment Le Lan a-t-il obtenu ce renseignement ?

— La coiffeuse de la catin créole…

— *Tttt*… Georges, voyons, modérez votre langage. La marquise de Beauharnais[2] a tout fait pour obtenir ma grâce.

---

1. Louis-Philippe monte sur le trône en 1830 grâce à la Révolution de juillet. Philippe, duc d'Anjou, petit-fils de Louis XIV, devient Philippe V roi d'Espagne en 1700 en renonçant à ses droits sur la couronne de France. Le duc d'Enghien appartient à la famille de Condé, branche cadette des Bourbons. Cette lignée s'est éteinte avec lui.

2. C'est le titre que Joséphine portait avant son mariage avec le général Bonaparte.

— Pardon, Monseigneur. Mais tout ce qui a trait à *Buonaparte* me met en rage. Maria donc, la coiffeuse de Joséphine, a quelques bontés pour Le Lan. Comme la pu… enfin, la…marquise de Beauharnais est tout sauf discrète, Le Lan moissonne des renseignements précieux sur l'oreiller.

— Une façon de joindre l'utile à l'agréable, sourit le duc d'Enghien sans lâcher son petit chien des yeux.

— De cette manière je sais où se sont réfugiés Joséphine, Hortense et même le fils Talleyrand. Si vous voulez je pourrais…

— Je vous l'interdis, Georges, pour la raison que je vous ai dite, mais aussi parce qu'il serait indigne d'un gentilhomme de s'attaquer à une femme. Fût-elle celle d'un tyran. À présent Georges, mettez-vous à l'ouvrage. Rapportez-moi de bonnes nouvelles sous peu.

— Monseigneur, je vous rapporterai la tête d'un Empereur… Mohiloff pourra jouer avec…

— Tu entends ça, Mohiloff ? Mais elle sera bien trop grosse pour toi, la tête de *Buonaparte*… Allez Georges, et ne nous décevez pas. Le sort de la monarchie est à nouveau entre vos puissantes mains.

— Oui, Monseigneur, je ne vous décevrai pas.

Après s'être incliné, Cadoudal quitte l'hôtel particulier du duc et récupère sa voiture. Il traverse la ville d'Enghien et s'engage aussitôt sur l'autoroute. Pendant ce temps, le duc décroche son téléphone.

— Allo maréchal, oui, c'est le duc d'Enghien à l'appareil… Bien… très bien, je vous remercie. Cadoudal vient de partir. Il va réunir ses hommes et il est bien décidé à tirer un trait définitif sur la dynastie des *Buonaparte*… Oui, enfin ! Ce sera une excellente chose. Malgré tout, nous ne changeons rien à ce qui a été prévu entre nous. Soyez au rendez-vous et rendez-moi compte. Oui, maréchal, à bientôt, je n'oublierai pas ce que vous faites pour la famille des Bourbons.

À l'instant précis où le duc d'Enghien éteint son portable, Fouché se plonge avec délice dans un rapport d'écoutes téléphoniques que vient de lui remettre son secrétaire. Confortablement installé dans un vaste appartement donnant sur la place Beauvau, le duc d'Otrante est hébergé dans une annexe discrète du ministère de l'Intérieur. Engoncé dans sa minerve, impassible et froid, Fouché finit par esquisser un léger sourire avant de s'adresser à son secrétaire :

— Parfait, Vianey… J'ai bien fait de faire mettre sur écoute les communications des Violettes. Le travail de la police est incroyablement facilité par ces nouvelles techniques. C'en est presque décevant. Le métier y perd de son sel, mais gagne en efficacité. Ainsi, c'est le jardinier qui renseigne Cadoudal. Je me demande comment il a pu apprendre tout cela… peut-être est-il aussi l'amant de Joséphine ?

— Nous l'ignorons à ce stade, Monsieur le duc.

— Peu importe au fond.

Puis, se ravisant, il ajoute :

— Notez-le malgré tout sur la fiche de l'Impératrice. Avec un point d'interrogation…

— Ce sera fait, Monsieur le duc.

— À présent, nous allons voir si ces coquins réussissent leur coup. Nos amis ne veulent à aucun prix voir cet énergumène réapparaître dans le paysage. La situation politique est assez compliquée comme ça. Mais plus que tout, ils redoutent que Napoléon finisse par accepter la proposition de Talleyrand. Il a refusé mon offre, tant pis pour lui.

— Pourtant, vous aviez imaginé travailler de concert avec Talleyrand et Napoléon.

— Simple tactique afin de mieux surveiller Talleyrand et s'assurer de notre homme. Mais il n'a mordu à aucun de nos hameçons.

— Sur ce point, les écoutes sont formelles, les ponts sont coupés entre Napoléon et son Vice-Grand Électeur.

— Ah, il y a longtemps que je n'avais pas entendu ce titre ronflant de Talleyrand. « Vice-Grand Électeur de l'Empire » … le seul vice qu'il n'avait pas encore…

Alors que Fouché esquisse pour la seconde fois un sourire, son secrétaire se dit que son patron est d'humeur franchement joyeuse aujourd'hui. Mais cela ne dure pas et Fouché retrouve son regard froid.

— Les ponts sont coupés, certes. Mais entre ces deux-là c'est une longue histoire, faite de brouilles et de réconciliations.

— Un peu comme avec vous, Monsieur le duc…

— Certes, rien n'est définitif dans ce monde. Même pas la mort. C'est dire…, ajoute-t-il avec un nouveau sourire qui inquiète presque le secrétaire.

— Qu'allons-nous faire à présent, Monsieur le duc ?

— Observer, Vianey… nous allons tout observer attentivement. Dites à Murat de venir, s'il vous plaît.

34

Waterloo…

20 mars 2015, 10 heures

Adrien commence à respirer lorsqu'il s'engage sur l'autoroute. Aucun véhicule ne les suit, mais il garde les yeux rivés sur son rétroviseur. Il lui faut encore un peu de temps pour rompre le silence :

— Il y a quand même les « revenus » d'un côté et les « je ne sais plus quoi » de l'autre. Je me sens discriminé…, souffle Adrien avec un peu d'acrimonie.

— Oui, c'est vrai… À propos, tu as des nouvelles de Grouchy ?

— Un taxi est venu le chercher après le repas d'hier soir. Je n'ai pas de nouvelles depuis. Il doit réunir ses troupes pour nous rejoindre à Waterloo. Ça impressionnera les organisateurs d'après lui…

— Tiens donc… Grouchy doit rejoindre Napoléon à Waterloo avec ses troupes. Ce sera une première…

Un ange passe.

Après trois heures d'un voyage sans histoires, les deux véhicules arrivent à Waterloo en avance sur l'heure du rendez-vous. Les voitures font une halte à la ferme du Caillou, là où Napoléon a installé son ultime quartier général. Après avoir visité rapidement le petit musée en compagnie de Ney, l'Empereur décide de monter Vizir. Accompagné du prince de la Moscova, il est escorté par Aureck et Rog. Les quatre cavaliers s'élancent alors au galop en direction du champ de bataille. En les voyant s'engager sur la morne plaine, Adrien se dit qu'il aimerait chevaucher avec eux. Il écouterait les commentaires de l'Empereur sur les lieux même de son ultime combat. Il ne manquera pas d'interroger Aureck à son retour.

Puis les deux véhicules repartent en direction de la butte du Lion. Élevé en l'honneur du prince Guillaume d'Orange, l'imposant monticule domine le mémorial de la bataille. À l'occasion du bicentenaire, ce grand centre d'interprétation est en pleine rénovation. La rencontre doit avoir lieu juste en face, dans une auberge nommée L'Aigle et le Lion.

Lorsque les véhicules se garent devant le lieu du rendez-vous, Adrien distingue Napoléon au loin grâce à son célèbre chapeau. Avec ses trois compagnons, ils virevoltent toujours sur le champ de bataille, qui s'étend à perte de vue. Ils apparaissent et disparaissent au gré des ondulations du terrain. Alors qu'ils sortent à nouveau de la brume, Adrien les imagine au milieu de milliers de fantômes. Les ombres des soldats et des chevaux tombés dans le bruit et la fumée se sont relevées pour chevaucher à leurs côtés.

Au bout d'un moment, l'Empereur et ses compagnons rejoignent l'auberge. Pendant qu'Ali, Rog et Aureck s'occupent des montures, un homme portant un uniforme de maréchal russe s'avance vers Adrien. Ce dernier s'étonne de voir un Russe sur le site d'une bataille à laquelle les armées du tsar n'ont pas pris part.

— Prrrofesseur Beaussier, je voudrrais parler vous un instant. Venez s'il vous plaît.

Adrien est surpris et un peu vexé par le titre utilisé, alors qu'il a revêtu sa tenue de grand maréchal du Palais. Il accepte néanmoins de faire quelques pas avec cet homme assez âgé qui roule les *r* avec un fort accent russe. Son visage rond est balafré et il porte un œil de verre.

— Écoutez, prrofesseur, je suis dans la confidence à propos de votre Empereur. J'avais des doutes, mais il m'a suffi de l'entrevoir pour être persuadé qu'il s'agit bien de lui.

— Pourquoi en êtes-vous si sûr ?

— Parce que je suis maréchal Koutouzov. Depuis mon rappel parmi vous, j'incarne mon propre rôle à Austerlitz et à Borodino. Officiellement je suis historien, comme vous. Mais j'ai avantage sur vous. J'ai vécu ce que j'écris dans mes livres sur Napoléon. Mes ouvrages ont tellement succès que j'ai même reçu Légion honneur. Regardez, je la porte, c'est une vraie. Amusant non ?

Adrien ne sourit pas. Il se dit qu'en écrivant l'Histoire de cette manière il est facile d'avoir du succès.

— Et quelle est la raison de votre présence ici, maréchal ?

— Officiellement, pour aider organisateurs de Waterloo. Ça fait des années que j'organise grandes reconstitutions en Russie. Notre *czar*, enfin, notre président… je ne m'y ferai jamais… Notre président est toujours présent à reconstitution de ma victoire de Borodino[1].

1. Livrée en 1812 devant Moscou, la bataille de Borodino est une victoire de Koutouzov selon les Russes. Appelée bataille de la Moscova par les Français, ces derniers la considèrent comme un succès de Napoléon.

— Tandis que le nôtre n'a pas levé le petit doigt pour Austerlitz…, note Adrien avec amertume.

— *Da*, *da*, c'est *pravda*, *ha ha ha ! …* Par contre, il a contribué à la commémoration de bataille de Trafalgar[1] la même année. *Ha ha ha !…* Vos présidents sont fous, le mien me le dit souvent, ajoute Koutouzov en pleurant de rire de son seul œil valide.

Adrien apprécie moyennement l'humour slave, mais le personnage l'intrigue de plus en plus. Lorsqu'il a fini de rire, Koutouzov essuie son œil et reprend en baissant la voix :

— Mais mon véritable rôle est de conseiller notre *cz… Ahrr…* notre président. Depuis qu'il sait que votre Empereur est de retour, il veut à tout prix rencontrer lui.

— Mais, vous savez peut-être que l'Empereur a refusé de s'entretenir avec votre président…

— *Da*, *da…* président de notre Sainte Russie me l'a dit. Pas grave du tout. Il a bien compris que Napoléon pas vouloir parler, pas encore. Il aurait fait pareil à sa place. Mais il a aussi bien noté son invitation au palais Élysée. Donc, il veut l'aider. Je vous soutiendrai lors des discussions pour accueillir Napoléon à Waterloo. Mais je préviens, il va y avoir fortes oppositions…

Adrien voudrait lui demander quelles seront ces oppositions, lorsque retentit la voix de l'Empereur :

---

1. En 2005, la France ne s'est pas associée officiellement à la grande reconstitution organisée pour le bicentenaire de la bataille d'Austerlitz. Pourtant, un mois plus tôt, Jacques Chirac envoyait le porte-avions *Charles de Gaulle* pour participer avec la Royal Navy à la célébration de Trafalgar. *Sic transit gloria mundi* (« Ainsi passe la gloire du monde », *n.d.e.*).

— Beaussier ! Que faites-vous ? Venez donc ! Allons à cette réunion et finissons-en.

Quittant provisoirement son interlocuteur, Adrien rejoint Napoléon.

— Que diable peut bien faire un Russe ici ? Beaussier, que vous a-t-il raconté ?

Adrien résume sa conversation à l'Empereur, qui paraît ragaillardi par la présence de cet émissaire inattendu.

— La présence de Koutousov ici est de bon augure. Vous voyez, Beaussier, vous qui peignez toujours tout en noir, ma bonne étoile scintille à nouveau ! Même le *czar* espère mon retour. À présent, il est l'heure, allons convaincre ces messieurs de l'organisation.

— Sire…

— Oui, Cipriani ?

— Avec le chasseur Rog, nous nous posterons à l'extérieur, près des chevaux. Je pourrai ainsi parer à toutes surprises. À l'intérieur, le lieutenant Aureck et Ali ne vous lâcheront pas d'une semelle et veilleront à votre protection.

— Faites ainsi, monsieur le ministre de la Police. Rentrons à présent.

À l'intérieur de l'auberge toute la décoration tourne autour de Napoléon. Des tableaux, des gravures, des coiffures. À croire que ce sont les Français qui ont remporté la bataille de Waterloo.

Derrière une grande table en chêne se tiennent trois officiers ainsi que deux hommes et une femme en civil. Les présentations sont faites par le colonel Franchi, qui a souvent travaillé avec ces personnalités lorsqu'il incarnait Napoléon.

Il y a là le président du comité des deux cents ans de Waterloo, la représentante des autorités belges et le secrétaire général de la Société des Amis de Napoléon. Trois militaires sont également assis à leurs côtés. En plus de Koutouzov, un officier incarne le duc de Wellington dans son uniforme écarlate. Bien que l'Anglais soit d'un abord sympathique, Napoléon ne consent pas à rendre son salut au vainqueur de Waterloo. Enfin, un reconstituteur belge est sanglé dans un habit de maréchal de France. Incarnation officielle de Ney depuis des années, il est manifestement mécontent. D'un œil dépourvu de toute bienveillance, il détaille son rival de la tête aux pieds. En retour, le vrai maréchal Ney ne lui accorde qu'un regard dédaigneux.

Napoléon, Ney, Franchi et Adrien s'installent en face des représentants du comité. Ali et Aureck, la main sur le pommeau de leur sabre, restent debout derrière l'Empereur. Pour sortir du malaise qui s'installe, le président du comité prend la parole :

— Bien… Bonjour à tous. Voilà, Samuel, avec qui nous travaillons depuis tantôt dix ans, nous a dit qu'il passait la main pour le bicentenaire. Nous sommes un peu surpris et c'est pourquoi nous voulions vous rencontrer, monsieur… monsieur comment déjà ?

— Vous savez bien qui je suis. Appelez-moi « Sire ».

— Oui, Sire… si vous voulez. Autant nous mettre dans le bain… C'est sûr, vous avez une ressemblance incroyable avec l'Empereur. Vous êtes d'accord, madame, messieurs ?

Toutes les personnes du comité acquiescent volontiers, sauf le faux maréchal Ney, qui ne lâche plus l'original des yeux. Ney commence à s'agacer de cette insistance alors que l'Empereur se lève afin de brusquer les choses.

— Messieurs, il est bien entendu que j'aurai la haute main sur l'ensemble des troupes françaises. De plus, je ferai une proclamation destinée aux autorités présentes ainsi qu'au peuple à l'issue de la bataille.

— Mais monsieur, enfin Sire, ce n'est pas ce qui est convenu. On n'a pas du tout prévu de vous faire parler pendant le spectacle, s'étonne le président.

— Qui doit parler ?

— Des commentateurs, en français, néerlandais, anglais, allemands…

— Mais ce sera une cacophonie. Qui doit parler en français ?

— Nous ne l'avons pas encore décidé, nous verrons…

— Nul mieux que moi ne pourra le faire. Inutile d'utiliser les autres langues. De toute façon, les personnes de qualité parlent français. Ils traduiront aux autres. Par ailleurs, nous venons de mettre au point les derniers détails avec le maréchal Ney. C'est entendu avec le maréchal Grouchy, qui devrait déjà être là d'ailleurs, cette fois je gagnerai la bataille.

À ces mots, les membres du comité éclatent de rire. Le faux Ney rit plus fort que les autres et seul Koutouzov observe la scène de son œil unique sans rien manifester.

— Mais ce n'est pas sérieux, s'exclame le président. Allons… Samuel… tu ne cautionnes pas cette carabistouille ?

Le colonel Franchi est bien embêté et ne sait pas quoi répondre. Le voyant en difficulté, le général Koutouzov demande la parole :

— Si vous permettez… c'est bien deux représentations de la bataille vous prévoir ?

— Oui, c'est vrai, maréchal, répond la représentante des autorités belges. L'événement aura de très bonnes retombées sur le tourisme dans la région. Raison de plus pour ne pas décevoir le public. On ne peut pas changer le programme à trois mois de l'événement.

— *Da*, *da*… je sais très grand succès. Je sais même que tous les billets déjà vendus… C'est *pravda* ?

Le président du comité et l'élue se regardent interloqués. Puis la représentante des autorités belges s'adresse à nouveau à Koutouzov :

— Mais oui, c'est la vérité. Comment savez-vous ça ? On n'en a parlé nulle part…

Si l'œil de verre de Koutouzov reste inerte, son œil valide brille d'un éclat malicieux.

— Les Russes toujours bien informés par petit doigt… mais pas important. Ce qui peut être possible c'est de faire deux « vraies » batailles avec victoire aux Anglais…

Napoléon bondit à ces mots.

— Il est hors de question que j'y participe. Je suis revenu pour vaincre.

— Attendez, Majesté, attendez… Le colonel Franchi revêtira votre uniforme à cette occasion, comme les autres années. Mais nous pouvons annoncer troisième bataille avec surprise à la fin. « Comment Napoléon aurait pu gagner à Waterloo ? ». Annoncez ça partout et vous êtes sûr de vendre tous les billets…

À ces mots, la figure du représentant de la Société des Amis de Napoléon s'illumine tout à coup.

— Oui, oui… ce serait une très belle idée. Une sorte d'uchronie, c'est très à la mode en ce moment. Il y a pas mal de livres qui sortent là-dessus sur le mode « et si les choses s'étaient passées différemment… ». Ça plaira aux gens, c'est certain.

Le responsable de l'organisation est manifestement ravi et acquiesce volontiers à la proposition. L'élue est encore plus enthousiaste.

— Ce sera même extraordinaire. Les retombées économiques seront fantastiques. On n'a pas fini de parler de la région avec un tel événement. De toutes façons, les gens viennent pour Napoléon pas pour Wellington. On vend beaucoup plus de produits dérivés sur Napoléon que sur vous… n'est-ce pas John ?

L'Anglais encaisse avec flegme, mais il est bien obligé de reconnaître que même le public britannique préfère Napoléon. L'Empereur sent que la bataille est en train d'être gagnée grâce au ralliement imprévu de Koutouzov. Par deux fois il a vaincu le vieux maréchal, mais ce dernier n'est pas rancunier. S'il ne l'avait pas déjà sur la poitrine, il lui remettrait sa propre Légion d'honneur.

À cet instant précis, la doublure du maréchal Ney frappe du poing sur la table. Il se lève et intervient avec un fort accent belge :

— Mais vous dites n'importe quoi vous autres. Alors maintenant c'est Napoléon qui a gagné à Waterloo ? Mais ça va faire rire mon cheval. Depuis nonante-sept, ça fait tantôt dix-houite ans que je fais de la reconstitution historique. J'ai toujours été rigoureux pour moi et pour les autres. Mais c'est extraordinaire ça, il suffit qu'un gars qui ressemble un peu à Napoléon arrive et vous êtes prêts à nous faire tous passer pour des Gille[1]. Mais vous ne voyez pas que c'est un zozo ?

Le véritable maréchal Ney se lève d'un bond.

1. Le Gille est un personnage célèbre du carnaval de Binche en Belgique.

— De quel nom avez-vous traité l'Empereur ?

— De zozo… parfaitement… et vous n'imaginez pas un instant me remplacer pour les deux cents ans de Waterloo, espèce de clown.

Ney devient écarlate. D'un geste vif, il tire son sabre et fait le tour de la table. Devant cette charge inattendue, sa doublure prend peur. Terrifié à la vue de l'arme, il s'enfuit, cherchant refuge derrière Napoléon.

— Mais il est complétement fou… Arrêtez-le…

Wellington se lève et tente d'arrêter la charge du maréchal Ney. Malheureusement pour lui, l'Anglais est moins heureux dans son entreprise qu'en 1815. D'un coup d'épaule Ney le propulse sur les genoux de l'élue belge, qui se met aussitôt à hurler. Le président du comité tente à son tour de retenir le Brave des Braves tandis que Napoléon crie :

— *Ney ! Ney !* Je vous ordonne de vous asseoir. Immédiatement !

À ce moment-là, un homme vêtu d'un uniforme de général français entre dans l'auberge. Ney l'aperçoit et se fige instantanément. Le sabre à la main il reste bouche bée devant ce visiteur à l'air arrogant. Napoléon se retourne à son tour et semble lui aussi sidéré. Adrien et Samuel ne comprennent pas ce qui est en train de se passer, mais le président du comité paraît soulagé par cette apparition inattendue. Il s'écrie alors :

— *Ah !* Général de Bourmont, vous tombez bien. Vous allez pouvoir calmer vos deux collègues, qui ont un petit différend.

— Bourmont… c'est bien toi Bourmont ? souffle le maréchal Ney encore stupéfait. Puis il rugit d'une voix déformée par la colère :

— *Traître !* Tu nous as trahis la veille de la bataille ! Tu es allé lécher les bottes des Prussiens et des Anglais en leur livrant nos plans[1].

Puis il brandit son sabre et se rue vers lui.

— *Jean-foutre ! Chien d'aristo !* Je vais te le faire payer.

Voyant Ney fondre sur lui, Bourmont a une réaction de soldat. Il tire son sabre et engage le combat avec son adversaire. Les lames s'entrechoquent avec brutalité, faisant jaillir des étincelles. Comme Ney reste sourd aux ordres de Napoléon, il faut qu'Ali et Aureck s'interposent en tirant leur propre sabre afin de faire cesser le duel et de calmer les ardeurs meurtrières de Ney. Alerté par les éclats de voix, Cipriani surgit le Colt à la main. Voyant que la situation est sous contrôle, il dissimule aussitôt son arme afin de ne pas rajouter à la confusion.

Le regard furieux, Napoléon s'approche et dévisage Bourmont, qui conserve une attitude insolente.

— Bourmont… l'incarnation même du traître, tu es revenu toi aussi. Judas ! Comment oses-tu paraître devant moi ? Tu ne mérites même pas la corde pour te pendre.

Sans se départir de son air hautain, Bourmont interpelle le président du comité :

---

1. Le général de Bourmont commande une division française quand il rejoint les lignes prussiennes le 15 juin 1815. Le lendemain, la bataille de Ligny oppose Napoléon à l'armée de Blücher. Royaliste de conviction, Bourmont affirme n'avoir donné aucune information. Blücher refuse de le voir affirmant, « peu importe la cocarde, un Jean-foutre sera toujours un Jean-foutre ». En 1830, Bourmont s'empare d'Alger, marquant le début de la conquête de l'Algérie. Charles X l'élève alors à la dignité de maréchal.

— Grand Dieu, mais qui sont ces fous ? Personne ne les connaît… et voilà que cet escogriffe tente de me tuer.

À ces mots, Ney veut reprendre le combat et il faut toute la force d'Aureck et de Cipriani pour le contenir. Se retournant vers Napoléon, Bourmont s'adresse à lui d'une voix forte :

— Monsieur, sachez pour votre gouverne que le général de Bourmont n'a livré aucun renseignement. Il a simplement refusé de servir un tyran. Quant à moi, c'est en tant que scénographe officiel de la bataille que je suis venu. Je vous le dit tout net, il est hors de question de travailler avec des fous tels que vous. Vous confondez reconstitution historique et jeu de rôle. Vous n'avez rien à faire ici.

À ces mots, le faux maréchal Ney applaudit des deux mains.

— Bravo Bourmont. Bravo !

Puis se tournant vers les membres du comité, Bourmont ajoute sur un ton théâtral :

— La messe est dite. Il est hors de question de perdre plus de temps avec ces individus. Quant à vous, Samuel, si l'aventure ne vous tente plus, libre à vous. Les Napoléon ne manquent pas en Belgique, en Italie ou même en Amérique. Madame, messieurs du comité, je vous salue. Je me retire et ne saurais trop vous conseiller d'en faire autant.

Bourmont tourne alors les talons. En sortant, il bouscule presque Cipriani qui, la main dans son manteau, le fusille du regard. Stupéfait par cette scène, le président du comité reprend peu à peu ses esprits.

— C'est… c'est en effet une attitude inqualifiable. Nous nous retirons nous aussi. Messieurs, ne vous avisez pas de remettre les pieds à Waterloo car vous auriez affaire à la police belge. Samuel, je ne te félicite pas pour ton initiative. Si tu veux, recontacte-moi plus tard...mais ne me parle plus jamais de ces... ces *zozos*.

En enfilant son manteau, il sort à son tour, suivi par les membres du comité. Ces derniers lui emboîtent le pas à la grande satisfaction du Ney belge. Seul Koutouzov prend la peine de venir saluer l'Empereur.

— Sire, je suis heureux de vous avoir rencontré autrement que sur champ de bataille. J'ai fait mon possible pour aider. Mais il faut tenter une autre méthode.

Il sort alors un petit carton de son gilet. Puis, à voix basse :

— Je vous en prie, appelez mon président. Il vous répondra personnellement.

Après lui avoir glissé une carte de visite aux armes de la Fédération de Russie, Koutouzov s'incline respectueusement devant l'Empereur. Puis il salue Adrien et ses compagnons de son grand bicorne avant de quitter l'auberge à son tour.

Alors que Koutouzov quitte l'auberge L'Aigle et le Lion, le téléphone sonne chez le duc d'Enghien.

— Allo ? Ah, maréchal de Bourmont... Alors ? Quelles sont les nouvelles ? Mais c'est excellent, dit-il dans un grand rire qui effraie Mohiloff. C'est parfait, le tyran aura bu le calice jusqu'à la lie... Oui, Cadoudal est prêt. Vous avez sonné l'hallali et il va porter l'estocade. Vous avez encore fait beaucoup pour le trône, maréchal. Nous nous en souviendrons le jour venu.

Puis, après avoir raccroché, il se remet à lancer la balle à Mohiloff.

35

Morne plaine

20 mars 2015, 15 heures

Dans l'auberge L'Aigle et le Lion, Samuel s'empresse de rassurer le patron, qui menace d'appeler la police. Il le persuade que tout cela n'est que la mise en scène d'un spectacle prévu pour le bicentenaire. Lui et ses amis ont simplement profité d'être entre eux dans cette grande salle pour improviser cet échange un peu musclé. Habitué depuis longtemps à la présence de passionnés en costume, l'aubergiste se laisse vite convaincre et retourne essuyer ses verres derrière son comptoir.

Demeuré seul avec ses compagnons, Napoléon s'est approché de la cheminée. Celle-ci est ornée d'un vieil étendard français surmonté d'une aigle de bronze. Le drapeau poussiéreux porte l'inscription :

GARDE IMPÉRIALE
L'EMPEREUR NAPOLÉON
AU 1er RÉGIMENT
DE GRENADIERS À PIED

Sous cet emblème glorieux, Napoléon paraît écrasé par le sort. Il enlève son chapeau, qui dissimulait son pansement. Après un long silence, il soupire enfin :

— Je viens de subir une nouvelle défaite à Waterloo… avec trois mois d'avance. Encore une fois, j'ai cru la victoire à portée de main. Encore une fois Grouchy n'est pas au rendez-vous et à nouveau tout a raté… Grâce aussi à vos initiatives malheureuses, Ney[1]…

— Mais Sire…

— Taisez-vous, Ney, souffle Napoléon d'un air las. C'est inutile. Je n'aurais pas dû vous amener dans cette discussion. Personne n'a plus de courage que vous sur un champ de bataille, mais personne n'a moins d'esprit quand il est question de politique. Et Grouchy qui devait être là avec ses hommes. Où est-il ? Savez-vous quelque chose à son propos, Beaussier ?

— Je l'ai appelé plusieurs fois, Sire, mais Grouchy ne répond pas.

— L'histoire se répète inlassablement.

Puis, Napoléon se met à déclamer d'une voix pleine de tristesse :

J'ai servi, commandé, vécu quarante années
Du monde entre mes mains, j'ai vu les destinées
Et j'ai toujours connu qu'en tout événement
Le destin des États dépendait d'un moment[2]…

---

1. Alors que le sort de la bataille est incertain, Ney décide de charger les carrés anglais à la tête de la cavalerie. Ce mouvement, que Napoléon n'a pas prévu, cause beaucoup de pertes sans aucun résultat.

2. Vers tirés de *La mort de César* de Voltaire, acte I sc. I.

Napoléon pousse les bûches dans l'âtre du bout de sa botte. Puis, les mains croisées derrière le dos, il se retourne et fait face à son entourage demeuré silencieux.

— Puisque l'Histoire doit se répéter, comme en 1815… je vais me retirer de la vie publique.

Chacun autour de l'Empereur s'observe sans oser rien dire. Au bout d'un moment, Adrien tente timidement une question :

— Mais Sire, que comptez-vous faire ?

La réponse vient aussitôt :

— D'abord, je vais me remarier avec Joséphine. L'Impératrice ne veut que mon bien et tout va de travers lorsque je ne suis plus auprès de ma bonne étoile. N'est-ce pas, Beaussier ? Vous l'avez remarqué…

Un peu surpris, Adrien ne peut qu'acquiescer.

— Vous noterez ce trait lorsque vous écrirez cette incroyable histoire. Car vous demeurez mon historiographe, souvenez-vous-en, Beaussier.

— Oui, Sire, je ne risque pas de l'oublier. Et ensuite, après ce mariage ?

— Je ne sais pas encore. Faire ce que j'avais prévu de faire après Waterloo ? Partir aux États-Unis, peut-être… c'est un pays neuf…

— Sire, il n'est plus aussi neuf qu'en 1815. Je ne suis pas sûr que cette société vous plaise.

Le regard de Napoléon reste un peu dans le vague. Il plonge la main dans son gilet pour chercher sa tabatière et il tombe sur la carte de visite aux armes de la Russie. Ce petit rectangle fait sourire Napoléon. En prenant Adrien à témoin, il le lui montre en disant :

— Tenez, Beaussier. Cela ne vous rappelle rien ? La dernière fois que j'ai trouvé une adresse dans l'une de mes poches, c'était la vôtre. Peut-être devrais-je aller sonner à cette porte-là. Le palais du Kremlin, Moscou, la Russie… ces lieux ne me sont pas inconnus… Qu'en pensez-vous ?

— Je pense que Votre Majesté doit y réfléchir tranquillement.

— Pas trop tranquillement, intervient Cipriani, songez que nos ennemis sont toujours à l'affut. Eux vivants, ils ne laisseront jamais l'Empereur en paix. La nuit sera bientôt là. Colonel Franchi, c'est vous qui avez prévu le gîte de ce soir. Il faut se mettre en route.

— Oui, mettons-nous en route, répète Napoléon sans enthousiasme. Demain sera un autre jour, il sera alors temps d'aviser.

Une fois les chevaux rembarqués dans le van, le 4 × 4 démarre et ouvre la route à la Jaguar, qui suit de près.

Alors que le convoi impérial est parti depuis seulement quelques minutes, une dizaine de minibus se garent à leur tour sur le parking de l'auberge L'Aigle et le Lion. Leur fusil et leur bonnet d'ourson à la main, une centaine de grenadiers de la Garde descendent des véhicules et se mettent en rang. Satisfait de sa troupe, le maréchal Grouchy réajuste sa tenue et se dirige à grands pas vers la porte de l'établissement.

36

L'Aigle s'est envolé

20 mars 2015, 16 heures

Depuis qu'ils ont quitté Waterloo, Adrien et Samuel ont gardé le silence. Tandis que leur véhicule traverse la frontière entre la Belgique et la France, Adrien demande :

— Que penses-tu de tout ça, Sam ?

— Je pense qu'entre l'attentat de Saint-Cucufa et le camouflet de cet après-midi notre Empereur a dû réaliser pas mal de choses.

— De quel genre ?

— Qu'on ne revient pas impunément à la vie. C'est une chose de reconstituer l'Histoire comme nous le faisons toi et moi. Mais il ne sert à rien de vouloir la réécrire.

— Tu penses qu'il renoncera ?

— Il est capable de revirements étonnants. Je le sens hésitant, mais il va forcément prendre une décision et s'y tenir.

— Que feras-tu s'il renonce ?

— Si l'Empereur n'a plus besoin de moi, je l'incarnerai une dernière fois à Waterloo comme je l'avais prévu. À condition que les Belges veuillent encore de moi… Ensuite je renoncerai définitivement à la reconstitution après les adieux de l'île d'Aix. Et toi ?

— Je ne sais pas. J'ai un peu peur de retrouver ma vie d'avant, après ce que nous avons vécu.

— Tu écriras cette histoire… et personne ne te croira.

— C'est bien probable… Où nous amènes-tu maintenant ?

— Cipriani ne veut plus que l'Empereur retourne aux Violettes tant que cette menace de Cadoudal pèse sur lui.

— Alors… où allons-nous ?

— Il se trouve que j'ai un ami collectionneur richissime. Il se passionne pour tout ce qui concerne Napoléon. Comme il apprécie beaucoup ce que je fais dans le domaine de la reconstitution, il a mis à ma disposition une de ses maisons dans laquelle il ne vient presque jamais. L'avantage, c'est qu'elle est en France mais proche de Waterloo. Elle est surtout isolée et très discrète. Cipriani a eu peur qu'une réservation quelconque ne laisse des traces et il a préféré cette villa dont je n'ai parlé qu'à lui et à l'Empereur. Demain nous aviserons. Il est probable qu'il décide de rejoindre Joséphine comme il l'a laissé entendre.

— Ce serait comme une troisième abdication.

— En quelque sorte. Mais c'est peut-être aussi plus sage.

Quelques kilomètres après la frontière, le 4 × 4 arrive devant le portail d'une belle propriété. Les deux véhicules traversent le parc et s'immobilisent près d'une grande maison blanche presque cubique. Le style très contemporain est un peu surprenant. De petites fenêtres aux formes bizarres donnent à la demeure l'aspect d'un bunker.

À l'arrière du bâtiment, des écuries permettent d'accueillir les chevaux. Tandis que Rog et Ali s'occupent des montures, le colonel Franchi ouvre le porche d'entrée. La décoration est minimaliste et l'ensemble donne une impression très froide. Napoléon découvre alors un énorme escalier en marbre qui donne sur une sorte de galerie à l'étage.

— Mon tombeau me paraît plus chaleureux, grince Napoléon. C'est hideux. Je ne vous félicite pas, colonel.

Tandis que Cipriani et Ney inspectent le rez-de-chaussée, l'Empereur monte à l'étage en tirant un peu sur sa jambe. Il y découvre une bibliothèque dotée d'un bureau, d'une cheminée et d'une banquette un peu spartiate. Adrien l'a suivi et attend ses instructions.

— Beaussier, cela me rappelle un peu votre bureau à Nîmes. J'ai élaboré tant de choses chez vous. Je mettais en regard la gloire ancienne et moderne de la France, sa vieille civilisation et la nouvelle. J'imaginais m'appuyer sur nos arts, les plus anciens de l'Europe, pour les régénérer grâce aux prodiges de la science actuelle. Je voulais redonner fierté et confiance aux Français. L'instruction aurait été mon premier soin car c'est la garantie de l'avenir.

Puis, après un instant d'arrêt, Napoléon reprend dans un soupir :

— Mais trop de forces se mettent toujours au travers de mon chemin.

— Sire, vous parviendrez à trouver ce chemin, j'en suis persuadé. Avez-vous réfléchi quant à la Russie ?

— Ce que devient la Russie aujourd'hui m'évoque assez mon système politique. Cela me siérait plus que les États-Unis, qui ont pris la place qu'occupait la perfide Albion. Comme jadis les Anglais, les Américains sont enivrés par leur propre puissance et une richesse artificielle fondées sur une dette abyssale. C'est un colosse aux pieds d'argile, leur empire aura le même sort que celui de l'Angleterre…

— Alors… vous allez accepter la proposition de Koutouzov ?

— Tout cela serait bien séduisant, hélas, c'est une folie. Même si l'offre est généreuse, je ne serais qu'un trophée exhibé par le maître du Kremlin. Et puis je me sens las à nouveau. Comme je l'étais à la fin… à Sainte-Hélène.

— Sire, vous ne vous sentez pas bien ?

— Ne vous inquiétez pas, Beaussier. Je prends mes quartiers ici. Vous m'apporterez une collation plus tard, je n'ai pas faim.

— Sire, puis-je demander à Votre Majesté quelles sont ses instructions pour demain ?

Napoléon appuie son avant-bras sur le rebord de la cheminée en tournant le dos à Adrien. Son front vient se poser sur le revers de sa main. Il hésite un instant avant de répondre avec tristesse :

— Demain, je vous donnerai congé, à vous, au colonel Franchi, à Ali ainsi qu'au lieutenant Aureck et à son dernier chasseur.

— Mais Sire…

— C'est la solution la plus raisonnable, Beaussier. Je tire de cette expérience l'enseignement que les « rappelés », comme dit Talleyrand, ne doivent pas empoisonner la vie des… des… comment appelleriez-vous cela ?

— Les… les « vivants », Sire ?

— Oui, en quelque sorte…

— Mais Sire, qu'allez-vous faire ?

— Je rejoindrai l'Impératrice avec Cipriani et Ney. Je me refuse d'être aux ordres de qui que ce soit. Si je ne peux plus régner, je préfère vivre cette nouvelle vie dans l'anonymat comme un simple particulier. Je ne sais ce qui m'est réservé, mais je me porte bien. Je dors et je me réveille quand je veux. Je puis tenir quatre heures à cheval et travailler dix heures par jour. Je ne suis d'ailleurs pas bien cher à nourrir, un peu de volaille le matin, à dîner une tranche d'aloyau, une demi-bouteille de vin… avec un louis, je vivrai fort bien partout. Nous verrons…

Adrien n'a jamais vu l'Empereur dans cet état d'abattement. Tous ses rêves semblent s'être effondrés comme un château de cartes.

— Vous allez nous manquer, Sire. La vie sera bien insipide après vous avoir connu.

Napoléon s'approche de lui et lui pince la joue en souriant.

— Vous m'avez fidèlement servi, baron Beaussier. Retournez auprès de votre épouse et de la jolie Pauline. Écrivez tout cela. Je crois aux forces de l'esprit. De là où je serai, je ne vous oublierai pas. À présent essayez de faire du feu dans cette cheminée. Cela animera un peu ce lieu sinistre. Et dites au maréchal Ney de me rejoindre. Je vais lui faire part de ma décision.

Complètement retourné par ce qu'il vient d'entendre, Adrien informe Ney que l'Empereur veut le voir immédiatement. Puis il se rend aux cuisines où un cellier et un congélateur bien remplis permettent de satisfaire largement au repas de l'Empereur et de ses compagnons. Le grand maréchal du Palais est en train d'ouvrir une bouteille de vin de Bourgogne lorsque son téléphone se met à vibrer. Un texto envoyé par un numéro inconnu affiche un message inquiétant :

« *Les bandits royaux vont vous attaquer en force ce soir. Redoublez de vigilance.*
Protégez l'Empereur à tout prix. »

Aussitôt Adrien tente de rappeler le numéro, qui ne répond pas. Très inquiet, il retrouve aussitôt Franchi et Cipriani. À la lecture du message, Cipriani fronce les sourcils.

— Nous sommes trahis. Quelqu'un a dévoilé notre retraite. Mais qui peut nous envoyer ce message ?

— En tout cas, vu le vocabulaire employé, c'est quelqu'un de votre époque. C'est même quelqu'un qui a connu la Révolution pour parler de « bandits royaux », remarque Franchi.

— Fouché ? Talleyrand ? propose Adrien.

— Peut-être, mais peu importe, tranche Cipriani. Il faut agir et vite car d'après le message nous allons avoir droit à un assaut en règle. Vous deux, allez chercher Aureck, Rog et Ali. Répartissez-vous aux différentes ouvertures. Par chance, il y en a peu et elles ressemblent à des meurtrières. Tirez sur tout ce qui bouge et qui tente de se rapprocher de la maison.

— Et l'Empereur ? demande Adrien.

— Je cours le prévenir. Il doit se barricader dans le bureau avec son pistolet à la main et n'ouvrir à personne avant demain matin. Ensuite, avec Ney, je pars me poster à l'extérieur en prenant deux des chevaux. De cette manière nous nous dissimulerons au fond du parc pour les prendre à revers s'ils attaquent.

— Nous ne serons plus que cinq avec des armes de poing. Ça risque d'être difficile s'ils arrivent en force, remarque le colonel Franchi, qui retrouve ses réflexes de soldat.

Cipriani a un sourire malicieux. Avec son manteau à rotonde et son large bolivar enfoncé sur la tête, il a l'air futé des compagnons de Vidocq.

— Rassurez-vous, colonel. Dès que nous sommes arrivés, j'ai appelé mes amis corses d'Anvers. Ils vont nous prêter main-forte cette nuit. Ils sont déjà en route avec de l'artillerie lourde. Une fois qu'ils seront là nous n'aurons plus rien à craindre. Allons, chacun à son poste, barricadez chaque ouverture.

Le ton est net et ne souffre aucune discussion. Adrien et Sam appliquent ce qui a été décidé tandis que Cipriani grimpe les marches de l'escalier en courant. Lorsqu'il en redescend aux côtés de Ney, chacun est à son poste et occupe une ouverture. Chaque fenêtre a été obturée du mieux possible avec des meubles et des tapis roulés. Adrien et Ali sont postés de part et d'autre de la porte d'entrée. Rog et Samuel se tiennent sur les côtés. Lorsque Ney referme derrière lui la porte menant aux écuries, Aureck se cale dans l'unique embrasure située à l'arrière de la maison. Depuis sa position, Adrien voit les deux cavaliers s'enfoncer dans la pénombre.

La nuit est complètement tombée et Adrien se demande si le texto n'a pas été envoyé pour les inquiéter ou pour les inciter à quitter la maison. Au bout d'un moment, il propose à Ali d'aller se détendre pendant qu'il monte la garde. Chacun prendra ainsi un peu de repos à tour de rôle car la nuit promet d'être longue.

À cet instant précis, deux explosions sourdes retentissent dans le parc. Par son ouverture, Adrien voit avec stupeur la Jaguar et le 4 × 4 qui s'embrasent dans de grandes gerbes de flammes.

Aussitôt, des coups de feu claquent de tous les côtés. Sam hurle à ses compagnons :

— *Ils ont des kalach !* Restez à l'abri et ne tirez que lorsqu'ils approcheront.

Comme si les assaillants l'avaient entendu, la fusillade se calme. À la lueur des véhicules en flammes, Adrien aperçoit quatre hommes armés qui s'élancent par bonds vers l'entrée en criant « Au roi ! Sans quartier ! ». La lumière de l'incendie est si vive qu'il peut distinguer des Sacré-Cœur rouges cousus sur leur poitrine. En s'efforçant de garder son sang-froid, Adrien vise l'homme de tête. Alors qu'il n'est plus qu'à dix mètres, il fait feu en même temps qu'Ali. Deux chouans s'effondrent simultanément. Aussitôt, les deux autres battent en retraite sous le sifflement des balles des Colt 45. Adrien est soulagé. Ali exulte :

— *J'en ai eu un ! j'en ai eu un !* crie-t-il à tue-tête.

— Cessez le feu, ordonne le colonel Franchi. Économisez les cartouches et tenez bon, Cipriani et Ney vont les prendre à revers.

— Mon chargeur est vide, s'exclame Ali.

Profitant de l'accalmie, le mamelouk quitte son poste pour aller chercher des munitions. Au même instant, Adrien scrute l'extérieur et voit un long panache de flammes qui se dirige à toute vitesse vers la maison. Aucun cri ne peut sortir de sa bouche. Le porche d'entrée est pulvérisé par la roquette et Ali disparaît dans une gerbe de flammes. Adrien est violemment projeté au sol. Complètement sonné au milieu des gravats, il entend l'écho assourdi du « tacatac » typique des AK 47. Quelques coups de Colt 45 répondent sporadiquement, mais la résistance semble faiblir.

Les oreilles d'Adrien sifflent terriblement. Alors qu'il recouvre ses esprits, il aperçoit la silhouette massive de Cadoudal qui avance le pistolet au poing. Comme un démon sorti de l'enfer, il traverse les flammes qui embrasent les débris de la porte d'entrée. Après un rapide coup d'œil à droite et à gauche, ses yeux se posent sur le grand maréchal du Palais encore à terre. Sans dire un mot, Cadoudal le désigne aussitôt aux deux chouans qui l'accompagnent, puis, devinant que l'Empereur se cache à l'étage, il se dirige vers le grand escalier. Pendant ce temps, ses deux acolytes marchent vers Adrien, qui a perdu son pistolet dans l'explosion. Incapable de se défendre, il enrage surtout de ne pas pouvoir protéger l'Empereur. Alors que le canon du fusil d'assaut est braqué dans sa direction, il pense sa dernière heure arrivée et ferme les yeux.

À cet instant précis, il perçoit un cliquetis métallique régulier qui résonne sur le pavement de l'entrée. Lorsqu'il ouvre les yeux, Adrien découvre un centaure qui surgit au milieu du hall en feu. Brandissant son sabre de bataille, Ney est là devant lui. Tandis que son cheval passe au-dessus du cadavre d'un chouan, le prince de la Moscova frappe le second assaillant de toutes ses forces. Le crâne fendu en deux comme une bûche, l'homme s'effondre à un mètre d'Adrien.

— Beaussier ! Ça va ?

— Oui, oui… allez sauver l'Empereur, crie Adrien en montrant du doigt le premier étage.

Aussitôt Ney fait exécuter une pirouette à Essling, mais le cheval déjà effrayé par l'incendie dérape sur le sol en marbre et s'effondre en hennissant. Jeté à terre, Ney se redresse d'un bond et se rue vers l'escalier le sabre à la main. En se relevant, Adrien aperçoit Cadoudal, debout en haut des marches. Le chef chouan pointe calmement son arme et Adrien a tout juste le temps de crier :

— *Ney... attention !*

Trop tard. Deux détonations retentissent et le maréchal s'effondre. Aussitôt Cadoudal repart à la recherche de l'Empereur. Alors qu'il s'empare de l'arme du chouan mort, Adrien entend de nouveau le martèlement régulier des fers d'un cheval. Dans un éclair, Murat paraît en grand uniforme chamarré. Sans hésiter, sa monture s'élance à travers les flammes et parvient en un instant jusqu'en haut du grand escalier. Mais sur la dernière marche, le cheval glisse à son tour et désarçonne son cavalier. Électrisé par cette vision, Adrien rassemble ses forces et grimpe à l'étage. Sans s'arrêter, il passe devant Murat qui peine à se relever. Adrien bondit alors vers le bureau dont la porte a été enfoncée. À l'intérieur, le chef chouan hurle comme un démon :

— *Buonaparte ! Buonaparte ! Sors de ton trou ! L'heure du châtiment a sonné...*

Lorsqu'il entre dans la pièce, Adrien tente de faire feu sur Cadoudal, mais sa *kalach* est enrayée. Il assiste alors impuissant à une scène qui semble se dérouler au ralenti. À la lueur des flammes, il distingue l'Empereur sortant de l'ombre. Cadoudal lui fait face et les deux hommes braquent leurs armes dans le même mouvement. Avec son pistolet à silex, Napoléon tire le premier et blesse Cadoudal. Ce dernier riposte aussitôt et plusieurs coups de feu résonnent. Adrien, terrifié, voit Napoléon s'effondrer, face contre terre.

Cadoudal se retourne en arborant un sourire maléfique et braque son arme sur Adrien.

— Le tyran est mort pour de bon à présent et ses suppôts doivent rejoindre leur maître.

La silhouette de Murat apparaît alors dans la porte. Le maréchal marche le sabre à la main vers Cadoudal en grondant :

— Maudit bandit…

Cadoudal fait feu. Il atteint le maréchal mais celui-ci avance toujours. Cadoudal veut tirer encore mais en vain. Son arme est vide. Murat brandit son sabre. D'un coup terrible, la lame s'abat sur le cou de taureau du chef chouan. Le sang gicle. Adrien voit rouler la lourde tête. Alors Murat s'effondre. Adrien se précipite vers lui.

— Beaussier… Je meurs à nouveau sans avoir pu sauver l'Empereur. J'ai sabré tous les bandits royaux à l'extérieur, mais je suis arrivé trop tard. Je… je lui ai toujours été…

Puis l'ex-roi de Naples ferme les yeux et s'éteint dans les bras du grand maréchal du Palais. En tenant son bras gauche vilainement blessé, Aureck entre dans le bureau. Il s'approche et s'écrie :

— *Adrien !* ... l'Empereur… oh non…

Samuel surgit à son tour et bouscule Aureck. Sans attendre, l'ancien médecin militaire se précipite vers Napoléon. Adrien accourt lui aussi à ses côtés. Le cœur battant, il espère que le gilet pare-balles aura protégé l'Empereur comme à Laffrey. Ensemble, ils retournent délicatement le corps inanimé, mais le miracle ne s'est pas reproduit. Une grande tache rouge macule le gilet blanc de Napoléon. Le visage décomposé, le colonel

Franchi prend malgré tout le pouls de l'Empereur. Au bout de quelque secondes, il secoue tristement la tête et lâche dans un souffle :

— C'est fini, Adrien… l'Empereur est mort.

Les nerfs d'Adrien craquent après ces quelques minutes d'une tension extrême. Le dépit de ne pas avoir pu sauver Napoléon le fait éclater en sanglots.

— Il faut partir, crie Aureck. La maison est en train de flamber. Je vais chercher Rog, qui est salement amoché. Sortez vite vous aussi. Passez par les écuries…

Alors qu'Aureck redescend aussi vite qu'il le peut, Adrien et Samuel relèvent l'Empereur afin de mettre son corps à l'abri. Quand soudain Sam lance :

— Mais… mais ce n'est pas possible…

Le regard d'Adrien exprime la même stupéfaction que celle de son ami. Avec un mouchoir, il nettoie sommairement la figure de l'Empereur maculée de sang…

— Mais oui…

— Ce n'est pas l'Empereur. C'est…

— C'est Cipriani ! disent en chœur Adrien et Samuel.

Les deux hommes n'ont pas le temps de revenir de leur surprise. Le corps sans vie qu'ils tiennent encore se met littéralement à leur filer entre les doigts. À une vitesse fantastique, le cadavre de Cipriani devient poussière. Adrien et Samuel ont comme une sensation de cendres qui coulent entre leurs mains. En se retournant subitement, ils constatent que le même processus atteint également les corps de Murat et de Cadoudal.

— Partons vite, tout va s'embraser, crie Samuel en entraînant Adrien encore abasourdi.

Se soutenant l'un l'autre, ils réussissent à descendre l'escalier. Les deux chevaux sont parvenus à se redresser et s'échappent du brasier en hennissant de terreur.

Arrivés dans le hall en flammes, Adrien et Sam constatent que les corps des chouans et de Ney ont disparu.

— Ali ! s'écrie Adrien, Ali n'est plus là non plus.

Alors que la maison s'embrase, Samuel et Adrien s'enfoncent dans le parc et s'effondrent au pied d'un grand cèdre. Lorsqu'ils reprennent leur souffle, ils aperçoivent le maréchal Ney, qui vient à leur rencontre. Le sabre à la main, sa haute silhouette se détache en ombre chinoise sur un fond d'incendie.

— Cipriani ? Murat ? demande-t-il.

— Ils sont morts. Mais Murat a pu abattre Cadoudal, répond le colonel Franchi.

— Murat a eu la mort que nous aurions voulu avoir lui et moi… la dernière fois. Périr l'arme au poing, pour l'Empereur… je n'y suis pas parvenu cette fois encore. Je l'envie presque. Je n'aurai plus beaucoup d'occasions de sortir de cette manière à présent.

— Mais comment avez-vous pu…

— Échapper aux balles ? Grâce à ce gilet que l'Empereur a voulu à tout prix me faire endosser.

— Et l'Empereur ? Où est-il ? questionne Adrien.

— En lieu sûr. Je vais le rejoindre, répond Ney. Cipriani a été bien inspiré de se substituer à lui. Grâce à lui, les brigands royaux ne tenteront plus de s'en prendre à l'Empereur. Avec Murat nous les avons tous passés au fil de l'épée.

— Mais Murat ? Comment est-il arrivé ici ? C'était lui le texto ? interroge encore Adrien.

— Oui, c'était bien lui. Fouché était au courant de tout. Il voulait laisser faire le sale travail aux chouans. Murat devait seulement observer et lui rendre compte. Il a hésité, mais malgré ses griefs envers l'Empereur, il n'a pas pu résister. Au dernier moment il nous a prévenus avant que les chouans n'arrivent. Lorsqu'il nous a vus galopant dans le parc, il a surgi devant l'Empereur. Il l'a supplié de lui donner Vizir pour revenir avec moi à votre secours. Lorsque les chouans ont attaqué nous les avons pris à revers et nous les avons sabrés. Pas un n'a pu en réchapper. La suite, vous la connaissez.

— Ali a disparu lui aussi. C'était un « revenu » ?

Ney ne peut s'empêcher de rire. L'odeur de la poudre et l'exaltation du combat semblent lui donner une seconde jeunesse.

— Non, le mamelouk est bien de votre époque. Avant de quitter la maison en flammes, j'ai vu qu'Ali bougeait encore. Je l'ai sorti de là. Il est mal en point mais vivant. Les amis de Cipriani viennent d'arriver. Ils vous transporteront en lieu sûr pour vous faire soigner discrètement.

À ce moment-là, un véhicule s'arrête devant Adrien. Deux hommes en sortent armés de pistolets-mitrailleurs.

— Où est Cipriani ? demande l'un d'eux avec un fort accent corse.

— Mort, les armes à la main, répond simplement Ney.

Sans laisser paraître la moindre émotion, l'homme se signe rapidement et s'adresse aussitôt à Adrien :

— C'est vous Beaussier ?

— Oui… Qui êtes-vous ?

— Cipriani nous a dit de vous mettre en lieu sûr avec vos amis. Mes hommes s'occupent des blessés, montez en voiture, on doit partir immédiatement. Même si la maison est isolée, les pompiers et les gendarmes ne vont pas tarder à rappliquer.

Avec mille précautions, Aureck, Rog et Ali sont embarqués dans un minibus qui démarre aussitôt. Le maréchal Ney redresse sa grande carcasse un peu malmenée avant de saluer Samuel et Adrien.

— Adieu messieurs. Nous allons retourner dans l'anonymat puisque tel est le vœu de l'Empereur. Je veillerai sur lui et je continuerai à le servir comme vous l'avez servi. Je vous assure l'un et l'autre de mon amitié.

Il fait quelques pas et prend place à l'arrière d'une puissante berline. En le voyant s'éloigner, le colonel Franchi se dit que le Brave des Braves pourra arborer fièrement de nouvelles cicatrices. Alors que le véhicule fait demi-tour pour repartir, Adrien aperçoit une dernière fois le profil de l'Empereur. Sans se retourner, il disparaît dans la nuit. Lorsque la dernière voiture quitte le parc, les sirènes des pompiers retentissent au loin.

Épilogue

21 juin 2015, 19 heures

Trois mois se sont écoulés depuis l'assaut des « bandits royaux ». L'incendie de la maison n'a pas suscité d'émotion particulière. Fouché a su manœuvrer pour étouffer rapidement cette affaire. L'enquête a conclu à un départ de feu accidentel dû à un court-circuit et l'assurance a correctement remboursé le propriétaire.

Ali, Aureck et Rog ont été pris en charge par les amis corses de Cipriani. Confiés aux bons soins d'une clinique discrète, le jeune mamelouk et les deux chasseurs de la Garde ont pu se remettre de leurs multiples blessures. Après quelques semaines de repos, Aureck et Rog ont repris leurs activités équestres dans le Midi. Ali les a rejoints un peu plus tard. Sur place, trois magnifiques chevaux les attendaient. Chaque monture était marquée d'un N couronné.

Adrien a pu retrouver Jacqueline quelques jours après cette nuit terrible qui a vu la disparition de Cipriani et de Murat. Ses blessures sont légères, mais il a du mal à se remettre de cette parenthèse fantastique. Pour répondre au souhait du grand homme, Adrien s'est attaché à écrire cette aventure le plus honnêtement possible. Après quelques difficultés, les mots sont venus naturellement et, après trois mois de travail, il vient d'achever son ouvrage. Au milieu des cistes et des romarins odorants, Adrien repense à ces cent jours d'écriture. Cent jours… le même laps de temps qui sépare le retour triomphal de Napoléon aux Tuileries de sa déroute à Waterloo…

Comme s'il pouvait y trouver une réponse, il revient souvent se promener dans ce coin de garrigue où Napoléon est réapparu. Ce 21 juin 2015, il a fait très chaud et l'orage menace. Le ciel devient gris, comme le jour du retour de l'Empereur…

À mille kilomètres des paisibles collines de Nîmes, la morne plaine résonne au même instant du fracas de milliers de fusils et de dizaines de canons. Devant des spectateurs venus de toute l'Europe, Samuel a endossé une dernière fois l'uniforme de Napoléon lors de la bataille fatale. Adrien l'imagine chevauchant sur son cheval blanc dans les blés encore verts. Six mille passionnés venus des quatre coins de l'Europe doivent être en train de l'acclamer. Malgré les multiples demandes de son ami, Adrien a refusé de se joindre à lui pour l'ultime reconstitution. Son Napoléon à lui était ailleurs et il ne se voyait pas aux côtés du faux Ney et du vrai général de Bourmont. L'essentiel pour Adrien est de savoir l'Empereur en sécurité avec l'Impératrice et le maréchal Ney. Il espère surtout qu'il a enfin trouvé la paix.

Durant ces trois derniers mois, Adrien n'a eu aucune nouvelle de l'Empereur. Il a d'abord espéré chaque jour un message, un signe, un mot. Puis, peu à peu, il s'est résigné. C'est sans doute mieux ainsi. Les « revenus » doivent vivre leur nouvelle vie en laissant les « vivants » tranquilles. Il a su par Méneval que les valets et les secrétaires des Violettes ont tous reçu un virement confortable depuis une banque suisse, « pour solde de tout compte ». Parfois, un ami du groupe Facebook « Napoléon est revenu ! » affirme l'avoir aperçu. Certains témoignages parlent de l'île d'Elbe, d'autres de la Corse, ou même de la Floride.

Talleyrand et Fouché n'ont pas plus donné signe de vie. Sans doute continuent-ils à conseiller les princes du temps présent tout en prenant soin de leurs propres affaires. Ils ne sont d'ailleurs pas les seuls.

En trois mois, Pauline a su faire fructifier l'argent que lui a donné Joséphine. Profitant du bicentenaire de Waterloo, son Foie gras de l'Empereur à la fine Napoléon remporte un beau succès. Il est vendu sur le Net et dans tous les lieux marqués par la légende napoléonienne. La demoiselle d'honneur de l'Impératrice a su surfer sur la vague. Avec le jeune Méneval, elle est en ce moment même à Waterloo. Ensemble, ils tiennent une *pop-up*, une boutique éphémère dédiée à la vente de ses produits. Sa fille aura su tirer profit des leçons d'histoire de son père d'une manière originale, et cette idée amuse Adrien…

— Qu'est-ce qui te fait sourire comme ça ? questionne Jacqueline, qui vient de le rejoindre.

— Je me demande quel est le sens de toute cette histoire et même si elle a un sens.

— Je viens justement de finir de lire ton manuscrit. Je ne sais toujours pas s'il y a une signification, mais c'est une histoire fantastique… parfois comique…

— Comme l'Histoire finalement…

— J'ai également aperçu Samuel à la télé… Waterloo est un triomphe. Ils parlent de deux cent mille spectateurs. Tu ne regrettes pas de ne pas y être ?

— Non… On ira voir Sam lors de « ses » adieux à l'île d'Aix le mois prochain. Ce sera plus intime, et comme ça, du golfe Juan au départ pour Sainte-Hélène, la boucle des Cent-Jours sera bouclée.

— Et eux ? Tu crois qu'on… les reverra ? Joséphine me manque…

— Je ne sais pas. Je ne sais même plus s'ils font partie d'un rêve ou de la réalité.

En disant cela, Adrien sort de son portefeuille le petit papier qui a conduit Napoléon jusqu'à lui. Il relit pour la centième fois les mots inscrits d'une écriture élégante.

Adrien Beaussier. Historien à Nîmes
213, chemin des Garrigues

— Viens, rentrons, dit Jacqueline. Le temps est en train de tourner, nous allons avoir de l'orage.

Alors même qu'elle vient de prononcer ces mots, quelques grosses gouttes de pluie commencent à tomber. Perdu dans ses pensées, Adrien ne réagit pas assez vite et son précieux document est moucheté. Alors qu'il va le ranger dans son portefeuille, il s'aperçoit que l'eau dévoile de nouvelles lettres. Ainsi, le « N » de Nîmes disparaît et un « P » apparaît. « Adrien » laisse la place à « Vivant ». Stupéfait par ce phénomène, il tente de déchiffrer les mots qui se forment peu à peu. La pluie se faisant plus forte, ce sont rapidement deux nouvelles lignes entières qui apparaissent. À présent, l'humidité a entièrement effacé l'adresse d'Adrien et une autre, qui semble rédigée par la même main, a pris sa place.

Vivant Denon. Artiste peintre à Paris
Quai Voltaire

Orientation bibliographique

BLOND, Georges, *La Grande Armée*, Robert Laffont, 1979.

BRANDA, Pierre, *Les secrets de Napoléon*, Vuibert, 2014.

—, *Joséphine. Le paradoxe du cygne*, Perrin, 2016.

CASTELOT, André, *L'histoire de Napoléon Bonaparte*, six tomes, Pocket, 1971.

CAULAINCOURT (Général de), *En traîneau avec l'Empereur*, France Loisirs, 2002.

CHANTERANNE, David, *Napoléon Ier en terre de France*, Ouest-France, 2004.

CONSTANT, *Mémoires intimes de Napoléon Ier par Constant, son valet de chambre*, deux tomes, Mercure de France, 2000.

DROIN, Dominique, *Napoléon et les brûlots de l'île d'Aix*, Pré-Océan, 2003.

HAEGELE, Vincent, *Murat, la solitude du cavalier*, Perrin, 2015.

JOFFRIN, Laurent, *Seul contre tous, Cent jours avec Napoléon*, Tallandier, 2015.

KERN, Émile, *Napoléon, deux cents ans de légende*, Soteca, 2016.

LAFFITTE, Jacques, *Mémoires de Laffitte*, Firmin-Didot, 1932.

LAS CASES, *Le mémorial de Sainte-Hélène*, Famot, 1978.

LENTZ, Thierry, *Waterloo, 1815*, Perrin, 2015.

—, MACÉ, Jacques, *La mort de Napoléon*, Tempus, 2009.

MARTINEAU, Gilbert, *La vie quotidienne à Sainte-Hélène au temps de Napoléon*, Hachette, 1966.

MASSON, Frédéric, *Napoléon Intime*, Tallandier, 2004.

MÉNEVAL, Claude François, *Dix ans avec Napoléon. Les Mémoires du secrétaire particulier de l'Empereur*, Cherche Midi, 2014.

ROBIQUET, Jean, *La vie quotidienne au temps de Napoléon*, Hachette, 1963.

TULARD, Jean, (édition établie par), *Napoléon Bonaparte, Œuvres littéraires et écrits militaires*, trois tomes, Bibliothèque des introuvables, 2001.

—, *Napoléon*, Pluriel, 2011.

—, JOURQUIN, Jacques, *L'itinéraire de Napoléon au jour le jour*, Tallandier, 2002.

WARESQUIEL, Emmanuel de, *Talleyrand, le prince immobile*, Perrin, 2003.

—, *Fouché Les silences de la pieuvre*, Perrin, 2014.

Table des matières

La photocomposition de cet ouvrage
a été réalisée par
Graphic Hainaut
30, rue Pierre Mathieu
59410 Anzin

Imprimé en Espagne par:
BLACK PRINT
en septembre 2020

POCKET – 92, avenue de France – 75013 Paris

S30996/01